A UN RESPIRO DA TE

Katie McGarry

A UN RESPIRO DA TE

Traduzione di Alessia Fortunato

DeA

Titolo originale: *Only a Breath Apart*
Traduzione dall'inglese: Alessia Fortunato

© 2020 DeA Planeta Libri s.r.l.
Redazione: via Inverigo, 2 – 20151, Milano
www.deaplanetalibri.it

Ad Ann, Peter, Phyllis e Leon,
perché mi avete donato l'amore per la terra.

Un amico vuol bene sempre,
è nato per essere un fratello nella sventura.
Proverbi, 17:17

Jesse

Sei anni

«Devi preparare la borsa.» La mamma di Jesse si accovacciò davanti a lui e lo afferrò per le spalle. Illuminato dalla debole luce dell'abat-jour, lui notò un segno sul suo viso. Una macchia rossa, un po' come succedeva a lui quando cadeva dagli alberi.

La mamma aveva uno strano odore, una bizzarra combinazione di sale e sudore, e quella puzza rivoltante gli dava la nausea. Jesse pensò che dovesse essere l'odore della paura. Le grondava di dosso in quantità.

Prima che lo svegliasse bruscamente, Jesse stava dormendo nel suo lettone. Quello che lei condivideva con il tizio che la baciava. Era uno nuovo, non lo stesso dell'anno prima. Lei diceva che era diverso, ma Jesse non la pensava così. Proprio come quell'altro, anche lui non sorrideva mai.

Jesse strinse al petto la coperta all'uncinetto che la nonna aveva fatto per lui. Quasi gli sembrava di stare ancora sognando: la camera da letto era piena di ombre e aveva una strana aria surreale. Gli venne in mente sua cugina, Glory.

Era più grande di lui, aveva una ventina d'anni e parlava sempre di fantasmi. «Perché devo andarmene?»

La mamma gli aveva promesso che sarebbe potuto restare per più giorni del solito, e si stava scervellando per capire cosa avesse sbagliato per essere mandato via così presto.

Lei sorrise, anche se aveva gli occhi pieni di lacrime. «Non ti manca la nonna?»

Jesse barcollava per la stanchezza. Era lì solo da pochi giorni, ma aveva già nostalgia della nonna e di casa. Gli mancavano la colazione al mattino, la cena alla sera e le risate con la nonna mentre preparavano insieme i biscotti d'avena. Gli mancava l'altalena in cortile. E camminare nei campi con Glory e catturare le lucciole con Scarlett, la sua migliore amica. Gli mancavano la sensazione dello stomaco pieno, le coperte che non puzzavano e le persone che non urlavano.

La mamma lo abbracciò, e lui la sentì tremare. Lei si fece indietro, prese un borsone e ci gettò dentro i vestiti dall'armadio aperto. «Sbrigati, Jesse. La nonna vuole vederti.»

Con il pigiama di Spider-Man e senza calzini, lui incespicò nella stanza. I piedi erano freddi a contatto con il parquet dell'appartamento al primo piano. Era una casa vecchia, e dentro c'erano troppe persone. La maggior parte arrabbiate, traballanti come se non si reggessero in piedi, le altre svenute sulle scale.

Jesse si inginocchiò e cercò le scarpe sotto il letto. Quando sfiorò i lacci con le dita, si sentirono un urlo e la porta che sbatteva. «Ophelia!»

«Forza.» La mamma afferrò Jesse per una mano e gli diede uno strattone per farlo alzare. Lui si mise a correre per tenere il passo.

Il tizio che la mamma aveva detto si sarebbe preso cura di lei, e forse un giorno di entrambi, li raggiunse dalla cucina, gridando. «Dove stai andando?»

«A casa.»

«Scordatelo.» Più si avvicinava, più la voce dell'uomo si alzava. Il cuore di Jesse ebbe un sussulto, e strinse più forte la coperta e la mano della mamma. Poi avvertì una scarica di dolore lungo il braccio. La coperta gli cadde di mano e strillò quando l'uomo cercò di strapparlo via dalla madre.

La mamma lasciò la presa, e Jesse si sentì invadere dalla paura. Lo stava abbandonando. La nausea gli rivoltò lo stomaco, ma la mamma non scattò verso la porta. Si voltò, e il rumore del ceffone che rifilò all'uomo echeggiò nella stanza. «Non toccare mio figlio. Nessuno può toccare mio figlio!»

L'uomo si ritrasse e le sferrò un pugno in faccia, facendole schizzare il sangue dal naso, e Jesse gridò. La mamma si gettò in avanti barcollando, addosso all'uomo, e lui cadde a terra tenendosi il cavallo dei pantaloni. Pochi secondi dopo, Jesse si sentì sollevare e poi si ritrovò in braccio a lei.

Jesse le passò le braccia attorno al collo e la strinse. Le lacrime gli scendevano dalle guance e cadevano sulla pelle di lei. La mamma corse giù per le scale e, una volta fuori, spalancò lo sportello dell'auto. Lo spinse verso l'altro sedile, ma lui non mollava la presa. Lei gli staccò le dita dal collo, gli allacciò la cintura di sicurezza e mise in moto l'auto.

Jesse serrò le dita a pugno, senza riuscire a sentire niente. I singhiozzi superavano il rombo del motore. «La mia coperta! Abbiamo dimenticato la mia coperta!»

La casa si allontanava e Jesse pianse più forte, ma continuarono a viaggiare a quella velocità finché la mamma non frenò bruscamente. Le ruote stridettero e l'auto sbandò.

«Piantala!» strillò lei. «Non torniamo indietro. Non torneremo mai indietro. Mai più!»

Jesse sentì il petto squarciarsi. I sussulti gli scuotevano il corpo, mentre piangeva più forte. Quella era la sua coperta. Gliela aveva fatta la nonna, apposta per lui. Gli aveva detto che avrebbe potuto portarla dappertutto, e così non si sarebbe mai sentito solo. Adesso invece lo sarebbe stato, e lui odiava la solitudine più di qualsiasi altra cosa.

La mamma sbatté le mani sul volante, e il rumore lo fece sobbalzare. «Sono una stupida. Sono proprio una stupida!»

Le si spezzò la voce e il labbro inferiore cominciò a tremare. Prima cadde una lacrima, poi un'altra. Fu come un ceffone a freddo in pieno viso, che lo fece rabbrividire. Aveva fatto piangere la mamma, e lei aveva già pianto troppo.

Si tolse la cintura di sicurezza e la abbracciò. «Va tutto bene, mamma. Non mi serve la coperta. Davvero. Scusami. Non piangere.»

Lei singhiozzò più forte e, quando aprì la bocca, ne colò della saliva. Appoggiò la testa sul volante e Jesse continuò ad abbracciarla, a cercare di consolarla, e infine lei lasciò andare lo sterzo e si strinse a lui. La mamma sapeva di fiori, di sudore e di fumo. Ma ora il suo odore non gli diede fastidio, neanche un po'.

Chiuse gli occhi, e desiderò di essere già a casa della nonna. Lei avrebbe sistemato tutto. Come faceva sempre.

Con un sospiro tremulo, la mamma gli fece segno di sederle in grembo. Il buio del parcheggio non era così male, e la pioggia che batteva sul tettuccio non era troppo forte.

Jesse le appoggiò la testa al petto. Si mise ad ascoltare il battito del suo cuore e si concentrò sul movimento del petto. Perché non poteva bastare lui a renderla felice?

«Posso dirti una cosa?» gli domandò lei, e lui annuì. Gli faceva male il cuore da quanto voleva bene alla sua mamma, e si chiese perché l'amore fosse così doloroso. «La nostra famiglia è maledetta.»

La sera tardi, dopo che la nonna gli aveva rimboccato le coperte, aveva sentito spesso la mamma parlarne con lei o Glory.

«Tanto tempo fa la nostra famiglia era ricca. La più ricca del paese, ma per ottenere quel denaro abbiamo fatto del male. Abbiamo rubato la terra con la forza ad altre persone. Le abbiamo picchiate. Perfino uccise. Il nonno diceva che quei soldi erano maledetti, e così lo siamo diventati anche noi. Una tragedia gotica ambientata qui, al Sud, nella vita reale.»

Fece una risata, ma Jesse non lo trovò divertente. La strinse di più mentre le ombre proiettate dai lampioni si muovevano, sempre più vicine, quasi pronte a scattare per afferrarlo.

«La nostra è una maledizione, tesoro. Non c'è modo di negarlo, ma credo di aver capito come spezzarla.» La mamma allentò dolcemente la presa, per poterlo guardare negli occhi. Gli passò le dita fra i capelli, e per la milionesima volta Jesse sperò che lei smettesse di provare a metter su famiglia con qualche tizio strano, e invece capisse che loro due, Glory e la nonna erano già una famiglia.

«La gente dice che succedono cose orribili alle persone di cui ci innamoriamo, e a noi non resta che soffrire.»

Lui annuì di nuovo, perché era quello che diceva la gente in paese.

«Ma la maledizione non è legata al fatto che ci innamoriamo, o a qualcosa che è successo tanto tempo fa. Siamo condannati nel momento in cui lasciamo la fattoria. È la terra che ci protegge, che ci dà la forza. Finché restiamo qui, finché ci lasciamo nutrire dalla terra, finché rispettiamo che è viva ed è parte di noi, siamo al sicuro. Capisci?»

Capiva, e allo stesso tempo no.

«Se non lasciamo la terra, siamo al sicuro e felici. Se ce ne andiamo, la terra ci rifiuta e perdiamo la sua protezione. È allora che la nostra vita va in pezzi. È allora che facciamo del male a chi amiamo. Una volta che ce ne andiamo, il maleficio si attiva e allora non c'è rimedio. Tornare indietro non serve a nulla. Per essere al sicuro, non devi andartene. Mai. Devi vivere qui, per sempre.»

Jesse tremava. Doveva esserci un errore. Lui amava le colline sinuose, i campi di grano, il bestiame nei pascoli e gli alberi su cui si arrampicava con Scarlett. La terra non avrebbe mai potuto far del male a lui o alla mamma. «Ti sbagli.»

«E invece no. La mia vita è andata in frantumi dopo che me ne sono andata, e ora le persone a cui voglio bene soffrono per colpa mia.» La mamma fece una smorfia, come se dire quelle cose le costasse dolore. «Tu soffri per colpa mia, e ogni volta che torno a casa, ti faccio ancora più male. Starai meglio alla fattoria con la nonna, senza di me.»

«Ma io sto bene.» Bastava che lei stesse bene. Jesse le diede una pacca sul braccio, ma lei non sembrò accorgersene. «Sto meglio con te.»

«Non fare come me, Jesse. Non andar dietro alle illusioni. Resta sulla terra.» Inclinò la testa e cercò di fare un sorriso che svanì in fretta. «Oltre a me e alla nonna, sei l'ultimo Lachlin in vita e un giorno la terra sarà tua.»

«Non la voglio.» Non se faceva soffrire le persone. «Può tenersela Glory.»

«È una cugina di terzo grado. Non può andare a lei. Ma non è la terra a essere maledetta, siamo *noi*. La terra ti terrà al sicuro. Devi capirlo.»

Lui si accigliò, e lei gli prese il viso fra le mani. «Quando sarai abbastanza grande, la terra apparterrà a te, perciò promettimi che da adulto non lascerai mai la fattoria. Intesi? Non andartene mai. Promettimelo, Jesse. Prometti di non lasciare mai la terra.»

Jesse guardò i tristi occhi verdi della madre, e le fece una promessa solenne, come non aveva mai fatto a nessuno. Non a Scarlett. E neppure alla nonna. «Prometto che non lascerò mai la terra.»

Scarlett

Sette anni

Papà se n'era andato la sera prima, e quella mattina era arrivata la nonna. Due circostanze che non si verificavano mai. E anche se Jesse aveva promesso di mostrarle il nuovo vitello nato nelle sue terre, Scarlett esitava ad andare. Papà aveva urlato la sera prima, e la mamma aveva pianto. Scarlett aveva fatto come le era stato detto ed era rimasta a letto, senza azzardarsi a mettere un solo dito fuori dalle coperte. Nemmeno quando Jesse le aveva lanciato dei sassi contro la finestra a mezzanotte, per chiederle di uscire fuori a giocare.

La mamma era seduta al tavolo della cucina, mentre la nonna versava acqua calda in due tazze. Una per lei, una per la mamma. In sala da pranzo, Scarlett se ne stava raggomitolata in un angolo. In un punto in cui non potevano vederla, ma lei riusciva a vedere loro.

«Non so cosa fare» disse la mamma. «Le cose non stanno migliorando. Peggiorano e basta.»

«Gli uomini sono complicati.» La nonna prese posto sulla sedia accanto alla mamma, e le coprì la mano con la sua. «Ma devi pensare a tutte le cose che Bryant fa per te e Scarlett. Finché resti con lui, non vi mancherà mai nulla.»

«Non lo so…»

«Vuoi che Scarlett cresca come te? Sempre a fare sacrifici per arrivare a fine mese? A chiedersi come farà a mangiare? Vuoi ritrovarti sola come me? Vuoi che Scarlett finisca da sola?»

Scarlett rabbrividì a quell'idea. Non voleva restare da sola, non le piaceva l'idea di non essere amata da nessuno.

«Cerca di capire cosa dà fastidio a Bryant ed evita di farlo. Lavora così duramente, ed è compito tuo assicurarti che torni in una casa felice e priva di stress.»

Scarlett si sentì il naso pizzicare, lo schiacciò per trattenere lo starnuto, ma le scappò comunque. La mamma e la nonna si voltarono di scatto dalla sua parte, e la mamma le venne incontro. «Scarlett, ti avevo detto di restare in camera tua.»

Sì, era vero, ma voleva essere sicura che la mamma stesse bene.

«Vai a giocare fuori. Puoi anche stare con Jesse, ma ricordati le regole.»

Regola numero uno: non far arrabbiare papà.

Regola numero due: tornare a casa per le quattro, ben prima che lui rientrasse a casa dal lavoro. Il papà si preoccupava e voleva sapere sempre dove si trovavano, in qualsiasi momento.

Regola numero tre: non dire a papà di aver giocato con Jesse. Da quando aveva iniziato la scuola, ogni volta che scopriva che avevano giocato insieme, faceva una faccia delusa e Scarlett gli chiedeva subito scusa. Odiava deludere suo papà.

Eppure non riusciva a stare lontana da Jesse, nemmeno per il papà, perciò invece di giocare con lui di giorno, usciva di nascosto la notte. Non riusciva a spiegarsi perché Jesse la attirasse così tanto. Era un po' come il bisogno di respirare.

«E non dire a nessuno che papà era arrabbiato. Ci resterebbe male se lo facessimo.» Con una pacca affettuosa, la mamma spinse Scarlett fuori dalla porta. Lei attraversò la strada di corsa, diretta verso le terre di Jesse. Superò la roulotte e scattò verso il fienile nel campo a ovest. Se era nato un vitello, Jesse doveva essere lì.

Sulla prima collina, una folata di vento soffiò tra gli alberi. Scarlett sentì un sussurro, una voce nella brezza. Era una voce confortante, un po' come quella della nonna di Jesse quando la abbracciava. Rallentò e si guardò attorno. A parte il sole, l'erba e gli uccelli, non vide nessuno. Nemmeno quando si voltò per esserne sicura.

Scarlett, sussurrò di nuovo il vento, e lei strinse gli occhi mentre cercava di sentire meglio. No, la voce non veniva dal vento: proveniva da sotto, dalla terra.

«Scarlett» fece una voce vera e propria. Tra le ombre dei filari di alberi sbucò Glory, la cugina più grande di Jesse. «Devi tornare a casa.»

Ci fu una lunga pausa, come succedeva sempre quando Scarlett cercava di parlare. Fece del suo meglio per ricordare quello che le aveva detto la logopedista. Di prendere prima un respiro profondo e poi concentrarsi sul movimento della lingua per formare correttamente le parole. «Mia mamma... mia mamma ha detto che posso giocare con Jesse.»

Non tutte le parole le venivano bene, ma era fiera di non balbettare più. Aveva ripetuto l'inizio della frase per due volte, ma secondo la logopedista andava bene così. Ci avrebbero lavorato presto, non appena fosse riuscita a gestire bene la R.

Molti bambini la prendevano in giro per come parlava, ma Jesse no, ed era l'unica cosa che le importava.

Glory le venne incontro. Indossava una lunga gonna dal tessuto scintillante. «So che a Jesse farebbe piacere vederti, ma ricordi che ti ho detto che gli angeli mi parlano?»

«Sì.» I racconti di Glory la spaventavano e la affascinavano allo stesso tempo.

«I miei angeli hanno un messaggio per te, e poi dovrai tornare a casa.»

«P-perché?»

Glory si chinò alla sua altezza e le mise una ciocca di capelli neri dietro l'orecchio. Aveva un sorriso gentile che rassicurò Scarlett. «Non so perché, ma sono venuti a dirmi che quello che sto per dirti è molto importante.»

Scarlett strinse la bocca per la delusione, ma non poteva disobbedire a un adulto.

«Gli angeli mi hanno detto che piaci alla terra e che, se glielo permetterai, ti proteggerà quando avrai paura. Sono curiosa, però: puoi dirmi cosa ti spaventa?»

Scarlett si mise a giocare con l'orlo della maglietta, perché la mamma aveva detto che non poteva raccontare del papà che si arrabbiava. Glory si chinò, e quando si sollevò aveva un bruco grasso e colorato che le strisciava sulla mano. «Sai cosa diventano i bruchi?»

«Far… far-falle?» Faceva ancora fatica a dire la F.

Glory porse il bruco a Scarlett, e lei lo prese in mano, tutta contenta. A scuola le altre bambine strillavano vedendo un insetto. Lei e Jesse invece li andavano a cercare apposta.

«Quando vedrai di nuovo questo bruco, significherà che il tuo legame con la terra si starà risvegliando. Sarà un periodo difficile, ma anche ricco di cambiamenti necessari. Quando vedrai di nuovo questo bruco, dovrai venire a cercarmi se non ti avrò già trovata io. Ci sono delle cose che devo insegnarti. Hai capito?»

Prima che Scarlett potesse rispondere, Glory spalancò gli occhi. «Corri a casa, Scarlett. Adesso.»

Scarlett si voltò e scattò, sentendo i polmoni bruciare perché non rallentò, nemmeno sulle colline. La paura le inondò le vene alla vista dell'auto del padre nel vialetto, dove prima c'era la macchina della nonna. Era tornato a casa prima. Non tornava mai prima.

Scarlett corse lungo il vialetto, e fece il giro da dietro proprio mentre il padre spalancava la porta sul retro e urlava il suo nome. Fece del suo meglio per rispondere senza ansimare: «Sono… sono qui».

Lo stupore sul volto del papà fu molto meglio della rabbia. Era sorpreso di vederla, o del fatto che quasi non aveva balbettato? La mamma lo raggiunse da dietro, gli appoggiò una mano sulla spalla e mormorò che lo aveva avvisato che Scarlett stava giocando lì fuori. Il papà si voltò verso la mamma, la strinse a sé e si abbracciarono, mentre lui continuava a chiederle scusa a bassa voce.

La mamma lo strinse forte, e l'espressione sollevata sul suo viso mise a tacere l'ansia che Scarlett sentiva all'altezza dello stomaco. Era tutto a posto. Non sarebbero più state sole.

Scarlett

Partecipando a quel funerale stavo sfidando i miei genitori. Lo so: tutti gli adolescenti attraversano la fase della ribellione. Ma la maggior parte delle diciassettenni mente ai genitori per uscire di nascosto con un ragazzo o per andare a una festa dove si comporterà in modo discutibile. Io, invece? Stavo mentendo a papà, e tutto perché era morta la nonna di Jesse Lachlin.

Lungo il tragitto avevo messo in dubbio la mia sanità mentale, ma se fossi rimasta a casa non sarei più riuscita a guardarmi allo specchio. Quando eravamo piccoli Jesse Lachlin era il mio migliore amico. Eravamo inseparabili, legati da quel tipo di amicizia che la gente pagherebbe per avere. E poi, pochi anni prima, mi aveva ferito così profondamente che ancora sanguinavo. Ma io a dieci anni non avrei mai abbandonato Jesse mentre soffriva. Perciò quel giorno non stavo solo onorando la memoria di sua nonna, ma anche quella della nostra amicizia defunta.

Mentre andavo al funerale, l'erba alta del campo mi sferzava le gambe, ma quel pizzicore non mi dava fastidio. Mi piaceva camminare scalza sull'erba, sentire il profumo della terra e godere della breve sensazione di libertà che offrono gli spazi aperti.

Erano i giorni più roventi di agosto. Il classico caldo che inizia al sorgere del sole e inzuppa i vestiti di sudore nell'arco di pochi minuti. Avevo la pelle e le mani bollenti, invece le dita dei piedi erano fredde a contatto con la terra. L'afa era insopportabile, ma il sole splendeva e il cielo era di un azzurro luminoso, e di questo ero grata.

Uscita dal campo, prima di attraversare la strada a senso unico che portava alla chiesa, mi fermai per infilare le ballerine che tenevo in mano. Mia mamma si sarebbe vergognata se avesse saputo che stavo entrando in chiesa con un vestito di cotone con le margherite. Non era uno di quegli abiti dalla stoffa rigida e con una zip impossibile da chiudere sulla schiena che mi avrebbe preso lei in un centro commerciale troppo costoso. No, il mio era il tipo di vestito che si lava in lavatrice e lascia respirare la pelle. Uno a cui la nonna di Jesse avrebbe dato il suo bollino di approvazione.

Potevo già sentire la mamma fare un sospiro profondo e mormorare "Scarlett", come se non fosse il mio nome, ma una sua parolaccia personale. Mamma credeva che bisognasse vestirsi e comportarsi in un certo modo, e quel giorno stavo infrangendo tutte le sue regole. Attenzione, mondo: ero ufficialmente una ribelle.

Sorrisi tra me e me, perché ero tutto tranne che una ribelle. Negli ultimi anni avevo sempre seguito le regole. Ero diventata la cocca dei professori, l'alunna con tutti dieci in pagella. Ero un modello di perfezione, e mi ero guadagnata l'irriverente appellativo di "principessa di ghiaccio". Così mi chiamavano gli amici di Jesse, bisbigliando alle mie spalle nei corridoi della scuola, perché io e lui non ci parlavamo più.

Davanti alla chiesetta bianca erano parcheggiate solo sei macchine. Ero stupita. Credevo che sarebbero venute più persone. C'era il furgone sporco di fango di Jesse, e anche la Mercedes nera fin troppo lucida che apparteneva a suo zio. Ecco, adesso sì che ero davvero stupita. Jesse e suo zio provavano un odio reciproco le cui radici erano più profonde di quelle di qualsiasi albero.

Avvertii un movimento a destra, e voltai lentamente la testa. Alla vista di Glory Gardner sentii i brividi corrermi lungo la schiena. Ormai avevo diciassette anni, ero troppo grande per le storie di fantasmi, ma ancora mi impressionavano le voci che giravano su di lei. A pranzo le ragazze dicevano a bassa voce che Glory era una strega. Più crescevo, più capivo che in realtà "strega" voleva dire "genio della truffa". Diceva di saper leggere la mano, i tarocchi e di vedere gli spiriti dell'aldilà. E il tutto facendosi pagare una tariffa colossale.

Era una donna bellissima: aveva una lunga chioma di capelli biondo cenere, indomabili perfino quando erano raccolti, e si vestiva con peculiare stile eclettico. Quel giorno indossava una camicetta ricamata e una lunga gonna che luccicava al sole.

Glory mi restituì lo sguardo mentre la osservavo con curiosità. La conoscevo fin da piccola, quando io e Jesse correvamo liberi nei campi vicino a casa sua, ma non parlavamo da anni.

Era in piedi, all'ombra di un altissimo salice piangente. Ce n'erano un sacco lì intorno. Secondo mamma, perché c'era troppa acqua nel terreno. Secondo me, perché la gente di quella città aveva pianto fin troppo. A mamma non piaceva la mia risposta.

Feci un cenno verso la chiesa, in un tentativo silenzioso di capire se Glory volesse entrare con me. Lei scosse la testa. Non fui sorpresa. A dar retta alle voci, Glory avrebbe preso fuoco entrando nella casa di Dio. Ma chi poteva dirlo? Magari sarebbe successo anche a me.

La chiesa era stata una di quelle pittoresche scuole di campagna con una sola aula. Era circondata da un campo di mais da una parte e da uno di grano dall'altra. L'enorme torre campanaria sembrava voler raggiungere il cielo ma, come tutti gli edifici realizzati dall'uomo, era destinata a fallire.

L'inquietante porta di legno non fece rumore quando la aprii, e riuscii a entrare in chiesa senza annunciarmi troppo rumorosamente. La luce arancione filtrava dalle scure vetrate, e a fatica i raggi di sole rivelavano milioni di particelle danzanti di polvere.

Davanti all'altare non c'era una bara, ma un'urna. Sentii il cuore sprofondare: Suzanne era morta. In passato avevo desiderato che fosse mia nonna, e tante volte lei mi aveva trattato come se fossi stata di famiglia. Suzanne era la personificazione dell'amore, e il mondo sembrava più freddo ora che non c'era più.

Scelsi un posto nelle ultime file di panche. Mi si serrò lo stomaco mentre esaminavo la chiesa: possibile che fosse così vuota?

A parte la Brigata Funerali – o BF, come la chiamavo io – non c'erano molte persone. La BF era un gruppo di anziane che partecipavano a tutti i funerali della nostra piccola città, anche quando non conoscevano il defunto. Andare ai funerali non rientrava nella mia idea di divertimento, ma chi ero io per giudicare?

La BF era seduta dietro l'unico Lachlin che in paese ritenevano sano di mente, forse perché non era un loro consanguineo: lo zio di Jesse.

Jesse era seduto nel lato sinistro della chiesa. Da solo. Sentii una dolorosa fitta al petto. Dov'erano i suoi disgustosi amici, quei futuri anarchici che lo seguivano ovunque andava? Dov'era il resto della città? È vero, Suzanne era la tipica persona che si ama o si odia, ma in ogni caso non c'era più alcun rispetto?

In silenzio, per non attirare l'attenzione, mi spostai dalle panche a destra a quelle a sinistra. Qualcuno doveva stare dalla parte di Jesse, ed era triste che toccasse proprio a me.

Accanto all'altare si aprì una porta, e il pastore uscì dal piccolo edificio che la chiesa aveva fatto costruire dieci anni prima come ufficio. Mi aspettavo che il pastore assegnato a quel posto fosse vecchio quanto la chiesa; un po' come il templare di Indiana Jones, destinato all'immortalità finché fosse rimasto nella grotta. Invece no, era il giovane pastore Hughes, che si occupava della principale e più recente chiesa della città. Era un uomo di colore sulla trentina, in forma e di bell'aspetto: non avrebbe sfigurato in un film.

Il pastore alzò gli occhi e trasalì, sorpreso. Sbirciai alle mie spalle, poi sospirai. Ovvio, era sorpreso di vedere me. Davvero fantastico.

La sua reazione e il fatto che non smetteva di guardarmi fecero voltare la testa a tutti. Magnifico. Ogni tanto mi era capitato di fare sogni simili: entrare in una stanza e diventare il centro dell'attenzione. Certo, nei sogni ero nuda, a scuola, in mezzo ai miei compagni, ma non è che così fosse meno imbarazzante.

Alla fine la BF e lo zio di Jesse tornarono a guardare avanti, ma Jesse no. Appoggiò il braccio alla spalliera della panca, e faticai a ignorare che ero il fulcro della sua attenzione, ma feci del mio meglio per fingere di non averlo notato.

Per riuscirci, mi concentrai su quello che mamma mi aveva insegnato da bambina: assicurarsi che il vestito fosse in ordine e non lasciasse scoperte le cosce. Poi congiunsi le mani in grembo e mi misi dritta come se avessi un libro sulla testa. Non mi chiamavano la principessa di ghiaccio per nulla.

C'erano cinque panche tra me e Jesse, ma non erano comunque abbastanza. Sentivo le guance avvampare mentre mi fissava. Lo aveva già fatto altre volte dall'inizio del liceo. Mi guardava come se fossi qualcuno che meritava di essere guardato, qualcuno con cui ridere a squarciagola, fino a sentirsi male. Poi si ricordava chi ero, e volgeva gli occhi altrove.

Ma in quel momento non li stava distogliendo. Inspirai profondamente per convincermi che non avesse importanza, ma ne aveva eccome. Forse Jesse non era più il mio amico di infanzia, ma aveva gli stessi bellissimi occhi verdi e la stessa zazzera di capelli rossi che si arricciavano sotto il berretto da baseball. Solo Jesse poteva indossare un berretto a un funerale.

Non potei fare a meno di notare la cicatrice sul mento: se l'era fatta quando il ramo di un albero su cui ci eravamo arrampicati si era rotto ed eravamo precipitati a terra. Era stato lui a subire l'impatto della caduta, dato che mi aveva afferrata per farmi atterrare su di lui. Quanto avevo pianto vedendolo sanguinare. Ma Jesse, come al solito, aveva riso di quella disavventura.

Anche se erano cambiate tante cose dai tempi in cui eravamo amici, tante altre erano rimaste le stesse. Jesse era ancora un ribelle, un anticonformista, ma soprattutto un ragazzo confuso.

Il pastore ci diede il benvenuto, iniziò con una lettura che per gli altri doveva avere un significato, ma non per me, e Jesse riprese a guardare avanti.

Durante l'elogio del pastore, sentii un dolore al petto. Non erano le parole del sacerdote a risucchiarmi via l'aria dai polmoni, ma Jesse. Il mio amico instancabile, lo spensierato Peter Pan in carne e ossa. Più passavano quei minuti strazianti, più le sue spalle cedevano e si curvavano, finché non si piegò in avanti, con le braccia sulle gambe, la testa china e le dita intrecciate, come se stesse pregando.

Ma non stava pregando. Non l'aveva mai fatto, almeno per quanto ne sapevo io. Se lo stava facendo in quel momento, voleva dire che stava morendo.

«... e se Suzanne era nota per qualcosa, era proprio l'amore. Sotto molti aspetti potrà essere stata una persona poco convenzionale, ma era capace di amare in modo intenso.» Fino a quel momento il pastore aveva pronunciato la predica rivolgendosi al lato con più persone, ma ora si stava spostando davanti a Jesse, la persona di cui Suzanne si era occupata per gran parte della sua vita. «E in particolare amava te, più di chiunque altro.»

Jesse chinò la testa fra le mani, e feci una smorfia come se avessi ricevuto un pugno nello stomaco. Aveva voluto molto bene a sua nonna, e lei gliene aveva voluto a sua volta. Era uno dei problemi di Jesse: non erano in molti a volergli davvero bene.

Un tempo, io gli avevo voluto bene. Nel modo in cui può volere bene una bambina di sei anni. Proprio come una volta ne volevo a me stessa. Jesse era la libertà, mentre buona parte della mia vita era la prigionia. Era la risata nelle notti buie, il guerriero che scacciava i mostri sotto il mio letto... era il mio amico.

Mi alzai in piedi. All'improvviso. Così in fretta che tutti gli occhi tornarono su di me, ma ormai non mi importava più. Percorsi la navata senza degnare nessuno di un solo cenno. Il pastore si interruppe. Presi posto accanto a Jesse: avevo lasciato un po' di spazio tra me e lui, ma comunque ero più vicina di tutti gli altri.

Il pastore riprese a parlare per un'altra quindicina di minuti, e quando concluse, calò il silenzio; il tipico silenzio da chiesa, imbarazzante e strano. Le signore della Brigata

Funerali uscirono per prime. Non erano tipe da iniziare a parlottare con la porta della chiesa ancora aperta: infatti, appena la luce del sole filtrata all'interno dallo spiraglio si spense, le loro voci si levarono come il ronzio di uno sciame d'api.

Lo zio di Jesse si alzò in piedi, si avvicinò al pastore e gli sussurrò all'orecchio. Il pastore annuì e poi disse: «Jesse, se ti va di parlare, sono nel mio ufficio».

Jesse non rispose, non fece un cenno. Niente. Continuava a tenere la testa bassa, le braccia sulle ginocchia, le mani unite. Rivolsi al pastore uno sguardo supplice, pregando silenziosamente perché facesse una di quelle magie da predicatore che fanno stare meglio la gente: un paio di alleluia, una pacca sulla nuca, e poi gli avrebbe annunciato che era guarito.

Invece il pastore se ne andò insieme allo zio di Jesse. Che idioti.

Quando chiusero la porta dell'ufficio, sperai che il pastore e lo zio venissero "benedetti" da una piccola intossicazione alimentare. Ovviamente augurarlo non servì a niente, né aiutò Jesse.

Continuavo a torcermi le mani. Cosa dovevo fare? Cosa potevo dire? Lanciai un'occhiata a Jesse e cercai le parole giuste, ma non ne trovai. Non avevo niente da offrirgli. Alla fine, non ero poi tanto diversa dagli altri.

Mi sedetti sul bordo della panca, alzai la mano per dargli una pacca sulla schiena e aprii la bocca per il solito "Ti faccio le mie condoglianze", ma prima di riuscire a fare almeno una delle due cose, Jesse disse: «Resta, Trilli».

Resta, Trilli. Fu come se mi avesse strappato il cuore, e io lo stessi guardando mentre gli pulsava fra le mani. Trilli: era così che mi chiamava. Un promemoria di quanto era più semplice la vita fino a tre anni prima.

La parte di me che ancora soffriva per la fine della nostra amicizia avrebbe voluto dirgli dove poteva ficcarsi quella richiesta, ma la Scarlett che una volta non vedeva l'ora di intrappolare le lucciole in un barattolo insieme a lui mi fece tornare sulla panca.

Jesse

Sembrava proprio il giorno peggiore della mia vita, ma la cicatrice che avevo sulla schiena mi ricordava che non era così.

Lo zio mi seguì nella roulotte e scosse la testa. Tipico di lui. Aveva una smorfia disgustata, come se fosse nel mezzo di una discarica. Invece, come era sempre stato da che ne avevo memoria, la roulotte profumava di biscotti d'avena.

Quella era casa mia. I mobili che la affollavano erano pezzi d'antiquariato provenienti dalla vecchia fattoria in cui era nata la nonna, l'edificio inagibile accanto alla roulotte. Sulle pareti azzurre del soggiorno c'erano quadri di paesaggi con alberi coperti di muschio ai lati di lunghi sentieri. Da brava maniaca dell'ordine qual era, nonna teneva tutto organizzato, tutto al posto giusto. Tutto, tranne me.

Convinto che la maledizione fosse una sciocca storiella di paese, il povero zio Marshall era entrato a far parte della famiglia sposando una Lachlin. Aveva perso la moglie, la zia Julia, due anni dopo il matrimonio. Anche così, aveva continuato a non crederci. La laurea in Legge e il brillante studio legale ne facevano una persona troppo razionale per accettare che il sangue della nostra famiglia fosse corrotto.

Dovevo ammettere che mi dispiaceva per lui. Amava la zia Julia. E lei amava lui. Ma solo perché mi faceva pena, non significava che mi piacesse, né che io piacessi a lui. L'unica persona per cui ci comportavamo da persone civili era morta due giorni prima.

«Come ti senti?» chiese Marshall. Il suo tono di voce sembrava sincero, ma era una domanda stupida. Avevo perso mia nonna. Sapeva bene come mi sentivo.

«Bene.» Appoggiai l'urna della nonna sulla stufa elettrica a forma di caminetto, poi ne sfiorai un lato come se stessi toccando lei.

Dio mio, già mi mancava. La mia anima era piena di strappi, troppi per riuscire a respirare. Nonna aveva riversato in me il suo amore ed era riuscita a guarirmi, ma forse il mio problema era proprio avere troppe voragini dentro: tutto l'amore che era entrato era scivolato via.

L'anno prima, la nonna mi aveva trascinato giù dal letto per aiutarla a strappare le erbacce. Si era messa il vecchio cappello floscio con la falda di mezzo metro e la salopette, come se toccasse a lei sporcarsi le mani. Non lo aveva fatto, ovviamente. Se n'era stata sulla sua sdraio a dare ordini mentre io lavoravo. "Quella non è un'erbaccia, Jesse, è una cipolla. Ti ho insegnato a riconoscere la differenza."

"Sicura? A me sembra *un'erbaccia*."

Avevo tirato su la cipolla, faticando a non scoppiare a ridere. La stavo provocando apposta, sapendo che l'avrei fatta arrabbiare. A vedermi con la cipolla in mano, nonna si era messa a sbraitare insulti che avrebbero fatto arrossire un marinaio e sorridere me perfino nei miei momenti peggiori. A fine sfuriata, come tutte le volte, era scoppiata a ridere. Di cuore, a lungo.

Sul suo trono a forma di sdraio, si era sistemata il cappello e mi aveva ordinato di tornare al lavoro. Era la regina della nostra triste zolla di terra.

«Hai fatto bene a non spargere le sue ceneri al cimitero.» Lo zio stava cercando di nuovo di essere gentile. Era il motivo per cui piaceva alla nonna e per cui aveva continuato a considerarlo un Lachlin anche quando si era risposato. «Avrebbe voluto che fossero sparse sulla sua terra.»

Spargere le ceneri… Mi bruciavano gli occhi, e diedi le spalle a Marshall per aprire le tende del soggiorno. Apparve l'imponente abitazione della famiglia di Scarlett. Era alta, fatta di pietra, e da piccolo ero convinto fosse un castello.

La villetta dei Copeland e la mia roulotte erano le uniche case sulla lunga strada sterrata. Eravamo a un chilometro e mezzo dalla prima strada asfaltata e ancora più lontani dall'area residenziale. In pratica eravamo al confine con il nulla. Non c'erano segni di vita, a parte gli uccelli e ogni tanto un cervo smarrito.

Dall'altra parte della strada, Scarlett camminava scalza verso la cassetta della posta. Teneva in mano le scarpe e la gonna del suo vestito si muoveva a ogni passo, scoprendole le gambe più del solito. Aveva i capelli raccolti in uno chignon alla base del collo. Quando eravamo piccoli era una bambina pelle e ossa, con il carattere di un maschiaccio, ma ora era cresciuta ed era diventata bellissima.

Lunghi capelli neri, occhi azzurri... Scarlett... la mia Trilli.

Il funerale. Le scarpe in mano. Era venuta a piedi. Abbassai la testa e imprecai fra me e me. Avrei dovuto accorgermi che non era venuta in macchina. Avrei dovuto offrirle un passaggio invece di lasciarla da sola. Avrei dovuto fare tante cose in maniera diversa, e invece niente. Era la storia della mia vita.

Senza accorgersi che la stavo guardando, Scarlett controllò la posta. Troppe volte, nei momenti più cupi della notte, avevo pensato a lei e alle calde, lente giornate d'estate passate sotto il salice. Alle interminabili sere trascorse a rincorrere le lucciole nell'erba alta. E alla sua risata argentina, alla sua ossessione per le stelle luminose nel cielo buio, al suo sorriso audace.

Le ragnatele del passato cominciavano a offuscarmi i pensieri. Se non le avessi spazzate via, mi avrebbero soffocato. Il passato non era un posto per me, visto che la maggior parte dei miei ricordi era troppo brutale per riviverla.

Qui e ora. Resta nel presente e concentrati sull'obiettivo: la terra.

Mi sfilai il berretto e passai una mano tra i capelli, mentre superavo l'invisibile confine tra il soggiorno e la cucina. Aprii il frigo. Non c'era granché: un po' di prosciutto, due porzioni di formaggio preconfezionato, avanzi di pizza e qualche bottiglia di birra.

«La proprietà della chiesa è stata uno dei primi appezzamenti dei Lachlin a essere venduto» disse Marshall, sedendosi sul divanetto. Non era comodo, ma probabilmente valeva più di me. Sempre che qualcuno fosse stato così stupido da venire fin lì, nel mezzo del nulla, per valutarlo. «Lo sapevi?»

Sì. Nonna mi aveva raccontato ogni minimo dettaglio della storia dei Lachlin. Erano state le mie favole della buonanotte, in barba ai fratelli Grimm. L'albero genealogico di famiglia era talmente incasinato che a volte avrei preferito sapere di essere per tre quarti un troll.

All'inizio più di metà della contea apparteneva ai Lachlin, ma la terra era stata venduta un po' alla volta. Generazione dopo generazione, anno dopo anno, appezzamento dopo appezzamento, per evitare di indebitarsi. Io e quei seicento ettari eravamo tutto ciò che rimaneva. Avevo un sacco di terra, ma nessun contante. Una pessima combinazione.

Continuavo a fissare il frigo perché il mio cervello funzionava al rallentatore. Nel lavabo c'era la tazza di porcellana della nonna, vuota. Non me la sentivo proprio di lavarla. Se lo avessi fatto, avrei ammesso che non c'era più. Sentii una stretta al petto e sospirai. Dio mio, mi pareva di morire.

Il rumore del frigo attirò la mia attenzione sugli scaffali vuoti. Non avrei dovuto farlo. Non avrebbe migliorato l'opinione che Marshall aveva di me, ma avevo perso l'unica persona al mondo che mi ero concesso di amare. Rimbambirsi con un po' di birra non sembrava un'idea malvagia.

Tirai fuori una bottiglia e, dato che nonna mi aveva cresciuto nel rispetto della tradizionale ospitalità del Sud, la allungai verso di lui. «Ne vuoi una?»

«Non hai l'età per bere.»

No, ma per la nonna non era mai stato un problema. Dal tono, quello di Marshall non sembrava un secco no, così ne presi un'altra e gliela passai sul tavolino da caffè che, a sentire la nonna, era stato importato dall'Inghilterra dal suo bis-bisnonno. Presi posto sull'unico mobile comodo della stanza, la poltrona reclinabile della nonna.

Stappai la birra e ne bevvi un sorso. Marshall fissava la bottiglia davanti a sé. Stava riflettendo prima di parlare, e un po' lo apprezzai per questo.

«Tua nonna mi ha nominato suo esecutore testamentario.»

Lo sapevo. Lui faceva l'avvocato, io no. Io avevo diciassette anni, lui era un noioso quarantenne.

«Sono il tuo tutore legale» aggiunse. «Ma permettimi di essere chiaro: non sistemerò i tuoi casini. Come abbiamo stabilito a giugno, pensi di essere abbastanza grande per vivere per conto tuo, e ho intenzione di rispettare questa decisione. Lo Stato si intrometterà solo se ti scaverai la fossa da solo. Sta a te decidere se farlo.»

Spostò lo sguardo sulla birra che avevo in mano, e io la appoggiai sul tavolino da caffè.

«Se ci saranno problemi, ti trasferirai a casa mia e vivrai secondo le mie regole. Ti permetterò di vivere qui solo ed esclusivamente se starai lontano dai guai, ci siamo capiti?»

«Sì.» In realtà era ben contento di non avermi a casa sua, perché non mi voleva intorno alla moglie e alle figlie.

«Fino a quando non compirai diciotto anni, gestirò io la contabilità per tutto ciò che concerne la terra.» Non ero sorpreso. Sei mesi prima, nonna aveva cointestato a Marshall il conto corrente della fattoria. E mi aveva detto che una volta che la terra sarebbe diventata ufficialmente mia, lo sarebbe stato anche il conto. «Ma questo non significa che darò di persona una mano per quello che riguarda la fattoria.»

Era il suo modo da snob incravattato per dire che non aveva intenzione di sporcarsi le mani. Bello schifo essere così. «So come occuparmi della terra.» Lo facevo praticamente da sempre.

«Se ti servono dei soldi, mandami un'e-mail e specifica cosa ti serve e perché, e fammi avere il dettaglio delle spese e del rapporto qualità-prezzo di tre fornitori diversi. Non spendere un centesimo per la fattoria senza parlarne prima con me, intesi?»

Mi passai entrambe le mani sulla faccia, soffocando il bisogno di stropicciarmi gli occhi. «Questo non è il tuo noiosissimo ufficio, dove serve il numero dell'ordine di acquisto per comprare un martello. È una fattoria.»

«Una fattoria non è diversa da un'azienda. Voglio che lo capisci.»

«E tu cosa ne capisci, di agricoltura?» ribattei.

Lui mi ignorò. «La nonna mi aveva detto che stavi mettendo da parte dei soldi su un altro conto, per poter gestire le bollette della roulotte in previsione della sua morte. È vero?»

Annuii. Non erano molti. Gran parte del denaro era finito sul conto della fattoria per tenere a galla la proprietà. Usando con attenzione i miei risparmi non sarei morto di fame. O almeno non subito.

Risparmiare non era facile, ma come dei dannati scoiattoli, io e la nonna avevamo messo da parte più soldi possibile. A parte i seicento ettari di terra, eravamo comunque messi male. Nonna andava avanti con la pensione, e guadagnava qualcosa affittando appezzamenti agli agricoltori. Non potendo occuparsi della terra da sola, lasciava che fossero altri contadini a seminare i campi e pascolare il bestiame, pagandole l'affitto. In più, pagavano me per lavorare nei campi o badare ai loro animali.

L'anno prima avevo convinto la nonna a lasciarmi tenere parte della proprietà per il fieno. Ma prendere in affitto gli attrezzi per la falciatura e l'imballaggio era stato un problema, e avevo finito per non guadagnarci nulla. A dirla tutta, ero andato in pari a stento. L'agricoltura era un investimento, e non certo economico.

Marshall si chinò in avanti e si strofinò le mani, quasi fosse teso. Non andavamo d'accordo, ma io mi stavo comportando bene e lui pure. Tanta tensione era fuori luogo. Dalla sua tracolla piena di fogli prese una cartellina sottile e la fece scivolare verso di me.

La presi e cominciai a leggere. Sussultai, come se avessi ricevuto un colpo in testa. «Che cavolo è 'sta storia?»

Si strofinò di nuovo le mani. «Una prova.»

Spinsi la cartellina verso di lui, in attesa di una risposta migliore. Lui mi restituì lo sguardo, perché sapeva che ero in grado di leggere e di elaborare le informazioni. Secondo alcuni test che avevo fatto, ero pure intelligente.

«La terra è mia» dissi. «Questo scherzo non è divertente.»

«L'ettaro che contiene la roulotte resterà tuo, indipendentemente da cosa succederà.»

«La terra è mia» ripetei lentamente, nel caso non l'avesse capito la prima volta.

«Avevo detto a tua nonna di lasciarti solo questo ettaro e di farmi vendere il resto della proprietà per mettere il ricavo su un fondo fiduciario a tuo nome, ma non era d'accordo. Io non sono convinto che tu sia in grado di sostenere la responsabilità di questa terra. Lei sì, ma capiva i miei dubbi. Così abbiamo superato le nostre divergenze, e ci siamo accordati per istituire una giuria.»

«Una giuria?»

«Due persone, oltre a me, ti osserveranno e decideranno se sei abbastanza responsabile per tenere la terra. Voteremo a maggio, quando compirai diciotto anni. Se vincerà il no, la fattoria sarà venduta. I pagamenti verranno dilazionati nell'arco di dieci anni, per assicurarmi che tu faccia delle buone scelte finanziarie. La prova e la giuria ti offriranno una buona occasione di dimostrare di essere una persona responsabile. Avrai la possibilità di lottare per tenere la terra.»

Mio zio era un bastardo. «Come sei riuscito a convincere la nonna? Le hai mentito? Le hai fatto firmare documenti senza nemmeno dirle cosa stava firmando?»

«Io non ho fatto proprio niente. Tua nonna era preoccupata all'idea di lasciare una responsabilità così grossa a un ragazzo della tua età. E devo ammettere che anch'io sono preoccupato.»

Feci una risata amara. «Preoccupato? Ma se mi odi.»

«Non ti odio, Jesse. Penso solo che tendi a fare scelte sbagliate.»

«E invece faccio un sacco di scelte giuste.» Scelte che avevano reso felice la nonna negli ultimi anni della sua vita. Scelte difficili per me, ma necessarie per le persone che amavo.

«Ne sei proprio convinto?» Marshall mi stava sfidando.

Spalancai gli occhi a quelle parole.

«Sei stato arrestato per possesso di droga.»

«Era solo marijuana. In alcuni stati è legale.» E poi me l'ero procurata per un'amica.

«Sei stato sospeso da scuola per una rissa.»

«Quel tizio era uno stronzo. Lo avresti preso a pugni anche tu.»

«Non rispetti le autorità, non hai punti fermi, ignori le regole e non hai idea di cosa significa prendersi la responsabilità di una fattoria di queste dimensioni senza finire in mezzo a una strada.»

Tirai indietro la testa, come se quelle parole fossero state un pugno in pieno volto. «Io non sarei una persona responsabile? Chi credi si sia preso cura della nonna?»

Marshall mi guardò dritto negli occhi. «Io.»

Sentii i muscoli tendersi, e dovetti sforzarmi per non prenderlo a pugni. È vero, Marshall si era occupato delle finanze della nonna, ma ero stato io a badare a quel posto, ad assicurarmi che mangiasse, a vegliare su di lei giorno dopo giorno.

«Fare l'agricoltore non vuol dire solo avere una pala e buttare un paio di semi a terra. Per mandare avanti la fattoria devi stipulare un mutuo per comprare l'attrezzatura. E l'unico patrimonio che hai è la proprietà stessa, incluso l'ettaro su cui sta la roulotte. E se non riuscirai a pagare il mutuo, non ti rimarrà nulla. Era questo che terrorizzava la nonna.»

Mi alzai, perché non sapevo cos'altro fare. Che cavolo gli era preso alla nonna? Avevo bisogno di un sostegno, così andai verso la finestra e appoggiai le mani al telaio. «Non perderò la terra.»

«Inoltre non farei un buon lavoro né come esecutore testamentario né come tuo tutore, se non prendessi in considerazione la possibilità che tu venda la terra al tuo diciottesimo compleanno, bruciando tutti i profitti nell'arco di un anno.»

Mi voltai e lo trafissi con lo sguardo. «Credi davvero che potrei venderla?»

«Prima che lei morisse, mi avevi chiesto come fare.»

Volevo vendere solo una piccola parte, pochi ettari. Perché volevo aiutare la nonna. Pensavo che con qualche soldo in più magari avremmo potuto consultare un altro specialista, uno più bravo, che la aiutasse a vivere più a lungo, ma lui non mi aveva creduto. Non mi credeva mai. «Quindi, adesso le decisioni le prendi tu?»

Attese troppo prima di rispondere, o forse non abbastanza. «Ho accettato questo compito perché, che tu ci creda o no, ci tengo a te. Hai avuto una vita dura fin dalla nascita, e non riesco a immaginare come debba essere stare al tuo posto. Non fingerò di capire il dolore che hai passato, né di comprendere il tuo legame con questa terra. Ti ho visto crescere. Lo so, per te la terra è come un cerotto su una ferita che non smette di sanguinare.»

Se cercava di farmi sentire meglio, non ci stava riuscendo. «Non voterai mai per me. Sei prevenuto nei miei confronti.»

«Non è vero.»

Per giorni mi ero sentito come un ramo sul punto di spezzarsi. Alla fine, scattai. «So che hai detto alla nonna di non prendermi con lei quando è morta la mamma, e di darmi in affidamento. So che le hai detto che avrei creato troppi problemi, e che non sarebbe riuscita a gestirmi. Che in me c'era qualcosa di rotto che non poteva essere aggiustato. Lo so perché ti ho sentito. Adesso dimmi che non sei prevenuto.»

Gli lessi il senso di colpa negli occhi scuri, e lui distolse lo sguardo mentre sfogliava le carte. «Se può farti sentire meglio, questo è il motivo per cui la nonna ha istituito una giuria e ha scelto altre due persone per prendere la decisione. Vincerà il voto della maggioranza. Lei era sicura che saresti stato all'altezza della sfida.»

Non sapevo se portargli rispetto o disprezzarlo per non aver provato a negare ciò che entrambi sapevamo sulla questione dell'affidamento. E non sapevo neppure come mi faceva sentire il fatto che non si fosse nemmeno scusato.

«Ha scelto dei giurati imparziali» continuò lui. «Non è una condanna a morte. È un campanello di allarme. È agosto, e hai fino a maggio per provare che sei responsabile. Hai tempo. Usalo. Dimostrami che mi sbaglio.»

Sentivo crescere in me la sensazione di avere un obiettivo, e feci del mio meglio per convogliarci tutta la rabbia e il dolore che provavo. «Oltre a te, chi fa parte della giuria?»

«Se te lo dico, rischio di vederti dare spettacolo per loro. Questa è la tua opportunità di cambiare in meglio. Approfittane.» Marshall lasciò i documenti sul tavolino, infilò di nuovo la cartellina nella borsa di pelle e si alzò. «Se ti fa sentire meglio, vorrei che ci riuscissi, ma che ci riuscissi sul serio. Non voterò per lasciarti tenere la terra se non mi dimostrerai che hai capito veramente cosa significa gestire una fattoria di queste dimensioni.»

No, non mi fece sentire meglio. Era solo un tentativo di alleggerirsi il senso di colpa quando mi avrebbe votato contro.

«Sono veramente dispiaciuto per la nonna, Jesse. Se hai bisogno di parlare o vuoi mangiare in compagnia, ti aspetto. E se dovessi stancarti di stare qui da solo, puoi venire a vivere con noi. Ce n'è di spazio a casa nostra.»

Non credetti a una sola di quelle parole, ma annuii perché così se ne sarebbe andato via prima. Marshall mi fissò ancora per qualche secondo, come se stesse valutando se aggiungere qualcosa, ma non lo fece. Invece uscì, chiudendosi dietro la porta.

Il motore dell'auto si accese e la ghiaia scricchiolò sotto le ruote. Poi ci fu silenzio. Un silenzio esasperante. Sprofondai nella poltrona, chinai la testa fra le mani e chiusi gli occhi. Avevo perso la nonna, e ora rischiavo di perdere la terra. L'unica cosa che ancora amavo. L'unica cosa che mi dava un po' di pace nella vita. «Perché, nonna?»

Cercai di percepire qualcosa nel silenzio, e sentii un nodo allo stomaco perché nessuno rispose. «Mi manchi.»

Ancora niente, e iniziai a sentire la testa che pulsava. Il cellulare stava vibrando nella tasca posteriore. Lo presi, certo che fosse un messaggio di uno dei miei amici. Mi stupì invece leggere sullo schermo il nome di Glory. *Domani sera devi passare da me.*

Io: *No.*

Glory: *Ho saputo del piano della nonna.*

Io: *Anch'io.*

Glory: *Ma io so chi deciderà del tuo futuro.*

Rimasi di sasso.

Glory: *Passa da me domani alle nove. Per allora dovrei aver finito l'ultima seduta.*

Io: *Non vengo.*

Glory: *E invece sì.*

Scarlett

Stando ai due cartelli attaccati al tendone viola che copriva la bancarella ricoperta di cristalli in vendita, la vita sembrava incredibilmente semplice. Uno recitava: LASCIA CHE GLI SPIRITI TI AIUTINO A TROVARE LA VIA, mentre l'altro: HAI DELLE DOMANDE? LE CARTE HANNO LE RISPOSTE. La vita però, e in questo ero un'esperta, non era mai così facile.

Il Festival del Cocomero era un viavai di persone, giovani e anziane, e la strada principale era completamente ricoperta dalle bancarelle. Un gruppo di bambini si era radunato in punta di piedi allo stand accanto, dove si fabbricavano decorazioni di compleanno. Per i bambini il sibilo dell'aria pompata nei palloncini e lo stridio di quando gli si dava la forma di un animale erano come la musica del pifferaio magico.

In mezzo a quella marea di bambini c'era Camila Sanchez, la mia amica. Con i capelli lisci, da poco tinti di un biondo platino, lunghi fino alle spalle e il carattere ambizioso, Camila maneggiava i palloncini e contemporaneamente elencava i prezzi delle feste organizzate dall'azienda dei genitori. A vedere il suo sorriso, nessuno avrebbe immaginato che detestava bambini e palloncini, compresi quelli a forma di animale.

Quando una bambina si lamentò che le gambe del suo cane erano tutte diverse e troppe corte, il sorriso di Camila si fece più largo, ma non aveva l'aria dolce. «È un cane basso.»

Mi sfuggì una risata e lei si guardò intorno. Mi vide, poi mi fece un occhiolino complice. Erano le sei meno un quarto, e i genitori l'avrebbero lasciata libera alle sei. I signori Sanchez erano dei genitori fantastici, e se avevano detto alle sei, sarebbero state le sei. Erano la famiglia dei miei sogni.

«Non mi avevi detto che dovevi vederti con Camila?»

Sussultai al suono della voce di papà, e mi voltai verso di lui. Sentii l'adrenalina scorrermi nelle vene. «Infatti.»

Papà mi scrutò e nascosi le mani dietro la schiena, per mascherare il tremolio che rischiava di rivelare il senso di colpa. Quando lo avevo lasciato era di buon umore, ma ci metteva poco a cambiare idea. C'erano due buchi rattoppati in camera mia che lo testimoniavano. Papà aveva sostituito l'intonaco e lo aveva coperto con una mano di vernice. Anche se i buchi erano spariti non si poteva dire lo stesso del ricordo di come il cuore mi era quasi esploso in petto mentre lui sferrava il pugno contro il muro.

Fece un cenno verso il banchetto dei palloncini. «Mi pare che Camila stia lavorando.»

«Finisce tra poco» dissi troppo in fretta, mordendomi la lingua per non chiedergli perché non fosse andato a casa come aveva detto. Fare domande non avrebbe aiutato.

«Perché ti sei allontanata se sta ancora lavorando? Avevi detto che avrebbe finito alle cinque e mezzo.»

Sentii la gola secca e il tremolio alle mani si estese al resto del corpo, ma mi costrinsi a fare un respiro profondo per calmarmi. *Non fargli vedere che hai paura. Non dargli un motivo per dubitare di quello che dici.* «Doveva aver già finito, ma i genitori le hanno chiesto di lavorare ancora qualche minuto.»

«Se finiva più tardi, avresti dovuto avvertirmi.» Quel tono vagamente tagliente mi fece scattare un allarme nel cervello. «Ti ho dimostrato un bel po' di fiducia a lasciarti andare a cercare Camila da sola.»

«Ha solo qualche minuto di ritardo. Non vedi che i suoi genitori mi stanno guardando? È tutto a posto.»

Con la coda dell'occhio, mi sentii sollevata nel vedere che la mamma di Camila ci stava davvero guardando, dando credibilità a tutte le mie menzogne. Ovviamente non mi stava tenendo d'occhio perché pensava che mi servisse una babysitter, ma con tutta probabilità perché era perplessa dalla severità delle regole di mio padre, come una volta aveva accennato a Camila.

Sfiorai i cristalli sulla bancarella come se mi interessassero. Era difficile far finta di niente mentre papà guardava la mamma di Camila e poi esaminava me. *Ti prego credimi, ti prego credimi. Ti prego.*

Che stupida. Non mi sarei dovuta allontanare da papà in anticipo. Non avrei dovuto mentire. Ma l'avevo fatto. Mio papà, mia mamma, Isabelle: si stavano tutti divertendo alla fiera. Ridevano spensierati. Loro lo avevano perdonato, ma io no. Non potevo, non di nuovo, e questo era uno dei tanti motivi per cui la mia vita non era semplice.

Volevo lanciargli un'occhiata per capire quale destino mi attendeva, ma non lo feci. Era meglio evitare il contatto visivo quando era arrabbiato. Peggiorava solo le cose.

Il fatto di essere in pubblico non lo avrebbe frenato. Sarebbe solo stato più discreto. Come l'anno prima, quando era venuto a prendermi in anticipo a una partita di calcio e mi aveva visto andare in bagno da sola. Una volta tornata dai miei amici, mi aveva chiamato da parte con un sorriso stampato in faccia. Con fare amorevole mi aveva appoggiato il braccio sulle spalle, ma in realtà mi aveva piantato le dita nella carne sussurrandomi all'orecchio che ero un'irresponsabile ed era il momento di tornare a casa.

Papà non aveva dato spettacolo alla partita. Le urla erano iniziate non appena eravamo saliti in auto, ed erano andate avanti finché non mi aveva lasciato sola in camera mia. Ero rimasta sul letto per ore, raggomitolata a piangere.

Mi mancava il fiato pensando a come sarebbero andate le cose. Sarebbe stato come a Natale? Avrebbe lanciato una lampada e costretto la mamma a pulire sotto i miei occhi? O sarebbe stato come la primavera passata, quando aveva rovesciato a terra il tavolo della cucina, spaccando tutti i piatti che c'erano sopra per la cena?

Papà si avvicinò, e mi sentii invadere dal panico. «La prossima volta, in una situazione del genere, torna da me e fatti mandare un messaggio da Camila quando ha finito di lavorare. Non voglio che resti da sola.»

Io non avrei voluto altro che stare da sola, in modo che i miei pensieri e le mie azioni appartenessero solo a me. Ma lui non era arrabbiato, mi credeva, e lasciai andare il fiato che avevo inconsciamente trattenuto per godermi quella piccola vittoria. «D'accordo.»

«È che mi preoccupo per te» disse lui, con un tono così sincero che mi sentii in colpa per averlo fatto stare in ansia.

«Lo so.» Tenni gli occhi fissi sui cristalli della bancarella, terrorizzata all'idea che se avessi incrociato il suo sguardo, avrebbe cambiato idea e dato di matto.

«Mi preoccupo perché ti voglio bene.»

«Lo so» ripetei.

«Mi manca quando mi parlavi. Quando eravamo uniti.»

Anche a me, ma rimasi in silenzio perché non mi fidavo né di lui né di me a continuare quella conversazione. Lui rischiava di cambiare umore e io di mettermi a piangere.

Ci fu un momento di silenzio imbarazzante, e io sperai che se ne andasse. Corsi il rischio e sbirciai. Papà stava guardando oltre la bancarella, nella voragine della sua mente in cui andava quando pensava alla sorella.

Io e papà eravamo agli opposti. Per animo, atteggiamento e aspetto. Lui aveva i capelli e gli occhi castani mentre io, che assomigliavo alla mamma, avevo i capelli neri, gli occhi azzurri e una carnagione mediterranea, olivastra, eredità di chissà quale lontano antenato. C'erano volte in cui ero grata di assomigliare alla mamma. Quando mi guardavo allo specchio, ero felice di non vedere il volto di mio padre.

«La mamma e Isabelle stanno dando da mangiare alle anatre nello stagno.» Papà sbatté gli occhi mentre tornava nel mondo reale, poi mi rivolse un sorriso, come se così potesse cancellare quella conversazione. «Ti ricordi quando avevi l'età di Isabelle e sei caduta nello stagno mentre davi da mangiare alle anatre, e io sono saltato dentro per salvarti? Ti ricordi che, per farti ridere, mi sono infilato le piume nei capelli?»

Eccome se lo ricordavo. Avevo rovinato il mio vestito preferito, ero infreddolita, bagnata e in lacrime perché ero finita nell'acqua sporca senza riuscire a nuotare. Ma papà mi aveva salvata, mi aveva abbracciata e dato la sua giacca per riscaldarmi, e poi mi aveva fatto ridere.

In quel momento, lì davanti a me, papà aveva l'aria di chi voleva dare un colpetto bonario con la spalla, proprio come faceva quando la vita era più semplice. Feci un passo indietro; non grande, giusto un po'. Quel tanto da fargli capire che non ero ancora pronta.

Sulla bancarella c'erano delle collane appese a un supporto di ferro. Passai le dita sui pendagli: erano pietre di diversi colori attaccate a laccetti di cuoio. Mi attirò una pietra nera. Era fresca al tocco, liscia, e mi faceva sentire al sicuro.

«Vuoi una collana?» chiese papà. «Te ne compro una.»

Da tempo cercavo di evitare situazioni simili, in cui papà comprava o faceva qualcosa per me. Dopo quello che era successo, accettare qualcosa da lui mi faceva sentire come se stesse comprando dei piccoli frammenti della mia anima che non sapevo nemmeno fossero in vendita.

«È ossidiana.» Glory Gardner si avvicinò dall'altra parte del banco. Alcuni ricci biondi erano sfuggiti al fermaglio decorato da pietre che portava alla base del collo. Incrociai i suoi occhi grigi. No, non li incrociai: ci stavamo fissando, e il suo sguardo mi procurò un fremito fino alle ossa. «L'ossidiana difende dagli attacchi psichici, fisici ed emotivi. È una pietra molto potente.»

Deglutii. Dal suo tono di voce, avrei quasi detto che *sapesse* cosa stavo nascondendo, e papà doveva aver provato la stessa sensazione. Si mise accanto a me e si massaggiò la nuca. Non mi chiese di nuovo se volevo la collana. Probabilmente aveva paura che rispondessi di sì.

Un cliente fece una domanda a Glory, e lei si diresse dall'altra parte della bancarella. Papà fissò il terreno prima di cercare di nuovo i miei occhi. «Scarlett, so che sei arrabbiata con me.»

A quelle parole, gli restituii lo sguardo. Il mio cuore si era fermato.

«So che sei delusa, ma non mi piace l'idea che tu faccia domanda per l'Università del Kentucky e vada a stare così lontano da casa.»

Il giorno prima, papà mi aveva informata che mi avrebbe mandato all'università privata in città. I miei genitori dicevano che era la soluzione perfetta: avrei continuato a studiare senza dovermi trasferire. La decisione della facoltà spettava a me, ma lì la scelta era limitata.

Volevo diventare una logopedista e aiutare i bambini, come la mia logopedista aveva fatto con me. Era da anni che non balbettavo, avevo una dizione fantastica e non riuscivo a ricordare l'ultima volta che qualcuno mi aveva preso in giro per il modo in cui parlavo. La logopedia aveva cambiato la mia vita. Volevo salvare qualcuno come la mia dottoressa aveva salvato me.

Ma in quell'università l'unica cosa vagamente simile all'indirizzo di studi che avevo scelto era un corso per parlare in pubblico.

«Vedi quelle ragazze laggiù?» Papà indicò un gruppetto radunato in cerchio. «Dopo la laurea tutte loro si ritroveranno con un enorme debito studentesco. Farebbero salti mortali per avere quello che ti sto offrendo. Pagherò io tutte le spese della tua università. Non dobbiamo nemmeno compilare moduli per borse di studio o sovvenzioni statali. In cambio, io e tua mamma ti chiediamo solo di restare a casa, per altri quattro anni.»

Mio padre era un maniaco del controllo. Non riuscivo a sopportarlo. Ma allo stesso tempo lo capivo. Sua sorella maggiore era scomparsa durante il primo anno di università. Lui le voleva bene, tanto, e un giorno lei era andata a una festa e nessuno l'aveva più rivista. Papà diceva che non sapere cosa le fosse successo era come provare un dolore terribile a dei muscoli che non poteva raggiungere, nemmeno piantandosi le unghie nella pelle fino a farla sanguinare.

Sapevo che doveva essere stato terribile, ma non poteva essere così soffocante. La scomparsa della sorella lo divorava come un parassita sottopelle. Ma vivere con papà, con le sue emozioni che cambiavano in un battito di ciglia...

Appoggiai una mano sull'addome mentre cominciavo a sentire una fitta allo stomaco.

Dietro di lui, parecchie bancarelle più in là, la mamma teneva Isabelle per mano. Mi supplicò con lo sguardo di non creare problemi. A lei, a Isabelle, a me stessa. Potevo quasi sentire la sua voce. *Ti prego, stai al gioco e lasciaci passare una giornata tranquilla. Era da un sacco di tempo che non succedeva. Dobbiamo godercela, ce lo meritiamo.*

Nello sguardo di mamma si leggeva la paura, la stessa paura che giocava costantemente a nascondino nella mia mente. Era così radicata dentro di me che ormai faceva parte del mio DNA.

«Per favore, dimmi che capisci la nostra decisione» insistette papà. «Non mi piace vederti triste.»

Mamma inclinò la testa, come per sottolineare la sua preghiera. Era tremendo che la felicità della mia intera famiglia dipendesse da me. «La capisco.» Non era vero, e non ero sicura che l'avrei mai capito.

Il sorriso di papà era gentile. Avrei dovuto sentirmi sollevata, e invece no. Non volevo vivere così per altri cinque anni. Non volevo vivere così per un solo giorno di più, ma non sapevo come uscirne. «Mamma ti sta aspettando.»

«Prometti che starai vicino alla signora Sanchez finché Camila non stacca, e poi mandami un messaggio quando arrivate a casa sua» disse lui, il che significava che mi avrebbe osservato a distanza finché Camila non fosse stata al mio fianco. «Voglio sapere che sei arrivata a casa sua sana e salva.»

«Lo farò.»

«Non fare tardi. Ci sono troppi ubriachi per strada di notte. Ti voglio a casa loro per le otto, e devi rientrare alle dieci.»

«Ok» gli dissi, pronta a mettere fine a quel saluto tanto prolungato.

«Guarda che potrei chiamare i suoi genitori per controllare.»

Ne ero consapevole.

Sembrava che papà volesse dire qualcos'altro, ma si limitò a infilarsi le mani in tasca. Forse stava pensando a come una volta lo abbracciavo quando ci salutavamo. Forse stava pensando a come un tempo ridevo e scherzavo con lui, prima di chiedergli un po' di soldi. Forse stava pensando alle poche volte in cui gli avevo proposto di fare un giro al Festival insieme. O forse no, ma ci stavo pensando io, e questo trasformò il dolore al petto in una fitta profonda.

«Fai la brava» disse papà.

«Certo.»

«Ti voglio bene.» Quella dichiarazione mi colpì come una dolorosa onda d'urto, perché volerne a lui era una tortura. Inspirai a fondo: l'unico modo per sopravvivere era non provare nulla.

Finalmente se ne andò, e feci un sospiro così rumoroso che Glory, in fondo al banco, inarcò un sopracciglio. La ignorai perché in quel momento non sarei riuscita ad avere a che fare con un'altra persona.

«Vuoi che ti legga la mano?» chiese Glory, mentre mi veniva incontro.

A differenza della maggior parte delle mie compagne, non mi ero mai fatta leggere la mano da Glory Gardner. Una parte di me era curiosa di sapere se per caso gli “spiriti” e le “carte divinatorie” capissero la mia vita meglio di me. Forse loro avrebbero potuto orientarsi in mezzo a quella matassa incasinata di emozioni che mi impedivano di rispondere a domande molto chiare: si può volere bene a qualcuno che ti fa del male? Una persona che ti fa del male può volerti bene? Quando la persona in questione ti chiede scusa, è possibile perdonarla?

Poi c’era la domanda più importante: stavolta fa sul serio?

Ogni volta che pensavo che fosse impossibile soffrire di più di quanto era già successo, il cuore trovava un altro modo dolorosamente creativo per contorcersi.

Glory si accigliò e mi squadrò attentamente da capo a piedi, come se vedesse qualcosa che io non vedevo. «Sì, devo leggerti le carte.»

«Mi dispiace» le dissi. «Non ho soldi.»

In realtà ne avevo, ma mi servivano per prendere qualcosa da mangiare più tardi, e anche se ne avessi avuti altri, non li avrei certo sprecati per una cosa così idiota come dare ascolto a qualcuno che crede di parlare con i morti.

Lei continuò a studiarmi attentamente, le labbra tese. «Sì, hai proprio bisogno che ti legga carte. Ti ricordi dove abito?»

Ehm… «Sì.» Quando eravamo piccoli, Jesse ogni tanto mi portava a casa sua, ed era imbarazzante che se lo ricordasse.

«Vieni a casa mia stasera, alle nove. Ti leggerò le carte gratis. Vedo dalla tua aura che sei pronta per un cambiamento.»

Per quello non serviva l’intuito. Vivevamo in una piccola città. Desiderare un cambiamento era uno stile di vita. Ma non avevo mai sentito dire che Glory avesse letto le carte a qualcuno gratis, e all'improvviso la cosa mi sembrò sospetta. Come se uno sconosciuto mi stesse invitando a salire sul retro di un furgoncino senza targa per farmi vedere un cagnolino.

«Ehi.» Camila mi raggiunse saltellando. «Di che si parla?»

Il suono della sua voce mi riportò alla realtà. «Ma non stavi lavorando?»

«Già, ma adesso ho finito.»

«Parlavamo del fatto che la signorina Copeland passerà a casa mia alle nove, stasera, per ricevere gratuitamente un consulto con le carte» disse Glory.

«Scusa?» Camila si mise la mano a coppa dietro l'orecchio. «Hai detto gratis?»

«Ne offrirò uno anche a te, se accompagnerai la signorina Copeland davvero.»

«Affare fatto» rispose Camila, e prima che potessi intervenire e dire che non mi sembrava una buona idea, due donne in jeans premaman chiamarono Glory.

«Come hai fatto a convincerla a farti leggere le carte gratis?» chiese Camila. Non mi scomodai a rispondere, perché lei aveva già iniziato a parlare del viaggio per andare a trovare la famiglia di sua madre in Messico durante la pausa autunnale e di come era terrorizzata al pensiero di finire tragicamente ferita dal morso di uno squalo.

Inarcai un sopracciglio in una smorfia sarcastica. Avrei scambiato in qualsiasi momento la mia famiglia non solo con le spiagge esotiche e i succulenti piatti di sua nonna, ma anche con i morsi di squalo. A dirla tutta, avrei dato un rene perché i suoi mi adottassero.

«Hai sentito Evangeline?» chiese Camila, e fu strano sentire nella sua voce una nota di tristezza. Camila ed Evangeline erano migliori amiche dai tempi dell'asilo, ma litigavano sempre. Sfortunatamente quell'estate era stato per un ragazzo.

Facevo parte di un gruppo in cui Evangeline aveva scritto del viaggio che lei e la sua famiglia stavano facendo in Cina. Da come parlava, Camila non doveva saperne nulla.

«Ha chiesto di te.» Non era una bugia. Anche a Evangeline mancava Camila.

Camila mi prese per mano e ci avviammo verso i furgoncini col cibo. Mi disse che avremmo visto dei ragazzi della scuola e che avrebbe ignorato qualsiasi mia smorfia. Uscire con qualcuno non era nei miei piani, né lo erano i suoi duemila tentativi di trovarmi un ragazzo. Menzionò specificamente Stewart Mitchell e Bryan Langston, e mi domandai con chi dei due volesse uscire lei.

Mentre ci allontanavamo, guardai a destra e vidi mio padre che mi osservava a distanza. Mi venne la pelle d'oca e subito distolsi lo sguardo. Notai che anche Glory mi guardava. Mi domandai se accettare la sua offerta era stata una buona idea, ma dire di no a Camila sarebbe stato ancora peggio. Però dovevo ammetterlo, Glory mi aveva incuriosita.

Jesse

Il cielo era rosso sangue quando le ultime luci di quella giornata bollente si dissolsero nella notte. Attraversai i filari di alberi, composti principalmente da aceri imponenti e salici, ed entrai nel cerchio di erba rasata che circondava il cottage di Glory.

Quell'edificio era il nucleo originario della proprietà della nostra famiglia. Lo aveva costruito un Lachlin lì, sugli Appalachi, centinaia di anni prima. La nonna aveva permesso a Glory di viverci senza pagare l'affitto, perché diceva che era di famiglia. Diciottesima cugina di terzo grado, ma comunque di famiglia. I legami di sangue significavano tutto per lei, e così pure quella terra. Era il motivo per cui portavo il cognome da nubile della nonna.

Il cottage non era un granché: sala da pranzo, cucina, bagno e una camera da letto. Una scalinata portava a una soffitta adatta solo a ragni e scatoloni. Il camino originale in pietra funzionava ancora ma io non ci avrei acceso vicino nemmeno un fiammifero senza temere di dar fuoco a tutto.

Per arrivarci, si poteva andare a piedi o prendere la statale 25, e poi seguire il sentiero sterrato e tortuoso che terminava davanti al cottage. Insomma, era il tipico posto che trovi solo se ci vai apposta. Considerando che era un'imbrogliona con tutto l'interesse a farsi rintracciare, Glory aveva fatto una scelta domiciliare alquanto irrazionale. D'altronde lei era così: strana fino al midollo.

Non avevo preso la macchina, ero andato a piedi. Era dal giorno del funerale che avevo l'impressione di non riuscire a respirare, ma camminando sulla mia terra la sensazione di strangolamento si era ridotta a un lieve soffocamento. Quando non riuscivo a respirare, la terra respirava per me. E Marshall non riusciva a capire perché non volevo darla via.

C'erano due auto parcheggiate. Una era il maggiolino blu di Glory, l'altra una Escalade nera, lucida, con una targa fuori contea. La gente veniva da tutto lo stato, qualcuno anche dall'altra parte del paese, per incontrare Glory. E la pagavano pure profumatamente. Che spreco.

La porta d'ingresso, con la vernice blu che stava cadendo a pezzi, era chiusa, e la luce della veranda era accesa. Tutti segni che Glory era immersa in una delle sue sedute. Bussare avrebbe disturbato "gli spiriti".

Salii i gradini di legno e attraversai la veranda, in direzione del dondolo. Dalle tende filtrava una luce tenue, attraverso cui si vedevano a malapena due figure sedute al tavolo rotondo che, secondo Glory, era stato realizzato con il legno di un albero che favoriva l'energia psichica. Avrei scommesso che lo avevo preso all'Esercito della Salvezza quando aveva vent'anni.

Mi aggiustai il berretto, distesi le gambe – avevo ancora gli stivali da lavoro – e appoggiai un braccio sul dondolo. Le ombre dietro le tende si mossero, e poi la porta principale si aprì con un cigolio sinistro.

Venne fuori una donna esile sulla sessantina, che indossava un tailleur e occhiali da sole troppo grossi per il suo viso. Lei e Glory si salutarono piano, quasi sussurrando. La signora si tamponò con un fazzoletto l'angolo di un occhio, senza togliersi gli occhiali, e poi si soffiò il naso. Glory la salutò con un abbraccio, e la donna si avviò per le scale.

Restammo in silenzio mentre la guardavamo mettere in moto l'auto e allontanarsi con la lentezza di chi non sa che strada prendere, anche se di strada ce n'era una sola.

«Ha perso qualcuno?» chiesi.

Glory si appoggiò con la spalla a una trave della veranda. «Il figlio è morto molti anni fa.»

«Non ti senti mai in colpa per quello che fai?»

«Parli della serenità che le ho dato facendole sapere che il figlio riposa in pace?»

«E quanto è costata la serenità? Cento dollari all'ora? Duecento per due ore, senza neppure uno sconto?»

Glory mi squadrò dalla testa ai piedi. Cappello, maglietta dei Guns N' Roses, jeans e stivali da lavoro. Aveva uno sguardo distante: era quello con cui accompagnava tutte le sue cavolate sugli spiriti. Io la fermai, alzando una mano in aria. «Prova a dire che avverti la presenza della nonna e convincerò Marshall a sfrattarti entro la fine della prossima settimana.»

«È troppo presto per vedere Suzanne. Le anime hanno bisogno di tempo per racimolare le energie per fare in modo di farsi sentire.»

Schioccai la lingua in segno di avvertimento. «Il tuo dono ce l'ha un difetto, dopotutto.»

«Tutti abbiamo dei difetti. Alcuni non hanno problemi ad ammetterlo. La nonna mi aveva chiesto di leggerti la mano dopo la sua morte, per poterti aiutare e guidare. Ti dispiacerebbe farmela vedere?»

La nonna credeva in Glory, ma io no. «Non mi interessa conoscere il futuro.»

«Quindi credi nel mio dono, e hai paura di quello che potrei dirti.»

«Credo che sei una truffatrice che guadagna sulle spalle di gente facile da interpretare.»

«In te non c'è niente di facile. Anzi, è tutto molto difficile.»

«Fammi indovinare: sono un'anima tormentata e la prossima settimana vedrò un uccellino azzurro, e quell'uccellino azzurro è un mio parente morto che è venuto per dirmi di mettere l'anima in pace.»

Glory accennò un sorrisetto, con aria sarcastica. «A dire il vero sarà un uccello nero, e non porterà pace alla tua anima. Vederlo ti turberà.»

Un'altra brillante deduzione basata su una cosa che in città sapevano tutti: la mia anima era sempre turbata.

«Credi di essere vittima della maledizione dei Lachlin. È così difficile aprirsi anche al pensiero che esistono persone con un dono soprannaturale?»

«La mia maledizione è dover stare a sentire te che dici cavolate sugli spiriti di gente morta e sepolta.»

Glory non si fece intimidire, e continuò a sorridere. «So cosa credi davvero, e so anche come pensi di poter spezzare il maleficio.»

Non sapeva niente, ed ero pronto a mettere fine a quella conversazione. «La nonna ti ha parlato della giuria.»

«Sì, e so anche che non puoi sfrattarmi, perciò le tue minacce sono vane.»

Era vero. Avevo letto tutti i documenti che mi aveva lasciato Marshall, e per il momento Glory poteva restare. «Ma potrò farlo quando erediterò la terra.»

«*Se* erediterai la terra» mi corresse lei. «Vieni dentro, scaldo gli avanzi.»

A sentir parlare di cibo mi brontolò lo stomaco, ma l'orgoglio mi tenne inchiodato. «Sono a posto così. Dimmi chi fa parte della giuria.»

«Una volta eravamo uniti. Sembra ieri che tu e Scarlett Copeland giocavate nel mio giardino e mi rubavate i biscotti dalla dispensa. Stai soffrendo, sto soffrendo anch'io. Mangiamo e ricordiamo insieme Suzanne.»

I miei muscoli erano tesi per la rabbia. Non volevo pensare a Scarlett e tantomeno alla nonna. «Dimmi cosa sai della giuria.»

Glory sospirò profondamente. «La nonna non voleva che sapessi chi sono gli altri due membri della giuria.»

«Allora perché mi hai fatto venire qui?»

«Perché ho passato ieri notte a indagare il tuo futuro.»

Piegai il collo perché avevo i crampi alle spalle. «Nonna avrà pure creduto alla storia del dono, ma con me non devi recitare. Lo so che sono tutte stupidate.»

«Ci sono troppe variabili per predire il tuo futuro» continuò lei come se non avessi parlato, «ma le tue possibilità di tenere la terra aumenteranno se saprai chi fa parte della giuria. Se Suzanne lo avesse saputo prima di morire, ti avrebbe detto la verità.»

La mia mente si riscosse a quelle parole: *la verità*. Era come ricevere un calcio allo stomaco.

«Ti dirò chi sono gli altri due membri della giuria, ma a due condizioni.»

Ovvio. Per Glory tutto aveva un prezzo. «Cosa vuoi in cambio?» Se avesse parlato di denaro, sarebbe stata una sensitiva molto, molto delusa.

«Prima di tutto, se erediterai la terra...»

«*Quando* erediterò la terra» tagliai corto.

«*Se*» sottolineò lei. «Il tuo futuro è ancora poco chiaro...»

«Sei fuori di testa.»

«Se terrai la terra, mi lascerai restare nel cottage senza pagare l'affitto, e non toccherai gli ettari che lo circondano. Ho bisogno della privacy e dell'energia che forniscono i boschi.»

Per la prima volta dalla morte della nonna, ebbi una certezza. Negoziare, manipolare le situazioni a mio vantaggio: questo era il mio mondo. «Va bene. La seconda?»

«Prima di arrivare all'ultima richiesta, dovresti sapere che uno dei membri non sa dell'esistenza della giuria. Ne sarà informato solo pochi giorni prima del voto. La nonna e lo zio hanno pensato che sarebbe stato ingiusto far portare a questa persona tanto a lungo il peso della decisione.»

Ma chi se ne frega. «Qual è l'ultima condizione?»

«Nella prossima ora farai qualsiasi cosa io ti chiederò. Perfino nei momenti in cui preferirai l'idea di darti fuoco, devi restare e fare quello che ti dirò.»

Voleva cenare insieme: d'accordo, avremmo cenato insieme. «Va bene, ma prima mi dirai i membri della giuria, e chi di loro sa di farne parte.»

Una brezza passò attraverso gli alberi. Gli scacciapensieri di varie misure appesi al tetto della veranda dondolarono, componendo una sinfonia argentina. Il profumo di lavanda riempì l'aria: quell'odore mi ricordava di quando la nonna mi trascinava da Glory per aiutarla a seminare, diserbare e mietere il giardino.

«Immagino che tu sappia già che Marshall è uno dei membri» continuò Glory.

«Sì.»

«La seconda persona è l'uomo che ha officiato il funerale di Suzanne, il pastore Hughes. Lui sa di far parte della giuria.»

Diedi uno strattone alla visiera del cappello. Con tutte le volte che aveva fatto visita alla nonna negli ultimi sei mesi, avrei dovuto immaginarlo.

«Avrai un bel da fare con lui» disse lei. «Ma sarà più semplice che con tuo zio.»

«Ma non mi dire. Chi è il terzo?» Dovevo sperare che almeno lui non fosse un osso duro.

«È il passeggero dell'auto che sta risalendo la strada. Quando entrerà in casa mia, tu la seguirai e a quel punto comincerà l'ora.»

Gettai un'occhiata al sentiero ormai avvolto dall'oscurità. All'orizzonte non si vedevano macchine. Nessun rumore di motori o di gomme che scricchiolavano sulla ghiaia della strada. Si sentivano solo i grilli che frinivano, le rane che gracidavano e lo stridio acuto di un pipistrello che volava nella notte.

«Metto a scaldare gli avanzi e li lascio nel microonde. Mangia appena entri, perché le cose si svolgeranno in fretta. A tra poco.»

Glory si chiuse dietro la zanzariera con uno schiocco. Proprio al momento giusto, si sentì il ronzio di un motore e poi dei fari apparvero fra i tronchi degli alberi. Bisognava riconoscerlo: Glory era un'imbrogliona, ma ci sapeva fare. Tempismo perfetto.

L'auto parcheggiò goffamente non lontano da quella di Glory. Feci scivolare i pollici nelle tasche mentre aspettavo di vedere chi era la terza persona che avrebbe deciso il mio destino. Il postino? La segretaria del medico della nonna? Il tizio che lavorava al negozio di ferramenta?

Lo sportello dal lato dell'autista si aprì per primo, ma era quello del passeggero che stavo fissando. Ne uscì Scarlett Copeland, e nel momento in cui incrociammo lo sguardo, mi si serrò lo stomaco e il suo sorriso svanì.

Ero fottuto.

Scarlett

Era difficile ignorare Jesse Lachlin, visto che aveva la stazza di un muro di mattoni ed era strizzato insieme a noi in una stanza grande quanto una dispensa. Ma lo stavo ignorando. Al funerale ero stata gentile, e lui mi aveva gettata via come un modulo per l'iscrizione a catechismo. C'era un numero limitato di volte in cui mi lasciavo calpestare e ferire nel corso di una giornata, e di solito le usava tutte mio padre. Non c'era posto per nessun altro che volesse farmi del male, Jesse incluso.

Ero seduta con Glory e Camila al tavolo di castagno, largo quanto bastava per allungare le braccia. Al momento Glory stava studiando il palmo di Camila, e a me sudava la mano perché, arrivato il mio turno, non ero sicura di voler sentire quello che mi avrebbe detto.

Sul tavolo c'era un grosso cristallo grezzo. Non era bello, né scintillante. Aveva i bordi troppo affilati, e per qualche strana ragione mi metteva a disagio. A dirla tutta, ogni angolo della casa mi metteva a disagio. Mi strofinai le braccia, come se avessi freddo. Avevo i brividi, ma era tutto nella mia testa, perché non c'era l'aria condizionata. Svariate candele e lampade illuminavano la stanza, con la loro luce fioca, ma quel posto mi sembrava ancora troppo cupo, come se fossi nel mezzo di una nube temporalesca.

«Va tutto bene» sussurrò Camila. Era evidente che volesse dirlo solo a me, ma Glory doveva averla sentita. Se lo aveva fatto, non lo diede a vedere. Era completamente assorbita dalla lettura della mano di Camila.

«Se richiama» continuò lei, «se ne occuperà la mamma.»

Annuii come se non fossi preoccupata per papà, come se non stessi pensando che avrebbe potuto scoprire che non eravamo a casa di Camila, invece quel pensiero mi stava divorando. La paura costante di far arrabbiare papà era come avere le vene colme di una melma appiccicosa che si lasciava dietro una scia di panico.

Non avevamo potuto lasciare casa sua finché mio padre non aveva chiamato la mamma di Camila per assicurarsi che fossi lì. Quando papà chiamava per controllarmi, chiedeva sempre a sua mamma di passarmi il cellulare, così da sentire la mia voce. La mamma di Camila era fantastica. Dopo la prima telefonata di papà, buttava me e Camila fuori di casa incoraggiandoci a comportarci da vere adolescenti.

Era un miracolo che mio padre non avesse spaventato la famiglia di Camila.

Si sentì il *ding* del forno a microonde e l'aria si riempì di profumo di cucina italiana. Pochi secondi dopo Jesse entrò nella stanza, si sedette sul divanetto di velluto nell'angolo e si appoggiò un piatto di spaghetti sulle gambe.

Lo guardai e, per la prima volta da quando ero scesa dall'auto, lui mi restituì lo sguardo. I capelli rossi gli sbucavano da sotto il berretto. Aveva un accenno di barba. Era bello come sempre, ma i suoi occhi rivelavano dolore e stanchezza. Jesse non sarebbe dovuto essere lì. Sarebbe dovuto essere a casa sua, ma forse era ancora troppo doloroso.

«Spero che non vi dispiaccia se c'è Jesse» disse Glory nel suo flautato tono mistico, lasciando la mano di Camila. «Avevo dimenticato di averlo invitato a cena.»

Camila fece un sorrisetto a Jesse. Nella sua espressione si combinavano malizia e una minaccia di morte, proprio come mi immaginavo fosse una vedova nera dopo l'accoppiamento. Camila aveva solo due modalità: amichevole o tremendamente diretta.

«Per me non è un problema» disse lei, «se riesce a comportarsi come un essere umano decente.»

C'erano volte in cui la sua sincerità sconfinava nella cattiveria. Ma ricordai a me stessa che lo faceva solo per difendermi. Non l'avevo scelta io, era stata lei a scegliere me. Dopo che Jesse aveva troncato la nostra amicizia e detto cose terribili sul mio conto, il primo giorno di scuola del primo anno di liceo, era stata lei a trovarmi mentre piangevo in bagno, e mi aveva detto che sarebbe andato tutto bene. Le sarei sempre stata grata per questo.

Jesse si appoggiò alla spalliera e si rilassò come un leone al sole. «Quando capirò come si fa, vedrò di passarti qualche dritta.» Era proprio un Peter Pan. Bloccato nella sua immaturità.

A Camila piaceva litigare. Per quanto fosse interessante osservarla quando trovava un avversario alla sua altezza, quel giorno non avevo la minima voglia di assistere alle sue schermaglie verbali. Avrebbero potuto farlo in qualunque altro momento, solo non quella settimana. «Possiamo darci una mossa? Vorrei scoprire il mio futuro prima che si verifichi.»

Stando al gioco, Camila fece spallucce. «Hai ragione. Non ne vale la pena.»

«Scarlett, va bene se Jesse resta qui?» chiese Glory mentre mi faceva cenno di porgerle la mano.

«Me ne posso andare» esclamò Jesse, e si spostò sul bordo della sedia. «Sono sicuro che hai una marea di segreti, e che preferisci non avere spettatori.»

Camila mi guardò inclinando la testa, chiedendomi silenziosamente che cosa potesse sapere Jesse che lei non sapeva. Se si escludevano i ricordi della nostra infanzia – lucciole nei barattoli e risate gioiose, scatenate – Jesse, come Camila, non conosceva i miei segreti.

Per me era difficile fare amicizia, fidarmi degli altri. Per questo Camila era la cosa più simile a un'amica che avevo. Ero il tipo di amica che ti chiama quando litiga con qualcuno, per esempio quando lei s'incazzava con Evangeline e smettevano di parlarsi. Le stavo accanto nel momento del bisogno, e non mi lamentavo quando faceva pace e io tornavo in secondo piano.

A volte la cosa mi faceva soffrire, ma non glielo avevo mai detto. Ero quella con il padre strano, e non era colpa sua se le mie possibilità di avere degli amici erano compromesse.

«Non ho nulla da nascondere» mentii ma, mentre allungavo le mani verso Glory, dissi a Jesse una verità assoluta: «Tu non sai niente di me».

Mi preparai alla risposta, ma non ce ne furono. Calò il silenzio. Non mi fece sentire rilassata, piuttosto mi fece aumentare la sensazione di nausea. Una volta Jesse mi conosceva meglio di chiunque altro, e mi chiesi se quelle parole lo avevano ferito tanto quanto aveva fatto male a me pronunciarle.

Si sentì il rumore di una forchetta sul piatto, e capii che stava mangiando. Come sempre, per Jesse la vita andava avanti.

Glory fece scorrere il dito lungo una linea della mia mano sinistra, poi passò alla destra. Si accigliò mentre studiava il palmo come se stesse valutando quale filo tagliare per disinnescare una bomba. Con leggerezza, così tanta che a stento me ne accorsi, si mise a tracciare dei cerchi sulla mano destra. Alzò la testa, e mi stupì vederla sorridere. Peccato non ci fosse nessuno bravo quanto me a riconoscere un sorriso finto. «Cominceremo con Camila.»

A Camila brillavano gli occhi quando mi fece l'occhiolino, e io le feci un sorriso genuino in risposta. Ecco perché eravamo amiche. Lei viveva mentre io, d'altro canto, cercavo di arrivare viva alla fine della giornata.

Glory porse a Camila un mazzo di tarocchi e le chiese di mescolarli. Lei lo fece, glieli restituì e poi Glory dispose le carte a forma di croce celtica.

Guardò la disposizione delle carte come se fosse un'interessante opera d'arte, poi cominciò la lettura. Alcune cose le centrò in pieno: disse che Camila era vivace, tenace e motivata. Lei si beveva ogni parola e io mi appoggiai alla spalliera, sollevata. Avevo proprio bisogno di qualche sciocchezza divertente.

Mi lasciai sommergere dall'energia briosa che emanava Camila. Quando non pensavo che la mia amica potesse volare più in alto, Glory le disse che presto le sarebbe servito il passaporto, che sarebbe stata in spiaggia, e che un certo ragazzo in Messico pensava a lei, e sarebbero usciti insieme a prendere una granita. Disse persino che lei e una sua cara amica si sarebbero riconciliate. Camila era in visibilio.

A parte il Messico e le granite, la parte "psichica" della lettura era vaga, innocua, e valeva il costo del biglietto: gratis. Alla fine c'erano modi peggiori per passare una serata.

Glory raccolse le carte, le ammucchiò in un unico mazzo e Camila le fece un piccolo applauso mentre si chinava verso di me. «È così divertente! Non vedo l'ora di sapere cosa dirà di te.»

Pensai che Glory mi avrebbe passato il mazzo, invece inclinò la testa e fissò un punto dietro di me, come se avesse visto un fantasma. Mi venne la pelle d'oca, mentre sentivo i brividi scorrermi lungo la schiena. Avevo paura di guardarmi alle spalle: mi spaventava l'idea che ci fosse uno spettro che aleggiava dietro di me, eppure controllai comunque perché la curiosità era più forte del timore. Non c'era nessun fantasma, solo Jesse, e mi stava guardando. L'aria nella stanza sembrava attraversata da scosse elettriche, e mi domandai se anche gli altri riuscivano a sentirle.

«Che succede?» chiese Camila.

«Stiamo aspettando.» Glory, l'espressione che sembrava scolpita nella pietra, non accennava a distogliere lo sguardo.

«Cosa?» insistette Camila.

Tesi le orecchie, cercando di cogliere un suono, un indizio. Strano quanto fosse silenziosa quella casa. Non si sentiva il rintocco di un orologio, una radio in sottofondo, nemmeno il rumore dei nostri respiri. Era come se il mondo si fosse fermato.

Squillò un telefono e sussultai, in preda a una scarica di adrenalina. Camila scoppiò a ridere così forte che mi fecero male le orecchie. Si appoggiò una mano sul petto e con l'altra mi strinse il polso. «Oh, cavolo, è così divertente! Ti sei spaventata anche tu. Non mentire. Ho visto che hai fatto un salto.»

Camila continuò a ridere mentre frugava nella borsa, e accettò la chiamata. «Ciao papino.»

Aveva detto "papino" come se quella parola fosse un abbraccio. Camila aveva un rapporto così aperto e armonioso con suo padre che ancora gli parlava con la gioia di una bambina.

Camila smise di ridere e si incupì. «Ma no, ho messo i contratti nel faldone. Dovrebbero essere lì. Li ho contati e ricontrollati prima di lasciare il faldone nel tuo ufficio.»

Qualche secondo di silenzio, poi Camila chiuse gli occhi. «Non puoi aspettare quando torno a casa? Sono in giro con Scarlett.»

Camila serrò le labbra. «D'accordo. Arrivo.» Chiuse la telefonata, e dovetti ammettere di essere un po' delusa. Anche se continuavo ad avere delle riserve, mi stavo divertendo e non volevo ancora andarmene.

«Mio papà non trova i contratti che abbiamo firmato oggi. Sono sicura che li ritrovo appena torno a casa.» L'ufficio del padre era sempre un casino. «Ma doveva succedere proprio adesso?»

Me lo chiedevo anch'io, ma non potevo sottrarla ai suoi doveri verso l'azienda dei genitori. Presi la borsa e rivolsi a Glory il mio solito sorriso. «Grazie. È stato divertente.»

«Ma non ho ancora fatto la tua lettura» protestò lei.

«Non ti preoccupare, fa niente.»

Camila si alzò in piedi, con la borsetta al polso, poi si aggrappò al tavolo. «Oh santo cielo.»

«Tutto bene?» le chiesi.

«Forse ho lasciato il faldone alla fiera. Sono sicura di averlo appoggiato sul tavolo, ma non ricordo se l'ho messo nella scatola da portare a casa. Le cose si mettono male.»

Ma si poteva rimediare. «Facciamo un salto alla fiera, vediamo se è lì e se non c'è, scommetto che è nell'ufficio di tuo padre. Non hai detto che i tuoi hanno assunto uno per lavorare allo stand la sera?»

«Già.»

«E allora vedrai che è lì, al sicuro.»

Mentre cominciavo a complimentarmi con me stessa per aver trovato la soluzione a quella piccola emergenza, Camila mandò all'aria tutto. «Ma se andiamo alla fiera, non faccio in tempo a riportarti a casa prima del coprifuoco. Devo trovare quei contratti, Scarlett. Non li posso perdere.»

Mi sprofondò lo stomaco, e fissai supplichevole la mia amica mentre anche lei mi rivolgeva lo stesso sguardo disperato. Non avevo mai infranto il coprifuoco e, dopo aver già rischiato alla fiera, non avevo intenzione di sfidare la sorte la seconda volta nella stessa giornata.

«Posso accompagnarti a casa io» disse Glory.

«Cosa?» esclamammo io e Camila contemporaneamente, e Jesse tossì.

«So dove vivi.» Gli occhi di Glory brillavano, come se avesse appena trovato la soluzione perfetta. «A quanto pare, Camila deve andare in città e poi dritta a casa. Tu abiti nella direzione opposta. E poi, se rimani, posso leggerti le carte.»

Aveva ragione lei, su tutti i fronti, eppure mi sentivo titubante. Quando avevo sei anni mi trovavo a mio agio con Glory, ma in quel periodo non avevo il minimo istinto di conservazione. Camila si morse il labbro inferiore, e capii che aveva già preso la sua decisione. Aspettava solo che accettassi la proposta di Glory.

Magnifico.

«Grazie.» Tornai a sedermi. «Sarebbe fantastico.»

Camila mi gettò le braccia al collo, mi diede un bacio sulla guancia e poi schizzò fuori. Sarebbe stata in debito con me a vita e, a giudicare dal sorriso fugace che mi rivolse prima di uscire, ne era consapevole.

Glory si concentrò sui tarocchi mentre li mescolava, e mi preparai per ascoltare altre assurdità. Forse mi avrebbe detto che avrei incontrato l'amore della mia vita alla prossima partita di calcio del liceo. Forse mi avrebbe detto che sarebbe stato carino, pieno di soldi e pronto a portarmi con lui sulla sua isola privata, dove non avrei dovuto far altro che leggere per il resto della vita.

«Scarlett» disse lentamente Glory. Strinsi istintivamente gli occhi. Non era un buon segno quando qualcuno pronunciava il mio nome con quel tono. «C'è un motivo se ti ho chiesto di venire qui, oggi. Mi auguro che darai la tua disponibilità.»

Ecco, lo sapevo che c'era qualcosa sotto. «A fare cosa?»

«Voglio leggerti le carte, ma devo leggere anche quelle di Jesse, e so con assoluta certezza che devo leggerle insieme.»

Jesse

Mi andò di traverso il boccone e mi diedi una manata sul petto per mandare giù gli spaghetti. «Che hai detto?»

«Devo leggere le vostre carte insieme.» Lei mi rivolse uno sguardo spietato.

Sapevo che Glory era un'imbrogliona. Che doveva avere un cuore di pietra per fregare la gente in quel modo. Ma rimestare le cose tra me e Scarlett, sapendo quanto eravamo uniti una volta e che adesso non lo eravamo più... Era riuscita a superarsi.

Scarlett si voltò appena per guardarmi con la coda dell'occhio, mentre lunghe ciocche di capelli neri le ricadevano sulla spalla. Nemmeno lei era contenta, e questo mi fece arrabbiare ancora di più. Glory non poteva lasciarci in pace e basta?

La forchetta tintinnò sulla ceramica quando appoggiai il piatto. Scarlett si afflosciò sulla sedia, mentre occupavo il posto lasciato libero da quel demonio della sua amica.

Feci per stendere le gambe, ma urtai il tavolo e così piegai le ginocchia. Sfiorai con i jeans la gamba di Scarlett, e mi sentì attraversare da una scossa elettrica. Sussultai, e lei si raddrizzò come se fosse stata colpita da un *taser*.

Cercò di spostare di lato la sedia, ma finì per farla sbattere contro una delle imponenti librerie. Quella stanza era grande quanto un frigorifero: non c'era spazio per fare il minimo movimento senza toccarsi a vicenda.

Mi misi in modo da avere la gamba a un millimetro dalla sua. Perfino senza toccarla avvertivo il suo calore. Scarlett era la ragazza più bella della scuola. Lo sapevo. Qualsiasi ragazzo nel raggio di un chilometro lo sapeva. Dovevo sforzarmi per non fissarla come facevano quegli altri idioti a scuola, e la cosa mi faceva incazzare ancora di più. Io e Scarlett non eravamo più amici, non avrei dovuto trovarla attraente.

Glory ci stava osservando con una scintilla divertita nello sguardo, ed essendo troppo furioso per pensare a una risposta decente, mi limitai a incrociare le braccia e a guardarla male.

Scarlett inclinò i piedi verso la porta e si mise una ciocca di capelli dietro l'orecchio. «Per quanto apprezzi la tua offerta, penso che farò a meno della lettura, ma accetterei volentieri un passaggio a casa. Adesso.»

Dritta al punto e brusca sul finale. Buono a sapersi: sotto certi aspetti Scarlett non era cambiata. Quando eravamo amici, non sarebbe mai andata in giro con una come Camila, un'arrampicatrice sociale, una vipera che si era autoproclamata giudice dell'intera scuola. E pensare che ora erano inseparabili.

Come era prevedibile, Glory ignorò la richiesta di Scarlett e appoggiò il mazzo fra me e lei. «Chi se la sente di iniziare dovrebbe tagliare il mazzo. L'altro può mescolare. E, Scarlett, questa lettura è una richiesta espressa da Suzanne prima di morire. Sapeva che l'avevo in programma, ma non mi sono mai sentita spinta ad agire fino a oggi.»

Se gli sguardi potessero uccidere, Glory sarebbe stramazzata a terra, esalando l'ultimo respiro. Ma dal momento che non stava morendo, Scarlett divise il mazzo, sbattendo la sua metà accanto a me con tanta rabbia da far tremare il tavolo.

«Immagino che tocchi a me mischiare le carte» dissi.

«Immagino di sì» replicò Scarlett senza guardarmi.

Divertente come farsi strappare via le unghie. Presi entrambi i mucchi, li mescolai male e poi passai di nuovo le carte a Glory, facendole cadere a cascata. Se la cosa la innervosì, non lo diede a vedere. Le prese in mano e cominciò a disporle secondo uno schema complicato.

Quando Glory girò una carta sul tavolo, Scarlett sobbalzò.

«Tutto bene?» chiese Glory.

Scarlett stava tremando leggermente, come dopo una scossa di assestamento. «È stato solo un brivido.»

Glory sembrava soddisfatta, nel modo in cui poteva esserlo una iena vedendo una gazzella schiacciare un pisolino. Indicò la carta che aveva girato. «Il carro significa qualcosa per te?»

La carta del carro raffigurava un guerriero dall'aria regale alla guida di – guarda un po'! – un carro. A differenza della maggior parte delle altre carte, era rivolto nella direzione opposta a Glory.

«È una carta» disse Scarlett.

«Ed è al contrario» rispose Glory, come se questo provasse qualcosa.

«Adesso vorrei davvero andare a casa» replicò Scarlett. Se fossimo stati amici, le avrei battuto il cinque, ma non lo eravamo, e quindi tornai a ignorarla come lei stava ignorando me.

«Tra poco.» Glory finì di disporre le carte, poi le studiò prima di ricominciare a parlare. «Avete entrambi degli obiettivi molto chiari e specifici, e siete tutti e due determinati ad avere successo.»

Mi afflosciai sulla sedia. Wow, un'altra rivelazione sorprendente.

«Avete la sensazione di aver perso il controllo delle vostre vite. Di essere bloccati, come se non steste facendo passi avanti. Entrambi, inoltre, capite il dolore più dei vostri coetanei. Scarlett, la tua sofferenza e i tuoi segreti sono tali che ti consiglio caldamente di portare sempre con te un'ossidiana.»

Scarlett sussultò. La guardai, cercando di capire se avevo le allucinazioni. Non riuscivo a capire. Era seduta lì, tutta impettita, come se niente potesse turbarla. Quella ragazza non aveva niente a che vedere con la Trilli che conoscevo io.

Il primo anno di liceo, Scarlett era diventata il clone della madre: postura perfetta, unghie curate e mani sempre intrecciate in grembo, proprio come una principessa. Da lei aveva perfino ereditato la capacità di guardare dall'alto in basso me e i miei amici, e solo con un rapido guizzo degli occhi.

Glory attaccò con delle cavolate su quanto quell'anno sarebbe stato difficile ma determinante – un anno a cui entrambi avremmo ripensato con affetto – e non potei evitare di provare orgoglio quando Scarlett inarcò un sopracciglio con fare scettico. Quella sì che era la Scarlett che conoscevo. Quella che non aveva problemi a far notare se io o qualcun altro dicevamo stronzate.

«Entrambi avete dei segreti» disse Glory. «Segreti che non vi permetteranno di trovare la felicità, a meno che non decidiate di rivelarli e affrontarli.»

«Non potresti essere un po' più vaga?» le risposi, e Scarlett fece un sorrisetto. Anch'io sorrisi. Era da un bel po' che non ci schieravamo dalla stessa parte.

«Vuoi che sia più specifica?» mi provocò Glory. Smisi di sorridere. Se sapeva qualcosa su di me non era certo grazie alle sue carte magiche, ma solo perché la nonna si fidava di lei, e non avrebbe dovuto.

«Perché non la finiamo qui?» fece Scarlett.

«Dimmi cosa vuoi sapere» le disse Glory, e scoprii di essere curioso io per primo. Scarlett aveva tutto. Il padre era il proprietario dell'unico impianto della contea, la famiglia era ricca e qualsiasi cosa volessero lei o la madre appariva dal nulla con uno schiocco di dita. Scarlett non aveva mai dovuto combattere.

«Ce la farò?» chiese lei. «Raggiungerò il mio obiettivo?»

Glory prese di nuovo le carte, le mescolò e chiese ad alta voce: «Scarlett e Jesse raggiungeranno i loro obiettivi?».

Ancora una volta dispose le carte in uno schema elaborato e lasciò vagare lo sguardo dall'una all'altra. «Ci sono molti ostacoli sul vostro cammino, ed entrambi sarete messi alla prova.»

Tamburellai le dita sulle braccia ancora incrociate. Glory era come uno dei dischi graffiati della nonna, che ripetevano la stessa parte della canzone all'infinito.

«Non posso dire con assoluta certezza se ce la farete.»

«Ovviamente» brontolai.

«Ma vedo che se collaborerete, avrete maggiori possibilità di successo.»

«Se collaboriamo?» commentò Scarlett. «Ma per favore.»

Glory mi guardò dritto negli occhi, e vidi più di quel che volevo. Vidi una verità che mi fece serrare lo stomaco. Speravo che si fosse sbagliata. Che una volta andata via Scarlett, mi avrebbe detto di aver commesso un errore, che non era lei il terzo membro della giuria, e si sarebbe scusata perché evidentemente i suoi poteri psichici avevano dato i numeri.

Ma questo... Mi tolsi il cappello e mi passai una mano tra i capelli, nel tentativo di riprendermi. Accidenti a me, Scarlett faceva davvero parte della giuria.

«Mi stai prendendo in giro?» dissi, con un tono di disprezzo che mi lasciò l'amaro in bocca.

«No» fece Glory. «Voi due dovete assolutamente collaborare.»

Scarlett

Presi la borsa e mi alzai, pronta ad andarmene. Quando Glory aveva letto le carte a Camila mi ero divertita. Ma quello era uno scherzo a mie spese, e io non stavo ridendo. «Portami a casa.»

Squillò un cellulare e guardai Jesse, in attesa che rispondesse, invece fu Glory che attraversò la stanza per andare a rispondere. Accettò la videochiamata e sfoggiò un sorriso luminoso. «Ciao! Ti dispiace darmi due minuti? Devo finire con un cliente, ti chiamo tra poco.»

Mi irrigidii. «Avevi detto che mi avresti dato un passaggio a casa.»

Glory chiuse la chiamata e mi rivolse un'espressione mortificata. «Mi ero dimenticata di avere un appuntamento telefonico. Ti riporto a casa subito dopo, ma sarà una seduta lunga.»

Quindi non sarei arrivata a casa prima del coprifuoco. «Rimandala.»

Glory aveva l'aria pensierosa quando tornò indietro. Il che mi fece pensare che forse avrei fatto bene a scappare.

Si chinò in avanti e mi sussurrò all'orecchio: «Hai provato qualcosa quando hai visto il carro».

Nel momento in cui aveva deposto quella carta sul tavolo, mi era sembrato di aver appena preso un muro a testate. Una sensazione di confusione, come se fossi persa in mezzo alla nebbia, ma non lo avrei mai ammesso. Né a lei, né a nessun altro.

«È da tanto tempo che dormi» continuò. «Ma è arrivata l'ora di svegliarsi, Scarlett. C'è tutto un mondo di possibilità che ti aspettano.»

Feci un passo indietro. Quella donna era pazza. «Ho bisogno che mi porti a casa, davvero.»

«Non posso, ma sono certa che può accompagnarti Jesse.»

Ehm… anche no, grazie. Girai sui tacchi e oltrepassai la porta, giù per le scale, e mi diressi a est, verso casa. Pochi secondi dopo, la zanzariera si chiuse di nuovo e sentii dei passi pesanti sui gradini di legno.

«Aspetta!» mi chiamò Jesse.

No. Assolutamente no. Superai i filari di alberi e imprecai contro il cielo perché quella notte non c'era la luna. Ero in campagna, e a parte la luce fioca proveniente dal cottage di Glory, ero immersa nel buio più totale.

Jesse ci riprovò: «Scarlett! Aspetta!».

Neanche per sogno. Avevo percorso quella terra centinaia di volte con lui, e a volte da sola per andarlo a trovare quando avevo bisogno di un amico. Potevo farcela.

«Fatti vedere, così ti accompagno a casa» fece Jesse.

Si trovava alla mia destra, e io allungai il passo perché non volevo che mi raggiungesse. Il cuore mi rimbombava nelle orecchie, fremevo dal bisogno di restare nascosta, da sola.

Tanto tempo prima Jesse era stato il mio migliore amico. Poi, da un giorno all'altro, aveva deciso di cancellarmi dalla sua vita. Aveva smesso di aprire la porta quando bussavo, scappava quando mi vedeva attraversare il campo. E quando il primo giorno di liceo eravamo stati costretti a stare nello stesso posto, mi aveva umiliata davanti a tutta la scuola.

Jesse Lachlin mi aveva spezzato il cuore, e per quanto mi dispiacesse che sua nonna fosse morta, non lo avrei perdonato per avermi lasciato una cicatrice sull'anima.

«Dannazione, Scarlett, smetti di fare la testarda.»

Strinsi i denti, e mi ci volle un'incalcolabile quantità di autocontrollo per non riferire a Jesse in tono concitato che era il più grande idiota che avessi conosciuto. Nel farlo gli avrei rivelato la mia posizione, e io volevo che mi lasciasse in pace.

Avanzai, più in fretta questa volta, ma poi inciampai in una radice. Persi l'equilibrio e agitai freneticamente le braccia in cerca di un appiglio. Cercai di aggrapparmi a qualcosa per non cadere, ma sotto le dita sentii solo l'aria. Era la stessa sensazione della prima salita sulle montagne russe: lo stomaco in gola, mentre ci si prepara all'impatto con il suolo.

Chiusi gli occhi, tesi i muscoli, ma qualcosa mi trattenne. Braccia forti e calde mi avvolsero da dietro, e poi mi ritrovai con la schiena schiacciata contro un petto solido. Il mio cuore perse un battito e rimasi senza fiato.

«Tutto bene?» La bocca di Jesse era incredibilmente vicina al mio orecchio, e il suo respiro caldo mi solleticò la pelle.

Rabbrividii, non so se per l'adrenalina o per quella meravigliosa sensazione di intimità.

«Stai bene?» mi chiese di nuovo, e mi strinse teneramente fra le braccia come se mi stesse consolando, come se ci tenesse davvero. Era da così tanto tempo che qualcuno non mi abbracciava che una parte di me si sentì sciogliere, come un terreno arido che finalmente accoglie una tiepida pioggerella.

«Scarlett?» Jesse mi incitò dolcemente a rispondere. «Tutto ok?»

No. Non stavo bene da anni, e in parte era colpa sua. Mi sentii invadere da un fiotto di rabbia, e lo spinsi via. «Sto bene.»

Lui si raddrizzò come se lo avessi schiaffeggiato. Una cosa che avrei dovuto fare il primo anno di liceo, quando mi aveva umiliata a pranzo, rendendomi lo zimbello della scuola. La gente ne parlava ancora. «Sì, sembri proprio a posto.»

Ormai ci eravamo addentrati così tanto nel bosco da non vedere più le luci del cottage di Glory. Sopra di noi, tra le folte chiome degli alberi, migliaia di stelle brillavano nel cielo della notte. Sbattei le palpebre e finalmente i miei occhi si abituarono all'oscurità. Ero ancora circondata dal buio, ma riuscivo a distinguere alcuni alberi e gran parte di Jesse.

«Ti sei decisa ad accettare il mio aiuto?»

«Conosco la strada di casa.»

«Ma se stavi andando verso la statale.»

Incrociai le braccia, perché non mi ero propria accorta di essere andata nella direzione sbagliata. «Stavo cercando di seminarti.»

«Allora seminami. Ma fallo andando verso casa tua. Preferisco non vedere poliziotti e agenti dell'FBI andare su e giù per i miei campi per settimane perché non sei capace di distinguere l'est dall'ovest.»

«Hai paura che troveranno il nascondiglio in cui tieni la droga?»

Jesse spostò la visiera del cappello. Non ero sicura se facesse davvero uso di droghe. A scuola dicevano che era stato arrestato per possesso, ma lo zio aveva fatto cadere le accuse.

«Prendi il telefono e accendi la torcia» disse lui. «L'ultima cosa di cui ho bisogno è che tuo padre mi faccia causa perché non riesci a camminare senza inciampare.»

Jesse non stava prendendo il cellulare, e sapevo il perché. A differenza mia, lui conosceva la sua terra tanto bene da poterci camminare imbavagliato e con le braccia legate dietro la schiena.

«La luce ci accecherebbe» gli risposi. «E poi mi ricordo la strada di casa.»

Lo sentii fare un sospiro profondo, come se non mi credesse, poi iniziò a camminare nella direzione opposta a quella che stavo prendendo io. «Almeno resta vicina.»

Per quanto lo detestassi, lo feci. Anche quando vagavo per quelle terre di giorno, non le conoscevo bene quanto lui. Nessuno era al suo livello. Jesse e la terra non erano semplicemente legati. Erano una cosa sola.

Jesse

Scarlett mi seguiva attraverso i boschi, camminando alcuni passi dietro di me, ma mi raggiunse non appena mettemmo piede nel campo di grano. Zoppicava un po', e io scossi la testa. Portava i sandali. E non erano nemmeno robusti. Erano di quelli fatti solo per essere belli, non per essere comodi. Secondo lei era una buona idea camminarci, e io che pensavo fosse un tipo sveglio.

«Facciamo una pausa.» Pensavo che avrebbe obiettato, invece si appollaiò su un tronco.

Per fortuna il campo era stato falciato la settimana prima, altrimenti l'erba ci sarebbe arrivata alle cosce. Appoggiai la schiena contro una quercia, e rimasi a guardare mentre lei si toglieva i sandali e sgranchiva le caviglie.

«Una volta riuscivi a correre da casa di mia nonna a quella di Glory senza mai fermarti» dissi.

«Sì, ma non ci ho mai provato con i sandali.»

Era vero. D'estate addirittura le piaceva correre a piedi nudi.

«Sai dove ci troviamo?» domandai.

Lei si guardò intorno e poi annuì. Stavolta le credevo.

«Il fiume è a sud.» Scarlett voltò la testa nella direzione giusta, poi spostò lo sguardo a nord, dove c'era l'enorme acero da zucchero che il mio bis-bis-bisnonno aveva piantato da ragazzo. Non menzionò l'acero. Non lo feci neanch'io. Forse certe cose era meglio lasciarle nel passato.

Appoggiai la testa all'albero. La corteccia irradiava ancora il calore della giornata. E respirando a fondo, potevo ancora sentire il profumo del sole. Quando eravamo piccoli Scarlett diceva che mi sbagliavo, che quello era il profumo della vita. Secondo lei era generato dalle foglie quando assorbivano la luce per nutrirsi. Con tutta la serietà che può avere una bambina di dieci anni, Scarlett mi aveva inchiodato con lo sguardo e proclamato che quel profumo aveva anche un colore: verde.

Questo succedeva ai tempi in cui diceva di riuscire a sentire il colore degli odori. Ora probabilmente avrebbe detto che non sentiva proprio niente.

Le foglie intorno a noi frusciarono nella brezza, e un nuovo profumo mi inondò le narici. Era quello dolce del caprifoglio rampicante, con un accenno di erba incolta. Ero perplesso: lì intorno non c'erano caprifogli. E infatti era il vento che si divertiva a mie spese: era il profumo di Scarlett. La guardai. Lei mi stava osservando.

«Ti ho sempre invidiato» disse.

«Per cosa?»

«Tocchi un punto qualsiasi di questa terra, e sembri farne parte. Come se fosse viva e voi due parlaste, mentre nessun altro riesce a sentirvi. Per questo a volte ho pensato che i

Lachlin avessero un dono naturale, e che forse Glory era davvero una sensitiva.»

«Glory è una truffatrice» risposi.

Scarlett mi osservò con attenzione. «Devi ammettere che la telefonata che ha ricevuto Camila era strana.»

Certo, come il fatto che Scarlett fosse apparsa in auto proprio mentre io e Glory parlavamo del terzo membro della giuria, ma non erano altro che... «Coincidenze.»

«Sapeva molte cose su Camila, e anche su di me.»

«È tutta scena. Lei fa delle affermazioni generiche, e la gente è ben felice di attaccarsi a quelle bugie, perché hanno bisogno di credere in qualcosa.»

«Quindi non pensi che siamo destinati a collaborare?»

Pensavo che a maggio avrei avuto bisogno del suo voto. Ecco cosa pensavo. «Cos'è che vuoi?»

Scarlett si bloccò mentre raccoglieva i capelli in uno chignon sulla nuca. «Scusami?»

«Glory ha detto che hai un obiettivo. Quale sarebbe?»

«E a te cosa importa?»

Domanda legittima. Passare da anni in cui l'avevo ignorata a farmi gli affari suoi non doveva sembrare proprio un comportamento sensato. «Era solo per fare conversazione.»

Scarlett finì di sistemarsi i capelli, poi mi guardò dall'alto in basso: la sua migliore interpretazione della principessa che si trova in presenza di uno straccione. Seducente e irritante allo stesso tempo. Rigirò la domanda: «E *tu* cosa vuoi?».

Avrei potuto mentire. Dirle qualche cavolata, ma mi stava fissando, mettendomi alla prova. Avevo nove mesi per conquistarla, e avrei avuto bisogno di tutto quel tempo per riallacciare la nostra amicizia. La verità nuda e cruda l'avrebbe allontanata, e probabilmente mi conosceva ancora troppo bene per capire se mentivo, quindi le offrii una verità parziale: «Voglio la mia terra».

«Questa è la tua terra. È tua dal giorno in cui sei nato.»

Esatto. «Nonna non me l'ha lasciata direttamente. Quando compirò diciotto anni, Marshall deciderà se sono abbastanza maturo per mandare avanti la fattoria.»

«E lo sei?»

Dritta al punto. «Sì.»

Lei prese i sandali e si alzò. «Allora ti auguro buona fortuna.» Con un dolce movimento dei fianchi, girò sui tacchi e stavolta si incamminò nella direzione giusta.

Mi scostai dall'albero e la raggiunsi. Eravamo nel cuore della terra. Non si sentivano rumori di attività umane: nessun motore di furgone per strada o musica diffusa da qualche cassa, né stralci di conversazioni portati dal vento della notte. Solo lo sporadico canto di un grillo che cercava di fare conquiste.

Mi aveva augurato buona fortuna. Come se non avesse fiducia in me. Forse era della stessa opinione di Marshall. «Sono in grado di occuparmi della fattoria.»

«Ottimo» fece lei, ma non sembrava convinta.

«Sono in grado di occuparmi della fattoria» ripetei. Il silenzio da parte sua mi fece incazzare. «Cosa ti fa pensare che non lo sia?»

«Visto come ti comporti a scuola, direi che la venderai non appena il tuo nome sarà sull'atto di proprietà. E allora come sprecherai tutti i soldi? Organizzando la festa del secolo?»

Feci il bastardo, e le sputai addosso le stesse parole che lei mi aveva detto prima. Volevo che la ferissero tanto quanto mi aveva ferito sentirgliele pronunciare. «Tu non sai niente di me.»

Lei non rispose, e continuò a camminare come se quello che avevo detto non avesse importanza.

«Tu non sai niente di me» dissi più forte.

«Il che ci pone nella stessa posizione.»

«Cosa ti fa credere che sono un irresponsabile?»

Lei fece un lieve verso di scherno, e io strinsi i denti.

«Piantala di fare l'offeso» ribatté. «Sei stato sospeso da scuola. Ti hanno arrestato almeno due volte. I tuoi amici sono un branco di falliti che si siedono in fondo all'aula per prendere in giro chiunque non faccia parte del vostro gruppetto. Sei la personificazione della delinquenza giovanile.»

«Credi di aver capito tutto di me e dei miei amici, non è così?»

«In tre anni di liceo non c'è stata una sola volta che non vi siete comportati da idioti, quindi sì, penso di essermi fatta un'idea.»

Sentii i muscoli tendersi. «Perché, tu e i tuoi amici sareste migliori di noi?»

«Be', nessuno dei miei amici è stato arrestato.»

«I tuoi amici sono crudeli e dicono cattiverie in continuazione. I miei non farebbero mai del male a qualcuno, come invece fanno i tuoi cosiddetti amici.»

Lei allungò il passo. «A differenza di alcune persone, i miei amici non umiliano la gente in pubblico.»

«Quindi dovrei riferire ai miei amici che, secondo la grande Scarlett Copeland, si può essere stronzi solo sparlando alle spalle della gente?»

«Di' quello che ti pare per pulirti la coscienza. Sei tu l'idiota qui, Jesse. Non io.»

«Tu e i tuoi amici vi credete migliori perché avete vestiti più costosi, ma non lo siete. La vostra è tutta apparenza. Vi lamentate di quanto è difficile la vita solo perché l'hotel che volevate per il ballo di fine anno è già prenotato. Ce ne fosse uno solo di voi che sa che vuol dire lottare.»

«Wow.» Lei alzò il mento, così tanto che riuscivo a vederle dentro le narici. «E pensare che ho passato anni a chiedermi perché hai smesso di essere mio amico. Ma non avevo mai immaginato che mi avessi fatto un favore. Grazie per avermi fatto capire che preferisco quando non parliamo.»

Mi bloccai. Idiota. Ero. Un. Idiota. Dovevo ricostruire la mia amicizia con Scarlett, non affondare il dito nella piaga.

Scarlett continuò a camminare, e quando la raggiunsi, capii che mi avrebbe ignorato. La passeggiata si concluse troppo in fretta, o forse non abbastanza. Dipendeva da come uno viveva i momenti di silenzio pesanti e carichi di rabbia. Apparvero le luci sfavillanti della veranda dell'enorme villetta dei Copeland, e intravidi la sagoma della mia roulotte. Casa dolce casa.

Raggiungemmo la coppia di altalene mezze arrugginite che la nonna mi aveva comprato quando avevo cinque anni. All'epoca era stato come ricevere un pezzo di paradiso. Mi fermai all'altezza del dondolo, che sembrava pronto a spaccarsi in due al primo tocco. Io e Scarlett passavamo le ore su quell'affare. Prima su e poi giù. Una meravigliosa metafora delle nostre vite. Ma Scarlett non doveva sentirsi in vena di sentimentalismi e aveva continuato a camminare. Probabilmente non mi avrebbe salutato.

«Scarlett» la chiamai. Mi stupì vederla fermarsi. Non si voltò, rimase di schiena, ma almeno non stava scappando. «Io ti ho detto cosa voglio. Sono curioso di sapere cosa vuoi tu.»

Lei mi lanciò un'occhiata da sopra la spalla. «Perché?»

«Forse ha ragione Glory. Forse possiamo trovare il modo di aiutarci a vicenda.»

Scarlett osservò il cortile, e mi chiesi che cosa stava guardando. Con lei, io vedevo i nostri fantasmi da piccoli; sentivo le risate, il sapore del caprifoglio che mangiavamo mentre passavamo le ore a parlare e il modo in cui mi prendeva la mano quando attraversavamo il campo.

«Anche se adesso è evidente che mi hai fatto un favore, posso sapere perché hai smesso di parlarmi?» chiese. «Dopo tutti questi anni in cui ci siamo visti un giorno sì e l'altro pure, perché hai smesso di essere mio amico?» Si interruppe, e chinai la testa perché ogni singola parola era come una coltellata al cuore. «Cosa ti ho fatto di male?»

Scossi la testa, perché non avevo niente da dirle. Niente che le sarebbe sembrato sensato. E, cosa ancora peggiore, niente che sembrasse sensato a me. Almeno non più.

Quando capì che non le avrei dato il lieto fine che sperava, frugò nella borsa e prese le chiavi. Se ne stava andando, e io avrei perso la mia occasione. Avrei dovuto prestare più attenzione durante la lezione di educazione sessuale. Magari l'insegnante aveva dato qualche perla di saggezza su come parlare alle ragazze, e io me l'ero persa mentre dormivo sul banco.

«Puoi trovarmi un lavoro?» mi chiese lei.

«A cosa ti serve un lavoro?» Suo padre era ricco.

«Voglio iscrivermi all'Università del Kentucky.»

Strinsi gli occhi. Non riuscivo a capire cosa c'era sotto. «L'Università del Kentucky?»

«Sì. Voglio diventare logopedista. Dicono che lì la facoltà è ottima. Quindi ho bisogno di un lavoro. Puoi trovarmene uno?»

Non riuscivo ad aprire bocca.

«Come immaginavo.» Scarlett attraversò la strada, per tornare alla sua vita perfetta.

Scarlett

Chiusi la porta e appesi le chiavi al gancio. La mamma mi chiamò dalla cucina: «Scarlett? Sei tu?».

«No mamma, sono un ladro.»

Come sempre, scoppiò a ridere. Una risata dolce, sincera, che mi fece sorridere. Superai il corridoio lungo e ampio con il pavimento di parquet, ed entrai in cucina. Era seduta al tavolo, insieme a mia sorella.

Al solito posto e con il pigiama lungo fino ai piedi, come se fosse dicembre invece che agosto, mia sorella stava dondolando le gambe. A malapena sfiorava il pavimento con le dita. I lunghi capelli neri le ricadevano sulle spalle tutti ingarbugliati. Doveva essersi appena alzata dal letto. Quindi aveva avuto un incubo. Di nuovo.

Mi sforzai di sorridere e presi posto accanto a lei. «Perché sei sveglia, scricciolo?»

Con le dita attorno a una tazza fumante, mia sorella mi rivolse un sorriso luminoso. In bocca aveva un nuovo buco: doveva aver perso un altro dentino. Non mi ero mai soffermata ad apprezzare il numero di denti di una persona finché

Isabelle non aveva iniziato a perdere i suoi a una velocità spaventosa. Aveva sei anni, ed ero preoccupata che a sette le sarebbero rimaste solo le gengive.

«A volte c'è bisogno di una tazza di tisana» rispose mamma per lei, poi strinse il naso a mia sorella con dolcezza. «Non è vero, Isabelle?»

Isabelle annuì con entusiasmo e per sottolineare la sua risposta prese un sorso. Sulla sedia accanto alla sua c'era la bambola che papà le aveva comprato a Chicago. Ecco perché indossava un pigiama invernale. Presi la bambola e mi si strinse lo stomaco: aveva dei cerotti sull'occhio destro e sulla fronte e un calzino legato al polso destro, come un laccio emostatico.

Rivolsi a mamma un'occhiata furiosa, e lei abbassò lo sguardo sulla sua tazza. «Ne vuoi anche tu, Scarlett? È camomilla, sono sicura che l'acqua è ancora calda.»

No, volevo che mia sorella non diventasse un caso da manuale di psicologia. Ecco cosa volevo. Mostrai la bambola alla mamma, perché potesse leggermi nel pensiero. Lei si limitò ad alzarsi dalla sedia e andare verso i fornelli.

Girai la bambola verso Isabelle e cominciai a muoverla, come se stesse parlando. «Perché non vai di sopra e prendi un libro, così poi lo leggiamo insieme?»

Gli occhi di mia sorella si accesero. Mi prese la bambola di mano per correre in camera sua. Ascoltai il gradevole suono ovattato dei suoi passi sulle scale, mentre mamma si teneva impegnata togliendo i piatti dalla lavastoviglie.

In confronto al cottage di Glory, casa mia sembrava una reggia.

Soprattutto se si considerava che aveva i pavimenti in parquet, i ripiani in marmo e ben due cucine.

Quando si era seduto accanto a me, Jesse non riusciva a muovere le sue lunghe gambe senza toccarmi. Avvertii un fremito al ricordo del suo ginocchio che mi sfiorava, e di come mi aveva afferrata nei boschi.

Avvampai, e mi toccai le guance calde. Non ero mai uscita con nessuno. Papà aveva detto che non mi era permesso, ma io per prima non mi sentivo ancora pronta ad accettare un invito. L'idea di permettere a qualcuno di toccarmi mi dava la nausea, ma poi Jesse l'aveva fatto, suscitando in me una reazione sconosciuta, inaspettata. Qualcosa di diverso, che sapeva di vita.

«Chi è Stewart Mitchell?» chiese la mamma.

«Un compagno di scuola.» La guardai da sopra la spalla. «Perché?»

«Tuo padre ha notato che mette sempre "Mi piace" ai tuoi post, e che oggi pomeriggio ha pubblicato una foto in cui ci sei tu. Lo sai cosa pensa papà sui ragazzi, e non è contento che non gli hai detto nulla a riguardo.»

Per la maggior parte delle persone i social erano un passatempo. Per me, erano il modo con cui mio padre controllava ogni mio movimento. «Non sto uscendo con Stewart. Io e Camila lo abbiamo incontrato alla fiera. Non sono una veggente, non posso dire a papà cose che ancora non sono successe.»

«Be'...» commentò, quasi dovessi essere davvero una veggente. «Sei tornata a casa prima.»

«Camila ha dimenticato dei documenti allo stand. Se fossi andata con lei, non sarei tornata in tempo per il coprifuoco.»

Mamma versò con cura l'acqua bollente, appoggiò la teiera sul fornello e mi porse la tazza. Come facevo sempre, girai la bustina di camomilla nell'acqua prima in una direzione, poi nell'altra. Mamma tornò al tavolo. Ero felice e allo stesso tempo non sopportavo che fosse la mia migliore amica. O meglio, che lo fosse *stata*. Non lo era più. La guardai torva. Non avevo più nessuna certezza.

«Siamo andate da Glory» dissi, perché se era ancora la mia migliore amica, avrei dovuto fare quello che facevo una volta: raccontarle tutto. «Alla fiera Glory ci ha detto che ci avrebbe letto le carte gratis se fossimo andate a casa sua, e io ho accettato. Quando Camila se n'è andata, sono tornata a casa a piedi.»

«Non avresti dovuto» sussurrò mamma, e guardò verso lo studio, come se potesse vedere attraverso i muri e cogliere la reazione di papà alle mie parole. «Tuo padre non sarebbe contento, se lo scoprisse.»

Papà non era mai contento, ma prima che potessi risponderle, la mamma aggiunse: «Come sei riuscita a trovare la strada nella proprietà dei Lachlin di notte?».

«Mi ha accompagnata Jesse.»

Mamma giocherellò con il suo nuovo braccialetto d'oro. Stava riflettendo. Nell'ultimo periodo lo faceva spesso, ma era la prova vivente che riflettere non porta sempre buoni risultati. «Dovrà rimanere tra noi. Ti prego, però, la prossima volta pensaci bene prima di fare certe cose.»

Chissà se avrei dovuto mentire ogni giorno per tutto il resto della vita. Speravo di no. Sembrava una prospettiva logorante.

«A tuo padre piace saperti al sicuro. Si stressa se fai qualcosa fuori dai piani prestabiliti» disse mamma. «Si preoccupa.»

Certo, perché tutti abbiamo le nostre preoccupazioni, ma lui non riusciva a elaborarle come una persona normale. «Hai chiesto a papà di lasciarmi prendere la patente?»

«Sto aspettando il momento giusto.»

Allora avrebbe aspettato per sempre, e io ero stanca di vivere in sospeso. «Quando gli parli, puoi dirgli che non voglio iscrivermi a Economia? Voglio fare Logopedia.»

Gli occhi azzurri di mamma si spostarono su di me. Erano attraversati da così tante emozioni che non capivo quale predominava. Paura? Rimorso? Tristezza? «Possiamo non parlarne adesso, ti spiace?»

«E invece dobbiamo parlare. È una decisione che influenzerà tutto il resto della mia vita.»

«Infatti. Pensa all'opportunità che ti sta offrendo tuo padre. Riceverai un'istruzione fantastica, e dovresti sentire quanto è contento all'idea che tu faccia uno stage nella sua azienda mentre sei all'università.»

Ma parlavamo la stessa lingua? «Non voglio lavorare per lui, e non voglio iscrivermi a Economia.»

«Credevo che volessi un lavoro. Continui a pregarci di darti il permesso di trovarne uno.»

«Voglio un lavoro, sì, ma uno che scelgo io.» A mio padre non piaceva l'idea che lavorassi mentre ero al liceo. Con la scusa che lui faceva soldi a sufficienza, diceva che dovevo concentrarmi sullo studio e basta.

Ma il punto era proprio questo: non aveva mai permesso alla mamma di fare nulla. Non di avere un conto bancario o un lavoro tutto suo. Nemmeno di vendere trucchi, Tupperware o utensili da cucina, come faceva la metà delle madri dei miei compagni. E non aveva cambiato idea neppure quando lei aveva cercato di fargli capire di voler qualcosa di più nella propria vita. Papà le aveva sempre detto che doveva solo dedicarsi a crescere me e Isabelle. Fino a quel momento non avevo mai fatto caso ai desideri della mamma e alle scuse di papà. Ma adesso ero io ad avere un obiettivo. «Voglio diventare una logopedista.»

«Non capisci? Tuo padre vuole che studi per entrare nella sua azienda. Ti sta regalando il mondo intero. Devi solo accettare.»

«Ma non è quello che voglio.»

«Prenditi un po' di tempo per riflettere su quello che ti sta offrendo. Capirai quanto è magnifica questa opportunità. Sei così fortunata ad averlo come padre.»

Fortunata? Mi girai di scatto, così in fretta che tutta la stanza si mise a girare. «Papà ti ha picchiata.»

Mi paralizzai, e così pure la mamma.

Porca miseria.

Non volevo dirlo ad alta voce. Era stato un terribile errore. Se lui avesse sentito si sarebbe infuriato. Tesi le orecchie temendo i suoi passi pesanti, o il suo respiro furioso, ma non avvertii nulla. Una scintilla di speranza nacque dentro di me. Forse sarei riuscita a parlare con la mamma. A parlarle sul serio di quanto entrambe avevamo bisogno di un cambiamento.

Mamma era pallida, rigida. E mi venne in mente cos'era successo il mese prima. Papà le aveva urlato addosso. No, non urlato. Era andato oltre. Urla barbariche, indemoniate. Sembrava posseduto. Aveva perso il controllo, e lei aveva fatto la stessa espressione di ora, quella di una donna consapevole che stava per essere fatta a pezzi.

Diedi una rapida controllata alla stanza, neanche stessi cercando l'uomo nero, perché parlare con mamma – parlare con lei di papà – era proibito, e pericoloso.

«Ti ha picchiata di nuovo» sussurrai.

«Lo so. Il mese scorso. Ne abbiamo già parlato, e...»

«Mamma...» Non capiva cosa stavo cercando di dirle. «Lo so che ti ha dato uno schiaffo ieri sera.»

Mamma spalancò gli occhi. Pensava che fosse un segreto. Come se le mura di quella casa fossero insonorizzate. «No, non è vero.»

Sì, invece. Lo sapevo io, lo sapeva lei, eppure stava mentendo. A me. Da quando era morta sua madre, l'unica persona con cui era stata quasi sincera ero io, e adesso non lo era più.

Il mese prima, papà aveva fatto di peggio che schiaffeggiarla. L'aveva massacrata. Mi si serrò lo stomaco a ricordare le mie urla, Isabelle in lacrime e la mamma che lo supplicava di fermarsi. Il taglio sulla fronte, il sangue che le colava nell'occhio, il viso gonfio, i lividi sulla schiena.

L'aveva massacrata, e aveva massacrato anche me. Non avevo mai pianto così tanto in vita mia. Avevo continuato per giorni. Mamma era preoccupata per me, anche se era lei quella con i lividi. Si era sdraiata nel mio letto, supplicandomi di smettere, ma non ci riuscivo.

Ero distrutta.

Dall'altra parte del tavolo, lei non disse niente e a me sembrò di impazzire. «Mi avevi promesso che se ti avesse picchiata di nuovo, l'avresti cacciato di casa.»

Per farmi smettere di piangere, papà in persona aveva giurato che se mai l'avesse picchiata di nuovo, se ne sarebbe andato.

«Ti ha picchiata ancora» le dissi. «E vi comportate come se non fosse successo.»

«Te l'ho detto, non mi ha dato nessuno schiaffo.»

Incredula, sbattei gli occhi più volte. Doveva essere impazzita. «L'ho sentito. Uno schiaffo fa un suono inconfondibile.»

«Non so cos'hai sentito, ma ti ho detto che non mi ha dato uno schiaffo.»

«Sì invece. Ma facciamo finta di no: basta quello che è successo il mese scorso. Non capisco perché lo lasci ancora vivere qui.»

«Perché sta cambiando. Stavolta ti giuro che fa sul serio.»

«Dici sempre così!» sbottai, poi abbassai la voce. Era papà quello che si arrabbiava. Non io. Era il suo ruolo. Non il mio. «Eppure ci ritroviamo sempre nella stessa situazione. Sedute in cucina, con una tazza di tisana, a fare gli stessi discorsi stancanti e patetici.»

Mamma sembrava preoccupata. Per me. Come se le mie emozioni e reazioni fossero sbagliate. «Non capisco perché sei così sconvolta. Non ha fatto del male a te. Non lo ha mai fatto. E quando lo fa a me, non lo fa apposta.»

Era impazzita? «Papà mi fa del male tutte le volte che ti mette le mani addosso.»

«È stressato, e lo stress gli fa perdere le staffe. Ha sbagliato, e io l'ho perdonato.» Mamma strinse le mani e riprese a giocare con il braccialetto. «E, a dirla tutta, non è un problema tuo decidere se perdonarlo o no. Devi andare avanti.»

Scattai in piedi come se *lei* avesse dato uno schiaffo a *me*. Mamma si passò le dita fra i capelli e poi mi tese la mano, in attesa che la prendessi. «Siamo sposati da venticinque anni, e mi ha picchiata solo cinque volte. Quando mi fa del male, non lo fa apposta. Vuole bene a me, come ne vuole a te, e gli dispiace per quello che ha fatto. Più di quanto credi tu. Ha pianto, e lui non piange mai.»

Però se piangevo io non c'erano problemi.

«Ti comporti come se tuo padre fosse un ubriacone aggressivo che mi picchia continuamente. Tuo padre mi adora, e adora te e tua sorella. Capisco che sei triste, e che quello che è successo è vergognoso, ma se ci pensi bene, questo è solo un ostacolo in tanti anni tranquilli. Guardami negli occhi e dimmi che pensi davvero che tuo padre non ti vuole bene. Che non mi ama. Pensa a tutti i bei momenti tra i pochi brutti. Pensa a quanto ti vuole bene.»

Chiusi gli occhi, perché non volevo ricordare quei momenti. Non volevo ricordare che, da bambina, tutte le sere mi leggeva una favola prima di andare a dormire, che mi sorrideva con orgoglio quando portavo a casa la pagella piena di dieci, oppure che, cercando di farmi ridere, si era tirato in faccia una torta con la panna dopo che Jesse mi aveva spezzato il cuore.

«Gli dispiace» disse mamma dolcemente, con sincerità. «Il fatto che non riesci a perdonarlo lo uccide. Ti prego, per favore, dagli un'altra opportunità. Non hai mai tenuto il muso, e ora sei così fredda. Sei sempre riuscita a trovare il modo di perdonarlo. Cosa cambia questa volta?»

«Avevi promesso...» Le parole mi si strozzarono in gola. «Avevi promesso che se ti avesse fatto ancora male, lo avresti buttato fuori e non gli avresti permesso di tornare. E lui ha promesso di non picchiarti più.»

«Ieri sera non mi ha dato nessuno schiaffo, Scarlett. Abbiamo litigato, ma non mi ha toccata. Devi credermi.»

Il problema era proprio quello: non ci riuscivo. Non più.

Mamma appoggiò le mani sul tavolo. Notai un nuovo anello di diamanti. I soliti regali per farsi perdonare. Natale 2.0. «Io e tuo padre abbiamo iniziato a fare terapia di coppia. Ci sta aiutando molto. Tutti e due ci stiamo impegnando. Stiamo imparando a comunicare e a interrompere questo circolo vizioso. Stiamo facendo grandi progressi. Il terapista dice che dovresti partecipare a qualche seduta. E anche che sarebbe una buona idea se tu e tuo padre faceste una seduta, voi due da soli.»

Scossi la testa, perché non avevo intenzione di andare in terapia, e men che meno con papà. Avevo bisogno di spazio.

Mamma aveva bisogno di spazio. Ne avevamo bisogno tutti, e non capivo cosa ci fosse di così difficile da capire.

Mamma si accigliò di più. «Pensavo ti facesse piacere sapere che siamo in terapia. Che saresti stata felice di sentire che papà riceve l'aiuto che gli serve. Che serve a tutti noi. Non capisco perché sei tanto concentrata sulle emozioni negative, invece che su quelle positive.»

«Perché, secondo te come mi dovrei sentire?»

«Di certo non triste. Non mi piace saperti triste.»

«Continuo a fare lo stupido errore di illudermi che questa sia la mia vita, perciò perché non mi spieghi come ci si comporta da brava marionetta e basta?»

«Non dire così» mi rimproverò. «Non c'è bisogno di farne una tragedia.»

Sul serio? Papà la prendeva a schiaffi in faccia e a pugni allo stomaco e non c'era da farne una tragedia? «Sono triste perché ti farà ancora del male.»

«Ti ho detto che ieri sera non mi ha dato uno schiaffo.»

«Ieri forse no, ma prima o poi lo farà. Se non ti picchia, urla. Se non urla, spacca le cose. Se non spacca le cose, picchia te. Perde il controllo e diventa un mostro. Alzerà di nuovo le mani su di te, e non capisco come fai a non rendertene conto!»

«Te lo ripeto, ieri sera non mi ha sfiorata, e per quanto riguarda il mese scorso… non mi ha fatto male quanto credi tu.»

«Sì invece!» Mi asciugai le lacrime, furiosa con me stessa perché ero sempre più sconvolta, mentre mamma se ne stava lì seduta tutta calma, nonostante fosse lei quella che era stata picchiata. Non ero pazza. Papà le aveva fatto del male, e anche molto. Non avevo le allucinazioni, proprio no.

Non avevo intenzione di stare a guardare mentre lui la picchiava di nuovo. Non sopportavo l'idea di vederla ferita, sanguinante. Non potevo continuare a vivere in una casa dove ogni singolo secondo della giornata mi chiedevo se lui sarebbe esploso. Facevo fatica a pensare, a dormire, a mangiare. Avevo bisogno di sentirmi bene, ma era impossibile.

La supplicai nel modo più semplice possibile. Le mostrai la mia paura.

«Papà se ne deve andare, e tu devi cacciarlo perché io ho bisogno di spazio. Se papà se ne va, allora forse mi sentirò di nuovo al sicuro, perché con lui intorno non ci riesco.»

«Lo psicologo aveva detto che forse non avresti capito» disse lei con calma, così tanta che avrei voluto lanciarle qualcosa addosso. «E che per un po' saresti stata arrabbiata. Ma ha anche detto che non possiamo lasciare che la tua negatività sminuisca i progressi che io e tuo padre stiamo facendo.»

Vedevo la stanza girare. La rabbia mi faceva venire le vertigini, e questo mi terrorizzava. Come faceva la collera a sconvolgermi così? Ero come mio padre? «Hai detto al tuo psicologo che ti picchia?» Quando erano in pubblico, i miei genitori non erano certo campioni di sincerità. Anzi, mi pregavano sempre di non raccontare cosa succedeva a casa.

«Mi *ha* picchiata. Non mi picchia. Sono state solo cinque volte in venticinque anni. E sì, lo psicologo lo sa.»

«Che razza di squilibrato è se pensa che sia una buona idea restare con *lui*?»

«Il perdono è liberatorio» disse mamma. «È mille volte meglio di comportarsi come stai facendo tu. Devi lasciar perdere il passato e tornare a essere felice.»

Felice? Mi sentivo annegare, le avevo detto cosa doveva fare per salvarmi, ma invece di tendermi la mano, afferrarmi e tirarmi in superficie, lei se ne stava su uno scoglio, con le mani in mano, a guardarmi mentre annaspavo.

Non poteva andare avanti così. Mi alzai, facendo tintinnare la tazza di porcellana. «Vado a letto.»

«Scarlett!» Cercò di fermarmi, ma la ignorai. «Ti prego, non te ne andare così, facciamo pace.»

Quella notte non avrebbe dormito. Non sopportava quando qualcuno era arrabbiato con lei, e si sarebbe piegata e umiliata pur di placare gli animi. Avrei dovuto essere dispiaciuta e cercare di farla sentire meglio, ma non ci riuscivo. Non quella sera.

Da sempre io e la mamma vedevamo le cose allo stesso modo. Un unico fronte nel bel mezzo di un uragano. Ma finalmente me n'ero accorta: non eravamo più una squadra.

Mentre svoltavo l'angolo verso le scale, vidi mio padre seduto sulla sua poltrona preferita in salotto. La tv non era accesa, non aveva il portatile sulle gambe e il telefono era posato sul tavolino.

Se ne stava seduto lì, sul bordo, le mani giunte fra le gambe, chino in avanti, come se fosse lui ad avere il diritto di essere infelice. Alzò la testa e mi guardò.

Mi salì il panico e portai la mano allo stomaco, in preda ai crampi. Non era nel suo studio. Era lì, in salotto. Mi aveva sentita mentre dicevo a mamma che ero andata da Glory? Che avevo infranto le sue preziose regole e non gli avevo detto dov'ero ogni secondo della giornata? Che volevo che se ne andasse?

Scappa.

Lo diceva una vocina nella mia testa. Una vocina insistente. Quella che mi aveva tenuto al sicuro per tutti quegli anni. Ma un inspiegabile istinto mi impedì di correre al piano di sopra. Se doveva arrabbiarsi con me, allora volevo che fosse per un buon motivo. Volevo che sapesse quanto lo detestavo. Alzai il mento e lo guardai male. «Non ti perdonerò *mai.*»

Lui chiuse gli occhi come se fosse devastato. Dovevo andarmene, ma non lo feci. Una parte di me voleva vederlo sanguinare come mamma settimane prima. Volevo che mi supplicasse di perdonarlo. Volevo vederlo in ginocchio, invece si limitò a chinare la testa fra le mani.

«Sai cosa significa per me amare?» sussurrò tra le dita con voce affranta. Sembrava un animale ferito in punto di morte. Strinsi la ringhiera, perché per quanto la voce dentro di me urlasse di scappare, sentirlo parlare con quel tono disperato era così strano che riuscivo solo a restare.

«Dopo aver perso mia sorella, pensavo che non sarei stato più in grado di amare.» Papà alzò la testa. Aveva gli occhi colmi di lacrime. Lacrime. Non riuscii a trattenere una smorfia. Mamma aveva detto che papà aveva pianto, ma non l'avevo mai visto davvero. Neppure una volta.

«Assomigli così tanto a zia Megan. Anche lei era bella e intelligente e proprio come te aveva un sorriso che riusciva a illuminare un'intera stanza.» Papà si interruppe, poi guardò dritto verso di me, e l'espressione di puro dolore che aveva non mi permise di distogliere lo sguardo. «A scuola mi prendevano tutti in giro, sai?»

Scossi la testa. Non ne sapevo nulla. Non parlava spesso di Megan, non mi aveva mai detto che le assomigliavo, né aveva mai lasciato intendere che, prima della sua scomparsa, avesse avuto un'adolescenza infelice.

Scrollò le spalle come se non avesse detto niente di importante, ma lo era, lo era per me. «Sono sempre stato goffo. Da bambino e da ragazzo. Sono sbocciato dopo. I piedi mi erano cresciuti più in fretta del resto del corpo ed ero completamente scoordinato. Non aiutava essere convinto che avrei fatto colpo sulle ragazze citando *Star Trek*.»

Era come se stesse parlando di qualcun altro. Non di sé, non dell'uomo amato da tutta la comunità.

«Non avevo molti amici» continuò, «ma non mi importava, perché c'era Megan a difendermi. Era la mia migliore amica, e mi incoraggiava quando non avevo fiducia in me stesso.»

Una lacrima gli scivolò sulla guancia, e mi sentii soffocare nel tentativo di reprimere un'ondata di tristezza.

«Poi Megan è scomparsa, ed è stato come morire. Non ho perso solo mia sorella: ho perso la mia migliore e unica amica. L'ho cercata per settimane. Per mesi. La vedevo a ogni angolo della strada, dietro ogni albero. Subito però capivo che non era lei, ed era come perderla un'altra volta. Me ne stavo a letto a chiedermi cosa le fosse successo: se era viva, se era spaventata, ferita o morta. E, nel caso, se era morta soffrendo...»

Papà singhiozzò, e a me continuava a mancare il respiro.

«Pensavo che non sarei stato più in grado di volere bene a qualcuno» disse, respirando con affanno. «Non volevo più amare nessuno perché perdere Megan era stato troppo doloroso, ma ho imparato a farlo di nuovo. Voglio bene a te, alla mamma, a Isabelle. Ho combinato un disastro, e mi dispiace. Mi dispiace così tanto. Non capisci quanto ti voglio bene, Scarlett. Non capisci quanto mi terrorizza l'idea di perderti, come ho perso mia sorella.» Chinò di nuovo la testa fra le mani. «Non posso farlo. Non posso perdere di nuovo qualcuno.»

Sentivo il cuore pesante, e un dolore così forte che ero quasi piegata in due. Il mio dolore, quello di mio padre, quello di tutta la nostra famiglia... era troppo.

«Ti prego, Scarlett, perdonami.» Le parole di papà erano soffocate dalle lacrime. «Ti prego, perdonami. Non ce la faccio più. Mi uccide sapere che sei arrabbiata con me, che mi odi. Non posso perdere qualcun altro. Non ce la faccio.»

Mi passai una mano tra i capelli. Tirai le ciocche così forte da farmi male. Dentro di me si scatenò una vera e propria guerra. Mi bruciavano gli occhi per le lacrime che non volevo versare. «Non devi picchiarla. Mai più.»

«Non lo farò» disse lui piangendo. «Ti prometto che non lo farò.»

Teneva il viso fra le mani, le spalle scosse dai singhiozzi. Stava soffrendo. E io sapevo cosa voleva dire soffrire. Contro la mia stessa volontà, i piedi si mossero in avanti e mi ritrovai in ginocchio, davanti a lui. Gli appoggiai una mano sulla spalla. Offrendogli conforto, un conforto che avrei voluto qualcuno offrisse a me. Dentro stavo urlando, eppure dissi: «Non piangere, papà. Ti prego, non piangere. Mi dispiace. Ti prego, non piangere».

Jesse

Ero riuscito a non pensare alla nonna dedicandomi alla terra. Avevo tagliato il fieno, aiutato il signor Bergen a spostare la mandria da un pascolo all'altro e a raccogliere il grano nei campi a est. Non ero riuscito a rimettere piede nella roulotte, per cui avevo dormito tre notti di fila sull'amaca.

Gran parte di quel tempo l'avevo passato immerso nei ricordi. Io e Trilli. Non sapevo il motivo. Forse perché pensare a lei era più facile che pensare alla nonna. Cercai di convincermi che Trilli non esisteva più. Scarlett era cambiata, e così anch'io. Fa schifo, ma la vita è così.

L'indomani sarebbe stato il primo giorno di scuola. Avevo bisogno di fare una doccia e di mangiare come si deve. Mentre mi avvicinavo alla roulotte, inarcai le sopracciglia vedendo Veronica seduta sulla scaletta.

All'apparenza Vi era adorabile: un metro e mezzo di altezza per quaranta chili, incredibili occhioni azzurri, una testa piena di riccioli biondi. Eppure quella ragazza fumava una Marlboro dietro l'altra come un uomo appassionato di corse e, quando le giravano, imprecava con l'eloquenza di un militare in congedo. Quando era allegra, invece, faceva a gara con gli unicorni che sputano arcobaleni. Ed era proprio in quei momenti che bisognava cominciare a preoccuparsi.

Trovarla seduta lì, con un'espressione che la faceva sembrare la Morte in persona, non era un buon segno. Anzi. Qualcosa dentro di me diceva che stavo per essere squartato vivo.

«Il ritorno di Jesse Lachlin.» Vi aspirò dalla sigaretta, soffiò fuori il fumo e poi la schiacciò su una pietra con il piede. Fumava solo quando era di cattivo umore.

Se le avessi chiesto cosa c'era che non andava, si sarebbe incazzata e avrebbe negato qualsiasi problema. Il che mi irritava, ma non ero tipo da perdermi in battibecchi inutili, quindi tenni la bocca chiusa.

«A forza di aspettarti mi si è addormentato il culo un'ora fa. Ti do un consiglio: la prossima volta rispondi ai messaggi, così non devo fare l'autostop per vedere se sei ancora vivo.»

Mi fermai in fondo alle scale, davanti a Vi. Non guardavo lei: stavo visualizzando l'interno della roulotte. Era buio. Probabilmente l'aria era pesante perché era stata chiusa per giorni. Una vera e propria tomba.

Sentii un tuffo allo stomaco, perché l'ultima cosa che volevo era varcare la soglia e vedere l'urna con le ceneri della nonna sulla mensola. Non ci sarebbe stato un sorriso ad accogliermi quando sarei rientrato tutto sporco per il lavoro nei campi. Né un'occhiataccia per essere stato fuori casa per tre giorni di seguito. E non mi sarei potuto rilassare guardando la tv insieme a lei. Avvertii un senso di pesantezza nel petto, e chiusi un momento gli occhi per il dolore.

«Perché non ci hai detto che tua nonna è morta?» chiese Vi. Il suo tono compassionevole mi prese alla sprovvista. Ero suo amico proprio perché non era una sentimentale. Era una roccia, come lo erano i nostri amici. Nessuno di noi aveva tempo da perdere con le emozioni e roba simile.

Feci un cenno verso la roulotte. «Potresti levarti, così mi faccio una doccia?»

Lei annuì, come se fosse d'accordo. Si fece da parte per lasciarmi passare. Andai alla porta e quando la serratura scattò, deglutii. Eccoci. Da quel momento in avanti avrei vissuto così: da solo.

Aprii la porta, accesi la luce e mentre entravo finalmente espirai, cercando di non piegarmi in due. Almeno non fisicamente. Alla mia anima probabilmente ci sarebbero voluti decenni prima di rialzarsi.

«Non mi chiedi di entrare?» disse Vi sulla soglia della roulotte.

Come un vampiro timoroso di prendere fuoco, non entrava mai in casa di qualcuno senza aver ricevuto prima il permesso. Aveva senso? No. Ci avrebbe mai raccontato perché faceva così? Neppure. Forse era davvero un vampiro. D'altra parte, tra tutti i mostri, non erano proprio i vampiri quelli affascinanti d'aspetto, ma micidiali? «Entra pure.»

Mi raggiunse in cucina. Sul vecchio telefono fisso della nonna era accesa una lucina rossa. Schiacciai PLAY per sentire la segreteria telefonica.

«Ciao Jesse. Sono la signora Haig.» Era la consulente scolastica. «Ti faccio le mie condoglianze. Volevo chiederti di fare un salto nel mio ufficio lunedì, così possiamo parlare dei tuoi progetti per l'ultimo anno. So che hai faticato molto per ottenere abbastanza crediti per diplomarti a dicembre, ma dopo quello che è successo, vorrei valutare con te altre opzioni.»

"Opzioni" significava che voleva farmi restare a scuola per diplomarmi a maggio. Non era mai stata molto convinta dell'idea che mi diplomassi in anticipo. Io lo volevo fare per prendermi cura della nonna a tempo pieno. Ma adesso, anche grazie a Marshall, il mio futuro era incerto.

La signora Haig disse un altro paio di cose, poi il messaggio finì. Andai in cucina a lavarmi le mani e Vi si appoggiò al bancone. Indossava una camicia nera che le lasciava scoperte le spalle, una minigonna e calzini a righe fucsia e nere che le arrivavano alle ginocchia. Era la versione pop della malvagia Strega dell'Ovest.

«Mi spieghi a cosa si riferiva quel messaggio?» chiese.

No. «Chi ti ha portata qui?»

«Leo e Nazareth. Sono rimasti un po', poi sono dovuti andare al lavoro. Passano più tardi per riportarmi a casa.»

Chiusi il rubinetto. «Sei stata qui tutto il giorno?»

«E anche ieri.» Scrollò le spalle. «Avevo due giorni di ferie al minimarket e mi annoiavo. E poi preferisco stare qui che a casa mia.»

Vero. Vi stava sempre da sola, e casa sua era strana. Non ero uno che si spaventava facilmente, ma quel posto mi faceva venire la pelle d'oca.

«Senti» fece. «Lo sai che non siamo tipi affettuosi. Non sappiamo cosa dire su tua nonna. Se provassimo a parlare, sicuramente diremmo qualcosa di stupido tipo: "Rassegnati. Trovati una da scopare e non ci pensare". Quindi, invece di dire qualcosa che ti farebbe venir voglia di prenderci a calci in culo, che ne dici se facciamo così: ignoriamo la cosa, ma tu sai che non siamo dei completi imbecilli e il nostro silenzio non significa che non ci teniamo a te?»

Finii lentamente di asciugarmi le mani e lei, in un raro momento di imbarazzo, si passò nervosamente le dita fra i riccioli lunghi fino alle spalle.

«A meno che tu non voglia parlarne» continuò. «Voglio dire, possiamo farlo, immagino. Sono una ragazza. Posso gestire i sentimenti.»

Non riuscii a trattenere un sorrisetto vedendo come era rabbrividita alla parola "sentimenti". Forse la sua vita era più incasinata della mia. Ne dubitavo, ma non era impossibile. «Fame?»

«Sto morendo.»

La doccia poteva aspettare. Aprii il frigo e non trovai niente, a parte mostarda, ketchup e salsa barbecue. «Cosa ne dici di un taco?»

Aveva già il cellulare in mano, e non avevo bisogno di chiedere per sapere che stava scrivendo a Leo e Nazareth di raggiungerci al *Cosmic's*, l'unico ristorante messicano in città.

Percorsi il corridoio. Per fortuna avevo chiuso la porta della stanza di nonna, perché a malapena mantenevo il controllo adesso. Sarei caduto in ginocchio, a piangere come un bambino. Con la porta chiusa, almeno potevo far finta che fosse ancora viva.

«Ti dispiace se dopo andiamo a fare spese?» dissi, mentre mi cambiavo i jeans e toglievo la maglietta. Lei aveva il quindici percento di sconto al Save Mart, e mi avrebbe aiutato a sopravvivere finché la terra non sarebbe tornata in mio possesso. E probabilmente anche dopo, finché non fossi riuscito a rimettere in piedi la fattoria.

«Se con "fare spese" non intendi "andare in giro a taccheggiare negozi", ci sto.» Vi si appoggiò allo stipite della porta e guardò le cartine attaccate alla parete. Una mappa del mondo. Una degli Stati Uniti. Sugli altri muri ce n'erano di più piccole degli altri stati e regioni. Vi inarcò un sopracciglio, come se quello fosse il giorno in cui le avrei spiegato il perché della mia ossessione per le cartine geografiche. Ma no, non sarebbe successo. Tirai fuori le chiavi e il portafoglio dai vecchi jeans e la superai, diretto alla porta.

Uscimmo dalla roulotte e notai la luce nella stanza di Scarlett, al primo piano. Aveva detto che voleva andare all'Università del Kentucky. Suo papà, il signor presidente, poteva frugarsi nelle tasche e ci avrebbe trovato soldi a sufficienza per comprarle un'intera ala del campus. Ma poi avevo visto l'espressione sul suo viso, e capito quello che aveva taciuto: paparino doveva aver detto di no.

Ma non dovevo capire cosa ci fosse dietro quella storia, dovevo solo piacerle abbastanza perché decidesse di votare per me.

«Mi serve un favore» dissi.

Vi si fermò davanti al mio furgone arrugginito e mi osservò con attenzione. Tutti le chiedevamo di usare il suo sconto. Cos'altro poteva essere, allora? Io non ero tipo da chiedere favori.

«Di cosa hai bisogno?»

«Devi aiutarmi a trovare un lavoro al Save Mart per una persona. E non mi chiedere perché.» Scarlett aveva parlato di trovarle un lavoro, ma non ero sicuro che capisse veramente cosa stava chiedendo.

Se paparino si era impuntato ma Scarlett voleva comunque andare all'Università del Kentucky, le toccava crescere e farcela da sola, come il resto di noi comuni mortali. Il che significava procurarsi del denaro. E quindi trovare un lavoro. Probabilmente quella responsabilità l'avrebbe spaventata a morte.

Vi lavorava al Save Mart da quando aveva quattordici anni, e nel tempo era diventata vicedirettrice. Poteva sembrare chissà cosa, ma in realtà voleva dire litigare tutto il giorno con i clienti per le restituzioni e i rimborsi. Vi era dolcemente spietata. Riusciva a dire di no alle persone con tanta fermezza da farsi ascoltare.

«Offri tu stasera?» Le nostre trattative si riducevano sempre a due questioni, molto concrete: cibo e soldi. «E anche domani sera, e poi una volta a settimana.»

«Ti offro la cena stasera, domani sera e poi stabiliamo un accordo per cui una volta alla settimana o ti offro la cena, o te la preparo a casa.» Cenare sempre fuori poteva essere costoso. Perfino spendendo novantanove centesimi a taco.

Lei inclinò la testa, come se stesse valutando i pro e i contro della mia offerta. «Va bene, ma se cucini tu deve essere qualcosa di fresco e non una roba surgelata che hai ficcato nel microonde. Cibo vero, Lachlin.»

«Affare fatto.»

«Allora fai venire questa persona martedì dopo scuola. Le troverò qualcosa.» Fece un paio di passi indietro, poi si diresse verso il furgone, dal lato passeggero. Una volta dentro, la ghiaia schizzò via sotto le ruote posteriori e un suono acuto di chitarra rimbombò dalle casse rotte. Guardai la finestra di Scarlett, e mi accorsi che la tenda si era mossa.

Scarlett

Era il primo giorno dell'ultimo anno di scuola e, vicino alla sezione autobiografie della biblioteca, Camila ed Evangeline avevano ricucito i rapporti per la millesima volta. Questo faceva di me un'altra volta l'ultima ruota del carro, ma mi stava bene stare nelle retrovie.

Le amicizie si basano sulla condivisione dei segreti e sulla fiducia. Io ero sempre disposta ad ascoltare quello che gli altri avevano da dire, e non ne avrei mai fatto parola con nessuno. Ero brava a tenere i segreti. Ma c'era un muro impenetrabile che circondava il mio cuore, che mi impediva di aprirmi. E ogni giorno diventava più alto. Avrei dovuto provare vergogna nell'ammettere che quel muro mi piaceva, e invece no. Ero perfettamente mio agio a essere la principessa di ghiaccio. Le emozioni erano sopravvalutate.

A eccezione dei corsi obbligatori – matematica, inglese e scienze – avevo crediti sufficienti per diplomarmi in primavera, quindi a pranzo facevo assistenza in biblioteca insieme a Camila ed Evangeline.

Io ero al banco prestiti, la bibliotecaria era nel suo ufficio al computer, e il resto della sala era deserta. Stare svegli non era facile. La notte prima l'avevo dedicata a uno dei miei hobby, non esattamente il mio preferito: preoccuparmi. I pensieri si aggiravano nella mia mente come avvoltoi, poi si abbassavano e mi beccavano, lasciandomi sanguinante, piena di lividi.

Papà e mamma avevano litigato. Anche se non era stata una vera e propria lite. Mamma aveva chiesto qualcosa a papà, lo aveva supplicato, ma lui le aveva detto di no. Le voci erano arrivate dal corridoio fino in camera mia, come un ronzio costante di api infuriate. A volte il ronzio si intensificava, ma non era mai troppo alto o rabbioso, né ero riuscita a capire il motivo della lite.

Con le coperte tirate fino al mento, avevo aspettato il colpo finale. Che la voce tonante di papà echeggiasse in corridoio, che sbattesse la porta così forte da far tremare le cornici appese alle pareti, che mamma scoppiasse a piangere. E, alla fine, l'orrendo suono della pelle che si scontra con altra pelle.

Cinque volte in venticinque anni. Ma l'ultima volta era stata così brutta, così disumana… e risaliva solo a poche settimane prima. Negli anni papà era diventato sempre più opprimente. Mi sbagliavo? O era sempre stato così, e io ero l'unica a vederla diversamente?

La notte prima le mie peggiori paure non si erano concretizzate, ma a furia di aspettare il peggio, mi ero ritrovata sul pavimento del bagno, a vomitare nel water. Non avevo chiuso occhio.

Lottavo contro la stanchezza vagando su internet, mentre Evangeline aggiornava Camila su tutto quello che si era persa mentre era con i genitori in Cina per l'adozione della sua nuova sorellina. Evangeline era nata in Africa e aveva vissuto in orfanotrofio finché i genitori non l'avevano adottata, a due anni. Ora Evangeline era la maggiore dei cinque fratelli Henderson, tutti figli adottivi provenienti da ogni parte del mondo.

«E poi Glory sapeva tutto del mio viaggio in Messico, e anche che noi avremmo fatto pace» disse Camila. «Tutto ciò che ha detto è vero. Era come se mi leggesse nel pensiero. Devi farti leggere le carte anche tu. Ma seriamente, non la versione economica che fa alle fiere.»

«Sarebbe bello» commentò Evangeline, poi si rivolse a me: «Scarlett, non è che puoi procurarmi un appuntamento gratis?».

La mia risposta fu un'occhiataccia da "ma dici sul serio?". Evangeline e Camila ridacchiarono. Per qualche motivo mi trovavano divertente.

Continuarono a parlare di Glory, sempre più infervorate. *Forse dovremmo prendere tutte un appuntamento con lei e farci fare una lettura di gruppo. Forse dovremmo chiederle se fa delle sedute a domicilio. Non sarebbe divertente sentire quello che ha da dire Glory su tutte quante?*

No, proprio per niente. Ma eravamo in un paese libero e quindi, se volevano, potevano sprecare i loro soldi su cose inutili come le "profezie" di Glory. Quello che aveva detto a me era inutile. Come se collaborare con Jesse Lachlin potesse aiutarmi ad andare all'Università del Kentucky. Che sciocchezza.

«Però sarebbe meglio andare a casa di Glory» disse Camila.

«Ma se hai detto che casa sua è un buco.» Evangeline si attorcigliò una delle lunghe treccine attorno al dito. «Saremo almeno in sei.»

«Sì» continuò Camila. «Ma il bello di stare da Glory era Jesse Lachlin.»

A quel punto alzai gli occhi, e non gradii il modo in cui Camila mi rivolse un sorriso malizioso, come se fosse al corrente di cosa era successo tra me e Jesse dopo che era andata via. Come se sapesse che mi aveva rincorso, che ero caduta, che mi aveva afferrata e che sentivo ancora la pelle formicolare al ricordo del suo tocco.

«Cosa c'entra Jesse Lachlin?» chiese Evangeline.

«C'era anche lui.» Camila ammiccò. «Alto e muscoloso. Se ne stava seduto sulla sedia dietro di noi, a fare il bel tenebroso. Sarcastico come sempre. A me non dispiacerebbe stare di nuovo nella stessa stanza con lui, basta che stia zitto. L'aspetto fisico compensa ampiamente quel suo caratteraccio.»

Evangeline si sventolò con una mano. «Certo che è proprio un gran figo.»

"Figo" non era esattamente la parola che avrei usato per descriverlo. Non mi sembrava sufficiente. "Figo" poteva andare bene per un ragazzo qualsiasi in palestra a cui era appena cresciuta la barba. Ma Jesse Lachlin non era un ragazzo qualsiasi. Aveva capelli rossi come il fuoco, la carnagione scura per tutte le ore passate a lavorare la terra, profondi occhi verdi e un corpo fatto per resistere alle giornate dure e faticose nei campi.

Certo, non avevo parlato a Jesse per anni, ma non ero diventata cieca. Tutte le ragazze della scuola avevano deviato il tragitto in auto o a piedi per andare in campagna, a guardarlo mentre lavorava la terra. Io, vivendo dall'altra parte della strada, avevo un posto riservato in prima fila per ammirarlo a torso nudo, coperto di sudore, con i muscoli che si tendevano a ogni movimento. E il modo in cui ogni tanto si fermava nel cortile e guardava dall'altra parte della strada, come se sapesse che lo stavo osservando. Sentivo le farfalle allo stomaco, e poi…

«Tu usciresti con lui?» chiese Evangeline.

«No» rispose subito Camila. «E poi non è il tipo che esce con chiunque. A parte quando sta con i suoi amici, praticamente quel ragazzo è un eremita.»

«Perché no?» Quella domanda sorprese perfino me, quando senza volerlo mi uscì di bocca. Camila ed Evangeline mi guardarono come se quelle fossero le prime parole che mi sentivano pronunciare. Se avessi potuto nascondermi sotto il banco senza peggiorare la situazione, lo avrei fatto.

«Intendi a parte il fatto che è maledetto, e che chiunque venga amato da un Lachlin tira le cuoia?» Camila si avvicinò ed Evangeline la seguì. Camila mi guardava con più curiosità di quanto volessi, ma se non altro stava spostando il discorso su di me. «Jesse è un disastro, e contamina tutti quelli che gli stanno vicini. Uscire con lui sarebbe una condanna a morte. Sociale, emotiva. E *letterale*.»

Conoscevo la storia della maledizione, e non era più vera di Glory e le sue profezie. «Non starai esagerando?»

«Per niente.» Camila sembrava mortalmente seria. «Ieri sera il gruppo del catechismo con il pastore Hughes si è riunito a casa nostra. I miei pensavano che fossi nel seminterrato, invece ero andata a bere qualcosa in cucina, e ho sentito il pastore chiedere a tutti cosa ne pensano di Jesse.»

Aveva origliato. Tipico di Camila.

«Lo sapevi che prima che iniziasse a frequentare Jesse, Veronica era sulla buona strada per diventare una pianista?» disse Camila.

«Davvero?» Evangeline inclinò la testa per lo stupore, e a dire il vero anch'io abbassai il cellulare.

«Davvero. E Leo Wheeling era un astro nascente del calcio: sarebbe stato il primo studente del primo anno a giocare come titolare… e poi ha cominciato ad andare in giro con Jesse.»

Mi tornarono alla mente dei vaghi ricordi dei tempi delle medie. In effetti quando si parlava della squadra di calcio veniva sempre fuori il nome di Leo.

«Poi qualcuno ha detto che prima di trasferirsi qui, alle medie, Nazareth Kravitz aveva passato il test ACT con il punteggio massimo. Poi è venuto a vivere qui, ha incontrato Jesse, e il resto è storia.»

Nazareth passava la maggior parte delle lezioni a dormire. Nei rari casi in cui si disturbava a presentarsi a scuola.

Mi mordicchiai il labbro, perché non ero del tutto convinta di apprezzare il modo in cui parlavano di Jesse come fosse il diavolo in persona. Potevo anche essere d'accordo, ma questo non significava che dovevano esserlo anche gli altri.

«E poi, ovviamente, c'è lo stesso Jesse. Alcol, droga.»

«Risse» aggiunse Evangeline.

«E non dimentichiamo le sospensioni...»

«Ed è stato pure arrestato!» Evangeline finì la frase di Camila come se condividessero lo stesso cervello. I loro occhi brillavano, perché quei gossip erano troppo succosi.

«Quel ragazzo è una mina vagante» continuò Camila. «Chiunque lo frequenta, finisce per voler diventare un fallito. Non importa se diventerà milionario quando venderà la terra della nonna. Decidere di stare con Jesse significa volersi far del male.»

«E voler morire, pure.»

Suonò la campanella. Mi colse così alla sprovvista che sobbalzai. Raccogliemmo le nostre cose e ci infilammo nel corridoio affollato. Milionario. Sapevo che Jesse avrebbe ereditato un sacco di soldi una volta venduta la terra, ma non pensavo così tanti.

«Forse abbiamo un paio di minuti di vantaggio.» Camila si guardò alle spalle, come se temesse di essere seguita. Aveva commesso l'errore di dire a Corbin Johnson quale tavolo volevamo a mensa.

Rivolsi una rapida occhiataccia a Camila, perché era dal secondo anno che lei e Corbin Johnson flirtavano in maniera irritante, quindi lui avrebbe sicuramente cercato di autoinvitarsi al tavolo che io e Camila avevamo reclamato fin dall'inizio del liceo.

«Lo so, ho fatto un casino.» Si rabbuiò. «Ma ti sei portata il pranzo, giusto?»

Sollevai la busta di carta con il panino al prosciutto che avevo preparato a casa.

«Ottimo» disse.

Mi rivolse uno sguardo allusivo. Io dovevo dirigermi in mensa, mentre lei sarebbe andata prima a sinistra, agli armadietti, e poi si sarebbe messa in coda per il cibo, mentre io sarei andata direttamente al tavolo vicino alla finestra. Chi prima arriva, meglio alloggia.

Appoggiai il pranzo e i libri sul tavolo, mi sedetti e poi contai le sedie. Durante il primo anno c'erano stati parecchi cambiamenti nel gruppo, ma dall'inizio del secondo eravamo sempre gli stessi.

Nel corso degli anni, avevo anche pensato di starmene per conto mio. Magari rifugiandomi in biblioteca a pranzo, e andandomene in giro per la scuola come se fossi invisibile. Una volta ci avevo provato, ma avevo resistito solo per due giorni. Chi poteva immaginare che la solitudine potesse far sentire così… soli?

Far parte di un gruppo non era così male, ma a volte notavo che gli altri erano più affiatati tra loro di quanto erano con me. Condividevano un legame speciale, e certe volte l'invidia mi rattristava. Ma la solitudine era ancora peggio.

Respinsi quei pensieri, appoggiai la testa alla mano e mi godetti il tepore del sole. La nostra scuola si trovava in cima a una collina. Si vedevano le montagne verdi in fiore. Era un paesaggio pittoresco, rassicurante, e il motivo per cui il nostro gruppo aveva scelto proprio quel tavolo.

Sentii il rumore di una sedia e di un vassoio pieno di cibo e io mi voltai con il solito sorriso per accogliere chiunque fosse. Ma non era Camila o Evangeline, e neppure uno del gruppo. Occhi verdi, capelli rossi e un sorrisetto da furfante che una volta era riservato solo a me, e il cuore prese a battermi forte per l'emozione, come se qualcuno mi avesse acceso un fuoco d'artificio in petto. Poi feci una smorfia, perché non avrei dovuto sentirmi così. Non con lui. Né con nessun altro.

Jesse Lachlin mi fece l'occhiolino mentre si sedeva di fronte a me come se non fossero passati neanche cinque minuti da quando ci arrampicavamo insieme sugli alberi. «Come butta, Trilli?»

Sentii un altro brivido, ma poi mi irrigidii. Che stupida: era la reazione a un passato che non esisteva più. «E tu cosa ci fai qui?»

Jesse si ficcò una patatina in bocca, la masticò e poi ne prese un'altra, come se non avesse intenzione di rispondere. Mi guardai intorno. Ci stavano osservando in parecchi, curiosi di sapere perché Jesse Lachlin era seduto lì con me, perché era in mensa e, anzi, perché era a scuola.

In fila per il cibo, Camila ed Evangeline avevano gli occhi fuori dalle orbite.

"Che succede?" mimò con le labbra Camila.

Inarcai le sopracciglia per farle capire che non ne avevo idea. Jesse frugò nel mais con la forchetta. Aveva superato il limite. «Forse non mi hai sentito, ma ti ho chiesto cosa ci fai qui.»

Lui alzò gli occhi. Avevano una scintilla che mi fece stringere i denti. Fantastico. Era lì per rendere la mia vita un inferno.

«Non è ovvio?» chiese.

Se ricordava qualcosa di me, non poteva certo aver dimenticato che non ero famosa per la pazienza, e che avrebbe fatto meglio a parlare, e in fretta. «Rispondi alla domanda.»

«Sto mangiando.»

Emisi un gemito per la frustrazione. «Non c'è posto.»

Lui guardò il tavolo, le sedie vuote e i miei libri, e poi mi rivolse un'occhiata. Lenta. Come se stesse cercando di memorizzare tutto ciò che vedeva. Arrossii, perché era uno sguardo troppo intimo per la mensa. Troppo intimo per uno che non era più mio amico. E lo sarebbe stato anche se fossimo stati amici.

Mi voltai, ma sentivo che mi stava ancora osservando. Santo cielo, quanto avrei voluto restituirgli lo sguardo.

«Ehi» mi sussurrò. Poiché raramente ero riuscita a negargli qualcosa quando mi parlava con quel tono cospiratorio, alzai gli occhi.

Gli occhi verdi gli brillavano mentre guardava a destra e a sinistra. Poi abbassò la testa, come se quello che stava per dire fosse un grosso segreto tra me e lui. «Non c'è nessun altro qui.»

«Ne sono consapevole.»

Jesse si rilassò sulla sedia. «Buono a sapersi. Per un attimo mi sono spaventato. Ho pensato che Glory fosse contagiosa, e che stessi per dire che adesso te ne vai in giro con i fantasmi.»

«Che cosa vuoi?»

«Però, bel tavolo. Non mi sono mai sognato di restare a scuola per pranzo, ma un tavolo così forse potrebbe farmi cambiare idea.» Una ragazza bionda prese posto accanto a Jesse, e sentii il sangue ribollire. La fissai, e lei mi restituì lo sguardo senza battere ciglio.

«Dovete andarvene» dissi il più educatamente possibile, nonostante stessi lottando contro la voglia di urlare. «Mi sono seduta al tavolo per prima, quindi è mio.»

«Non hai perso il tuo caratterino, eh?» Jesse ammiccò di nuovo, ma stavolta sentii le dita formicolare dal desiderio di strangolarlo. «Lo sanno quei montati dei tuoi amici?»

La biondina si ingrugnì. Si chiamava Veronica, e faceva parte del gruppo di amici ribelli di Jesse, convinti che per loro le regole non valessero. «Ma come, la principessa di ghiaccio avrebbe un brutto carattere? Non ci credo. Vorrebbe dire che prova delle emozioni.»

Gli occhi verdi di Jesse si addolcirono a quel "principessa di ghiaccio", quasi gli dispiacesse che Veronica fosse stata così sfacciata da chiamarmi così in mia presenza. Ma non mi bevevo la sua solidarietà. «Dovete andarvene.»

«È un tavolo.» Jesse mi fece un sorrisetto ironico, e mi vennero in mente lunghe giornate estive ed elaborati piani per rubare dalla cucina di sua nonna i biscotti appena sfornati. Vedere quel sorriso era più doloroso di sentirmi chiamare principessa di ghiaccio. «Non il figlio di una coppia che sta divorziando.»

«Sto tenendo questi posti ai miei amici. Sono occupati.»

«Tutti quanti?» chiese lui, ma non attese una risposta. «Allora, forse possiamo trovare una soluzione condivisa per la custodia. Tu prendi il tavolo il lunedì e il mercoledì. Io e Vi il martedì e il giovedì. Il venerdì facciamo una volta per uno. E se vuoi mettere l'accordo nero su bianco, scommetto che mio zio potrebbe darci una mano.»

«Ma quando parlo, capisci le parole che mi escono di bocca, o no?» gli dissi. «È perché ne sto usando troppe nella stessa frase? Frasi più corte aiuterebbero? Questo tavolo è mio. Appartiene a me. Andatevene.»

Veronica si attorcigliò una ciocca sul dito. «Be', tecnicamente il tavolo appartiene alla scuola, e quando sono arrivata eravate entrambi seduti qui, perciò potrei testimoniare che c'era prima Jesse e quindi la precedenza spetta a lui. Ma sentitemi! Potrei fare l'avvocato, se solo avessi voglia di studiare.»

Sbattei gli occhi lentamente, perché stavo cominciando a vedere rosso. Jesse si godeva la scena come se fosse un episodio del miglior reality show mai trasmesso. Ero sul punto di dirle di alzare le chiappe, senza troppi giri di parole, quando Jesse spinse il proprio vassoio pieno di cibo verso di lei. «Ci vediamo al furgone.» Anche se non avevamo il permesso di lasciare l'edificio.

Lei scrollò le spalle e prese il vassoio senza aggiungere altro. Lanciai una veloce occhiata alla mensa, e mi sentii a disagio vedendo che eravamo diventati il centro dell'attenzione. Avevo faticato duramente negli anni per non spiccare mai, e la cosa non mi faceva piacere. «Perché sei venuto qui?»

Jesse si chinò in avanti, con le braccia sul tavolo. Avevo sulla punta della lingua la risposta a qualunque battutina stesse per sputare fuori, quindi anch'io mi chinai in avanti, pronta per il duello.

«Ti ho trovato un lavoro, Trilli.»

Era ufficiale. Il mio cervello aveva smesso di funzionare. «Mi hai trovato cosa?»

«Un lavoro. Al Save Mart. Cominci domani, dopo la scuola.»

«E perché mi hai trovato un lavoro?»

«Perché hai detto che ne avevi bisogno per poter andare all'Università del Kentucky. Sai, me la cavo in matematica, così ho fatto due più due. Chiaramente paparino non vuole che tu ci vada, il che vuol dire che se ti vuoi iscrivere comunque, devi pagartela da sola. E quindi devi trovarti un lavoro, come noi comuni mortali.»

Rimasi a bocca aperta, senza riuscire a parlare. In quel suo discorsetto c'erano troppe cose così sbagliate, così offensive, così… «Io… io non… non ho mai detto che mio papà non mi permette di andare all'Università del Kentucky.»

Lui aggrottò le sopracciglia sentendomi balbettare, e non mi piacque il modo in cui mi scrutò il volto, quasi cercando la risposta che non volevo dare. «Quindi stai dicendo che non ti serve un lavoro?»

Un lavoro. Lo volevo, ne avevo bisogno, ma papà avrebbe perso la testa se lo avesse scoperto.

«Devo interpretare il tuo silenzio come un no, immagino.»

Jesse si alzò per andarsene, e io ritornai in me. «Perché lo stai facendo?»

Lui infilò le mani in tasca, facendo scivolare un po' più in basso i jeans che erano già appesi precariamente ai fianchi. «Avrò bisogno del tuo aiuto.»

«Per cosa?»

«Per tenere la terra.»

Inarcai un sopracciglio. «Non posso aiutarti a tenere la terra.»

«Sì, invece. Nonna ha affidato la decisione a tre persone. Voteranno quando compirò diciotto anni. Tu sei una di loro, e ho bisogno del tuo voto. Altrimenti, venderanno la terra e i soldi finiranno in un fondo fiduciario a mio nome.»

Jesse doveva essere fatto. «Sono tutte bugie, vero?»

«No.»

«A sentire te dovrei essere coinvolta in una faccenda di cui invece non so niente. Secondo me ti stai inventando tutto.»

«E invece è tutto vero.»

Mentiva, ma il mio cervello seguì un'altra direzione. «E perché dovresti voler tenere la terra? Se la vendi, sarai a posto per tutto il resto della vita.»

Un lampo di irritazione gli attraversò il viso. «Ti ho trovato un lavoro. Lo vuoi o no?»

Ti ho trovato un lavoro. Mi sentii invadere dall'ansia. Volevo un lavoro. Ne avevo bisogno. Così avrei potuto cominciare a mettere dei soldi da parte per la tassa di iscrizione e la retta. Quello che Jesse non capiva era che ciò di cui avevo veramente bisogno era il permesso di mio padre. Iniziarono a tremarmi le mani, e le nascosi sotto il tavolo.

Se avessi detto di sì a Jesse e mio padre lo avesse scoperto, avrebbe urlato, spaccato tutto, avrebbe... Ma accettando il lavoro e iniziando a mettere soldi da parte, forse potevo davvero andare all'Università del Kentucky. E diventare una logopedista, e poi...

«Accetti, sì o no?» insistette lui.

Sì, grazie. Era questo che avrei dovuto dire, ma non furono quelle parole a uscirmi di bocca. No, ne uscirono di peggiori, fin troppo sincere. «Non ho solo bisogno di un lavoro. Mi serve anche un passaggio. Almeno fino a casa. Forse posso chiedere a Camila di accompagnarmi.»

Non volevo farle sapere che avevo trovato un lavoro, così le avrei chiesto di darmi un passaggio alla biblioteca vicino al Save Mart. Se avesse scoperto che lavoravo – quando mio padre aveva detto al suo un'infinità di volte che secondo lui non si deve lavorare mentre si va a scuola –, avrei dovuto dire una bugia, e poi un'altra ancora, finché far combaciare tutte le bugie sarebbe diventato impossibile. Era meglio starsene zitti.

Jesse mi fissò per più di quanto avrei voluto, e mi irritava che non avesse risposto. Mi guardava come se riuscisse a vedere attraverso la mia pelle, dentro di me. Un crampo mi fece contorcere lo stomaco. Nella mensa calò il silenzio, come se anche gli altri stessero aspettando una risposta alla domanda che non avevano sentito.

«Mi occuperò anche di questo» fece lui, e le sue parole rimbalzarono sulle mura della mensa, riecheggiando. Dopodiché Jesse Lachlin si allontanò, lasciandomi in una stanza piena di persone che ora si chiedevano di cosa si sarebbe occupato esattamente.

Fantastico.

Jesse

La prima cosa che vidi quando entrai nella roulotte fu la testa di Vi che penzolava dal divano durissimo, con i piedi nudi appoggiati al muro. La luce della tv le danzava sul viso. Anche Leo e Nazareth poltrivano in salotto: Leo sul divano, accanto a Vi, Nazareth su una sedia. Il volume era spento, ma guardavano la tv come se stessero sentendo ogni parola.

«Come ha fatto Vi a entrare se non ero qui a darle il permesso?» chiesi.

«Sono entrato io» disse Leo. «E poi le ho detto di entrare.»

Ben fatto.

«Dovresti prendere in considerazione l'idea di chiudere la porta a chiave» fece Vi. «Non si sa mai chi potrebbe arrivare.»

Annotato.

«Sto iniziando a chiedermi se è il caso di farti vedere da uno bravo» continuò Vi.

«Perché non chiudo a chiave le porte?»

«Perché stai facendo delle scelte opinabili.» L'occhiataccia che mi rivolse mi fece capire che non era contenta della nuova impiegata al Save Mart.

Non le avevo detto di proposito che era Scarlett. A Vi non piaceva. Niente di personale. Non le piaceva la gente in generale, ma i compagni a scuola in particolare la prendevano sempre per il verso sbagliato. Scarlett però avrebbe avuto il lavoro perché Vi manteneva le promesse.

D'altra parte la capivo. Non è che gli esseri umani siano tutto 'sto granché, e in quel momento lo pensavo anche di loro, le uniche tre persone di cui in qualche modo accettavo la presenza.

Il problema di avere degli amici era che avevano delle opinioni. Non sarebbe stato male se avessero potuto tenersele per loro, ma i miei non erano fatti così. Erano rumorosi, bruschi e, cavolo, sinceri. O almeno si consideravano tali.

Dietro gli occhiali spessi dalla montatura nera, Nazareth spostò lo sguardo tra me e Vi. Mi stava avvertendo che Vi era di cattivo umore. Sollevai il mento per ringraziarlo dell'informazione. Quel ragazzo era un nerd con i muscoli, una di quelle rare persone che parlano solo quando hanno qualcosa di intelligente da dire. Quegli strani paranoidi dei suoi genitori non lo apprezzavano a dovere, io invece sì.

Nazareth si era legato i lunghi capelli castani con un elastico. Tutti i tatuaggi che sfoggiava sul braccio destro erano opera della madre. Gli aveva fatto il primo a dieci anni. Ero abbastanza sicuro che non fosse legale, ma i suoi non rispettavano le comuni regole sull'educazione dei figli. E neanche le regole in generale, a dire il vero. Strano a dirsi, lui e Leo se la giocavano per la casa più stabile fra noi quattro, il che era tutto dire.

I genitori di Nazareth lo avevano cresciuto in stile "amiamoci tutti, e fanculo il governo". Invece i genitori di Leo erano severi, del tipo "devi essere chi decido io". Non avrebbero potuto avere famiglie più diverse, ma se non altro tutte le sere trovavano la cena in tavola.

Battei il pugno a Leo, e lui mi sorrise, i denti che spiccavano sulla pelle nera. Proveniva da una delle sole quattro famiglie afroamericane del nostro paese. E per lui le cose non erano sempre facili.

Il sorriso di Leo si allargò. Non era un avvertimento che Vi stava per prendermi a calci in culo, ma il segno che si stava pregustando lo spettacolo in arrivo.

Vi si stiracchiò, e mi fece venire in mente un gatto che si risveglia da un sonno profondo. «Ma come facciamo a sottoporti a una seduta psicologica come si deve se arrivi tardi e domani abbiamo scuola?»

Erano le 23.59 di giovedì notte. Nel pomeriggio ero andato a prendere Scarlett alla fine del suo primo giorno di lavoro, e Vi l'aveva vista salire sul furgone. Avevo capito subito che mi aspettava una serata da incubo.

Con i muscoli doloranti, mi sedetti lentamente sulla poltrona reclinabile. «Mandatemi un messaggio, e ci organizziamo.»

Vi mi fece un sorrisetto di scherno. «Il che presuppone che prima dovresti rispondere ai messaggi. Dove sei stato?»

«A spostare il fieno.» Lo avevo imballato qualche giorno prima, e ora lo stavo trasportando nel fienile a ovest. Il signor Bergen mi aveva offerto un buon prezzo, ma avevo rifiutato. Speravo di iniziare un'asta al rialzo tra lui e il signor Vaughn.

Leo si passò una mano tra i riccioli neri, lunghi fino alle spalle, poi si mise a punzecchiare il piede di Vi per infastidirla. Funzionò: lei usò quello stesso piede per dargli una piccola spinta alla testa.

Leo si era fatto crescere i capelli quando il padre, ex soldato, aveva commesso l'errore di dirgli che non avrebbe mai permesso ai suoi figli di portare i capelli lunghi. Prima della pensione suo padre era sempre in giro per qualche missione. Non era quasi mai a casa. Probabilmente era il motivo per cui non sapeva che Leo prendeva così le decisioni quando c'erano di mezzo figure autoritarie: capiva quello che la gente voleva da lui, e poi faceva l'esatto contrario per farli incazzare. «Potevamo darti una mano col fieno.»

Scrollai le spalle, perché non ero bravo a spiegare le cose. «Non mi sentivo pronto.»

Per la gente, per parlare, per essere aiutato.

Ecco la cosa brutta di essere aiutati. Lo sopportavo solo quando era strettamente necessario. Le altre volte diventava un peso. «Possiamo sbrigarci con questa storia della seduta psicologica? Devo fare la doccia e poi andare a letto. E a tal proposito, quanto ci vorrà? Cinque minuti? Dieci? Potreste anche darmi un po' di tregua e farlo mentre metto a scaldare i bastoncini.»

Leo ridacchiò. «Hai visto, Vi? Sta bene. Noi invece no, se si toglie gli stivali. La puzza ci ucciderà tutti.»

Finii di slacciarmi uno stivale, lo sfilai e glielo tirai addosso. Lui lo schivò e mi mostrò il dito medio.

«Non ho capito bene cosa c'è sotto questa storia.» Vi fece un cenno in direzione della casa di Scarlett. «Ma qualunque cosa sia, stai attento. C'è un motivo se la gente la chiama la principessa di ghiaccio.»

«La gente, o tu?»

«Non fa differenza. Stai attento, ok?»

«E sarebbe questa la seduta?» Mi sfilai anche l'altro stivale, e Vi storse il naso, disgustata.

«Perché voi maschi puzzate?»

Strinsi le labbra e spalancai le braccia. «Ci sono ragazze a cui piace.»

«Ci sono ragazze a cui servirebbe uno psichiatra.» Vi si scostò dal muro, si alzò e andò in cucina. «Dammi una mano, Leo.»

Sentii il frigo che si apriva e si chiudeva, e poi fu la volta di un cassetto. Non mi disturbai a controllare cosa stavano facendo, ma guardai dalla finestra la casa di Scarlett. Non aveva parlato molto durante il tragitto verso casa, e il suo silenzio mi aveva fatto venire uno strano senso di vuoto allo stomaco. E nemmeno io avevo detto granché: parlare con Scarlett era come maneggiare un candelotto di dinamite.

«Che succede tra te e la principessa di ghiaccio?» chiese Nazareth. E pensare che era venuto a quella seduta psicologica lasciando i suoi poveri fratelli a sorbirsi il "falò emotivo" settimanale organizzato dai suoi genitori. Quella sera se ne stava sempre con uno di noi.

Mi limitai all'essenziale: «Una volta io e Scarlett eravamo amici, e la nonna mi ha fatto promettere di essere gentile con lei dopo la sua morte».

Nazareth guardò fisso verso la cucina e fece un gesto con la mano a chiunque lo stesse guardando, per dire "Vedi? Sta bene", ma Vi sospirò così forte che gettai la testa indietro.

«È il tuo turno, Leo» disse Vi. «Nazareth, sei stato proprio pietoso.»

Nazareth fece spallucce e mi guardò come a volersi scusare. Sì, lo capivo. Era una seccatura dover parlare di sentimenti.

«D'accordo» fece Leo dalla cucina. «Proviamo così. Odi quella ragazza fin dal primo anno di liceo. E tu non odi la gente. La eviti, ma non la odi. Ma adesso non solo hai trovato un lavoro alla principessa di ghiaccio, le dai pure un passaggio. C'è qualcosa che non quadra.»

Principessa di ghiaccio. Da quando io e Scarlett avevamo smesso di essere amici, si era fatta la reputazione di una ragazza fredda. A scuola, in pubblico, Scarlett era impeccabile e raramente si faceva coinvolgere, ma nessuno avrebbe mai pensato che fosse silenziosa o timida. Alcuni la definivano formale, io invece dicevo che sorrideva a comando, perché, come mia madre, Scarlett non sorrideva mai con gli occhi. Ma mentre mia mamma piangeva tutto il tempo, gli occhi azzurri di Scarlett restavano freddi come il ghiaccio.

Eppure l'altra sera avevo scoperto che aveva ancora quel fuoco, quel caratteraccio scatenato. Dovevo ammetterlo, avevo cominciato a sperare che da qualche parte ci fosse ancora la mia Trilli. E mi ero domandato se allora la sua vita fosse tutta scena, e nel caso non potevo fare a meno di chiedermi perché.

«Sei in lutto.» Vi appoggiò un piatto pieno di cupcake sul tavolino. «Il lutto ci fa fare cose stupide con le persone sbagliate.»

Era di questo che aveva paura? «Non voglio riallacciare i rapporti con Scarlett.»

Vi estrasse un accendino dalla tasca, si accovacciò vicino al tavolo e mi guardò dritto in faccia. «Cerca solo di stare attento.»

Avevo permesso a Vi, Leo e Nazareth di vedere parti di me che nessun altro conosceva, ma non sapevano tutto. Li avevo lasciati avvicinare, ma non abbastanza. Così la vita era più facile, per loro e per me.

«Non sei il genere di ragazzo che va a provarci con tutte» disse a bassa voce Vi. «So cosa significa soffrire, e so anche cosa significa cercare conforto. Ma te ne pentiresti. Quello che voglio dire è: non fare stupidate. Hai sofferto abbastanza. Non hai bisogno di altro dolore.»

Dopo aver visto mamma correre dietro agli uomini per anni, non avevo bisogno di baciare qualcuno per provare qualcosa. Avrei preferito farlo perché ero io in balia di emozioni e sentimenti.

Cercare di consolarmi con Scarlett, comunque... Quei bellissimi, lunghi capelli neri e quelle magnifiche curve. Era il genere di ragazza che fa venire il torcicollo agli uomini. La osservavo da anni. Non era passato un solo giorno dal secondo anno di liceo senza che mi avesse tolto il fiato. Se avessi cercato conforto, sarebbe stato con una ragazza come lei, ma al mondo c'era una sola Scarlett e non potevo avvicinarla, per il bene di entrambi.

«Ho aiutato Scarlett a trovare un lavoro» spiegai. «E lei mi aiuterà a convincere mio zio che merito di ereditare la terra quando compirò diciotto anni. Ecco tutto.»

«E perché non dovresti avere la terra a diciotto anni?» Vi era perplessa e io scossi la testa, perché non erano affari suoi. Solo miei.

Sapendo che non avrei cambiato idea, lei prese l'accendino e Nazareth spense la tv. Accese la candelina al centro di uno dei cupcake. «Li hanno fatti Leo e Nazareth, quindi ringrazia loro.»

«State cercando di uccidermi?» chiesi. «Un proiettile alla testa sarebbe una morte più rapida e dignitosa dell'avvelenamento.»

Leo mi rifilò un pugno alla spalla, io gli assestai un colpo alla schiena, e lui ridacchiò mentre si sedeva sul divano. «Occhio alla glassa, Vi ha leccato il cucchiaio.»

Chinai la testa, perché detestavo comportarmi così. «Ma il mio compleanno è a maggio.»

«Lo so.» Vi si alzò e si strofinò le mani sui jeans, che ormai avevano più strappi che stoffa. «Questo è per festeggiare il nostro anniversario.»

Guardai Leo e Nazareth, in cerca di una spiegazione, ma non mi risposero. «Quale anniversario?»

«Di quando noi due siamo diventati amici. Con Leo è la prossima settimana e con Nazareth è a novembre. Non capita tutti i giorni che persone che si sentono perse trovino il sistema per perdersi insieme. Ma adesso esprimi un desiderio e soffia sulla candelina.»

Mi si serrò la gola. Non l'aveva mai fatto prima, ma ovviamente significava molto per lei. Ero un idiota, perché non sapevo come dirle che anche lei, Nazareth e Leo erano importanti per me. Obbedii alla richiesta, espressi un desiderio e poi soffiai sulla candelina, trascinandoci tutti al buio.

Scarlett

Due ore al giorno, dopo scuola, mi occupavo del magazzino del Save Mart, spazzavo il pavimento e pulivo i bagni. La parte migliore? Numero uno: ero vicino alla biblioteca; quindi sì, mentivo sulla posizione, ma solo di tre metri. Numero due: papà non avrebbe controllato perché era dopo scuola, e lui non aveva tempo. Numero tre: né i miei genitori né i loro amici facevano la spesa lì. Quel posto vendeva marchi generici, e a mia madre sarebbero venute le vampate all'idea di essere vista in un luogo del genere.

Il responsabile del negozio mi aveva offerto di lavorare nei weekend, e per quanto la paga fosse migliore, avevo rifiutato. Avevo detto a mamma e papà che studiavo con Camila dopo scuola, in biblioteca. Non volevo sfidare la sorte.

Come aveva fatto per l'intera settimana, Jesse mi stava aspettando nel suo vecchio furgone rosso nell'ultimo posto del parcheggio. Aveva un berretto blu calato sulla chioma rossa, e tamburellava le dita sul volante come se stesse ascoltando una canzone fantastica.

Di solito salire a bordo del furgone di Jesse era un po' come andare in punta di piedi sul ponte di una nave nel bel mezzo dell'oceano: ogni passo significava prepararsi mentalmente alla lunga caduta. Non era esattamente un grande conversatore. Ma in fondo non lo ero neanch'io. Il tragitto verso casa era silenzioso e imbarazzante. Ma quel giorno attraversai il parcheggio saltellando, perché avevo ricevuto il mio primo stipendio.

Aprii lo sportello facendo grattare l'acciaio, poi salii sul furgone, che era più alto di quanto avrebbe dovuto essere legale. Il primo odore che sentii fu quello di Jesse: terra smossa, erba tagliata e una brezza estiva con un intenso profumo di spezie che non riuscivo bene a descrivere. Era un profumo rassicurante, e inspirandolo mi sembrava di stare al caldo.

Il sedile in ecopelle era strappato, e la vecchia cintura di sicurezza che stavo allacciando non mi dava grossa fiducia. Con una mano sul volante, Jesse mi guardò incuriosito. «Sei di buon umore.»

Agitai l'assegno in aria. «Mi hanno pagata.»

Jesse mi offrì un sorriso esitante, il fantasma di quello da Peter Pan che mi regalava sempre quando eravamo bambini. Arrossii, senza sapere perché.

Forse era per via del luccichio nei suoi occhi verdi, o forse perché era bellissimo mentre mi guardava. Forse perché in quell'abitacolo sembrava enorme. Ne riempiva ogni centimetro, ed ero preoccupata che se mi fossi mossa anche solo un po' ci saremmo toccati, provocando qualche scintilla di elettricità, come era successo a casa di Glory.

Mi voltai, eppure Jesse continuò a fissarmi. Sotto il suo sguardo sentivo la pelle più sensibile, come se mi stesse accarezzando con la punta delle dita. Dopo parecchi istanti si voltò, e mentre il motore borbottava e scoppiettava, uscimmo dal parcheggio.

L'aria condizionata era rotta. I finestrini erano abbassati e i capelli mi sventolavano furiosamente, finché non presi un elastico dal polso e li raccolsi in uno chignon.

Quel giorno Jesse era vestito diversamente dal solito, più come avrei immaginato che si sarebbe vestito per il funerale della nonna. Invece di jeans, maglietta e stivali, portava una camicia a quadretti blu con le maniche lunghe arrotolate su, pantaloni beige e stivali neri che sembravano lustrati. Si era rasato, e dovevo ammettere che mi mancava quell'ombra di barba che aveva di solito.

Ero tentata di chiedergli dove stava andando, ma poi decisi che non avrei gradito la risposta, perché sembrava vestito per un appuntamento. Era stupido che me ne importasse qualcosa. Cosa faceva non era un mio problema. Per distrarmi, aprii la busta con l'assegno. All'improvviso essere pagata dieci dollari all'ora non mi sembrava più così entusiasmante. Tasse, tasse e ancora tasse. E cosa diavolo erano i contributi previdenziali?

«Vuoi che ti porti da qualche parte per incassarlo?» chiese Jesse.

Quella domanda mi fece sobbalzare. Non avevo un conto in banca, quindi non ero sicura di poter incassare l'assegno. Neanche mamma ne aveva uno; probabilmente non l'aveva mai avuto. Il suo nome non appariva nemmeno sui conti di papà. Usava solo una carta di credito cointestata.

Essendo minorenne, avevo bisogno della firma di un genitore per aprire un conto, e mio padre continuava a ripetermi che non c'era motivo che ne avessi uno, dal momento che era più che felice di provvedere alle mie spese.

«Immagino che non avrai bisogno di contanti» continuò Jesse con un sorrisetto, come se stesse facendo una battuta. Io non lo trovavo affatto divertente. «Probabilmente lo verserai sul tuo traboccante fondo fiduciario. Dimmi qual è la banca e ti ci porto. Quando entri, gli angeli si mettono a cantare e gli impiegati cadono in ginocchio davanti a sua altezza reale?»

La verità mi metteva a disagio. Poi fui travolta da un moto di rabbia. Ogni volta che iniziavo a pensare che Jesse avesse uno straccio di possibilità di redimersi, lui apriva bocca. Rimisi l'assegno nella busta, incrociai le braccia e aspettai che calasse di nuovo quel silenzio imbarazzante.

Jesse strinse gli occhi. «E adesso perché saresti arrabbiata?»

Quel ragazzo era la prova vivente che i maschi sono incredibilmente ottusi. «Mi hai insultata.»

«Cosa avrei fatto?»

Indicai davanti, perché stava guardando me e non la strada. Morire non rientrava nel mio elenco delle cose da fare nella giornata.

Si voltò, i tendini del collo tesi, come se avesse il diritto di essere irritato. «Non ho detto niente di male.»

Alzai gli occhi al cielo, e lui se ne accorse. «È così che vuoi fare, Trilli? Ti ho trovato un lavoro, ti riaccompagno a casa e tu trovi un pretesto qualsiasi per arrabbiarti?»

«Fai delle supposizioni sbagliate su di me, e non lo apprezzo. E come ti viene in testa di chiamarmi Trilli? Neanche fossimo ancora amici.»

Il suo viso divenne rosso. «Devi andare in banca o no? È una domanda, non un insulto. Sto solo cercando di essere gentile. Anche tu dovresti provarci, una volta o l'altra.»

Avrei voluto ucciderlo. Ma poi chi mi avrebbe accompagnata a casa?

«Casa o banca, *Scarlett*?» Jesse si fermò al semaforo prima di Main Street, e mi guardò. «È la terza volta che te lo chiedo e, per quanto ne so, sarebbe carino rispondere, perfino se sei tu.»

Mi si irrigidì la schiena. «Intendi dire "tu, la principessa di ghiaccio"?»

Le labbra di Jesse divennero sottilissime. «Quindi andiamo a casa, o in fondo alla strada di casa, dal momento che non sopporti che ti lasci al vialetto. E per la cronaca sì, sei una principessa di ghiaccio. Ti ho trovato un lavoro, vengo a prenderti ma tu non vuoi farti vedere insieme a me dai tuoi cari genitori. È da insensibili, perfino per te.»

Il semaforo divenne verde, e il furgone sfrecciò per la strada. Ovviamente Jesse era convinto che il limite di velocità fosse più che altro un suggerimento. Avremmo dovuto impiegarci di più per raggiungere la strada di casa mia e la roulotte di Jesse, ma questo era quel che succedeva andando a novanta all'ora in un tratto da cinquanta, e a centotrenta in uno da novanta.

Come gli avevo chiesto martedì, guidò fino a metà strada prima del vialetto, poi si fermò. L'educazione che avevo ricevuto da mia madre imponeva che dicessi "Grazie per il passaggio", ma per orgoglio sarei dovuta scendere dal furgone, sbattermi lo sportello alle spalle e poi marciare via. Poiché ero combattuta fra le due cose, non feci niente. Guardavo fuori dal finestrino, paralizzata.

«Pensi di scendere, o no?» Jesse sembrava esausto quanto me.

«Perché mi hai trovato un lavoro? E perché mi vieni a prendere e mi porti a casa?»

«Sono solo un bravo vicino di casa» sbottò lui. «È quello che fa la gente per bene.»

«Anni fa hai deciso di cancellarmi dalla tua vita. Dopo aver passato settimane a dire cose terribili su di me a scuola. Cose che mi sono rimaste appiccicate addosso come fango che non si può lavare, e ora vuoi darmi a bere la storia del buon vicino?»

«Cosa devo fare, allora? Perché qualsiasi cosa faccio o dico, ti incazzi.»

Aveva ragione lui. Impugnai l'assegno, mi chinai verso il tappetino per prendere la borsa, e quando mi ritrovai ad afferrare l'aria, ebbi un mancamento. Il cuore prese a battermi nelle orecchie e cominciai a tremare. Avevo dimenticato la borsa, il che significava che avevo dimenticato il cellulare. Papà avrebbe scoperto la mia bugia. Come potevo essere stata così stupida?

Iniziai a sudare. Mi serviva la borsa. Mi serviva il telefono. Se papà avesse scoperto che avevo un lavoro... Mi coprii la guancia con la mano, pensando a quanto avrebbe fatto male lo schiaffo.

«Ho dimenticato la borsa al negozio.» La voce mi venne fuori tesa e rauca.

«Fammi indovinare. Ti aspetti che ti riporti indietro.»

Avevo la bocca completamente asciutta. La risposta era sì, ma non sapevo come chiederglielo. Non sapevo perché mi stesse aiutando. Non sapevo perché aveva smesso di essere mio amico. Cosa ancora più importante, non sapevo come tornare a casa senza cellulare. Dovevo collegare il cellulare al caricatore in cucina come ogni sera prima di andare a letto, accanto a quello della mamma. Dove papà li controllava prima di andare a letto.

Non sapevo cosa avrebbe fatto se non avessi avuto il cellulare, e non volevo scoprirlo. E se qualcuno al negozio lo avesse trovato, avesse chiamato casa e papà avesse risposto? Santo cielo, cos'avevo combinato?

Mi voltai verso Jesse e lo supplicai con lo sguardo, perché non riuscivo ad aprire la bocca, anche se avrei dovuto. In teoria chiedere aiuto doveva essere una cosa semplice, ma per me era impossibile. Non ci riuscivo.

Sovrappensiero, sentii un corvo gracchiare alle nostre spalle. Io non ci prestai attenzione, ma Jesse si voltò. Sbatté gli occhi una, due, poi una terza volta, e infine ingranò la retromarcia con un'imprecazione. Mentre arretrava sull'erba, dalle ruote posteriori si levò una nuvola di polvere. Poi scattò verso la città.

Guardai dietro, oltre il finestrino, e il grosso corvo appollaiato sulla staccionata di legno che circondava la proprietà sbatté le ali enormi, agitato. Sentii un brivido sottopelle, e mi strofinai le braccia per scaldarmi. Avrei giurato che quell'uccello mi stesse guardando. Non era normale. In quel momento non c'era niente di normale.

Jesse svoltò a sinistra verso la statale, e qualcosa nel retro del furgoncino scivolò da una parte all'altra. Era una pala, e mi sentii sprofondare quando vidi gli altri attrezzi da giardinaggio e i fiori. Erano tutti in vasetti fragili: voleva dire che i fiori erano pronti per essere piantati.

Non serviva essere un genio per capire dove sarebbe andato Jesse dopo avermi accompagnata a casa. Quel giorno doveva aver deciso di disperdere le ceneri di sua nonna, segnando la sepoltura con i suoi fiori preferiti.

Lo stomaco mi si strinse e sprofondai nel sedile, disgustata da me stessa.

Jesse

Se non fosse stato per quel corvo, avrei buttato Scarlett giù dal furgone e tentato la sorte con gli altri voti della giuria. Magari Dio avrebbe spinto il pastore a votare per me. Magari l'inferno sarebbe gelato e a maggio lo zio mi avrebbe ritenuto una persona responsabile. Ma avevo visto il corvo. L'uccello nero. Avevo sentito quel *cra* fin nel midollo. Era stato come un coltello piantato nel petto, e mi aveva fatto ripensare alla nonna.

Scarlett rimase in silenzio per tutto il tragitto verso il Save Mart, aggrappandosi al sedile mentre prendevo le curve a tutta birra. Era il suo modo di protestare silenziosamente, perché stavo andando troppo veloce. Era vero, ma non mi importava. L'imprudenza riusciva a distrarmi dai miei pensieri.

Entrai nel parcheggio del Save Mart. Scarlett non si prese la briga di ringraziarmi, saltò giù e sbatté lo sportello. Per come stavano andando le cose, avrei potuto mettere il cartello VENDESI davanti alla roulotte e rinunciare subito alla terra. Anche se le avevo trovato un lavoro, non riuscivo a scalfire la corazza di Scarlett.

Mi misi a tamburellare le dita sul volante, nel tentativo di scaricare un po' di tensione. Dovevo piantare i fiori in fretta per fargli mettere le radici o li avrei persi, e a quel punto sì che mi sarei incazzato. L'urna della nonna era in una scatola sul retro del furgone, e quel giorno volevo disperdere le sue ceneri accanto alla sua quercia preferita, vicino alla mamma. Ma andando avanti così non sarei riuscito a iniziare prima del tramonto, e non era quello che volevo. Per niente.

Scarlett fece lo slalom nel parcheggio verso il negozio. Elegante, aggraziata, bella. Ma anche testarda e cocciuta. Una vera principessa di ghiaccio. Mi si strinse lo stomaco per i sensi di colpa. Principessa di ghiaccio. Era così che si era definita, ed era tutta colpa mia. Che diavolo di problemi avevo, a dispiacermi di aver ferito una ragazza che per me non provava niente? Aveva ragione Vi. Dovevo farmi vedere da uno bravo.

Passarono i minuti. Le macchine andavano e venivano. Le persone entravano e uscivano dal negozio. Arrivò una BMW dalla carrozzeria pulita e scintillante, lucidata nel modo in cui solo le macchine dei ricchi possono essere, e grazie all'olio di gomito altrui. Ero perplesso. La maggior parte delle persone benestanti non si abbasserebbe mai a fare la spesa al discount.

Quell'auto aveva un'aria familiare. Sì, l'avevo già vista. Lo sportello lato guidatore si spalancò e il signor Copeland balzò fuori, con la stessa aria allegra di una persona che è stata presa d'assalto da uno sciame di vespe.

Cercai di ragionare più in fretta possibile. Scarlett aveva chiesto aiuto per trovare un lavoro, le serviva un passaggio per tornare a casa ma chiedeva di essere lasciata cinquecento metri prima. Era ovvio: il signor Copeland non sapeva che lei lavorava lì. Anzi, doveva proprio essere all'oscuro del fatto che lei avesse un lavoro.

Presi il cellulare e imprecai. Non avevo il numero di Scarlett, non l'avevo mai avuto, ma in qualche modo dovevo avvisarla. C'era un toro sotto steroidi pronto a incornarla. Feci per aprire lo sportello, quando Scarlett uscì dal Save Mart con la borsa in mano.

Il padre la chiamò per nome, lei girò la testa di scatto. Mi si fermò il cuore a vedere l'espressione di puro terrore dipinta sul suo volto. Conoscevo quello sguardo. Lo avevo visto sul viso di mamma troppe volte, e l'ultima non ero stato né forte né veloce abbastanza.

Il signor Copeland cominciò a parlare, e Scarlett spalancò gli occhi. La prese per un braccio. Riuscivo solo a guardare la mano stretta sul suo braccio, ed era chiaro che a lei non faceva piacere. Il signor Copeland si diresse verso l'auto, trascinando con sé la figlia.

Spalancai lo sportello scricchiolante, e Scarlett si voltò di scatto. Misi i piedi a terra, avanzai nella loro direzione e lei scosse violentemente la testa, muovendo le labbra in un silenzioso "no". Mi bloccai. Non capivo: era assurdo che mi stesse fermando. Eppure lo rifece. Scosse di nuovo la testa, i capelli neri che si dimenavano, e mimò "Ti prego, no".

Ero paralizzato. Morivo dalla voglia di intervenire, ma era come se la paura nei suoi occhi stesse parlando al posto suo.

“Se mi avvicino, peggioro le cose?” Sapevo che non poteva sentirmi, eppure annuì, e quel gesto mi inchiodò sul posto.

Il padre di Scarlett la lasciò davanti allo sportello. Lei salì a bordo lentamente, invece lui spalancò la sua portiera così forte che se fosse stato il mio furgone, l’avrebbe staccata dai cardini. Il motore si accese, in un suono ovattato. Fece retromarcia senza neppure voltarsi, e accelerò così forte che probabilmente raggiunse i novanta chilometri orari prima di arrivare su Main Street.

Lanciai un’occhiata al retro del furgone. Avevo delle cose da fare per la nonna, una promessa da mantenere. Ma prima avevo fatto una promessa a Scarlett. Avevo spezzato il cuore della nonna troncando la nostra amicizia: doveva essere il motivo per cui l’aveva scelta per la giuria.

Non le avevi promesso di restare per sempre suo amico?, mi aveva chiesto una volta.

«L’ho fatto, nonna» mormorai, guardando a terra.

E allora perché non lo sei più? Perché hai fatto del male a quella ragazza? Ferire lei significa ferire anche te stesso, e io non voglio vederti soffrire.

Le parole che mi risuonavano nella mente non erano reali. Solo ricordi di una conversazione che avevamo avuto troppe volte. «Lo sai perché.»

Mantieni la promessa che le hai fatto, Jesse. Senza valori non sei nessuno. Non sei nessuno se non sai essere un vero amico.

«L’ho allontanata per salvarla.»

Da chi?

Da me.

Voglio vederti amare.

«È questo il problema, nonna. È sempre stato questo il maledetto problema.»

Un corvo atterrò lì vicino, accanto alla carcassa di un animale. Mi stava guardando. Gli restituii lo sguardo. Era come sporgersi in un precipizio. Come guardare dentro me stesso.

Scarlett

Papà non mi portò a casa. Sarebbe stato troppo semplice. No. Invece mi portò in chiesa. Non era nemmeno quella piccola e pittoresca in cui si era tenuto il funerale di Suzanne. Era quella enorme, costruita da poco in città.

Dall'inizio del liceo era la seconda volta che entravo in una chiesa e, come al funerale di Suzanne, mi sorpresi di non prendere fuoco. Un po' ero delusa. Bruciare viva sarebbe stato meno doloroso.

La mia famiglia andava lì a messa. Una volta frequentavano la chiesa quando capitava, e solo se non impediva loro di dormire qualche ora in più; ma dopo che papà aveva picchiato la mamma il mese prima, erano diventati i classici fedeli che si imbestialiscono se qualcuno si siede nella loro panca. Gli ipocriti della domenica mattina, li chiamavo.

Eravamo in un triste ufficio grande quanto un armadio a muro. C'era tutto l'equipaggiamento religioso che ci si poteva aspettare da un pastore: croci, versi della Bibbia sulla parete, un diffusore Glade alla cannella… Perché probabilmente era quello il profumo del paradiso, no?

Sulla scrivania c'erano foto degli Hughes in spiaggia, la tipica famiglia perfetta. Le figlie indossavano abiti impeccabili color pervinca e un fiocco tra i capelli. Come la loro mamma. Soffocai un conato di vomito.

Ero nella stessa identica posizione da quando papà mi aveva trascinata lì, venti minuti prima: braccia incrociate e gambe accavallate. Fissavo la moquette. Ogni tanto gettavo un'occhiata all'orologio sulla scrivania. Avevo la nausea, perché non sapevo come comportarmi con mio padre. Era arrabbiato, e lo ero anch'io. Era deluso, io devastata. Era come vivere al rallentatore un'ustione chimica.

«Perché?» Papà si muoveva su una sedia foderata identica a quella su cui ero seduta io. Stranamente non c'era rabbia nella sua voce, solo esasperazione.

«Lo sai perché» sussurrai in risposta. Avevo avuto il coraggio di rispondergli, ma non quello di guardarlo negli occhi.

«È per l'Università del Kentucky?» chiese lui con sufficienza. «Credi davvero che potresti permetterti di pagare l'università lavorando in un minimarket?»

Fu come ricevere una coltellata nel petto. Mi parlava come se fossi un'ingenua, una sprovveduta. E la cosa peggiore? Forse aveva ragione.

«Scarlett» papà abbassò la voce. «Non lo sto facendo per punirti, ma per proteggerti.»

Perché aveva perso la sorella. Lo sapevo già, e i sensi di colpa mi gridavano di lasciar perdere tutto – il dolore, l'orgoglio, quella rabbia crescente –, ma non potevo. Negli anni avevo fatto tante rinunce, ma non potevo abbandonare quel sogno.

«A proposito delle sedute» disse lui lentamente, «pensa bene a cosa dire prima di parlare. Una volta uscite di bocca, le parole non si possono cancellare. Oggi ti ho portata qui per mettere da parte il rancore nei miei riguardi, ma pensa anche a tua madre, a Isabelle.»

Come sempre, era tutta scena… per mamma.

La porta si aprì e papà tacque. Alzai gli occhi e subito li riabbassai: perché non potevo avere un attimo di tregua? Era entrato il pastore del funerale di Suzanne, in jeans e camicia con il collare. «Mi dispiace avervi fatto aspettare. Sono il pastore Saul Hughes. Il pastore Morris è in riunione. Ci raggiungerà appena avrà finito.»

Papà gli strinse la mano. «Piacere di conoscerla. Grazie per aver accettato di riceverci all'ultimo momento. Sono le cinque passate, ma apprezzo che ci abbiate ricevuto comunque.»

«Siamo qui per voi.» Il tutto pronunciato sempre con lo stesso sorriso, che non era né felice, né condiscendente, né intimidatorio. Era lì, incollato sulla sua faccia, e mi chiesi se i pastori prendessero lezioni al seminario su come avere a che fare con la gente senza mostrare un briciolo di emozioni vere. «Nel frattempo, signor Copeland, perché non si accomoda nella sala d'attesa mentre io e Scarlett parliamo? Betty ha messo su il caffè, e le offrirebbe volentieri una tazza.»

Un cupo disappunto attraversò il viso di papà. Durò un istante, ma io ero allenata a coglierlo. Come i dottori, che sanno riconoscere il minimo indizio di un infarto.

«Quando ho parlato con Edward qualche settimana fa della possibilità di portare Scarlett alle sedute, gli ho detto che avrei gradito che le parlaste *entrambi*. E poi pensavo di essere coinvolto.»

Notevole. Papà era riuscito a dire tutto senza trasformarsi nel figlio di Satana. E, ancora più notevole, seppure stesse svelando il suo lato esigente e autoritario, il sorriso del pastore Hughes non vacillò. La maggior parte delle persone capitolava subito davanti a mio padre.

«Io e Edward pensiamo che sarebbe meglio se lui continuasse a gestire le sedute con lei e sua moglie. Ora che Scarlett ha accettato di incontrarci, riteniamo che si sentirebbe più a suo agio a parlare con un'altra persona. Pensiamo anche che si sentirebbe meglio se ci vedessimo da soli per qualche seduta, prima di iniziare quelle insieme a lei.» A quel punto cercò il mio sguardo. «Come ti sembra?»

Atroce.

Il pastore Hughes aveva detto che avevo accettato di incontrarlo. Che strana parola: "accettato". Essere trascinata fuori dal Save Mart e poi portata in auto fin lì significava aver "accettato"? Non volevo essere lì. Volevo il mio lavoro, i miei sogni, ma ancora una volta stare lì era il male minore. Avrei dovuto dire qualcosa per farli contenti, ma non potevo.

Il silenzio continuò così a lungo che l'atmosfera si fece pesante, eppure non riuscivo proprio ad aprire bocca.

«D'accordo» disse papà. «Può parlare da solo con Scarlett. E le do anche il permesso di affrontare qualsiasi argomento con lei.»

Ovvio, dato che non potevo fare nulla senza il suo permesso. Non ero sicura cosa fosse quel "permesso", ma il pastore Hughes sembrò soddisfatto.

«Siamo qui perché Scarlett si sta comportando da ribelle» continuò papà. «Ci ha mentito. Sono appena andato a prenderla dal Save Mart, dove ho scoperto che lavorava senza il nostro permesso. E di recente è andata a un funerale senza dirci nulla, mentre noi pensavamo fosse a casa.»

Raddrizzai la schiena. Sapeva del funerale? E poi, come aveva fatto a scoprire che lavoravo al Save Mart?

«È anche andata a casa di Glory Gardner per farsi leggere i tarocchi senza il nostro permesso, ed era con una persona che non approviamo, mentre ci aveva detto di essere insieme alla sua amica Camila. Tra parentesi, Scarlett, io e tua madre stiamo valutando se è il caso di dire ai suoi genitori che siete uscite fuori di nascosto.»

Appoggiai il gomito al bracciolo della sedia, e la testa alla mano. Almeno non aveva capito che la madre di Camila aveva partecipato al piano, ma ero stata beccata e forse dovevo essere grata che eravamo lì invece che a casa, dove avrebbe perso la testa. Riuscivo a sentire perfettamente mamma che cinguettava "Vedi, sta cambiando".

Calò il silenzio, e scoccai un'occhiata al pastore Hughes, per vedere se mi stava guardando. «Come ha scoperto tutte queste cose, signor Copeland?»

«È stata Scarlett a confessare di essere andata da Glory, e un cliente mi ha informato di averla vista al minimarket.

Era lì a lavorare, mentre mi aveva detto di essere andata in biblioteca a studiare.»

Il pastore Hughes spostò lo sguardo su papà. «E il funerale di Suzanne?»

Inarcai un sopracciglio. Tanto di cappello per aver pronunciato il nome di Suzanne. Papà si mosse sulla sedia, ma non rispose.

«Solo la verità risanerà la sua famiglia» insistette il pastore Hughes.

Papà si massaggiò il collo, poi disse: «Ho installato un'applicazione per controllare la posizione del suo cellulare».

«Cosa hai fatto?» esclamai.

«Signor Copeland» disse il pastore Hughes, «posso parlare con Scarlett da solo qualche minuto?»

Papà strinse le labbra, e anche se si vedeva che faceva fisicamente fatica, si alzò per uscire dall'ufficio. Mi appoggiò una mano sulla spalla. Era un tocco gentile, amorevole, che da bambina avevo imparato ad aspettare con piacere.

Ma quella mano aveva colpito mia madre il mese prima.

Era la quinta volta che succedeva, volendo credere che davvero non l'aveva schiaffeggiata di recente. La quinta volta in venticinque anni, come mia madre aveva sottolineato più volte. Più o meno ricordavo gli incidenti capitati quando ero piccola: non proprio gli eventi in sé, quanto flash di emozioni. Ricordavo perfettamente l'episodio di quando ero al primo anno di liceo, e quello del mese prima. Entrambi erano incisi nella mia mente come il momento clou di un film horror.

«Ho installato quell'app sul tuo cellulare per poterti ritrovare se dovessi scomparire» mi disse.

Strano, sentivo caldo e freddo allo stesso tempo. Chiusi gli occhi. Dovevo odiarlo? Lo odiavo? Dovevo desiderare di odiarlo?

Aveva picchiato mia madre, non voleva che seguissi i miei sogni, tracciava ogni mio movimento, ma era infelice. Era a pezzi. Mi voleva bene. Voleva solo proteggermi.

Era questo l'amore?

Era amore quando aveva decorato il salotto con fiocchi di neve coperti di lustrini perché avevo preso l'influenza intestinale e non ero andata al ballo padre-figlia in quinta elementare? Aveva indossato lo smoking, mentre io ero rimasta in pigiama. Avevo ballato sui suoi piedi, poi, quando mi ero di nuovo sentita poco bene, si era messo a guardare i film di *Harry Potter* con me.

Avvertii un peso nel petto e feci una smorfia, perché avevo male dappertutto.

Finalmente papà uscì. La porta si chiuse e io rimasi a fissare il pastore. L'avevo già visto un'altra volta, prima del funerale di Suzanne. In quella stessa chiesa. Una volta ci andavo tutte le settimane con la mia famiglia. Questo prima che papà picchiasse mamma, il primo anno di liceo. Dopodiché io e Dio avevamo smesso di parlare. Forse ero io che avevo smesso, perché non ero sicura che Lui mi avesse mai detto qualcosa.

Il pastore Hughes iniziò a parlare. Mi invitò a chiamarlo per nome, Saul. Tanto non l'avrei fatto. Mi spiegò che qualsiasi cosa avessi detto sarebbe rimasta tra di noi. Non l'avrebbe detto a nessuno, nemmeno ai miei genitori. Mi strappai un filo dalla camicia. Aggiunse altre cose, con tono buono, gentile. Fece domande a cui non risposi, e io mi sgranchii il collo perché volevo che finisse tutto. Volevo che quell'intero periodo della mia vita finisse.

Poi calò il silenzio e alzai lo sguardo, vagamente imbarazzata. Ero persa nei miei pensieri, e non avevo idea di quanto tempo fosse passato dall'ultima volta che il pastore aveva parlato. «Mi scusi, cosa ha detto?»

«Ti ho chiesto come ti descriverebbero i tuoi amici.»

«Per favore, può andare dritto al punto? Mi dice cosa vuole sapere e basta? Altrimenti direi che posso andarmene.»

Il pastore Hughes mi guardò dritto negli occhi. Gli restituii lo sguardo. Si accomodò sulla sedia nella mia stessa posizione, con le mani intrecciate in grembo. Ma chi poteva dirlo? Forse ero stata io a copiarlo, anche se non ricordavo di essermi mossa.

«Voglio che tu sappia che sono consapevole che ci sono alcuni problemi tra i tuoi genitori» disse lui. «E mi hanno dato il permesso di parlarne con te.»

Non mi stupiva. Né l'una, né l'altra cosa.

«Non sono il loro avvocato. Sono qui per difendere te. Quello che mi dirai resterà un segreto» ripeté.

Non riuscii a trattenere una smorfia ironica.

«Cosa c'è?» chiese lui.

Scrollai le spalle in risposta.

«Dimmi qualcosa» mi esortò gentilmente.

«Se papà vuole sapere quello che le dirò, lo scoprirà.»

«Perché dici così?»

«Perché lui è così.»

«Non succederà. Non sono qui per tuo padre. Sono qui per te.»

Che bello. La mia sfortuna era infinita, vero?

«Come descriveresti il rapporto tra i tuoi genitori?»

Complicato. «Buono.»

«Buono?»

«Buono.»

«Quando sarai adulta, ti piacerebbe avere una storia d'amore come quella dei tuoi genitori?»

Mi si attorcigliò lo stomaco. «Non lo so.»

«Secondo te cosa c'è di positivo nel loro matrimonio?»

Mi sfregai il volto. Stavo iniziando a sudare. Avevano messo il riscaldamento a novanta gradi? «Si amano.»

«Che aspetto ha il loro amore?»

Feci una smorfia. «Azzurro a pallini bianchi. Ma che razza di domanda è?»

«Quali sono i lati negativi del loro rapporto?»

Tutti. Certe persone non dovrebbero stare insieme, e forse loro sarebbero stati meglio separati. «Prossima domanda.»

«Hai assistito a episodi di violenza domestica?» chiese lui.

Esitai alla facilità con cui aveva pronunciato quelle parole. Non era stato avvertito? Quello era un argomento tabù. «Mi scusi, forse non ho capito bene. Può ripetere?»

«Ci sono stati episodi di violenza domestica? Fisici? Emotivi? Verbali?»

Avevo la bocca asciutta, e facevo fatica a respirare. Mi guardai di nuovo intorno, gli occhi che saettavano da parete a parete, e all'improvviso mi sentii in trappola.

«Qualsiasi cosa dirai resterà tra noi» mi ricordò lui. «Sono qui per aiutarti.»

E quello fu la mia rovina. «Perché uno dovrebbe pensare di venire da lei ed essere aiutato?»

Il pastore Hughes non reagì come mi aspettavo. Dovevo ammetterlo, avrei voluto che accusasse il colpo, invece non fece una piega. «Perché hai questo dubbio?»

Riusciva a rispondere a una domanda senza fare un'altra domanda? «*Se*» enfatizzai quella parola, «e dico *se* qualcuno fosse vittima di violenza domestica, lei non potrebbe aiutarla.»

«Non è vero.»

Scoppiai a ridere. E non in modo elegante. Era una risata isterica, e mi chiesi se alla fine ero davvero impazzita. Era come se il Cappellaio Matto affermasse di aver bevuto troppo tè. «Quindi, *se* una donna fosse vittima di violenza domestica, e per caso la figlia glielo dicesse, lei cosa farebbe?»

«La convincerei a chiamare la polizia.»

«Non lo farebbe lei?»

«Prima cercherei di convincere la figlia. Deve sentirsi libera di prendere le proprie decisioni. Ma se non lo facesse, allora lo farei io. Se mi viene riferito un crimine, sono tenuto a farlo.»

Faceva sembrare tutto così semplice. «D'accordo. Lei chiama il 911 e i poliziotti arrivano. Cosa succederebbe poi?»

«Perché non me lo dici tu? Tu cosa pensi?»

Certo che con il pastore era impossibile fare una conversazione normale. «La donna direbbe alla polizia che la figlia si è sbagliata, e che quei lividi sul viso se li è fatti per sbaglio. Direbbe che la figlia ha capito male, o che sta facendo la melodrammatica, o che è la classica adolescente rancorosa che vuole vendicarsi dei genitori. O forse la telefonata non sarebbe presa sul serio perché il marito gioca a golf con il capo della polizia.»

«È andata così?»

No, ma era quello che avrebbe fatto la mamma se avessi chiamato la polizia quando papà l'aveva picchiata, il mese scorso. «Nessuno può aiutare questa ragazza.»

«E se facendo quella telefonata spingesse le autorità a rendersi conto che c'è un problema, e facesse sì che tutti gli adulti, perfino i suoi genitori, cercassero l'aiuto di cui hanno bisogno?»

«Quindi chiamare la polizia risolverebbe la situazione?» chiesi.

«Sarebbe di aiuto.»

«Io non ho parlato di aiuto. Ho chiesto se la telefonata risolverebbe la situazione. Che senso ha chiamare la polizia o venire da lei se non cambia niente?»

«E se le cose invece cambiassero?»

«E se non cambiassero? Se fosse solo una perdita di tempo?»

«Non è una perdita di tempo. È possibile ottenere aiuto, e se c'è stato un crimine, bisogna chiamare la polizia.»

«Perché, per non credere alla figlia?»

«Se la figlia chiamasse, *io* le crederei.»

Una speranza. Era lì come il sorgere dell'alba, ma quella sottile scheggia di speranza non era sufficiente a penetrare lo strato di ghiaccio che mi avvolgeva. Tremavo. Il pastore diceva che mi avrebbe creduta, ma io non credevo a lui.

«Tuo padre abusa di tua madre?» mi chiese.

Mi ero arresa, il freddo si stava insinuando nelle mie ossa. Guardai il pavimento, fingendo di essere ovunque tranne che lì.

«Di recente tuo padre ha minacciato te, tua madre o tua sorella? Possiede un'arma? Credi che possa fare del male a te o a tua madre?»

Mi bruciava la gola, e non riuscivo a tenere fermo il ginocchio.

«Se tuo padre minaccia o alza le mani su di te o uno dei tuoi familiari, devi chiamare la polizia. Non esiste che qualcuno faccia del male a te o a chi ami.»

Eppure succedeva comunque. «Ma che senso ha tutto questo? Perché devo stare qui? Io non picchio nessuno, e nessuno picchia me. E poi non ho mai detto che mio padre picchia mia madre.»

Calò di nuovo il silenzio. Lui mi osservò, e mi sentii come un maglione che si stava disfacendo.

«Come ti sentiresti *se* tuo padre picchiasse tua madre?»

«Non ho mai detto che picchia mia madre» ripetei.

«È solo un'ipotesi.»

E io stavo considerando ipoteticamente di mettermi a urlare a squarciagola, perché era la domanda più folle che mi avessero mai fatto. «Alla grande, immagino. Come pensa che mi sentirei?»

«Adesso come ti senti?»

«Una meraviglia. Come la ciliegina su una torta.»

«Davvero?»

«No, affatto. Sono arrabbiata.»

«E ti sta aiutando? La rabbia, dico?»

Serrai la presa sui braccioli, altrimenti avrei rovesciato la scrivania a terra. *Respiri profondi. Fai respiri profondi. Respingi la rabbia. Respingila, soffocala.* Non potevo essere arrabbiata. Non potevo esserlo mai. Non potevo essere come mio padre. «Ho cambiato idea. Non sono arrabbiata.»

«No?»

«No. Vada pure a scuola e chieda a chi vuole: tutti mi chiamano la principessa di ghiaccio. Io non ho sentimenti.»

«Quindi in questo momento non sei arrabbiata?»

«Sono infastidita, non arrabbiata. Perché mi sta facendo delle domande stupide, e io ho il diritto di essere infastidita.»

«È questo l'unico motivo per cui sei arrabbiata?»

«No, voglio dire sì, insomma… non sono arrabbiata.» Ero così confusa.

«Se tuo padre avesse alzato le mani su tua madre, saresti arrabbiata?»

«Come altro potrei sentirmi?»

«Tu vuoi sentirti arrabbiata?»

«Se lo voglio? In questa vita ci sono un sacco di cose che *non* voglio. Non voglio essere monitorata ogni istante. Non voglio andare all'università in città. Non voglio studiare per finire a lavorare nell'azienda di mio padre. E di sicuro non voglio...» Soffocai le altre parole. *Dover guardare mentre mio padre alza le mani su mia madre.*

Sentivo il petto alzarsi e abbassarsi in fretta, troppo in fretta. Non volevo parlare di quell'argomento, non volevo dire niente, mi alzai e mi diressi verso la porta.

Quando appoggiai le dita sulla maniglia, il pastore Hughes disse: «Vivere nella rabbia è come essere un fantasma. Se vuoi, posso aiutarti a liberartene. Puoi tornare a vivere, e smettere di essere un fantasma».

«Io... io non... non sono arrabbiata!» balbettai, invasa da una vampata di calore nauseante.

Il pastore Hughes mi guardò con una calma insopportabile.

«Non lo sono» ripetei, così piano che non ero sicura che mi avesse sentita.

«Quando sarai pronta a parlare, mi troverai qui» disse lui.

Non ce la facevo più, quindi uscii. Mio padre scattò in piedi. «Credevo che saresti rimasta dentro più a lungo.»

Non dissi nulla mentre percorrevo il corridoio. Era come avere una rabbia rossa e bollente sottopelle. Lava sciolta che cercava disperatamente di eruttare.

«Scarlett, aspetta. Devo fare la mia seduta prima di tornare a casa.»

«Vai alla tua seduta» ringhiai. «Non ti sto fermando.»

Lui accelerò il passo per starmi dietro. «Dove stai andando?»

«A casa.»

«Come?»

«A piedi.»

«Non scherzare. Viviamo a chilometri dalla città.»

Girai sui tacchi e lo guardai negli occhi. Voleva fare terapia, e allora eccola. Nel bel mezzo del corridoio, sotto gli occhi di tutti. «E allora sarà una camminata lunga, sbaglio? Ma è una mia scelta. Come avere un lavoro dovrebbe essere una mia scelta. Come avere un conto in banca dovrebbe essere una mia scelta. Come fare terapia con un pastore dovrebbe essere una mia scelta. Come non vivere con un uomo che tratta così mia madre dovrebbe essere una mia scelta. *Una. Mia. Scelta.*»

Vidi la rabbia lampeggiare nel suo sguardo, ma ancora una volta fu il pastore Hughes a salvarmi. «Signor Copeland, il pastore Morris la sta aspettando.»

Avrei dovuto restare in silenzio. Calmarmi. Sporgermi oltre papà e dire qualcosa per convincere il pastore che aveva sentito male, che era stato solo l'ennesimo atto di ribellione. Avrei dovuto farlo perché dall'occhiataccia di papà sapevo che a casa sarebbe stato un inferno, ma ne avevo fin sopra i capelli di essere controllata.

Con le braccia distese, mi inchinai per ridicolizzare mio padre, il re. Il mondo apparteneva a lui, e tutti gli altri erano pedine da muovere a suo piacimento. Impettita, la principessa di ghiaccio lasciò l'edificio.

Jesse

Era dalla morte della nonna che speravo di passare una giornata come pianificato. Ma avrei dovuto aspettare ancora. Avevo cercato di fare qualcosa di carino per lei, per onorare la sua memoria, e invece ero finito nei casini fino al collo, e non in quelli che credevo. In quel momento avrei dovuto essere impegnato a piantare fiori sulla tomba della nonna, e invece stavo cambiando una ruota a bordo strada. Avevo preso una buca e forato. Una poetica metafora della mia vita.

Mi sarei dovuto sbrigare in fretta, e invece ci avevo messo un'eternità. Si erano rotti gli attrezzi, i bulloni erano incastrati, il cric era vecchio e la mia pazienza era andata a farsi benedire. Una volta finito, lanciai gli attrezzi sul fondo del furgone e mi asciugai il sudore dalla fronte. Mi voltai verso la strada e vidi qualcuno che stava camminando. Strinsi gli occhi. Forse un autostoppista. Ma no, non era possibile. Quella strada non portava da nessuna parte.

Soffiava una piacevole brezza. Una chioma corvina si mosse al vento. Stessi pantaloni aderenti, stessa camicia blu, stessa andatura ipnotica. Scarlett era a chilometri dalla città. Senza suo padre. Mentre si avvicinava, mi guardava come io guardavo lei.

Aveva il mascara sbavato. Forse per il caldo. Se non fossi stato certo che era impossibile, avrei detto che aveva pianto. Zoppicava a piedi nudi, le ballerine in mano. Presi fiato prima di chiederle cosa le fosse saltato in mente, sempre a fare lunghe camminate con le scarpe sbagliate, ma mi costrinsi a stare zitto.

Lei alzò il mento, forse in attesa che facessi lo sbruffone per criticarla, perché era quello che avevo fatto l'ultima volta. Eravamo due bambini di cinque anni con le pistole giocattolo. Prendi la mira e spara.

Andai verso lo sportello del passeggero e glielo tenni aperto. Lei si fermò, quasi si aspettasse un colpo basso. Alzai le mani. Dovevamo finirla con la guerra. Perfino io ero stanco. Accennai con la testa in direzione dell'abitacolo, e Scarlett salì. Feci il giro dall'altra parte, saltai su, accesi il motore e poi mi immisi in strada.

Scarlett si appoggiò al finestrino abbassato, il pugno che stringeva i capelli alla base del collo. Si sapeva che non parlava degli affari suoi, ma in quel momento non sembrava la Scarlett convinta di essere troppo splendida per rivolgermi la parola. Pareva che una folla inferocita l'avesse quasi lapidata a morte.

Dovevo dargliene atto. Se fossi stato io quello per strada, avrei continuato a camminare anche se mi avessero offerto un passaggio. L'orgoglio non me l'avrebbe permesso.

E Scarlett, almeno la Scarlett che conoscevo una volta, era tutta orgoglio.

Poco prima il padre si era comportato da cavernicolo in mezzo a un parcheggio pubblico, e lei mi aveva fatto capire di stare lontano. Avrei dovuto lasciar perdere. Scarlett non era un mio problema, non dovevo preoccuparmene, ma... «Prima tuo padre non sembrava tanto contento. Va tutto bene?»

«No.» Pronunciò quella sillaba come se fosse una risposta leggera, ma aveva lanciato una bomba. Almeno, per me fu come un'esplosione. Non mi aspettavo tanta sincerità.

«Vuoi parlarne?»

«No.»

Lo rispettavo. «Non ti preoccupare, neanche a me piace parlare dei miei problemi.»

Scarlett mi guardò, e per la prima volta dall'inizio del liceo, i suoi occhi non erano gelidi. Quelle parole sembravano averli scongelati. Ora erano di un azzurro profondo. Azzurro come il cielo, come il mare, e mi ci persi più a lungo di quanto avrei dovuto.

Lei sbatté gli occhi. Feci lo stesso, e mi imposi di guardare di nuovo la strada, ma non ci riuscivo. Vedevo solo i suoi occhi bellissimi e tristi, e avrei tanto voluto liberarla dal dolore.

«Posso aiutarti?» chiese.

Mi riscossi sentendo la sua voce, e la guardai per essere sicuro di non essermelo sognato. «Aiutarmi?»

Scarlett indicò il retro del furgone. «È per Suzanne, giusto? Mi piaceva. Tanto. Quando eravamo piccoli, facevo finta che fosse mia nonna.»

Sentii il cuore spezzarsi. «Anche tu le piacevi.» Era più che semplice affetto. Nonna le voleva così bene da averle dato potere sul mio futuro. La nominava almeno una volta al mese, un promemoria costante per ricordarmi che non gradiva le mie decisioni.

Scarlett si morse il labbro, e quel gesto suscitò in me un'altra reazione, che mi attraversava le vene.

«Forse vuoi farlo da solo» disse lei. «O con i tuoi amici, oppure...»

«No» la interruppi. «Va bene. A lei...» Mi fermai perché stavo per provare qualcosa, e questo mi spaventava. «A mia nonna avrebbe fatto piacere.»

Scarlett annuì, e proseguimmo per la strada.

Cominciò a parlare, come se fossimo nel mezzo di una discussione o avesse sentito cosa c'era nella mia testa: «Il problema è che non so cosa dire quando qualcuno perde una persona amata. Non so cosa dirti».

Se fossimo andati avanti così, avrei potuto anche incatenarmi alla roulotte. «Immagino di dover dire lo stesso quando vedo il padre di qualcuno che si comporta da idiota in un parcheggio, e quella persona finisce a camminare per chilometri fino a casa. A volte non ci sono parole, e va bene così.»

La sua espressione si addolcì. Scarlett era assolutamente meravigliosa. Perfino con il mascara sbavato, perfino con trentadue gradi, non avevo mai visto una persona più bella in vita mia. Mi passai una mano sul viso, perché se non la smettevo di fissarla, avremmo finito per litigare.

«Se vuoi che ti porto a casa, dimmelo adesso» le mormorai. «Altrimenti vieni con me.»

Lei rabbrividì come se avesse freddo, e sussurrò: «Non voglio andare a casa».

Di fronte al bivio per casa nostra, non svoltai a destra. Proseguii dritto e imboccai la strada sterrata per la quercia nel campo a est, dove avevo sepolto la mamma e dove volevo spargere le ceneri della nonna. Quando raggiungemmo il ruscello, sterzai e uscimmo dalla strada sterrata verso la terra che amavo più della mia stessa vita.

Il furgoncino vibrava sul terreno accidentato. Scarlett non sembrava più fredda o calcolatrice. Solo pensierosa. Per la prima volta dopo settimane, trovai una parvenza di pace.

Erano quasi le otto, e il sole stava per tramontare. Un'altra ora e sarebbe diventato buio. Avevo scavato, piantato, sudato, innaffiato, e tutto con Scarlett al mio fianco. Lei aveva vangato, ammucchiato il terreno sulle piante nuove e vecchie e versato l'acqua sul terreno asciutto.

Avevamo lavorato per oltre un'ora nel silenzio più rassicurante della mia vita. Non avevo dovuto dirle neanche una volta cosa fare, né c'era stato bisogno di spiegarle l'immagine che avevo in testa. Era come se si fosse insinuata in quel posto inquietante che era la mia mente e avesse visto come doveva essere l'ultima dimora della nonna.

A dire il vero, forse non me n'ero fatto un'immagine precisa, ma Scarlett era eccezionale. Lo era da quando eravamo bambini: sapeva cosa fare con la terra in un modo naturale, come se Dio in persona le avesse svelato i suoi progetti. Naturale come le peonie lungo il ruscello, le margherite vicino al bosco, e il caprifoglio accanto all'acero da zucchero che consideravamo nostro.

Misi il badile nel retro del furgone, poi controllai la zona per vedere se avevo dimenticato qualcosa. Scarlett era in ginocchio. Stava sistemando il terreno attorno a uno dei roseti. Si strofinò un sopracciglio e si lasciò una scia di sporco sulla pelle.

Quell'immagine mi scaldò il petto. Scarlett era come ero io da bambino. Non passava giorno senza che mi ritrovassi con più terra addosso di quanta ne avessi sotto le scarpe.

Scarlett alzò la testa e sorrise… rivolta a me. Un sorriso gentile, che mi fece venire i brividi. Era come se il sole avesse sciolto la sua corazza, rivelando la ragazza che conoscevo, e la donna che volevo conoscere.

Senza pensarci cominciai a camminare, un passo dopo l'altro, meccanicamente. Come se fossi attratto da una forza di gravità che non potevo ignorare.

Mi accovacciai accanto a lei. Scarlett era impegnata a togliere le foglie dal terreno del roseto, come se la pioggia in arrivo non sarebbe stata sufficiente a lavar via lo sporco.

«Grazie per l'aiuto» le dissi.

Lei continuò a occuparsi della pianta. «Grazie a te per il passaggio.»

Una ciocca di capelli le scivolò in avanti e una foglia le cadde sopra. Feci per togliergliela, ma mi bloccai quando gli occhi azzurri di Scarlett incrociarono i miei. Smisi di respirare, di muovermi. Avevo la bocca asciutta, il cuore prese a battere a tutta velocità, perché sentivo il bisogno di avvicinarmi. Di prenderle il volto tra le mani, di accarezzarla, di… «Hai una foglia nei capelli.»

«Ah.» Si inumidì lentamente le labbra mentre le passavo le dita tra i capelli, e la foglia cadde a terra. Scarlett le rivolse una breve occhiata, ma poi riportò su di me quegli occhi meravigliosi.

«Grazie» sussurrò.

«Prego» le mormorai.

Il tempo si era fermato, e il mondo intorno a noi non era altro che una bellissima cascata di luci. Il vento soffiava tra gli alberi. Si sentì un *crac* e Scarlett balzò in piedi. Sollevai lo sguardo in tempo per vedere un ramoscello cadere a terra. Mi alzai lentamente, chiedendomi che diavolo stesse succedendo.

Una foglia.

Le mie dita nei suoi capelli.

Probabilmente era stato il momento più intimo della mia vita.

Le guance di Scarlett avevano un colorito sano. Erano leggermente rosse. Come se avesse gradito il mio tocco, come se si fosse sentita in imbarazzo. Infilai le mani in tasca, perché avrei mentito se avessi detto che io non mi sentivo così. Curioso, confuso, in imbarazzo.

«Cos'altro posso fare?» chiese lei. «Per aiutarti.»

Avevamo fatto tutto. «Ora devo spargere le sue ceneri.»

Lei si incupì, e la sua tristezza risvegliò la mia.

«Mi sono arrampicata su quest'albero.» Scarlett guardò la vecchia quercia. Chissà se anche lei ci vedeva bambini che gareggiavano salendo verso la cima.

Alzai entrambe le braccia per toccare un ramo massiccio, vicino al terreno. Chiudendo gli occhi, riuscivo a sentire l'energia dell'albero scorrermi nelle vene. Era vecchio. Non il più vecchio della proprietà, ma quasi. Le radici affondavano nelle viscere della terra. Toccando gli alberi percepivo una fonte di energia: era come ricaricare le batterie.

«Come ci riesci?» chiese Scarlett, e aprii gli occhi.

«A fare cosa?»

«Quello che hai fatto sempre, fin da quando eravamo piccoli.» Lei scrollò le spalle, quasi fosse confusa dalle sue stesse parole. «Toccare qualsiasi cosa sia su questa terra e sembrare sereno.»

Per ventitré ore e quarantacinque minuti al giorno non avevo pace, ma almeno la terra riusciva a donarmi un quarto d'ora lontano dai miei demoni. «Non dire sciocchezze. Sai cosa faccio, e sai come farlo anche tu.»

Era una vera e propria sfida. «Non è vero.»

Sorrisi, perché la sua testardaggine mi piaceva. «Sì, invece.»

Lei incrociò le braccia sul petto.

«Tocca l'albero» le dissi.

«Tocca l'albero?»

«Tocca l'albero.»

Scarlett fece un sorrisetto. Mi ricordò la nostra infanzia. Il vento giocava con i suoi capelli, e fotografai mentalmente quell'attimo. Un'istantanea che avrei voluto ricordare.

Scarlett era tornata nella mia terra. La mia amica. La mia nemica. La persona che una volta mi spronava, mi sfidava e mi faceva sentire vivo. La mia Trilli.

«Fallo» la punzecchiai. «O hai paura di cosa succederà?»

«Non toccherò un albero per dimostrarti qualcosa» disse lei.

Ridacchiai, perché Scarlett non era mai stata il tipo che si lascia convincere a fare qualcosa che non vuole. Nemmeno quando la sfidavo. Lasciai andare il ramo e mi avviai verso il furgone. «Peggio per te.»

Ma dopo qualche metro gettai un'occhiata oltre la spalla. Stava fissando il tronco come se stesse valutando se appoggiare la mano sulla corteccia.

Aprii lo sportello. Sul sedile c'era il suo telefono, ed era un miracolo che non avesse preso fuoco incendiando il mio furgone. Qualcuno le stava bombardando il cellulare di messaggi. Probabilmente era suo padre.

Due parti di me si diedero battaglia mentre fissavo il telefono. La parte egoista voleva far finta di nulla, andare avanti con lei lì al mio fianco, ma l'altra parte, quella a cui mia nonna avrebbe detto di dare ascolto, sapeva bene cosa dovevo fare.

Presi il cellulare e glielo porsi. «Mi sa che qualcuno ti vuole parlare.»

La vidi venire meno mentre prendeva il telefono e controllava i messaggi. Un battito d'occhi e si irrigidì. Era una fortezza costruita per resistere alla guerra.

Scarlett sospirò, poi mi guardò. «Devo andare.»

Già. L'avevo immaginato. «Salta su. Ti do un passaggio.»

«Ti ringrazio, ma vado a piedi.»

«Non fare così. Credevo che avessimo fatto pace» dissi. Lei corrugò la fronte, e io sentii un nodo allo stomaco. «Sei ancora arrabbiata con me?»

«N-no, sì... io... io...» balbettò, e questo mi impedì di ribattere. Quando eravamo piccoli balbettava, ma poi aveva imparato a controllarsi respirando. Da allora le capitava solo quando era tesa, e i pensieri si muovevano troppo in fretta rispetto alla bocca. La guardai stringendo gli occhi, nel tentativo di capire quale fosse problema.

Vedere il suo sguardo tormentato fu un déjà-vu. Il ricordo di un'altra vita. Avevo visto quella stessa tristezza negli occhi di mia madre. «Sei sicura di star bene?»

«Sì.»

Lei chinò la testa, perché era chiaro che aveva capito il mio scetticismo.

«Mio padre è arrabbiato con me, va bene? Ho esagerato, e ammetto di averlo fatto apposta. Col senno di poi, sono stata stupida. Se mi vedesse con te, si arrabbierebbe ancora di più.»

Che nervi. «Perché sono Jesse Lachlin, il maledetto?»

Suo padre mi odiava da quando eravamo piccoli. All'epoca pensava che non fossi all'altezza di essere amico di sua figlia. Ecco perché giocavamo di nascosto la notte. Non avevo motivo di credere che avesse cambiato idea.

«Perché non posso stare da sola con i ragazzi. A malapena posso uscire con i miei amici. Lo permette solo perché chiama gli altri genitori per controllare dove sono. Non sarebbe contento se mi dessi un passaggio a casa, e io preferisco che non si faccia strane idee vedendomi sola con te.»

Inarcai le sopracciglia. «Stai dicendo che tuo padre penserebbe che stavamo facendo...» Lei arrossì, e io scoppiai a ridere. «Da bambini facevamo conversazioni molto diverse.»

«Già» disse lei, le labbra sfiorate per un attimo da un sorriso. «Quando si tratta di papà, mi sono scavata la fossa da sola, e non ho bisogno di renderla più profonda.»

Potevo capirlo. Anch'io avevo passato gli ultimi due anni a scavare la mia. «Sai arrivare a casa?»

«Taglio il campo a est, seguo il ruscello e arrivo a cinquecento metri da casa mia; così penserà che sono arrivata dalla strada principale. Prometto che stavolta non mi perderò.»

C'era una scintilla nei suoi occhi. Era la cosa più adorabile che avessi mai visto.

«Ci vogliono venti minuti a piedi.»

Lei scrollò le spalle. «Ho detto che devo tornare a casa, non che voglio.»

«Ti accompagno. Almeno fino alla strada.»

«Ma devi spargere le ceneri della nonna.»

«Scarlett...» cominciai a dire, ma lei mi zittì alzando la mano.

«Lo devi fare.»

Aveva ragione, dovevo farlo, e la tristezza quasi mi fece piegare in due. Scarlett si alzò in punta di piedi, mi diede un bacio sulla guancia e io chiusi gli occhi al tocco delicato delle sue labbra morbide. Lei si scostò e mi rivolse un sorriso triste. «Grazie per tutto. Per il lavoro, il passaggio, per avermi portata qui. Ne avevo bisogno.»

Si tolse le ballerine e si avviò scalza verso il ruscello, ma non potevo lasciarla andare così, non ancora. «Con tuo padre si sistemerà tutto?»

Si bloccò, e mi guardò da sopra la spalla. La sua espressione mi preoccupava. Dentro di lei c'era qualcosa che la tratteneva.

«Me la caverò» disse lei.

«Hai cercato un lavoro per colpa sua, non è così? Non vuole lasciarti andare all'Università del Kentucky.»

Scarlett rimase in silenzio. Ma il modo in cui aveva lasciato cadere le spalle era già una risposta.

«In ogni caso ti aiuterò, se posso» dissi.

«Temo che nessuno mi possa aiutare, ma grazie comunque. Nessuno mi aveva mai aiutata così tanto.»

«Siamo amici, adesso» dissi. «Siamo di nuovo amici, no?» Potevo riprovare a essere amico di Scarlett. Ero amico di Vi, Leo e Nazareth, e nel complesso loro se la cavavano. Come aveva detto Vi, avevamo trovato il modo di sentirci smarriti insieme.

Lei impallidì visibilmente. La sua espressione di tristezza mi faceva stare male. «Non so più cosa vuol dire avere un amico. Non parlo di te, ma di tutti. C'è qualcosa di sbagliato in me. Quando mi guardo dentro, non vedo niente. Sono vuota.»

«Scarlett, dico sul serio. Siamo di nuovo amici.»

«Senza offesa, ma non puoi prendere questa decisione solo tu. Ti ringrazio per il lavoro, il passaggio e il fatto che mi hai permesso di condividere questo momento con te, ma hai distrutto l'amicizia che ci legava anni fa, e poi hai ballato sulle sue ceneri. Non si può tornare indietro, non dopo il modo in cui mi hai trattato, ma se non altro abbiamo condiviso questo momento. Non sono più arrabbiata con te, ed è proprio una bella sensazione non avercela almeno con una persona.»

Non capivo perché, ma mi sentivo come se mi avesse appena scavato un buco nel petto. Se ne stava andando, e la sensazione di solitudine era quasi devastante.

In parte sperando che si voltasse e mi dicesse che si sbagliava, restai a guardare mentre spariva all'orizzonte. Non si voltò. Non mi perdonò. Ero confuso, schiacciato dalla sensazione di averla persa.

Tornai al furgone e controllai il cellulare. C'erano dei messaggi di Vi, ma anche uno di Glory: *Per quello che serve a Scarlett, chiedi a me e la aiuterò io.*

Sentii la pelle d'oca sulla nuca, e mi guardai intorno per vedere se mia cugina mi stava spiando, ma ero da solo. *Ma di cosa stai parlando?*

Glory: *Lo sai.*

Avevo uno strano ronzio in testa. *Sono tutte stronzate.*

Glory: *Ah sì?*

Che idiozia. Glory non poteva sapere di cosa aveva bisogno Scarlett. Non sapeva proprio niente. Lanciai il telefono sul sedile, ma poi rimasi a fissarlo. E se davvero avesse potuto dare a Scarlett ciò che le serviva? Avrei permesso al mio orgoglio di danneggiarla?

Scarlett ha bisogno di un lavoro. Uno che possa fare da casa, di nascosto.

Silenzio. Abbastanza lungo che pensai con soddisfazione di aver finalmente smascherato Glory. In realtà preferivo che Scarlett avesse un lavoro piuttosto che avere ragione.

Glory: *Basta che me lo chiedi. Gentilmente.*

E poi si chiedeva perché non la sopportavo. *Per favore, potresti dare un lavoro a Scarlett?*

Glory: *Portala da me, così facciamo due chiacchiere.*

Mi massaggiai il collo, sperando di riuscirci. *Veniamo stasera.*

Scarlett

La porta di casa si aprì prima che avessi la possibilità di sfiorare la maniglia. Avevo il cuore in gola, perché mi aspettavo di vedere comparire mio padre. Ma non era lui, era la mamma. Aveva gli occhi spalancati, il viso pallido e tirato. Mi prese per mano e mi fece entrare, chiudendosi la porta dietro con molta attenzione a non far rumore.

«Vai in camera tua» sussurrò. «E restaci. Non venir fuori finché non te lo dico io.»

Fui attraversata dal terrore. Avevo di nuovo cinque anni e mi stavano mandando in camera, verso una salvezza che non esisteva. Ogni volta che mia mamma era così spaventata, tornavo ad avere cinque anni.

La porta sul retro si aprì e si richiuse con un colpo secco. «Scarlett!»

Smisi di respirare, e la mamma mi lanciò un'occhiata che gridava "pericolo". Mi spinse verso le scale. «Corri.»

Lo feci. Su per le scale, ma non abbastanza in fretta. Era come correre al rallentatore sulla sabbia. I passi di papà rimbombavano sul parquet dell'ingresso. «Scarlett, vieni qui!»

«No, lasciala stare» fece mamma con un tono dolce. «Falla andare di sopra, così avrai un momento per calmarti.»

«Mi ha piantato lì!» urlò lui. «L'ho portata dal pastore, e lei se n'è andata!»

«Ci avevano detto che poteva comportarsi male all'inizio. La terapia porta a galla emozioni che non ha ancora elaborato. Dobbiamo essere pazienti. Non è Scarlett. È solo l'effetto della terapia.»

«Non c'era quando sono uscito!» tuonò lui. «Lo ha deciso consapevolmente! Scarlett! Vieni qui, adesso!»

Tremai così forte che scivolai. Caddi, sbattei il ginocchio sul bordo di un gradino e la testa contro la ringhiera. Fui invasa da un dolore pulsante, ma lo ignorai. Dovevo proseguire.

«Levati di mezzo!» gridò lui, e qualcosa cadde a terra. Si sentì un rumore di vetro in frantumi. Aggrappata alla ringhiera, mi alzai e guardai di sotto. Disseminati per tutto l'ingresso, sul pavimento giacevano i resti del vaso preferito della mamma. Quello che le aveva regalato la nonna. L'unica eredità del suo passato.

Mamma era all'inizio delle scale, le braccia allargate, un muro tra me e lui. Papà troneggiava su di lei, e per quanto gli stesse tenendo testa, indietreggiai io per lei.

Fui attraversata da una scarica di panico. L'istinto di sopravvivenza mi urlava di chiudermi in camera, ma l'amore mi supplicava di salvare la mamma. Non feci nessuna delle due cose. Rimasi immobile, a eccezione delle labbra. Quelle si mossero, e ne uscì un suono. «Mamma.»

I miei genitori alzarono lo sguardo verso di me. Il torace di papà si muoveva in fretta, respirava a fatica per la rabbia. Sbattei le palpebre: mamma era così calma che pensavo di stare sognando. Mentre mi fissava, lei gli appoggiò una mano sul petto. Il mio cuore perse un battito, perché mi aspettavo che la respingesse, ma non lo fece. Si limitò a chiudere gli occhi.

«Vai in camera tua, Scarlett» disse la mamma. Deglutii, perché temevo che, se me ne fossi andata, papà avrebbe scatenato tutta la rabbia su di lei. Poi iniziai a sudare per l'ondata di nausea bruciante che mi attraversava. E se restare significava peggiorare le cose?

«Fai come ho detto» aggiunse con voce dolce, «e porta con te Isabelle.»

Mi voltai verso l'altro capo delle scale e vidi mia sorella. Aveva il viso completamente privo di colore, le sue piccole dita stringevano forte la bambola al petto. Mamma proteggeva me. Io proteggevo Isabelle. Quelli erano i nostri ruoli. Mi rialzai in piedi, afferrai mia sorella, la presi in braccio e corsi in camera.

Isabelle si aggrappò e nascose la faccia nel mio collo. Chiusi a chiave la stanza e cercai di convincermi che la porta avrebbe tenuto lontani i mostri. Mi arrampicai sul letto e Isabelle non allentò la presa. Cercò invece di stringersi più forte, come se volesse nascondersi nel mio petto. La tenni stretta a me e lei mi abbracciò, e restammo lì, sdraiate, perfettamente immobili.

E poi iniziarono le urla.

Mio padre era furioso, mia madre lo supplicava di calmarsi. Lui dava la colpa a me, alla mamma, a Isabelle, al pastore Hughes. A tutti tranne che a se stesso. Avrei tanto voluto che la mamma si zittisse e andasse a nascondersi. Che non lo affrontasse. Se solo *io* avessi tenuto la bocca chiusa. Se solo la nostra vita fosse stata completamente diversa.

Continuarono. Il volume delle voci cambiava a seconda della stanza in cui si spostavano.

Le urla non si interrompevano. Durarono ore, ma a me sembrò che fossero passati giorni, settimane intere.

«Non hai pensato che forse Scarlett si sta ribellando per la storia dell'università? Se magari le diamo un po' più di libertà...» Sentii chiaramente la supplica di mamma, più di qualunque altra cosa avessero detto. Stavano salendo le scale. Pregai che mamma arrivasse di sopra sana e salva.

«L'università non c'entra nulla» sbottò papà. «Il problema è Scarlett che ci mente.»

«Ma studiare Logopedia significa così tanto per lei.»

«Sta cercando di dividerci, di manipolarci. È arrabbiata perché mi hai perdonato. Dobbiamo essere uniti se vogliamo salvare la nostra famiglia. Non possiamo cedere ai suoi ricatti. Dobbiamo rimanere forti.»

«Ma forse se le permettessi di lavorare, penserebbe che hai fiducia in lei...»

«Ma da che parte stai?» ruggì papà fuori dalla porta. Io e Isabelle sussultammo e ci stringemmo l'una all'altra. «Dovresti essere dalla mia! Con me, non con lei!»

«Ti prego, non urlarmi addosso» lo supplicò mamma, e mi sentii soffocare quando scoppiò a piangere. «Ti prego, smettila di urlare. Non ce la faccio più. Basta.»

Il cuore prese a battermi più forte. Lasciai andare mia sorella e strinsi la coperta. Mi sentivo come se mi avessero lanciata nel vuoto cosmico, e non avessi più il controllo del mio corpo. Mi si serrarono i polmoni e rimasi senza fiato. Era tutta colpa mia. Se le avesse fatto del male, sarebbe stata colpa mia.

Avevo dolore al petto, ai muscoli, facevo fatica a inspirare. La pelle si coprì di sudore, e mentre mamma continuava a piangere e papà continuava a urlare, l'aria si rifiutava di entrarmi nei polmoni. Non riuscivo a respirare, e stavo per morire.

Sentivo il corpicino di Isabelle tremare contro il mio. Le sue lacrime mi bagnavano la camicia. Mamma pianse più forte, e allora cominciai a vedere le stelle perché non riuscivo a respirare, e poi…

«Mi dispiace.» Papà sembrava così stanco, così pentito. Un uomo diverso. «Ti prego, non piangere. Mi dispiace. Non volevo urlare. Non pensavo che Scarlett se ne sarebbe andata davvero. Non avrei mai creduto che mi avrebbe disobbedito in pubblico. Quando se n'è andata, ho pensato che mi avrebbe aspettato in macchina, ma dopo la seduta non l'ho trovata… e mi sono spaventato.»

Mi paralizzai, e così pure mia sorella. Era come camminare sul filo di una lama, bastava il minimo movimento sbagliato e ci saremmo tagliate.

«Non piangere...» La voce di papà si spezzò, come se fosse sul punto di scoppiare in lacrime. «Ti prego, non piangere. Ti amo. Ti amo così tanto. Ti prego, perdonami. Perdonami.»

Continuò a ripeterlo, mentre mamma singhiozzava. Alla fine lei gli disse che lo perdonava e che lo amava, e tutto tacque, tranne per il rumore della porta della loro stanza che si chiudeva.

La storia si ripeteva.

Io e Isabelle restammo in silenzio sul letto, abbracciate. Passò un'ora. Poi un'altra. Alla fine smisi di contare e lei si addormentò, e trovai il coraggio di avvolgerla in una coperta e portarla in camera sua.

Quando la adagiai sul suo letto si risvegliò, giusto il tempo di alzare le braccia mentre le infilavo il pigiama e sussurrarmi che mi voleva bene prima che andassi via.

In corridoio mi fermai fuori dalla porta, cercando di sentire qualcosa nella camera dei miei. Niente, a parte il russare ovattato di mio padre. Com'era possibile? Come facevano a passare da cento a zero in pochi minuti? Dal campo di battaglia al sonno, come se nulla fosse? Io sarei stata fortunata se fossi riuscita a chiudere occhio almeno una volta nella settimana seguente.

Entrai in camera, chiusi la porta, mi ci appoggiai e mi chiesi se era il caso di accendere le luci e leggere fino all'alba, ma un colpo alla finestra mi fece sobbalzare.

Scarlett

Al secondo colpo, mi voltai verso il suono. Ne seguì un terzo, e poi un quarto, e attraversai la stanza. Era un venerdì di agosto, ed era quasi mezzanotte. Quel suono familiare mi fece battere il cuore. Altri due colpetti, e d'istinto aprii la finestra.

Guardai a terra, nel buio, ma non vidi niente. Forse mi ero immaginata tutto. Forse…

Poi mi accorsi di un piccolo ospite sul davanzale. Era un bruco grasso e colorato che camminava lento, e vederlo mi fece venire una sensazione di déjà-vu. L'avevo già visto, ma dove?

«Ehi, Trilli. Era ora. Avevo finito le pietre.»

Guardai verso la quercia imponente vicino casa. Accovacciato accanto al tronco, sul grosso ramo che dava sulla mia finestra, c'era Jesse Lachlin. Era in jeans, maglietta bianca e berretto blu. Mi venne il panico all'idea che mio padre lo vedesse, ma poi Jesse sorrise. Era il suo solito sorriso da canaglia. Bastò quello, e il senso di pesantezza che mi opprimeva svanì.

«Che ci fai qui?» sussurrai.

Appollaiato in modo precario sul ramo, spostò i piedi e il cuore quasi mi schizzò fuori dal petto. Non doveva muoversi. Muovendosi sarebbe caduto, poi sarebbe morto e non sarebbe stata una cosa buona. «Non ti muovere!»

Il suo sorrisetto diabolico si allargò. «Perché?»

«Cadrai.»

«No.»

«Sì, invece.»

«Andiamo, non ti fidi più di me? Ci siamo arrampicati su alberi più alti e meno solidi di questo.»

Sì, però... «Avevamo anche sette anni, pesavamo venticinque chili ed eravamo più flessibili.»

Lui ridacchiò. «Parla per te. Io sono ancora flessibile.»

Non capii il perché, ma sorrisi. «Non sei mai stato flessibile. Ti arrampicavi con la grazia di una roccia. Se non fosse stato per me, saresti ancora lì, a baciare la terra.»

«Allora vieni fuori e fammi vedere come si fa.»

Smisi di sorridere. Non avevo più sette anni. Ne avevo diciassette. Ero più alta e pesante e non mi arrampicavo su un albero dall'estate prima dell'inizio del liceo. L'ultima estate in cui ero stata amica di Jesse. «Perché sei qui?»

Jesse appoggiò la mano su un altro ramo. «Te l'ho detto, siamo amici.»

«E io ti ho detto che non lo siamo.»

«In questo momento mi serve un amico, e qualcosa mi dice che ne hai bisogno anche tu.»

«Hai già degli amici» dissi lentamente.

«Sì, ma non sono qui, e se venissero li manderei a casa. Sei tu l'amica che mi serve. Dai. Vieni qui.»

Avrei voluto, ma non sapevo come.

«Solo per stanotte, Trilli.» Quel tono supplice e speranzoso quasi mi fece cedere. «Se dopo decidi che non possiamo essere amici, accetterò la tua scelta. Basta rabbia, saremo solo due persone che una volta erano amiche.»

Il bruco si spostò verso Jesse. Mi balenò in mente un ricordo: una mano paffuta su cui strisciava un bruco del tutto identico.

Il mio sesto senso si era risvegliato. Qualcosa mi diceva che quell'insetto era importante, ma non capivo perché.

«Mio padre mi sente se scendo le scale.»

«Allora esci come facevi una volta: dalla finestra.»

«Cadrò.»

«Invece no.»

Facendomi precipitare il cuore nei piedi, Jesse si allontanò dall'effimera sicurezza del tronco, e mi tese la mano. Il suo sorrisetto diabolico ricomparve, insieme alla scintilla che avevo sempre adorato in quegli occhi verdi.

Il ramo si piegava a circa trenta centimetri dalla mia finestra. Ero uscita dalla finestra centinaia di volte nella mia vita affidandomi a quel ramo. E ogni volta senza pensarci, con sicurezza. Avevo la bocca asciutta e i brividi per la paura. «Cadrò.»

«Non succederà. Dammi la mano, ti aiuterò ad arrivare a terra sana e salva.»

Belle parole, ma... «Non mi fido di te.»

«Me lo merito.» Aveva un'espressione triste. «Hai il diritto di non fidarti di me. Però dai, Trilli, da qualche parte dentro di te devi saperlo che non ti lascerei mai cadere.»

Avevo le mani gelate e umide. Le strofinai sui pantaloni che indossavo al lavoro. Lanciai un'occhiata giù e mi resi conto che non ero vestita in modo adatto per scendere da un albero. «Mi dai un secondo?»

«E mettiti delle scarpe come si deve, Trilli. Inizio a pensare che tu non ne abbia neanche un paio decente.»

Lasciai la finestra aperta ma chiusi le tende, e corsi in camera. Inciampai mentre sfilavo i pantaloni, tolsi la camicia e presi i jeans, il reggiseno sportivo e una canotta. Raccolsi i capelli in uno chignon disordinato, poi ci impiegai più tempo del dovuto a trovare un paio di scarpe da ginnastica nell'armadio. Seduta sul letto, era difficile allacciarle con le mani che tremavano.

Stavo scappando. Sarei scesa dall'albero. Insieme a Jesse Lachlin. Alzai la testa e mi fermai. Cosa stavo facendo? Era una cosa stupida e sconsiderata, e se papà mi avesse scoperta si sarebbe infuriato. D'altra parte era sempre infuriato. Dovevo fare come la mamma? Passare la vita a fare la bella statuina aspettando che papà si calmasse? Mi alzai in piedi.

No. Non l'avrei fatto. Aprii le tende e accettai la mano tesa di Jesse.

Appena appoggiai le dita nelle sue, lui non le strinse come mi sarei aspettata. Fece scorrere la mano sulla pelle e mi afferrò l'avambraccio. «Aggrappati al mio braccio.»

Lo feci. Percepivo la sua pelle calda e il sangue che pulsava sotto le dita. La presa di Jesse era solida, salda, e io espirai lentamente per cercare di calmare il cuore in tumulto.

«L'hai fatto migliaia di volte» disse lui. «Puoi farlo ancora. Metti l'altra mano sul davanzale per reggerti, sali sul telaio, metti un piede sul ramo, e poi anche l'altro. Ti giuro, in terza elementare lo facevi a occhi chiusi per spaventarmi.»

Era vero. Non avrei saputo dire perché, ma da piccola ero più coraggiosa. Scrollai l'altra mano per cercare di smettere di tremare.

«Non ci pensare troppo» disse lui. «Fallo e basta.»

Non avrei dovuto farlo. Avrei dovuto lasciar stare Jesse, chiudere la finestra e andare a letto, ma avevo bisogno di farlo. Non per Jesse, ma per me. Ero io ad avere il controllo della mia vita. Non mio padre. Potevo andar via quando volevo, e in quel momento avevo deciso di andarmene.

Una mano sul davanzale, un piede sul telaio e affondai le unghie nella pelle di Jesse. Lasciai la finestra e feci il lungo salto da casa mia all'albero, atterrando in ginocchio davanti a lui.

Quando mi resi conto di quanto ero lontana dal terreno, mi si annebbiò la vista. Stavo per cadere. Mi vennero il panico e la nausea, e tendendo una mano cercai di capire se ero in equilibrio. Un braccio mi circondò la vita, e mi sentii attirare verso un corpo caldo, solido. Rimasi senza fiato, e quando alzai lo sguardo, trovai i suoi occhi verdi. «Ti tengo io.»

La stretta di Jesse era come una morsa d'acciaio. Non mi ero mai sentita più al sicuro che lì, su quel ramo stretto.

Sarebbe potuto soffiare un tornado su quell'albero, sull'intera città, distruggendo qualsiasi cosa sul suo cammino, ma io e Jesse saremmo rimasti lì, accucciati insieme. La sua forza ci teneva saldi.

«Tutto a posto?» chiese lui.

A dire il vero no, ma misi a tacere i miei dubbi. Guardai i rami, e fu come osservare una mappa del tesoro che una volta conoscevo a memoria. Era passato qualche anno, l'albero era più vecchio, ma nel complesso la disposizione dei rami era la stessa. «Ci sono.»

«Sicura?»

No. «Sì.»

«Sei sicura?» chiese di nuovo.

«Se lo ripeti ancora una volta, ti strangolo.»

Jesse mi fece un sorrisetto, mi lasciò andare e arretrò verso il tronco, poi su un ramo parallelo. Reggendomi ai rametti più esili sopra di me, mi avvicinai al tronco. Mi bastò una breve occhiata all'albero per trovare gli appigli che usavo da bambina.

Ero arrugginita, lenta, ma arrivai fino in fondo senza rompermi il collo. L'ultimo pezzo fui costretta a saltare e sentire il terreno sotto i piedi mi sembrò un miracolo. Jesse atterrò accanto a me. Una scarica elettrica, partita dal suolo, mi aveva attraversata dai piedi in su.

Jesse si riscosse e spalancò gli occhi verdi, come se avesse provato la stessa sensazione. «Tutto ok?»

La scarica di adrenalina mi faceva formicolare tutto il corpo. «Sì. Tu?»

«Sì.» Jesse si tolse il cappello e si passò una mano tra i capelli, come se si stesse risvegliando da un sogno. «Diamoci da fare.»

«Dov'è che stiamo andando, esattamente?»

«Stesso posto di sempre.»

Rimasi allibita, e lui si avviò verso i suoi campi. «E dove sarebbe?»

«Seconda stella a destra, poi dritto fino al mattino.»

Seconda stella a destra. Era da tanto tempo che non eravamo più Trilli e Peter Pan. Mi venne una nostalgia che non riuscii a ignorare guardando Jesse camminare verso quella terra che avevamo conquistato insieme, in mille battaglie combattute nel nostro mondo. Avanzai verso la terra che lo richiamava, quella stessa terra che una volta chiamava anche me. Era decisamente arrivato il momento di un'avventura.

Jesse

Scarlett camminava al mio fianco. Era buio. C'era silenzio. Si vedeva solo la luce della luna, che proiettava ombre sul terreno, senza però permetterci di vedere molto più avanti. La notte era calda, e la brezza che soffiava da ovest era leggera e piacevole. Le lunghe lame di erba ci sferzavano le gambe, e più ci addentravamo nella terra, più sentivo il peso del mondo sollevarsi dalle spalle.

Mi ronzavano ancora nella testa le sue parole: *Sono vuota*.

Anch'io mi sarei sentito vuoto se avessi perso quella terra. Non avevo molte cose, ma almeno avevo un terreno sotto i piedi. Era l'unica ragione per aprire gli occhi la mattina, e per continuare a respirare durante la giornata. Soffrivo per Scarlett perché mi era capitato di sentirmi smarrito, ma mai vuoto.

«Che succede tra te e tuo padre?» le chiesi. «Sta facendo il tiranno?»

«Non ho mai detto che fa il tiranno.»

«E io non ho mai detto che l'erba è verde o che il cielo è blu, ma questo non li rende meno verde o blu.»

Scarlett mi rifilò un'occhiataccia, ma poi passò le dita tra l'erba, come se le mie parole non avessero oltrepassato il suo muro di ghiaccio. «Preferisco non parlare della mia famiglia.»

Lo sapevo. Eravamo stati inseparabili fino all'inizio del liceo e, a parte il fatto che al padre non piacevo, non mi aveva mai detto granché su di lui. Non potevo insistere più di tanto, perché neanch'io le avevo mai raccontato di mia mamma e della sua vagonata di problemi. Non le avevo neanche detto di quello psicopatico assente di mio padre. Probabilmente eravamo pari.

«Non lo dirò a nessuno» la rassicurai, anche se questo non l'avrebbe convinta a condividere i suoi segreti, e non potevo certo biasimarla. Dire che ora eravamo amici non cancellava i danni fatti. «Ho sparso le ceneri di mia nonna accanto a quelle di mia mamma. Erano anni che volevo piantarci dei fiori, ma...» Non l'avevo mai fatto. Non perché non ci tenessi, ma perché cercavo di non pensare alla mamma.

Mentre camminavamo guardavo a terra, perché mi sentivo soffocare dal ricordo della paura negli occhi di mamma, delle lacrime che le scorrevano sulle guance...

«A quanto pare a casa mia le cose sono sempre state complicate» disse Scarlett. «Ci ho fatto caso solo quando ho iniziato a rifletterci su, crescendo.»

«E cos'è che ti ha fatto riflettere?»

«È successo e basta» rispose a bassa voce. «Ti prego, non dire a nessuno quello che ho detto. Papà è ossessionato dalla sua reputazione, e noi viviamo in una piccola città. Se parli lo farà anche qualcun altro, e lui lo verrebbe a sapere in mezza giornata.»

«Puoi fidarti di me.»

Lei strinse le labbra come se non ci credesse, e meritavo quella reazione. Dovevo fare ancora tanto per dimostrarle che le mie non erano solo parole. «Ricordami: qual è il programma?»

Lei inarcò le sopracciglia. «Questa è la tua avventura, sei tu che me lo devi dire.»

«Non parlavo di stanotte, ma del tuo progetto di andare all'Università del Kentucky.»

Non mi piacque la sua espressione triste e pensierosa, ma la colpa era mia. Quella era una domanda personale, e aveva ammesso di non fidarsi di me. Era il momento di fare un passo indietro. «Non devi rispondere, Trilli. Me lo dirai quando ti sentirai pronta.»

Questo mi fruttò uno sguardo sorpreso, e un po' di quella tristezza scomparve. «Non ho mai capito perché mi chiami Trilli. Non le assomiglio per niente.»

No, infatti. La Disney poteva anche tenersi quella fatina bionda vestita di verde. Io preferivo i suoi tratti decisi, la sua chioma corvina. «Nonna mi leggeva il libro. Non ha niente a che fare con il film. S'intitola *Peter e Wendy*. Una volta mi ha detto che noi due le ricordavamo Peter e Trilli.»

«Davvero?» Era bello sentire un accenno di allegria nella sua voce.

«Già.»

«E perché?»

«Mi sembra ovvio, per quanto riguarda me.»

Scarlett scoppiò a ridere. Una risata sincera. Di quelle contagiose. «Allora ammetti che non crescerai mai?»

In alcuni casi ero cresciuto troppo in fretta, ma invece di dirlo, le feci un occhiolino. «Che senso ha la vita senza un po' di avventura?»

«E perché io sarei Trilli?»

Valutai come avrebbe preso la verità. Magari sarebbe riuscita a leggere nel cuore della nonna. Non volevo rischiare di allontanarla, quindi le diedi una risposta a metà. «Perché sei leale.»

Lei diede un calcio a un sassolino nell'erba mentre ci avvicinavamo al bosco. «Non ne sono sicura, sai?»

«Io invece sì. Se il primo anno non avessi smesso di parlare con te, saresti rimasta al mio fianco per sempre.» Ed era proprio quello il problema.

«Perché hai smesso di essere mio amico?» Era la seconda volta che me lo chiedeva.

La prima volta non avevo avuto le palle di risponderle, ed ero stato deluso da me stesso. Scarlett meritava di meglio, e quello era un buon momento per cominciare. «Sono maledetto.»

Lei si voltò di scatto, gli occhi spalancati, e io mi sforzai di farle un sorriso, pregando che sembrasse sincero. Scarlett rise nervosamente e mi diede un colpetto sulla spalla. Feci un passo fin troppo grande, come se quella piccola botta fosse riuscita a spostarmi, il che la fece ridere più del previsto.

«Pensavo che stessimo parlando seriamente» disse. «Direi che ne abbiamo abbastanza di quella stupida storia della maledizione dei Lachlin.»

«Di certo non credo che una persona possa essere costretta a perdere tutto ciò che ha desiderato e ottenuto solo perché il suo bis-bis-bisnonno ha ammazzato qualcuno a sangue freddo.»

«Bene.»

Ma mia madre mi aveva insegnato a non sfidare la sorte. Così avevo un piano: sarei rimasto nella mia terra, mi sarei completamente dedicato alla fattoria, e tutto sarebbe andato bene.

«Ti ricordi quando abbiamo trovato quel gatto randagio che era stato ferito vicino a casa tua?» chiesi.

«Sì.»

«E che pensavamo avesse dei cuccioli?»

Lei annuì, e capii che quel ricordo la rattristava. All'epoca, anche se le avevo detto che avrei cercato di dar da mangiare al gatto per farlo riprendere, aveva capito la verità. Sapeva che sarebbe morto, e ricordavo il modo in cui le si erano riempiti gli occhi di lacrime al pensiero dei piccoli tutti soli.

«Ho trovato i cuccioli.» Ero stato in piedi ventiquattro ore, senza mai dormire, ma alla fine li avevo trovati.

Scarlett si fermò e mi guardò. «Erano vivi?»

«Sì. Ma non stavano bene.» Infilai le mani in tasca. «Erano tre. Uno è morto, ma gli altri due ce l'hanno fatta. Vivono nel fienile ora, nel campo a ovest.»

«Perché non me l'hai detto?»

«Volevo. Ho visto che la tua finestra era aperta.» Era il segnale che lei era a casa. «Mi sono arrampicato sull'albero, ma poi non ho bussato.»

«Perché?»

Sentii i muscoli del collo tendersi. «Stavi piangendo, e tua mamma era seduta sul letto, accanto a te. Stavate parlando della festa di compleanno di Camila.»

Quando capì, Scarlett impallidì. «Jesse...»

La fermai per poter chiudere in fretta l'argomento. «Ho sentito cosa le hai detto, e cosa lei ha detto a te. Non ti preoccupare, è tutto a posto.»

«Non è vero.» Scarlett si appoggiò una mano sul petto. Era stata la sera che aveva capito che finché sarebbe rimasta mia amica, non ne avrebbe avuto altri.

«Proprio perché sei una persona leale, saresti rimasta al mio fianco anche a costo di sacrificare la tua stessa felicità. Non potevo lasciarti distruggere il tuo futuro solo per tenerti per me.»

Vivevamo in una piccola città. I gruppi si creavano prima ancora che la maggior parte delle persone capisse se i panini al burro di arachidi gli piacevano con o senza marmellata. Io ero suo amico. E lei era la mia. Suo padre ci impediva di vederci ma, oltre ai momenti rubati durante il giorno e di notte, non poteva tenerci separati a scuola.

Tutti sapevano che eravamo amici, ma a Scarlett non pesava. Poi accadde qualcosa. Aveva saputo che era stata l'unica ragazza a non essere invitata alla festa di compleanno di Camila Sanchez. E aveva capito subito il motivo: era la migliore amica di Jesse Lachlin. Aveva quattordici anni ed era un'emarginata.

Per lei le medie erano state dure, e sperava che il liceo potesse andare meglio. Non essere invitata a quella festa di compleanno le aveva fatto capire che avrebbe vissuto altri quattro anni di inferno sociale.

I ragazzi rispettabili in città avevano stabilito che doveva avere qualcosa che non andava se frequentava volontariamente un Lachlin, e soprattutto un Lachlin come me, con dei genitori discutibili, un'educazione opinabile e una nonna che tre quarti del paese pensavano fosse matta da legare.

«Ho sentito tua madre che diceva quanto sarebbe stata facile la vita senza di me. Diceva che non ti saresti mai integrata a scuola, e che rimanendo mia amica saresti stata sempre un'emarginata. Per questo ho rinunciato a te.»

Lei rimase a bocca aperta. «Intendeva dire che la vita sarebbe stata più facile *per lei*. Era solo stanca di sentirsi dire dagli altri che era una pessima madre perché pensavano che approvasse la nostra amicizia. Lo vuoi capire? A me non importava cosa pensavano gli altri. Io volevo essere tua amica.»

«Tua madre non aveva torto. Essere miei amici è una condanna a morte.»

«Ma per me non aveva importanza!» gridò lei.

«Ne aveva per me!»

«Quindi mi hai tagliata fuori per farti nuovi amici? Loro ti meritano, invece io no?»

La sua rabbia alimentò la mia, perché voltarle le spalle era stato tremendo. «Soffrivi perché ti avevano esclusa, e avresti continuato a soffrire per colpa mia. Ho rinunciato a te perché potessi avere una vita migliore!»

«Quindi Veronica è forte abbastanza da essere amica tua, da sopportare la merda che il mondo le tira addosso perché va in giro con te, e invece io no?»

«No, le cose non stanno così.»

«E allora come stanno, Jesse? Spiegamelo, una volta tanto» insisté lei. «Perché mi sembrano tutte cazzate! Quasi che tu fossi l'uomo grande e grosso che si è messo in mezzo per prendere le decisioni, per proteggermi, fregandotene di cosa voglio io. O è così, oppure non riesci ad ammettere che non mi ritenevi all'altezza di essere tua amica.»

«Eri più che all'altezza. Fin troppo.»

«E allora perché mi hai dato quel soprannome? La principessa di ghiaccio? Se hai fatto tutto questo per il mio bene, allora perché mi hai fatto diventare lo zimbello della scuola?»

«Perché avevo quattordici anni ed ero un imbecille! È uno schifo di giustificazione, lo so, ma è l'unica che ho. Ti ho ferita, e mi dispiace.»

«Il fatto che te ne sei andato mi ha ferita! Quel soprannome mi ha fatto male! Pensavo fossi il mio migliore amico, e gli amici non fanno quello che hai fatto tu!»

«Possiamo riparlarne quanto vuoi, ma non cambierà quello che ho fatto né il perché. Ho commesso uno sbaglio. Non ti sto chiedendo di perdonarmi, ti sto dicendo che mi dispiace e che, se potessi tornare indietro, non lo rifarei.»

Lei fece dei respiri profondi e, dopo il più lungo silenzio della mia vita, i nostri sguardi si incrociarono e mi chiese: «Te ne sei pentito?»

«Ogni. Dannato. Giorno.»

«Bene» disse lei, mostrando un po' di quel caratteraccio che conoscevo bene. «Per tua informazione, solo perché sono ancora qui non significa che ti perdono o che siamo amici. Sei in prova, Lachlin.»

«Capito.» Meglio essere in prova che non avere alcuna opportunità.

«Ora, dove stiamo andando?»

Non era scappata, e non mi aveva tirato un pugno nello stomaco. Era ancora lì, ed era un'enorme vittoria.

«Da Glory» le dissi. «L'ho convinta a darti un lavoro.»

Scarlett

Avrei dovuto essere completamente assorbita da ogni singola parola di Glory, perché mi stava offrendo un'opportunità incredibile, ma la mia attenzione era divisa fra lei e Jesse. Glory mi stava parlando di un lavoro di cui avevo bisogno. Mentre io e Jesse potevamo essere di nuovo amici, e tutto dipendeva da me.

Pregavo perché la mia vita diventasse più semplice, e invece era sempre più complicata. Anche se Glory e Jesse erano buone complicazioni, o almeno così pensavo. Altrimenti erano errori tragici. Lo avrei scoperto solo vivendo.

Glory versò l'acqua calda in una tazza che mi aveva messo davanti e, come facevo a casa, mi misi a girare lentamente la bustina di tisana. C'era troppo caldo in quella bizzarra cucina gialla per una tisana, ma sarebbe stato sgarbato declinare, soprattutto dal momento che era un colloquio di lavoro. Certo, era mezzanotte passata, ma era pur sempre un colloquio. Seduta al tavolino, vidi Jesse appoggiato pigramente alla colonna della veranda. Teneva i pollici nelle tasche e guardava fuori, nella notte.

Per il resto della camminata eravamo rimasti in silenzio, ma non era stato imbarazzante. Era un silenzio gradevole, intimo. Di tanto in tanto la sua mano aveva sfiorato la mia, e ogni volta il mio cuore aveva palpitato in modo strano.

Lì fuori, sotto la veranda, Jesse appoggiò la testa alla colonna e chiuse gli occhi. Era calmo, aggraziato. Trasmetteva un senso di stabilità e forza. Non era una novità. Era lo stesso senso di pace che emanava quando camminava nella sua terra. Una pace che gli avevo sempre invidiato.

Glory piroettava in cucina. Indossava una lunga gonna blu scintillante e una canotta abbinata. I lunghi capelli ribelli le ricadevano sulla schiena. Perfino con quel caldo sembrava fresca come una rosa. Andò in soggiorno, tornò e depose una pila di libri al centro del tavolino. Non riuscivo a leggere i titoli perché erano al contrario.

Prese posto sull'altra sedia e assaggiò la sua tisana. «Infuso di biancospino e frutti di bosco.»

Sollevai la tazza e inspirai. Aveva un profumo rilassante e ne presi un sorso. Quel sapore fece riaffiorare automaticamente il ricordo delle chiacchierate con mia madre a tarda notte in cucina. «Mia mamma adora le tisane, e questa è una delle sue preferite. Ne ha di tutti i tipi. Mi pare che di solito le compri in un negozio specializzato a Lexington.»

Si sentiva che ero orgogliosa. Mi mancava il rapporto che avevo con la mamma.

«Come sta tua madre?» mi chiese Glory.

Girai la bustina nella tazza, perché non sapevo davvero cosa rispondere.

«Anche il rapporto con mia madre era complicato» disse lei. «L'infuso di biancospino e frutti di bosco aiuta il cuore. Inoltre sostiene chi sta vivendo un momento difficile, con se stesso e con gli altri.»

Sarei dovuta andare a comprarlo da un venditore all'ingrosso, allora.

«Posso vedere la tua mano?» chiese Glory, poi aggiunse: «Gratis».

Non riuscii a trattenere un piccolo sorriso. Lei mi prese la mano con delicatezza e percorse gli stessi cerchi che aveva evidenziato durante la lettura. «Queste si chiamano isole, e non mi piace molto vederle durante una lettura, né vorrei che fossero sulla tua mano. Indicano stress mentale e disturbi emotivi. Nel tuo caso specifico, vedo che qualcuno si sta frapponendo tra te e la tua felicità.»

Mi venne la nausea. «Perché me lo stai dicendo?»

Lei mi chiuse la mano a pugno e la accarezzò. «Capisco perché non vuoi rispondere alle domande personali, e voglio che tu sappia che non sarai costretta a rispondere quando lavorerai per me. Ma sappi che non smetterò di farti domande.»

Non sapevo bene cosa rispondere, quindi bevvi un altro sorso di tisana.

«Ti pagherò una volta e mezzo il salario minimo, e avrai dei bonus per i compiti ben svolti e i mesi più proficui. Anche se la maggior parte del lavoro che ti darò si può fare a casa, ci saranno occasioni in cui dovrai venire qui, da me, ma farò del mio meglio per stabilire degli orari che possano andarti bene.»

«Grazie.» Avevamo parlato al mio arrivo, e aveva subito capito che non potevo lavorare in pubblico perché stavo accettando quel lavoro senza il permesso dei miei genitori. Lei aveva cercato di rassicurarmi, dicendomi che per vendere le collane alle fiere avrebbe potuto prendere pure dei bambini, mentre per quel lavoro aveva bisogno di una persona sveglia.

«Ti servirà un portatile o un computer. Ne hai uno?»

Strinsi le labbra perché sì, avevo un portatile, ma... «Mio padre tiene sotto controllo il mio computer. E anche il cellulare.»

«Allora te ne darò uno io. Riesci a nasconderlo?»

Un segreto? Nascosto nella mia camera? Perché no? «Sì.»

«Per i lavori svolti al computer, sarò in grado di vedere quanto tempo ci hai messo. Negli altri casi sarai tu a tenere il conto delle ore. Faccio questo lavoro da quando avevo sedici anni: so quanto ci vuole, quindi non credere di potermi imbrogliare.»

Abbassai la tazza. «Ma come, non sei una sensitiva? Dovresti sapere quando una persona mente.»

Lei rise. La sua spensieratezza mi colpiva. Era davvero possibile essere così felici? Guardò per un attimo oltre la mia spalla, poi tornò a fissare me. «Sono una sensitiva, non una macchina della verità. Dipendo dall'universo e dagli spiriti. Non mi parlano sempre, né mi dicono tutto ciò che vorrei sapere. E a essere sincera spesso mi dicono cose che vorrei tenessero per loro.»

Mi concentrai sulla tazza, per evitare di fare una smorfia. Mi stava offrendo un lavoro, e per quanto fossi scettica, sarei stata una scettica con un lavoro.

«Tu non credi nel mio dono?»

Scrollai le spalle, perché non volevo insultare la persona che mi stava offrendo la strada verso la libertà.

«Essere sinceri è una cosa bella. E io da te mi aspetto sincerità.»

«Questa storia dei fantasmi e degli angeli che ti parlano, insomma... mi sembra improbabile.»

«Posso accettarlo» disse lei, con un'altra occhiata rapida oltre la mia spalla. «È dall'alba dei tempi che la gente la pensa così. Sai come chiamavano le persone come me?»

Inarcai le sopracciglia. «Streghe?»

Nello sguardo di Glory passò un lampo di divertimento. «Profeti. Dio ha parlato a Giuseppe e Daniele in sogno. Nel Nuovo Testamento, gli angeli hanno visitato Maria e i pastori che vegliavano sulle pecore. Nella Bibbia sono innumerevoli i casi di persone che hanno avuto visioni, parlato con gli angeli o avuto sogni profetici. Non riesco a capire come le persone possano credere in Dio, ma escludono che abbia altri profeti.»

Feci una smorfia. «I profeti di Dio chiedono cinquanta dollari ogni mezz'ora?»

«Non ho mai detto di essere una santa, o di sfruttare il mio dono nel modo giusto.» Il suo sorriso si allargò, e sorrisi anch'io. «Molto probabilmente no, anzi, sicuramente no, ma aiuto le persone, e se lavorerai con me, lo capirai anche tu.»

Presi un altro sorso di tisana, dal momento che non avevo niente di costruttivo da aggiungere. Glory lanciò un'altra occhiata oltre la mia spalla, ma stavolta il suo sguardo indugiò per qualche secondo di più, e sentii un brivido lungo la schiena. «Perché continui a fare così?»

Glory riportò lentamente su di me l'attenzione. «Cosa?»

Spalancai gli occhi – *diceva sul serio?* – e feci un cenno alle mie spalle. «Questo.»

Lei tornò a rilassarsi nella sedia, la tazza stretta tra le mani. «Non dirlo a Jesse perché si arrabbierebbe, ma c'è Suzanne. Al momento si è legata a te.»

Divenni praticamente un pezzo di ghiaccio, poi sbattei gli occhi. Due volte. «Perché?»

«Non ti preoccupare. Non è sempre presente. Gli spiriti hanno bisogno della giusta dose di energia per restare in questa dimensione, e sono davvero in pochi ad averne abbastanza per rimanere a lungo. È comparsa per Jesse, ma visto che lui se ne sta in veranda a non fare niente, ha deciso di unirsi a noi.»

«Perché?» Sembravo un pappagallo.

«Perché ci sono delle cose che secondo lei dovresti sapere.»

«Tipo?»

«È per questo che il lavoro della sensitiva è difficile. Devi sapere cosa dire, come dirlo e…» lanciò un'occhiataccia oltre la mia spalla «… quando non dirlo.»

Silenzio. Glory strinse le labbra come se fosse agitata. «Non è il momento, e puoi non essere d'accordo con me quanto ti pare, ma non cambierò idea.»

Spostò lo sguardo verso il ripiano accanto alla finestra. «Non puoi farlo. Sei uno spirito da troppo poco tempo.» Tacque, e poi alzò gli occhi al cielo. «Molto maturo. Ci baci la gente con quella bocca?»

La temperatura nella stanza calò all'improvviso, mi venne la pelle d'oca sulle braccia e la tenda si mosse. Fu come se delle inquietanti scosse elettriche mi stessero percorrendo le vene, e la sedia fece rumore quando sussultai. Non c'era vento. Nemmeno una brezza leggera. Non un fruscio tra gli alberi. L'altra tenda era immobile, ma quella si era mossa, l'avevo vista. Mi batteva forte il cuore, le mani tremavano ma doveva esserci una spiegazione razionale.

«Complimenti, Suzanne, hai mosso una tenda. Hai usato così tanta energia che non riuscirai a essere qui quando parlerò con Jesse.» L'espressione di Glory si addolcì. «Ti prego, vacci piano.»

Sì. Ok. Fantastico. Per quella sera ero a posto. Che fosse la realtà, una sceneggiata, o qualsiasi altra cosa, ne avevo abbastanza. Distesi le dita, perché il formicolio che avvertivo era un segno che stavo perdendo la sanità mentale. «Devo andare a casa.»

Glory si alzò assieme a me e la seguii mentre andava in soggiorno.

«Devi prendere queste due scatole. Attacca i medaglioni alle catenine e metti i prezzi. Questa settimana ho una fiera, e mi servono in fretta. L'altra scatola è piena di scontrini e ordini che devono essere inseriti nel database. Jesse?»

La zanzariera si aprì, Jesse entrò e il fatto che il suo sguardo cercò automaticamente il mio mi diede una piacevole sensazione di calore. Arrossii e mi portai una ciocca di capelli dietro l'orecchio perché all'improvviso non sapevo più dove mettere le mani. Mi fece l'occhiolino, e mi sentii squagliare.

«Jesse» fece Glory, «domani puoi passare a prendere queste scatole e il portatile per la signorina Copeland? Come le farete entrare a casa sua non è una mia responsabilità. Ma, signorina Copeland, è tua responsabilità tenere al sicuro ciò che mi appartiene.» Mi inchiodò con uno sguardo severo.

«Lo farò» risposi. «Grazie per quello che stai facendo per me.»

«Prego.» Lei guardò Jesse. «E le scatole?»

«Passo a prenderle in mattinata» rispose lui.

«Dato che il padre della signorina Copeland le controlla il cellulare, se dovessi aver bisogno di contattarla, posso chiamare te ed essere sicura che le passerai le informazioni in tempo utile?»

«Sì, ok.»

«Bene. E, signorina Copeland, con il tuo primo stipendio ti suggerisco caldamente di comprare un'ossidiana. Considerando le isole sulla tua mano, avrai bisogno di protezione. Ti farò il venti percento di sconto su ogni acquisto. Ora andate, domani ho una giornata impegnativa.»

«Sei pronta?» mi chiese Jesse.

Mi limitai ad annuire, perché ogni volta che mi trovavo in quel cottage rimanevo senza parole. Jesse uscì e prima che potessi seguirlo, Glory mi richiamò. «Signorina Copeland?»

Corse in cucina. Rimasi all'interno mentre Jesse mi aspettava in veranda.

«Puoi chiamarmi Scarlett» le dissi.

«Lo so» rispose lei dalla cucina. «Ma chiamarti signorina Copeland dimostra che non ti considero una ragazzina.

Presto sarai chiamata a prendere delle decisioni da vera adulta.» Tornò con dei libri e me li mise in mano. «Devi leggere questi.»

Tre libri. Due sulla lettura della mano. Uno sull'analisi del linguaggio del corpo. Corrugai la fronte. «A cosa servono?»

«Ho deciso di prenderti come apprendista. Dovrai studiarli.»

Feci una smorfia. «Ma io non sono una sensitiva.»

Glory mi strinse il polso con le sue dita fresche. «Tesoro, a volte non lo sono neppure io. Come ho detto, presto capirai. Adesso vai. Tuo padre verrà a controllarti prima del solito, e Jesse capirà che deve parlare con te.»

A quelle parole il mio cervello smise di elaborare pensieri coerenti.

«Sei stata abbastanza furba da seguire il bruco. Lascia che continui a farti da guida.»

Senza riuscire a dire niente di intelligente, offrii a Glory un «Grazie» bofonchiato e me ne andai.

Jesse

La ragazza che camminava accanto a me nel campo era la reincarnazione della mia migliore amica di una volta. Mi stava raccontando di come si era spaventata quando Glory si era messa a chiacchierare con un presunto spirito. Scarlett rise, e a quel suono mi sembrò di volare. Non avevamo bisogno della luna o delle stelle per orientarci. Lei brillava più di qualsiasi altra luce che potesse indicarci la via di casa.

«Riuscirò a tenerlo nascosto a papà e farò un sacco di soldi, così potrò andare all'Università del Kentucky.» Scarlett mi superò, fece una giravolta come quando eravamo piccoli e batté le mani. «Ho un lavoro!»

Sì, e vederla così felice fece cicatrizzare tutte le vecchie ferite ancora aperte.

«Jesse.» Sembrava quasi a corto di fiato, un tono che mi fece sentire più leggero. «Grazie.»

Sentii lo stomaco precipitare. Doveva sapere perché la stavo aiutando. Glielo avevo già detto, ma non mi aveva creduto. Se stavolta avessi sbagliato, avrebbe rialzato il muro prima che avessi il tempo di sbattere gli occhi. Ora che Scarlett era nella mia vita, non volevo perderla di nuovo.

Rallentai quando raggiungemmo il cortile. Scarlett era raggiante, aveva un sorriso luminoso sulle labbra, che svanì non appena si voltò a guardarmi. «Tutto ok?»

«Ho bisogno del tuo aiuto.»

«Per cosa?»

«Mi serve il tuo aiuto per tenere la terra.» Scarlett rimase in silenzio mentre le raccontavo tutto. Che Marshall non si fidava di me, della sua influenza sulla nonna, della giuria e del motivo per cui lei non avrebbe dovuto sapere niente fino a poco prima del voto.

A metà racconto fu difficile guardarla, mentre sul viso le apparvero i segni dell'orrore. La capivo. Non potevo sfuggire a quell'incubo. Finii di parlare, ma lei taceva. Quel prolungato silenzio era quasi insostenibile.

«Quindi a pranzo non stavi scherzando» disse alla fine, in un flebile tono che mi fece sentire in colpa. I dubbi che aveva nei miei confronti, sul fatto che fossimo di nuovo amici, erano così tangibili che avrei potuto allungare la mano e sfiorarli.

«No.» Infilai le mani in tasca, e avrei voluto prendere a pugni quel muro che lei stava alzando. «Lo so a cosa stai pensando, ma non è come credi.»

I suoi occhi cercarono i miei, scuri per la rabbia. «Non farlo. Non dirmi cosa dovrei pensare o sentire. Ci pensano già a casa.»

Osservai l'incombente fortezza di pietra che chiamava casa. Grazie alla geniale capacità di mamma di scegliere gli uomini, sapevo come incassare un colpo e sapevo per esperienza che le parole potevano fare danni. Era questo il problema? Il padre era uno stronzo manipolatore che la feriva con le parole? Ma soprattutto: lei ne era consapevole?

«Hai ragione» dissi lentamente. «Non ho alcun diritto di dirti come sentirti. Né io, né nessun altro.» Tacqui, lasciandole il tempo di assorbire quelle parole. «Voglio essere di nuovo tuo amico. Non perché mi serve il tuo voto, ma perché mi manchi. Certo, è tutto cominciato perché avevo bisogno del tuo aiuto, ma il resto è reale. Non ti ho mentito. Mai.»

«E se non votassi per te?» cercò di provocarmi. «Resterai comunque mio amico?»

Era un'ottima domanda. Le offrii una risposta sincera. «Probabilmente ce l'avrò con te per un po', ma rimarremmo comunque amici. Sono stanco di non averti nella mia vita.»

Scarlett si curvò in avanti, come se fosse esausta. «Devo andare prima che papà si accorga che non ci sono.»

Aveva un'aria triste mentre attraversavamo la strada e quasi mi fece rimpiangere di aver menzionato la storia del voto, ma sarebbe stato ingiusto non farlo. Raggiungemmo l'albero vicino alla sua stanza e si fermò per studiare l'arrampicata. Salire era più pericoloso che scendere.

Quando feci per aiutarla dandole la spinta, lei disse: «Voterò per farti tenere la terra».

La mia testa scattò verso l'alto. «Cosa?»

«Voterò in tuo favore. Anche se non mi avessi aiutato a trovare un lavoro, anche se mi chiamerai principessa di ghiaccio da qui fino a maggio, anche se non mi dovessi più rivolgere la parola, voterò in tuo favore. Non mi importa come mi tratterai.»

«Perché?»

«Perché questa terra ti appartiene. Da sempre. Non sono d'accordo con la decisione di tua nonna e tuo zio. Se fallirai, fallirai. Se avrai successo, avrai successo. Sono veramente stanca degli adulti che si comportano come se fossimo vetro pronto a infrangersi alla prima caduta. Qualche volta devono lasciarci cadere. Permetterci di sbagliare. Qualche volta gli adulti devono semplicemente farsi i cavoli loro.»

Non sembrava che stesse parlando di Marshall, ma andava bene così. Ero d'accordo con ogni singola parola.

«Non sei costretto.» Aveva una voce triste. «Ti prometto il mio voto in ogni caso.»

«Costretto a fare cosa?»

Lei cominciò a gesticolare. «A fingere che siamo amici.»

Avevo già visto quello sguardo prima negli occhi della mamma, ed era un'espressione che non volevo più vedere. Da bambino non ero riuscito a darle un nome, ma Scarlett lo aveva fatto: "vuoto". Viso pallido, occhi tormentati e disperazione a ricoprirla come un mantello.

Qualcuno le stava facendo del male, anche se non sapevo come. Sentivo il bisogno di prenderla fra le braccia, tenerla stretta e correre via con lei portandola il più lontano possibile da lì. Questo per me voleva dire non poter andare oltre i confini della mia terra, e qualcosa mi diceva che non sarebbe stato abbastanza lontano. Almeno non per lei.

Per sopravvivere, io avevo bisogno della terra. Lei invece aveva bisogno di andarsene. Non sapevo come aiutarla, ma sapevo come tamponare le ferite. «Quando possiamo rivederci?»

«Magari possiamo portare dentro le scatole quando i miei genitori vanno a fare la spesa...»

«Non parlavo di questo. Quando puoi filartela dalla finestra come hai fatto stanotte?»

Lei spalancò gli occhi, incredula, come se nel suo mondo non fosse contemplata la possibilità di stare ancora insieme. «Non lo so. Domani sera devo aiutare Camila a preparare la festa di compleanno di Evangeline, e il giorno dopo c'è scuola, perciò...»

«Quando avrai una serata libera, a mezzanotte accendi e spegni la luce per tre volte e ci troviamo qui, ok? Ti voglio far vedere una cosa. Mi aiuta quando la vita diventa troppo pesante.»

Scarlett mi guardò, sospettosa. «E se non riuscissi a uscire per un mese?»

Mi stava mettendo alla prova, e al suo posto avrei fatto lo stesso. Dovevo guadagnarmi la sua fiducia. La buona notizia era che non ero tipo da tirarsi indietro di fronte a una sfida difficile. «Vorrà dire che ci vedremo tra un mese.»

«Terrai d'occhio la mia finestra ogni notte per il resto della vita, finché non sarò pronta?»

«Già, ma ti ci vorrà così tanto prima di un'altra avventura? Perché mi pare noiosa come vita, e tu sei meglio di così, Trilli.»

Un lieve sorriso le sfiorò gli angoli della bocca, e le tornò un po' di vitalità nello sguardo. Io ero tutto un sorriso. Sul volto e nello sguardo, ma anche nel cuore. Eppure lei alzò gli occhi al cielo. «Sei impossibile.»

Santo cielo, era bellissima e io ero fortunato, perché stava guardando me. Mi accovacciai e intrecciai le dita. «Ti do la spinta.»

«E tu come hai fatto senza?»

«Sono più alto di te.»

Lei si accigliò, perché probabilmente non aveva gradito la risposta, poi si mise a studiare l'albero. Era ancora testarda e competitiva, il che mi rendeva orgoglioso. Mi alzai in piedi, perché in quel momento non avrebbe mai accettato un aiuto. «Devi prendere la rincorsa.»

«Lo so.» Indicò il ramo più basso. «Quello lì è riuscito a reggerti?»

«A malapena. Mi sono spostato subito su quello a destra, prima di riuscire a stare in equilibrio.»

Scarlett prese un respiro profondo e poi si mise a correre. Mentre io avevo fatto un salto direttamente in verticale, lei scattò sul tronco dell'albero, usandolo come fosse una scala, e afferrò il ramo più basso. Scalciò e si aggrappò con le gambe, poi usò le braccia per tirarsi su. Mi si fermò il cuore quando il ramo si piegò, ma la sostenne mentre si arrampicava all'altro più robusto.

La sua risatina silenziosa fece allentare almeno in parte il nodo che avevo nello stomaco. «Sembra che stai per vomitare.»

Avevo la nausea. Anche se l'avevo incoraggiata io ad arrampicarsi, dopo quella caduta dall'albero da piccoli, continuavo a vederla precipitare e spezzarsi il collo. Ma non potevo dire niente. Affrontavo i suoi stessi rischi, e non avrei certo scagliato io la prima pietra. «Va' a letto, Trilli. Devi essere esausta, perché non è divertente come credi.»

Lei mi augurò la buonanotte e rimasi a guardarla, pronto a intervenire, mentre si arrampicava sull'albero e rientrava in camera sua. Osservai la finestra, chiedendomi se si ricordava il rituale che avevamo avuto per tanti anni. Un attimo dopo, riapparve e mi salutò. La salutai a mia volta, e chiuse le tende. Mi avviai a casa, felice di aver ritrovato la mia amica.

Scarlett

Solo in una piccola città di campagna l'insegnante di un corso avanzato di scienze ambientali può offrire crediti extra agli studenti per assistere alla nascita di un vitello. E solo in una comunità di campagna l'insegnante è anche la proprietaria della madre del suddetto vitello. La signora Bergen lavorava a scuola, mentre il signor Bergen si occupava a tempo pieno della fattoria. Non erano in molti da noi gli agricoltori che riuscivano a sopravvivere con i soli proventi della terra. Tanti facevano come i Bergen, e a volte entrambi i coniugi lavoravano a tempo pieno.

Era lunedì, e avevamo ricevuto l'avviso dopo la campanella: il vitello stava per nascere. Camila parcheggiò sull'erba, accanto alle auto di altri tre compagni di scuola. Più avanti c'era il furgoncino di Jesse, e sentii il cuore palpitare all'idea di rivederlo. Era strano, ma soprattutto stupido, perché eravamo amici e nient'altro. A dirla tutta lui era in prova, quindi non avrei proprio dovuto sentire strane palpitazioni.

Io, Camila ed Evangeline uscimmo dalla Honda Accord di Camila. Scattai una foto al fienile dove eravamo dirette perché papà mi aveva detto di mandargli una prova di cosa stavo facendo: *Sono a casa della professoressa Bergen per assistere alla nascita del vitello. È per i crediti extra di cui ti ho parlato.*

Papà: *Quanto ci starai?*

Sospirai. *Il tempo che ci metterà il vitello a nascere.*

Papà: *La tua insegnante ha detto quanto ci vuole?*

Ma era serio o cosa? Iniziai a digitare: *Chiederò a mamma mucca di sbrigarsi per adattarsi ai tuoi orari*, ma cancellai tutto e mi limitai a rispondere: *No. Ti tengo aggiornato.*

Papà: *Grazie.*

Camila ed Evangeline erano un paio di passi avanti, immerse in una conversazione. Parlavano in codice: era il loro modo di comportarsi come se fossi parte del discorso, quando in realtà non lo ero. Usavano i pronomi al posto dei nomi, perché non volevano che sapessi di chi stavano parlando. Normalmente lo trovavo irritante, ma non quel giorno. Ero troppo impegnata a cercare Jesse.

Entrammo nel vecchio fienile di legno. Fummo accolti dalla professoressa Bergen, sorridente. La nostra insegnante di scienze era bassa, aveva una corporatura atletica e lunghi riccioli rossi raccolti in una coda di cavallo. Non indossava la camicia elegante e i pantaloni neri che usava di solito a scuola, ma una maglietta e i pantaloni della tuta. «Giusto in tempo. Il vitello sta per nascere.»

I piedi scricchiolavano sul fieno mentre raggiungevamo il recinto di legno che ci separava dall'ampia stalla dove si trovava l'enorme mucca da latte. Aveva gli occhi scuri fissi nel vuoto, e tutto il suo corpo si muoveva su e giù al ritmo dei respiri.

Lanciai un'occhiata agli altri sei studenti. Jesse non c'era. Sentii una fitta di delusione, e poi controllai il resto del fienile per vedere se fosse sul retro, ma non era neanche lì. Dovevo essermi sbagliata sul furgoncino.

La professoressa Bergen scavalcò lo steccato con una pila di asciugamani in mano. Spalancai gli occhi quando vidi la persona a cui li passò, accovacciata vicino alla coda della mucca. Era Jesse.

«Perché Jesse è lì?» chiese Camila, manco fosse invidiosa di non essere lei quella con la faccia a pochi centimetri dal sedere di una mucca.

«La mucca è di Jesse» rispose la professoressa Bergen.

«Davvero?» chiesi senza volerlo, e Jesse si affacciò. Incrociai il suo sguardo e sentii le farfalle allo stomaco. Abbassai gli occhi, ma poi mi sforzai di guardarlo di nuovo. Mi stava ancora fissando, le labbra che accennavano il suo sorriso da Peter Pan, come se stessimo condividendo un dialogo tutto nostro.

La mucca ebbe uno spasmo, e l'attenzione di Jesse tornò a focalizzarsi sulla futura mamma. Rabbrividì, e nel fienile calò il silenzio. Dalla mucca uscì una sacca bianca che mi fece venire il voltastomaco. Mentre io e i miei compagni ci allontanammo dal recinto, Jesse si fece più vicino.

Uscì altra di quella sbobba bianca, e sentii battere forte il cuore perché là dentro c'era il vitellino. Jesse tese le mani guantate, bucò la sacca con un dito, e mi aggrappai al recinto mentre ripuliva il muso del vitellino da quella roba schifosa. Attesi che aprisse gli occhi e li sbattesse, dando un segno di vita, ma era immobile. Sentivo il panico crescere.

Mi guardai intorno freneticamente, aspettando che i signori Bergen intervenissero, ma non accadde. Attesi che Jesse si mostrasse spaventato, che qualcuno dicesse qualcosa o cominciasse a gridare che il vitello era morto. Dal modo in cui ci guardavamo, capii di non essere l'unica in ansia.

Mamma mucca tremò di nuovo, e nel fienile calò uno strano silenzio. Tutti tacevano: Jesse, la mucca, il vitello.

Jesse afferrò le zampe anteriori del nascituro, e dopo la contrazione fece uscire il resto del corpo. Prese le coperte, gli pulì il naso e la bocca un'altra volta e gli sussurrò dolcemente: «Va tutto bene. Forza, piccolo. Mamma si rimetterà presto in piedi e allora vorrà vederti sveglio».

Ti prego svegliati. Ti prego svegliati. Stavo trattenendo il fiato così tanto che mi facevano male i polmoni, e pregavo silenziosamente l'universo perché fosse vivo.

Il vitello sbatté gli occhi, li sbatté di nuovo e poi inspirò. Buttai fuori l'aria, e Camila si aggrappò al mio braccio come se non riuscisse a reggersi in piedi.

«È stato proprio intenso» sussurrò e io annuii, senza riuscire a togliere gli occhi di dosso a Jesse, che si occupava del vitellino come se fosse figlio suo.

La mucca si spostò sul fieno e tutti, senza pensarci, facemmo un passo indietro, mentre lei si alzava in piedi e iniziava a girare intorno al vitello. Jesse si allontanò e mi commosse vedere l'espressione di pura gioia che gli si dipinse sul volto nel vedere la madre che cominciava a leccare il suo piccolo.

Jesse si voltò e quando i nostri sguardi si incrociarono mi fece l'occhiolino. Fu come se il tempo si fosse fermato. Accennai un sorriso: Jesse aveva fatto nascere un cucciolo, ed era con me che aveva scelto di condividere quel momento.

«Molto bene» disse la professoressa Bergen. «Adesso, se volete quei crediti extra, dovete farmi delle domande.»

A casa mia, i lunedì sera seguivano un copione preciso. Mamma faceva la doccia dopo cena, Isabelle finiva i compiti in cucina e papà si ritirava nel suo studio, a fare qualsiasi cosa faccia un amministratore delegato.

Ero così assorta nei miei pensieri, rivivendo il modo in cui Jesse aveva aiutato la mucca a partorire, che avevo dimenticato di prendere la posta quando Camila mi aveva riaccompagnata a casa. Mentre raggiungevo la cassetta della posta, mi resi conto che la serata era tiepida e il cielo al tramonto era di un bellissimo blu scuro.

Mi fermai a guardare la vecchia casa dei Lachlin. Era una di quelle fattorie ottocentesche che all'epoca doveva essere stata meravigliosa. Nei giorni del massimo splendore il legno all'esterno doveva essere pulito e dipinto di bianco, le vetrate integre e senza alcuna macchia, le tegole disposte ordinatamente sul tetto e la veranda piena di sedie dove fare merenda con biscotti e limonata.

Il tempo però era stato impietoso con quell'edificio. Oltre al tetto, anche gli esterni stavano marcendo: i gradini che portavano alla veranda non c'erano più e la maggior parte delle finestre era rotta e ricoperta di sporco. Papà non sopportava che quella casa fosse ancora in piedi nonostante fosse stata dichiarata inagibile. Diceva che quella struttura in rovina e la roulotte di Jesse erano degli obbrobri, ma a me quella vecchia fattoria era sempre piaciuta. Da piccola sognavo di riportarla in vita.

Piegai la testa. C'era qualcosa di strano... La porta era aperta. All'interno vidi un fascio di luce, e poi Jesse passò davanti a una finestra. Provai una scarica di adrenalina al solo pensiero di parlargli, di vederlo di nuovo, ma esitai. Per mio padre, e poi perché non ero ancora sicura di potermi fidare di lui. Ma lo avevo visto aiutare il vitello a venire al mondo, e almeno quel giorno sentivo di potermi fidare.

Dopo un'occhiata verso casa, per essere sicura che la luce dello studio di papà fosse accesa, corsi per la strada e saltai nella vecchia veranda. Scricchiolò sotto il mio peso, e il fascio di luce che fuoriusciva dalla porta si spostò improvvisamente nella mia direzione.

Jesse apparve sulla porta in tutta la sua imponenza, e abbassò la torcia. Il suo viso si distese appena mi riconobbe. «Ehi, Trilli. Che ci fai qui?»

«Hai una mucca.» Un'affermazione brillante, lo so.

Jesse mi rivolse un sorrisetto come se fosse la persona più felice della Terra, e il mio cuore saltò un battito. «Ne ho due. La madre apparteneva alla nonna, e ora il vitello appartiene a me.»

Lanciai un'occhiata preoccupata alle mie spalle e quando si rese conto che avevo paura di essere vista, Jesse si spostò per lasciarmi trovare rifugio nella vecchia casa.

«Quanto tempo hai?» mi chiese.

«Cinque minuti, forse.»

Si accigliò. «Dopo pensi di poter uscire?»

Così avrebbe potuto mostrarmi il posto speciale. «Non lo so...» Perché per quanto fossi attratta da Jesse, dovevo essere cauta. Ma quando colsi la delusione nei suoi occhi, feci marcia indietro nel patetico tentativo di addolcire il rifiuto. «Domani c'è scuola.»

Distolsi lo sguardo. Detestavo sentire lo stomaco sottosopra quando deludevo qualcuno.

«Non c'è problema» disse Jesse, con voce profonda e dolce. «Qualsiasi cosa succeda, rispetterò i tuoi tempi. Sono io quello in prova, e mi va bene così.»

Azzardai un'occhiata per vedere se diceva sul serio, e la sua espressione gentile lo confermò. Cercai di abituarmi all'idea di avere dei "miei tempi". Tutto andava sempre secondo i ritmi di papà, mai i miei.

Per cambiare argomento, guardai in giro nella stanza e sfiorai l'intricato intarsio all'angolo della parete. «Scommetto che una volta questo posto era bellissimo.»

«Nonna diceva che in soggiorno c'erano le vetrate colorate, e quando filtrava la luce del sole, era come stare in mezzo a ruscelli d'oro.»

Jesse aveva un'aria malinconica che mi fece desiderare di potergli entrare in testa e guardare il mondo con i suoi occhi. Si era fatto una doccia. Aveva ancora i capelli umidi, e profumava di bagnoschiuma e shampoo. Indossava anche un paio di jeans e una maglietta puliti. Tutti i segni che aveva aiutato una mucca a partorire erano spariti.

«Non sapevo che avessi delle mucche» dissi.

«Nonna ha venduto le ultime della mandria circa cinque anni fa al signor Bergen, ma lui le ha lasciato la proprietà di una mucca e le ha detto che se ne sarebbe occupato, se gli avessimo dato la precedenza nel caso avessimo affittato la terra.»

«Allora perché ti sta dando il vitello?»

«È un gesto di buona fede ora che la nonna non c'è più. Sono io che permetto al suo bestiame di pascolare sulla mia terra, così lui può usare la sua per le coltivazioni.»

«Lo sa che in futuro intendi usarla?»

«Sì. Sa che ci vorrà qualche anno per far partire tutto, quindi credo che il vitello sia un'offerta di pace per non far iniziare i miei progetti proprio dal pascolo che usa lui.»

«Perché tua nonna ha venduto la mandria?» domandai.

«Non riusciva a occuparsene, né finanziariamente, né fisicamente. Ho cercato di aiutarla in tutti i modi, ma non ero ancora grande abbastanza. Quando sono riuscito a gestire più cose nella fattoria, la salute di nonna ha iniziato a peggiorare. Sono anni che ho una marea di progetti, ma la nonna aveva bisogno di me. Quindi ho fatto quello che potevo per mandare avanti la fattoria, e poi ho dedicato il resto del tempo a portarla dal dottore, ad assicurarmi che prendesse le medicine e a fare gli esercizi con lei. Tra la scuola, il lavoro per guadagnare qualche soldo, occuparmi della roulotte, assicurarmi che mangiasse e vegliarla per controllare che stesse bene, non mi rimaneva tempo per fare molto altro.»

Non avevo capito quanto avesse fatto Jesse per sua nonna. «Mi dispiace.»

«A me no. Le volevo bene. Farei qualsiasi cosa per riaverla.»

Prima che potessi rispondere, Jesse appoggiò la mano sul precario corrimano della scala, e mi inchiodò con uno sguardo di sfida. «Voglio mostrarti una cosa.»

Parte di me voleva continuare a parlare di Suzanne, perché c'era qualcosa di davvero intimo nel modo in cui si era aperto così facilmente con me, ma ripensai a quanto spazio mi dava Jesse, e capii che se aveva cambiato discorso così in fretta, doveva avere anche lui bisogno di mettere un po' di distanza da quelle emozioni così intense. «È quella che secondo te mi farà sentire meglio?»

«No, ma anche questa può essere d'aiuto. Per l'altra dovremo addentrarci di più nella terra.»

«Cos'è?»

«Seguimi e lo scoprirai.» Jesse salì le scale e lo seguii, curiosa. Quando raggiunsi l'ultimo gradino, lui spense la torcia, attraversò il corridoio ed entrò in una stanza.

Quando toccò a me entrare, mi fermai perché ero rimasta senza fiato. Nella vecchia camera da letto vuota c'era una finestra a volta che andava dal pavimento al soffitto. E al centro c'era una pietra.

Era una cornice perfetta per il tramonto. L'orizzonte era attraversato da strisce rosse, viola, blu e arancioni, e tutti quei colori meravigliosi sfumavano sulle colline verdi della fattoria di Jesse. Il dipinto più bello e fantasioso mai realizzato.

Jesse stava in piedi davanti alla finestra con un'espressione rapita, come se fosse in presenza di Dio in persona.

«È magnifico» mormorai.

«È uno dei posti che amo, anche se non è il mio preferito. Doveva essere meraviglioso dormire in questa camera.»

Mi avvicinai a lui, e il mondo attorno era pacifico e silenzioso, in totale contrasto con le urla costanti che sentivo dentro. A volte, quando stavo accanto a Jesse, avrei giurato che avesse dei poteri magici. C'era qualcosa in lui che riusciva a calmarmi, qualcosa che mi faceva sentire come se fossi io quella maledetta, e lui l'unica persona in grado di spezzare l'incantesimo.

«Cosa vedi quando guardi fuori da questa finestra?» chiese.

«Bellezza.» Tranquillità. Serenità. Tutte cose di cui ero priva.

«Io invece vedo delle possibilità» fece lui.

«In che senso?»

Jesse appoggiò la mano sul vetro, come se stesse toccando un vecchio amico. «Vedo il grano nel campo a est. La soia in quello a ovest. Dei vigneti vicino alla casa. Nel campo a ovest vedo anche delle mucche. Tante. Da latte e da macello. Vedo fienili, fabbricati e attrezzature nuove. Cani e gatti che scorrazzano in giro. Vedo la luce del sole e la pioggerella estiva. A volte mi metto qui e toccando il vetro mi sembra che il mio sogno diventi realtà.»

Mi sentivo emozionata perché, mentre ne parlava, anch'io riuscivo a vedere dei brevi scorci del suo sogno. Quelle immagini erano così reali e vivide che sembrava mi fosse entrato nel cervello e le avesse piazzate lì. «Pensi di riuscire a realizzarlo?»

Jesse piantò i suoi occhi verde smeraldo nei miei, e ne rimasi ipnotizzata. «Sì.»

Ero confusa. «E come fai a esserne così sicuro?» Come poteva essere così certo del futuro, mentre io ero terrorizzata da tutto?

«Lascia che ti mostri una cosa.» Jesse mi offrì la mano con il palmo rivolto verso l'alto, e io mi morsi il labbro. Ci eravamo già sfiorati, e ogni volta mi sentivo attirata da un fuoco irresistibile. Il guaio era che le fiamme hanno la capacità di consumare.

La curiosità fu più forte della paura. Presi coraggio e appoggiai la mano nella sua. Nel momento in cui i palmi si sfiorarono, una scossa elettrica risvegliò ogni cellula del mio corpo. Lui chiuse gli occhi come se avesse provato la stessa sensazione, ma invece di tenermi stretta, sollevò le nostre mani intrecciate e mi premette il palmo sulla pietra incastonata nella finestra.

«Lo senti?» chiese.

Sentivo ogni parte di lui premuta contro il corpo, anche se l'unico punto di contatto fra noi era la pelle delle mani. Rabbrividii di piacere, perché era come se il suo tocco si fosse esteso al resto del corpo, e mi avesse depositato un dolcissimo bacio fantasma sul collo.

«Senti il calore del sole?»

Chiusi gli occhi, mi concentrai sulla mano e annuii, perché il tepore del giorno ormai finito e catturato dalla pietra mi riscaldava la pelle. Com'era possibile? «Sì.»

«Questa pietra proviene dal cuore della terra. Nonna diceva che solo perché non riuscivo a vedere il sole, non voleva dire che non ci fosse. Hanno messo questa pietra per ricordarlo alle persone. Dopo il tramonto non posso vedere il sole, ma sento ancora il suo calore. Nei campi non ci sono ancora il grano e la soia, e le mucche che pascolano nel campo non sono le mie, ma un giorno lo saranno. Proprio come il sole splenderà di nuovo.»

Il cellulare di Jesse trillò, e io sussultai. Abbassai la mano, con il palmo ancora caldo per la pietra e il tocco della sua pelle.

«Adesso devo andare» sussurrai, e prima che potesse rispondermi, corsi giù per le scale e di nuovo in strada.

Jesse

Un *ping* mi destò dal dormiveglia. Per un mese avevo atteso che Scarlett facesse il segnale con la luce, ma inutilmente. La sera prima, dopo averla aspettata fino all'una, ero rimasto sveglio fino alle tre ad aggiustare le tubature del bagno.

Mi rigirai nel letto, con i muscoli pesanti, e presi il cellulare. Per poco non lo lanciai contro il muro quando lessi il nome di Glory: *Sono qui per te, ricordatelo. Non siamo una famiglia convenzionale, ma siamo comunque una famiglia, e che tu ci creda o no, ti voglio bene.*

Era ufficiale: Glory aveva iniziato a drogarsi. Scorrendo nel cellulare trovai un paio di messaggi stupidi di Vi e Leo. Taggavano me e Nazareth dappertutto per farci incazzare, perché sapevano che detestavamo essere sommersi dalle notifiche. E poi c'era un messaggio di Marshall: *Passerò alle undici. C'è una questione di cui dobbiamo parlare.*

Vedere di nuovo Marshall era l'ultima cosa che volevo, ma non potevo farci nulla. Avevo mezz'ora per fare la doccia e dare una parvenza di decenza alla roulotte. Mi alzai dal letto e mi misi al lavoro.

Avevo appena finito di lavare l'ultimo piatto, quando sentii bussare alla porta. La nausea che provavo mi rallentò mentre raggiungevo la porta. La aprii e trovai Marshall. Indossava i jeans e la maglia dell'Università del Kentucky. Aveva studiato lì, e il fatto che tifasse per la squadra di basket dell'ateneo era una delle poche cose che avevamo in comune.

Gli feci cenno di entrare mormorando un «Ehi», mentre lui squadrava il soggiorno e la cucina. Era sorpreso, si vedeva. Probabilmente si aspettava un cimitero di cartoni di pizza, una piramide di lattine vuote di birra e un paio di ragazze nude svenute da qualche parte.

Dato che non volevo ripetere l'esperienza dell'ultima volta, andai in cucina e mi appoggiai al ripiano, in attesa del nuovo discorso che doveva essersi preparato. Lui mi seguì e mi fece qualche domanda sulla scuola. Gli diedi delle risposte brevi. Per essere gentile, gli chiesi come stava la sua famiglia. Mi rispose con una delle sue solite balle.

«Penso davvero quello che ti ho detto dopo la morte della nonna» disse. «Sono qui per te.»

Non me la bevevo, ma volevo la mia terra. «Perché sei qui?»

Marshall distolse lo sguardo, e sentii lo stomaco sprofondare. Non era tipo da evitare le cose. Anzi, era uno che si schiantava contro i muri a centocinquanta all'ora: diretto e veloce. Il che lo rendeva un buon avvocato, ma una rottura di palle per me. Quel silenzio annunciava brutte notizie.

«Mi ha contattato l'Assistenza per le vittime dei detenuti in libertà vigilata. Tuo padre ha fatto richiesta di uscire di prigione.»

Libertà vigilata. Frammenti di ricordi. Mio padre. Mia madre. Le urla. Le grida. I pianti. Il dolore straziante alla schiena. Il sangue di mamma. Il mio. Il fiotto di rabbia mi investì così rapido che iniziai a tremare. «Come diavolo è possibile?»

Marshall aprì la bocca e poi la richiuse. Dopo qualche istante ci riprovò. «Non c'è una spiegazione. È così e basta.»

Mi passai le mani sulla faccia e poi sulla testa. Graffiandomi, perché volevo svegliarmi da quell'incubo. Tre anni. Erano passati solo tre anni. «Mi avevi detto che ne avrebbe scontati venti.»

«Non era questo l'accordo per il patteggiamento, e l'ho fatto esaminare da alcuni amici specializzati in diritto penale. Lo so che niente di quel che ti dirò potrà giustificare questa situazione.»

«Giustificare?» urlai. «Ha ucciso mia madre! Dovrebbe marcire in galera!»

«Sono d'accordo. Ricordati che ha solo fatto richiesta per la libertà vigilata. Non significa che verrà rilasciato. Anzi, secondo me ci sono buone possibilità che rimanga dentro. Se non riusciremo a ribaltare la situazione prima dell'udienza, mi sono assicurato che, in quanto vittima, ti lascino deporre davanti alla commissione per la libertà vigilata. Sarò io a parlare. Tu potrai venire con me, oppure scrivere una testimonianza che leggerò io. Quello che ti fa sentire più a tuo agio.»

La mia testa era un casino. Troppi pensieri, troppe emozioni che si scontravano. Non riuscendo più a stare in piedi, crollai sul pavimento e appoggiai la testa alle mani. Non avevo mai un momento di pace.

«Lui sarà presente?» chiesi con voce roca. «Perché non voglio vederlo.»

Mamma. Dio, quanto mi mancava.

Il pavimento di linoleum scricchiolò quando Marshall si accovacciò davanti a me. «No, non sarà presente. In ogni caso non sei costretto a venire. Puoi scrivere in una dichiarazione ciò che vorresti far sapere alla commissione.»

«Se facessi così, diresti che non sono abbastanza forte.»

«Hai visto tuo padre uccidere tua madre. Non ho il diritto di esprimermi su come vuoi gestire questa situazione. In nessun modo. Ho solo il diritto di rispettarti perché sei riuscito a sopravvivere.»

Belle parole, ma non gli diedi peso. Dopo la morte della mamma, Marshall aveva detto alla nonna di cacciarmi. Ma non era quello il momento di parlarne. Avrei preso una decisione. Dopo. Per quanto avessi le ginocchia molli, mi sforzai di alzarmi. «Grazie per avermelo detto.»

Marshall si rimise in piedi. «Dovremmo parlare di tua madre...»

«Non posso» sbottai, e quando fece per obiettare, lo zittii. «Non posso.»

Marshall alzò le mani in segno di resa, e il silenzio divenne sempre più sgradevole col passare dei secondi. Se Glory fosse stata una veggente, avrebbe potuto avvertirmi che la mia vita stava per implodere.

«Ho bisogno della terra» gli dissi. «Se me la porti via, mi togli l'unica opportunità che ho di essere felice.»

«Credi che questo sia il momento giusto per parlarne?»

«No. Ma tanto non c'è un momento giusto.»

Lui inclinò il capo, come se fosse d'accordo. «E se ti dicessi che uno dei motivi per cui insisto così tanto è proprio perché ti sei convinto che questa fattoria è tutto ciò che hai? C'è tanto altro nella vita.»

«Questa settimana la consulente scolastica mi ha già fatto il discorsetto sull'università.»

«E tu l'hai ascoltata?»

Feci una smorfia in risposta, e Marshall fu così gentile da mettersi a ridere insieme a me. Poi tornò serio, e lo feci anch'io. Mi si serrò lo stomaco, perché non sapevo come farglielo capire. «Ho bisogno di questa terra.»

«Sei più in gamba di quello che credi, e non lo capirai mai finché continui a limitarti. Ci sono giorni in cui...» Si interruppe. «Ci sono giorni in cui ho paura che la maledizione sia vera. Altre volte preferirei che tu fossi solo al mondo, piuttosto che vederti restare alla fattoria.»

Aveva catturato la mia attenzione. «Credi alla maledizione?»

«No, ma devo ammettere che credere a una maledizione sarebbe più facile di pensare che le peggiori coincidenze capitino tutte a questa famiglia. Julia che è morta così giovane, insieme al figlio che portava in grembo, tua madre assassinata, la nonna che ha perso tutte le persone a cui voleva bene.»

«Aveva me» dissi, senza sapere perché.

«Sì» convenne lui. «Ma pensa a come sei arrivato da lei, e quanto è stata dura per te fidarti. Non è stata colpa tua. Avrei voluto solo che per la nonna fosse stato più semplice.»

Sì, anch'io. «Pensi che allontanarmi da questa terra spezzerà la maledizione?» Era l'esatto opposto di quello che credeva la mamma.

Marshall guardò fuori dalla finestra. «Che ne penso? Lo chiedo a te. Secondo te cosa fermerà la sequenza di sofferenze della famiglia Lachlin?»

«Non lo so. Ogni volta che mi arriva appena un assaggio di felicità, mi cade in testa qualcos'altro. Ma sta a me decidere se voglio andarmene, e dovrebbe essere una mia scelta se trovare la terra ad attendermi al ritorno.»

Marshall mi osservò, e per la prima volta non fu con disprezzo. «Questa è la prima conversazione seria che facciamo da quando ti sei trasferito dalla nonna.»

«Significa che voterai per me?» chiesi. Marshall accennò un sorrisetto, e io lo imitai, ma tornò subito serio.

«Significa che non sei tua madre, e neppure tuo padre. Non sei un prodotto delle loro scelte. Spero che un giorno te ne renderai conto. Che tu ci creda o no, voglio vederti felice, e penso che lo saresti di più senza questa terra e la sua sfortunata eredità. Amavo tua zia Julia. Più di quanto immagini. Avevamo l'opportunità di allontanarci dal paese, e ho lasciato che Julia mi convincesse a restare. Se mi fossi opposto, sarebbe ancora viva.»

Sentii scattare la mascella. «Ho capito. Non hai intenzione di votare per me.»

Lui non disse niente. Si limitò a stare lì, con le mani sui fianchi. Non c'era dubbio: ero fottuto. Avevo il voto di Scarlett, ma senza quello del pastore avrei perso la terra.

«Pensi di avere le idee chiare, ma non è così» disse Marshall. «Devi fidarti di me. Vedo la felicità di cui hai bisogno anche quando tu non ci riesci.»

«Avevi ragione tu. Non era il momento di parlarne.»

Marshall si massaggiò gli occhi, poi si diresse verso la porta. «Dovrai decidere cosa vuoi fare per l'udienza. Prenditi un po' di tempo, pensaci e poi fammi sapere.» Poi se ne andò.

Scarlett

Isabelle era seduta sulla scala dell'ingresso, con le braccia incrociate. Aveva le guance rosse e gli occhi umidi, ma non era tristezza quella che emanava, era rabbia. Avrei tanto voluto batterle il cinque.

Mia sorella era in castigo. Non aveva tolto tutti gli oggetti dal comò per pulire ogni singolo granello di polvere. Aveva solo spolverato intorno alle bambole di porcellana, senza rispettare le dettagliate istruzioni di nostro padre. Per questo era stata messa in punizione.

Papà sedeva in soggiorno con il portatile sulle gambe, intento a digitare. Di tanto in tanto guardava oltre lo schermo, per verificare che mia sorella stesse facendo quello che le aveva detto. Controllo. Era la sua ragione di vita.

«Hai portato fuori la spazzatura, Scarlett?» Sicuramente non voleva che restassi lì.

Non gli risposi, ma mi alzai dal divano e andai in cucina. Strano: mentre uscivo mamma mi passò accanto e prese il mio posto sul divano. Parlava di perdono, ma nemmeno lei sembrava fidarsi a lasciare papà da solo con Isabelle.

Mamma si mise a sferruzzare a maglia come se fosse stata quella la sua intenzione, ma una volta in cucina notai una teglia incrostata di lasagna nel lavandino.

Strattonai il sacchetto fuori dal cestino e gli feci un nodo. Mi sarebbe piaciuto prendere la spazzatura e rovesciargliela in testa. Invece spalancai la porta sul retro e portai l'immondizia ai bidoni ordinatamente allineati vicino al garage.

Quella sera d'autunno era limpida, e l'aria pungente. Dall'altra parte della strada la roulotte di Jesse aveva le luci accese. Vidi del fumo e sentii l'odore della brace di un falò provenire da uno dei campi. Era dal primo anno che guardavo invidiosa dalla finestra di camera mia Jesse condurre gli amici sul vialetto che portava al campo. Non riuscivo a sopportare che si divertissero insieme. Ma soprattutto non riuscivo a sopportare il fatto di non essere stata invitata.

Se avessi voluto farmi invitare, avrei potuto. Ma qualcosa mi aveva trattenuta. Un'esitazione. Una diffidenza. Erano quasi le nove. Potevo attraversare la strada e partecipare di lì a tre ore, ma non sapevo se era il caso, e soprattutto se lui avrebbe gradito la mia presenza.

Un'ombra nella notte. Strinsi gli occhi per distinguerla meglio. Il cuore iniziò a battere più velocemente quando sentii dei passi. Speravo che fosse Jesse e insieme che non fosse lui, che mio padre si affacciasse e mi trovasse con qualcuno.

Non volendo correre il rischio di essere beccata, mi avviai verso casa, ma mi fermai quando sentii una voce femminile pronunciare il mio nome. «Scarlett.»

Veronica si spostò sotto la luce della lampada appesa sul garage. Gettai un'occhiata verso casa. «Che ci fai qui?»

Gli occhi di Veronica erano azzurri come il ghiaccio, e quando piegò la testa, i corti riccioli biondi le rimbalzarono sulla spalla. «Io non ti conosco e tu non conosci me, ma probabilmente sei come il resto dei tuoi amici e pensi che sono una nullità.»

Feci una smorfia, come se mi avesse colpito allo stomaco, perché era difficile ammettere che i miei amici la pensavano così. «Invece no.»

Lei mi ignorò. «Ma io, Jesse, Nazareth e Leo siamo amici. Amici veri. Faremmo qualsiasi cosa per aiutarci a vicenda.»

«Ok» dissi lentamente.

Lei incrociò le braccia al petto e strinse le labbra, come se emanassi l'odore di una puzzola. «Jesse è preoccupato, e per qualche stupido motivo vuole te.»

«Ti ha mandato lui?»

«No. Ha detto che non potevi venire. Non dice mai quando vuole qualcosa, poi però si è fatto scappare che ti avrebbe voluta lì. Farai meglio a trovare un modo per vederlo stanotte, o ti giuro che lunedì ti faccio a pezzi.»

Sbattei gli occhi, lei girò sui tacchi e se ne andò.

«Perché Jesse è preoccupato?» chiesi.

Veronica non rispose e continuò a camminare.

Atterrai e inspirai profondamente per calmare le mani che tremavano. Scendere da un albero era semplice. Era il primo salto dalla finestra al ramo che era da temerari. Non riuscivo a capire quanta stupidità e coraggio dovevo aver avuto da piccola. Non ricordavo di essermi mai fermata a pensare prima di saltare giù da quella finestra per andare da Jesse da bambina.

Strofinai le mani sudate sui jeans mentre attraversavo la strada. Erano le undici e mezzo. La mamma aveva mal di testa, e mio padre ci aveva mandate a letto presto, attorno alle nove. Jesse aveva detto che ci saremmo visti a mezzanotte, ma non sarei riuscita ad aspettare un'altra mezz'ora, per quanto forse sarebbe stato meglio rimanere ai piedi dell'albero, piuttosto che intrufolarmi nel suo cortile.

Superai la roulotte, e vidi quattro figure attorno al falò nel campo di Jesse. Non era una camminata lunga, ma era comunque abbastanza distante perché i miei non potessero vedermi dalla loro camera. Jesse e i suoi amici erano rumorosi e facevano sempre casino. Si sentiva una chitarra strimpellare e qualcuno rideva.

La tensione minacciava di inglobarmi, ma mi avvicinai alla luce delle fiamme. La conversazione si interruppe. Nazareth e Leo erano sorpresi, Veronica fece un sorrisetto soddisfatto e quando guardai Jesse, dovetti evitare di ridere per quanto aveva spalancato gli occhi. «Trilli?»

«Trilli?» ripeté Veronica, mentre si voltava a guardarlo. «L'hai chiamata Trilli?»

Jesse la ignorò e si alzò in piedi. Sbandò appena un pochino, con un sorriso goffo. Era brillo. Questa era nuova, almeno per me.

«Sei ubriaco?» gli chiesi.

Lui ridacchiò e si mise in testa il cappello da baseball al contrario. «Non ancora, ma ci sto lavorando. Non ti mentirò, sono a buon punto.» Jesse tirò fuori dalla tasca il cellulare. «Mi dispiace di aver fatto casino, Trilli. Avevo messo la sveglia alle undici e cinquanta. Non so cos'è successo.»

«Seriamente, ma l'avete sentito?» chiese Veronica. «Oppure ho le allucinazioni? Voglio dire, sapevo che prima o poi sarebbe successo, ma non pensavo che sarebbe successo proprio stanotte. Vi sembro pazza?»

Guardò Nazareth e lui annuì, concorde. Veronica fece un cenno col capo, come se si fossero dati il cinque, e poi bevve da una lattina di birra.

«Non so cos'è successo.» Jesse controllò l'ora sul cellulare, e sembrò rallegrarsi quando si rivolse a me con l'espressione più adorabile del mondo. Come quella di un cucciolo coccolone. «Sei in anticipo.»

«Già.» Poetico, sì, ma con tutti quegli occhi addosso dovevo ammettere di sentirmi a disagio.

Leo aprì una borsa frigo, prese una lattina di birra e la lanciò a Nazareth, che la piantò a terra vicino a un'altra lattina chiusa. Poi Leo ne tirò una a Jesse, che la prese al volo con una mano.

«Ne vuoi una, Scarlett?» chiese Leo con un sorrisetto amichevole.

Intrecciai le dita, nervosa. Non ero un'accanita bevitrice. A dire il vero non avevo avuto molte occasioni per capire se l'alcol mi piaceva, ma quella era una situazione troppo bizzarra per scoprirlo. «No, grazie.»

«Chi fa la persona per bene a un falò?» chiese Veronica.

«La domanda giusta è: tra noi c'è una persona per bene?» Leo stappò la sua lattina di birra.

«Forse dovremmo provare con le buone maniere» disse Veronica, e poi si illuminò in volto come se avesse avuto un'idea meravigliosa. «Dovremmo parlare con l'accento britannico. Fa molto bon ton, no?»

«Hai fatto l'antirabbica, Vi?» chiese Leo. «Sai, sono preoccupato per il tuo cervello. Collegare quei due pensieri è strano. Persino per te.»

Lei gli fece la linguaccia, e poi tutti e due scoppiarono a ridere. Iniziarono a spingersi a vicenda, come fratelli di cinque anni. Era tutto molto strano.

Nazareth continuava a suonare la chitarra, e Veronica annunciò: «Canta anche tu!».

Leo gemette e si accasciò a terra.

«Che ne dici?» Jesse accennò col capo in direzione dei suoi amici. «Vuoi sederti?»

«Perché no?»

Jesse mi sorprese quando mi prese per mano, intrecciando le sue dita alle mie con delicatezza, e mi condusse dove era seduto lui. L'erba era fresca, l'aria ancora di più, e fui grata quando mi sedette accanto, perché il maglione che avevo addosso era troppo sottile per tenermi calda. Ci rimasi un po' male quando lasciò la presa, ma fu un sollievo quando mi sfiorò la spalla con la sua.

Sopra di noi c'erano milioni di stelle, e a parte l'odore della legna ardente e del fumo sentivo il profumo dell'aria della notte. Mi vennero in mente centinaia di ricordi della mia infanzia: le risate, la sensazione di sentirmi libera insieme a Jesse.

Nazareth cominciò una nuova canzone, e stavolta Jesse si mise a cantarla. Non tutte le parti, solo alcuni pezzi, e non potei trattenere un sorriso perché metà delle volte sbagliava le parole. Gli altri lo presero in giro e lui rispose a tono, ma erano sfottò bonari e divertenti.

Jesse aveva una voce armoniosa, anche se non riusciva ad arrivare a tutte le note. Ma non gli importava di non essere perfetto. Non gli importava di non essere preciso. Cantava, sgolandosi quando il testo era divertente, abbassando la voce quando era serio. Lo invidiavo perché, per quanto tenessi il ritmo col piede e ridessi assieme a loro, non cantavo ed era un peccato.

Avrei voluto farlo. Ammesso che valesse comunque, cantavo nella mia testa, ma bocca e cuore non riuscivano a comunicare.

A una canzone dal ritmo più veloce Leo fece ballare Veronica. Si muoveva con disinvoltura, a suo agio. La punzecchiò per la maggior parte della canzone facendo battutine, e Veronica rise così tanto che sorrisi per il solo piacere di vedere un'altra persona così felice. La canzone cambiò, lui la attirò vicino, lei gli appoggiò la testa sulla spalla e per un momento provai un lampo di invidia. Avrei voluto vivere per un breve attimo quella stessa serenità.

Leo le appoggiò la mano sulla schiena, ma lei sussultò e lo spinse via. Sorrise, ma forzatamente. Si mise a sedere e così fece lui, nessuno dei due pronto ad ammettere che c'era stata quella scintilla, e ne fui rattristata.

Le canzoni divennero più dolci, e la partecipazione del gruppo meno frequente. Alla fine Nazareth si mise a suonare una canzone lenta, malinconica. Era rimasto solo lui a cantare. Aveva una voce melodiosa, profonda. A volte la bellezza si trova nel dolore. Lo fissai, incantata. Come faceva ogni parola, ogni nota a descrivermi così bene se Nazareth era un estraneo, come io lo ero per lui?

Jesse guardava il fuoco mentre finiva la birra. La luce negli occhi era stata rimpiazzata da uno sguardo incerto che mi spinse ad appoggiare la mano sulla sua. Jesse intrecciò le dita alle mie, e quella dolce stretta fu una fitta al cuore. Non sapevo cosa lo stesse facendo soffrire. O forse era come me, e soffriva tutto il tempo, ma davanti al resto del mondo indossava una maschera.

«Hai freddo» disse Jesse.

Sì. Il fuoco si stava spegnendo, la temperatura era calata e le stelle si erano spostate. Eravamo lì fuori da un'ora, forse due, ma non ero ancora pronta a tornare a casa. «Sto bene.»

«Vieni.» Jesse si alzò e mi aiutò a fare altrettanto. «Andiamo a prendere una felpa.»

Mi tenne la mano mentre superavamo gli amici. Sia Leo che Nazareth gli tesero il pugno quando passò. Gli dissero che si sarebbero occupati loro del fuoco. Jesse rispose che saremmo tornati.

Quando lasciammo l'alone di luce creato dal falò, Jesse mi passò un braccio attorno alle spalle. Mi accolse nel riparo offerto dal suo corpo, e inspirai avidamente il suo profumo intenso. Il suo tocco era caldo, forte, e mi faceva sentire come se mi trovassi nel posto giusto.

La porta scorrevole sul retro non era chiusa a chiave, ed entrammo. Jesse mi lasciò andare e accese la luce in cucina. Mi sentivo un ghiacciolo nel bel mezzo della stanza, smarrita in quella palla di neve di ricordi. Erano anni che non entravo lì, anni da quando la nonna di Jesse mi dava i biscotti d'avena con un bicchiere di latte, e la tristezza per la sua morte mi fece venire un groppo in gola.

Come faceva Jesse a entrare lì dentro ogni giorno, sapendo che lei non c'era più? «Mi dispiace.»

Jesse aveva gli occhi rossi, le palpebre gonfie. «Per cosa?»

«Non lo so. Per tutto.»

Lui si tolse il cappello, lo lanciò sul tavolo della cucina e si passò le dita tra i capelli rossi, arruffandoli. «So che ti ho promesso di portarti in un posto speciale, ma ti giuro che ci andiamo un'altra sera. Ho paura di crollare strada facendo, e sarebbe un bel problema per tutti e due.»

«Perché sei brillo?» lo presi in giro.

Fece uno dei suoi incantevoli sorrisi. «Perché sono ubriaco.»

Almeno era sincero. «Quindi sei così da ubriaco?»

Il sorriso sparì. «Credo di sì. È stata una giornata strana e mi sento la testa incasinata, un po' come se avessi incassato un destro da un campione di pesi massimi.»

«Stai bene?» gli chiesi.

Jesse chiuse gli occhi e poi si passò una mano sul viso. La risposta era no, e mi odiai perché non sapevo come farlo sentire meglio. Mi voltai, sperando che così avrei capito cosa fare, e mi sorprese trovare sul frigo una foto di me e Jesse.

«Nonna non mi ha mai perdonato per aver smesso di essere tuo amico» fece Jesse. «Credo che sia per questo che ti ha scelto per il voto. È stato il suo modo di costringermi a smettere di fare lo stronzo.»

Sorrisi per un breve momento. «Mi manca.»

Lui lasciò andare un sospiro. «Manca anche a me. Posso farti vedere una cosa?»

«Certo.»

Lo seguii mentre si dirigeva verso il corridoio e, quando raggiunse la stanza di Suzanne, si fermò. Aveva una mano sulla maniglia e l'altra sulla porta chiusa. Gli sfiorai il braccio. «Sei sicuro di stare bene?»

«No» fece lui, ma aprì comunque la porta. Entrò, e passarono diversi istanti prima che accendesse la luce. La stanza di Suzanne era come la ricordavo, perfino la coperta lavorata all'uncinetto sul letto.

«È la prima volta che entro da quando è morta.» La voce di Jesse non sembrava la sua. Prima che potessi dire qualcosa, attraversò la camera, aprì il cassetto del comodino e prese un libro. Me lo porse, e poi si diresse verso il giradischi all'angolo. «È per te.»

Era un vecchio tomo, logoro e pesante, e il titolo mi tolse il fiato: *Peter e Wendy*. «Jesse, non posso. Hai detto che Suzanne lo leggeva a te.»

«Infatti.» Jesse tirò fuori un disco dalla copertina, lo mise sul giradischi e poi appoggiò delicatamente l'ago sul vinile.

Si sentì un crepitio dalle casse, poi il rumore di qualcuno che strimpellava una chitarra. Era una canzone triste, con una melodia country, che parlava di occhi azzurri e pioggia. Aveva qualcosa di rude e di dolce allo stesso tempo.

Jesse alzò il volume delle casse e uscì dalla stanza, ignorandomi quando cercai di restituirgli il libro.

«Era per te che me lo leggeva. So che vorrebbe che lo avessi tu, e se così non ti basta, allora sono io che voglio. Conosci le buone maniere del Sud: non si rifiuta un regalo.»

Aveva ragione lui, le conoscevo, e mi strinsi il libro al petto facendo finta di abbracciare Suzanne.

Un altro *clic* della luce, e Jesse entrò nella stanza che una volta divideva con la madre. Mi appoggiai con la spalla alla porta. Jesse era in piedi al centro della stanza, apparentemente ignaro della mia presenza mentre si toglieva la camicia. Era magnifico. Una vera e propria montagna di muscoli. La vita dei suoi jeans era così bassa che non riuscivo a formulare pensieri coerenti. Rimasi subito senza fiato e mi sentii avvampare. Dovevo andarmene? Dovevo restare? Di sicuro avrei dovuto smettere di fissarlo.

Jesse alzò lo sguardo, mi vide e fece il suo solito sorrisetto. «Sei carina col viso tutto rosso.»

Alzai gli occhi al cielo, facendo un po' di scena. «Sei mezzo nudo, e io pensavo che mi stessi prendendo una felpa.»

«Vero. Prima volevo cambiarmi la maglietta ma poi mi sono distratto. Vi riesce sempre a immischiarsi e rovinare tutto.» Frugò in un cassetto, senza però trovare quello che cercava.

Osservai la stanza ed era proprio come la ricordavo, tranne che mancava il letto in cui dormiva la madre. Non andavamo spesso in quella stanza, ma solo quando pioveva così forte che Suzanne si rifiutava di lasciarci uscire, per paura di inondazioni improvvise. Altrimenti il mondo fuori era troppo invitante.

Le pareti erano ancora ricoperte di cartine geografiche. Mappe dello stato, della contea, del Nordamerica. Mappe di paesi stranieri, di autostrade, di catene montuose. Entrai nella stanza e sfiorai il mio nome scritto in seconda elementare accanto a quello di Jesse sulla mappa della California. Allora il nostro sogno era mettere i piedi nell'oceano Pacifico.

«Non ci credo che le hai ancora» dissi.

Jesse guardò i nomi sul muro, poi le altre cartine accavallate l'una sull'altra. «Quando mamma dormiva qui, si sedeva insieme a me al buio, indicava ogni mappa con la torcia, e mi parlava di tutti i luoghi che voleva visitare. Conosceva tutte le città e i luoghi da vedere lungo il tragitto.»

«Li ha visti?» Strano. Sapevo poco della madre, e ancora meno sulla sua morte.

«Neanche uno. Mamma ha lasciato lo stato solo una volta, ed è stata uccisa. E anch'io per poco non sono stato ammazzato.»

Jesse si voltò di spalle, e trattenni il respiro. Aveva una cicatrice sulla scapola destra. Non era lunga, e se non fossimo stati così vicini probabilmente non l'avrei vista, ma era spessa, in rilievo, e mi diede un brivido. «Come te la sei fatta?»

«Non l'avevi mai vista, eh?»

«No.» La mia voce era un misto tra un sussurro e un gracidio.

«È successo poche settimane prima che ti tagliassi fuori dalla mia vita.» Jesse si lasciò cadere sul letto, a peso morto. Sembrava così esausto, emotivamente e fisicamente, che avrebbe potuto dormire per anni.

«Vuoi che me ne vada?» gli chiesi.

«No, ma capisco se lo farai.»

Non volevo andarmene, quindi dovevo trovare qualcosa da fare. Pronta ad affrontare la tensione che iniziava a serrarmi lo stomaco, mi chiesi se restare in piedi davanti a Jesse o sedermi sul letto. Scelsi il letto perché anch'io cominciavo a sentirmi stanca. Non mi sedetti come se fossi a casa mia. Presi posto sul bordo del letto, a pochi centimetri di distanza da lui, col cuore che batteva così forte che a malapena respiravo.

«Come ti sei fatto quella cicatrice?» gli chiesi.

«Mio padre mi ha colpito con una sedia.»

Lo stomaco mi arrivò fino in gola. «Tuo padre? Io...» Corrugai la fronte. «Non sapevo neanche che lo vedessi.»

«Infatti non lo vedevo. Non spesso. Compariva ogni tanto, nei weekend. Forse una volta all'anno. A quanto pare mia mamma lo vedeva nelle pause dai tizi con cui usciva. E quando compariva, mi lasciava dalla nonna. Non so se lo sai, ma a quanto pare sono una palla al piede.»

Cercò di sorridere alla battuta ma non ci riuscì, e io misi la mia mano sulla sua. Lui intrecciò le nostre dita e mi attirò più vicina. Mi arresi alla forza di gravità e gli appoggiai la testa sulla spalla. «Mi dispiace.»

«Non ti dispiacere» fece lui. «Non è colpa tua.»

«Lo so, ma è comunque uno schifo.»

La mamma di Jesse era il classico genitore part-time. Lasciava un uomo, si presentava alla porta di Suzanne con Jesse al seguito, ne trovava un altro, lasciava Jesse con Suzanne, poi tornava e veniva a prendere Jesse per portarlo a vivere con lei. Jesse non stava mai via più di due settimane. Da bambini non mi era mai venuto in mente di chiedergli cosa stesse succedendo. Ero solo contenta che il mio migliore amico fosse tornato a casa.

«Tuo padre ti ha picchiato?» gli domandai in un sussurro, e detestavo il fatto che da una parte soffrivo per lui, mentre dall'altra nutrivo la vaga speranza che ci fosse qualcun altro che potesse capire cosa provavo.

«Una volta.»

Sollevai la testa. «Una volta?»

Lui inarcò un sopracciglio. «Una non basta?»

Avevo le vertigini, come se mi avessero prosciugato via il sangue dalle vene, e gli occhi di Jesse vagarono sul mio viso. «Che c'è che non va?»

Rabbrividii, sopraffatta dal gelo. «Sono solo stanca.»

Jesse sollevò la mano e mi mise una ciocca di capelli dietro l'orecchio. Mi sfiorò la guancia con le dita calde, e quel tocco mi fece il solletico. «Un giorno ti fiderai di me abbastanza da lasciarmi avvicinare.»

Avevo il terrore di fidarmi, e al tempo stesso di non farlo. Ero terrorizzata all'idea che Jesse mi avrebbe toccata di nuovo in quel modo, risvegliando ogni singola cellula del mio corpo, ed ero perfino più spaventata all'idea di non sentire più ogni parte di lui su di me.

«Vuoi che ti accompagni a casa?» fece lui.

«Vuoi che me ne torni a casa?»

«Scarlett, solo in due casi riesco a respirare profondamente senza sentire dolore, e stare con te è uno di questi. Se potessi, ti terrei qui per sempre.»

Jesse mi guardò le labbra. Avvertii il bisogno di inumidirle. Il suo sguardo si scurì, e sentii le farfalle volare all'impazzata nello stomaco. «Stai dicendo cose senza senso.»

Di nuovo quella scintilla ribelle. «Lo sai che sei bellissima, vero?»

Avvampai, e Jesse mi passò di nuovo le dita sul viso. Mi sfiorò il collo, facendomi venire la pelle d'oca.

«Sei proprio ubriaco» sussurrai.

Lui ridacchiò, e mi tirò per la mano che ancora stringeva. Si arrampicò sul letto, facendomi venire voglia di stendermi. «Sdraiati qui con me, Scarlett.»

Non pensavo che le mie guance potessero diventare più bollenti di così, e invece…

«Giuro sulla mia terra che dormire con te è tutto ciò che voglio.» I suoi occhi verdi si addolcirono, e a me parve di sciogliermi. «Per qualche minuto voglio sentirmi bene. Quando ti tocco mi sento quasi completo. Se non provi lo stesso, prometto che non insisterò.»

Avvampai all'idea di sdraiarmi accanto a lui, di toccarlo ed essere toccata. «Se dormo con te, allora cosa siamo? Non credo che gli amici facciano così.»

«Vuoi sdraiarti qui con me?» mi chiese lui.

Annuii, perché avevo paura di quello che avrei potuto dire.

«Vuoi che restiamo solo amici?»

Abbassai lo sguardo, perché… «Non lo so.»

«Che ne dici di dormire qui con me stanotte, e di tornare a essere amici domani?»

«D'accordo.» Questo potevo farlo. Almeno, così credevo. Mi spostai sul letto, e mentre Jesse appoggiava la testa al cuscino, mi concessi di posargli la testa sul petto.

Avevo il sistema nervoso in fiamme. I miei sensi erano all'erta, consapevoli delle sue mani sul mio corpo, delle sue gambe che strofinavano le mie. Jesse mi sfiorò i capelli con il naso, e quando il suo respiro mi accarezzò il collo, la pelle divenne incredibilmente sensibile.

Una parte di me avrebbe voluto alzare la testa e offrirgli la possibilità di baciarmi, di concedermi l'opportunità di baciarlo a mia volta, ma non potevo. Avevo troppa paura.

Jesse mi accarezzò la schiena lentamente, in un movimento continuo. Io mi strinsi di più a lui e desiderai di non doverlo più lasciare.

Jesse

«Jesse.» Quella voce sembrava lontana, in un tunnel, ma era insistente. Stavo dormendo beatamente, e ogni volta che inspiravo, sentivo il profumo del caprifoglio. Era Scarlett. Non volevo svegliarmi, ma nella mia testa c'era una voce che mi urlava di farlo.

«Jesse.» Ancora quella voce. «Sono le quattro di mattina. Scarlett deve andare a casa.»

Spalancai gli occhi e vidi la bella addormentata tra le mie braccia. Scarlett dormiva tranquilla, e cavolo, mi ero addormentato perdendomi quello spettacolo.

Mi stropicciai gli occhi e vidi la figura in piedi sulla soglia della porta. Era Vi, che teneva le distanze e non entrava, ma non mi avrebbe svegliato se non fosse stata preoccupata.

«A casa sua ci sono le luci accese. La mia non è una famiglia normale, ma guardo abbastanza telefilm per sapere che le luci accese in una casa di ricchi da cui la figlia se l'è data a gambe poche ore prima non è un buon segno.»

Merda. «Dammi un secondo.»

Vi uscì, e accarezzai il viso di Scarlett. «Scarlett.»

Si stiracchiò, ma non si svegliò. Le passai una mano tra i capelli e ci riprovai. «Trilli.»

Lei socchiuse gli occhi e accennò un sorriso. «Ti stavo sognando.»

Mai sentite parole più belle, ma... «Devi tornare a casa.»

Fu come un fulmine a ciel sereno, e lei balzò giù dal letto. «Che ore sono?»

«Le quattro. Vi è venuta perché dice che a casa tua ci sono le luci accese.»

«Le quattro?» Scarlett iniziò a tremare. «Oh santo cielo! E se lo sanno? Che cosa faccio?»

«Niente panico. Magari le luci non c'entrano niente.» Misi i piedi fuori dal letto e mi alzai, ignorando il fatto che la stanza stava ondeggiando. Dovevo avere ancora dell'alcol in corpo. «Ti accompagno a casa.»

«N-no, ti prego, non farlo» balbettò Scarlett, e la paura sul suo viso mi fece preoccupare. «Vado da sola.»

«Ti ho già accompagnata a casa altre volte.»

«Sì, ma se papà è sveglio e mi sta aspettando, se mi vedesse con te...» Non finì la frase. Avrei voluto insinuarmi nella sua testa per capire che cosa stava succedendo nel suo mondo.

Se il padre stava guardando, l'avrebbe vista uscire da casa mia. Che io ci fossi o no non sarebbe stato cambiato niente, ma rispettavo lei e le sue decisioni. Le presi dolcemente la mano, perché non era così che volevo che se ne andasse dopo aver passato la notte nel mio letto. «Va tutto bene. Probabilmente qualcuno ha dimenticato di spegnere la luce prima di andare a dormire. Nulla di che.»

«Avevi promesso che saremmo rimasti amici.» Scarlett mi guardò negli occhi. Si stava allontanando. Faceva male.

Sentii sprofondare lo stomaco perché volevo più di un'amicizia, ma avrei accettato qualsiasi cosa fosse disposta a darmi lei. «Qualsiasi cosa tu voglia.»

«Allora siamo amici.» E dopo quelle parole, prese il libro e se ne andò.

Scarlett

Avevo caldo. Avevo freddo. Non riuscivo a pensare. Mio padre era sveglio e io non ero a casa. Era un vero e proprio incubo.

Leo dormiva sul divano in soggiorno e Nazareth era sulla poltrona a guardare la tv. Strano come fossero calmi. Com'era possibile, mentre mio padre era sveglio? Nazareth mi guardò mentre passavo, facendo un cenno col capo come se fossimo amici. Annuii meccanicamente e mi domandai se per qualche motivo quella notte ci aveva reso amici.

Uscii dalla porta e Veronica mi seguì.

Confusa, mi fermai sull'ultimo gradino della roulotte. «Che stai facendo?»

«Ti accompagno.» Mi offrì un sorrisetto, adorabile e disarmante, eppure ero ancora piena di angoscia.

«Grazie» dissi lentamente, perché era un pensiero gentile, ma davvero non volevo compagnia. «Ma me la cavo da sola.»

«Ne sono certa, ma noi due dobbiamo parlare.» E il sorriso da cucciolo svanì.

C'era la luce accesa nello studio di papà. La stanza vicina all'albero. Tremavo così forte che battevo i denti.

«Riuscirai a sgattaiolare di nuovo dentro?» chiese Veronica. Che carina, sembrava davvero preoccupata per me.

«Sì.» Non avevo altra scelta. Ripresi a camminare, e lei mi seguì.

«Hai scoperto cosa aveva Jesse?» domandò lei. Ero stupita: pensavo che lei e Jesse fossero migliori amici. Non risposi, e lei continuò: «Visto quello che si dice in giro puoi non crederci, ma lui non beve spesso, e se lo fa, non è per ubriacarsi. Ti ho fatto venire io qui, il minimo che puoi fare è dirmi cosa sta succedendo».

Jesse non si era aperto nemmeno con me, almeno non sul motivo per cui soffriva. «Jesse è riservato.»

«Già. Se ti chiedessi di stargli lontana, tu lo faresti?»

La guardai per capire se era seria. Sfortunatamente lo era. «No.»

«E se ti minacciassi?» Era così strano: riusciva ad avere un aspetto tenero nonostante stesse sbattendo le palpebre con fare intimidatorio.

Essere minacciati da Veronica non rientrava tra i miei progetti, ma non sarebbe stato nulla in confronto con l'ira di mio padre, quindi non riuscivo davvero ad avere paura di lei.

Lei guardò a terra in cagnesco.

«Perché non ti piaccio?» chiesi.

«Non ho mai detto che non mi piaci.»

«Mi hai appena chiesto di stare lontana da Jesse.»

«È vero. Ma non ha niente a che vedere con il fatto se mi piaci o no. E comunque io non piaccio a te.»

Mi sistemai la camicia. «Non ho mai detto che non mi piaci.»

«Oh, mi ero dimenticata che siamo migliori amiche! Già, tu sei quella che si siede in mensa a pranzo, e io sono quella che non lo fa. Abbiamo proprio tante cose in comune.»

«Puoi sederti con me a pranzo, se vuoi» dissi.

Accennò un sorriso, ma poi si tirò via i capelli dal viso e scrollò le spalle. «Non credo che ai tuoi amici starebbe bene.»

Sentii un tuffo al cuore, perché probabilmente aveva ragione lei.

«Non prenderla sul personale» disse Veronica. «La vita è quel che è.»

Purtroppo aveva ragione.

«Penso che dovresti stare lontana da Jesse perché ne sta già passando tante, e non ha certo bisogno di un'altra persona che lo faccia soffrire. Sei una mina vagante, e lui non ha bisogno di sorprese.»

Mi fermai all'altezza della strada e la guardai negli occhi. «Perché credi che lo farò soffrire?»

«Non lo capisci, non è vero?»

«Capisco cosa?»

«Ti ha chiamata Trilli, e il libro che hai in mano è *Peter Pan*.»

Non avevo la minima idea di cosa c'entrasse col resto.

«Allora mettiamola in questi termini: se tu sei Trilli e lui è Peter Pan, io, Nazareth e Leo siamo i Bimbi Sperduti. E cosa hanno in comune questi personaggi?»

Non ne avevo idea. «Che cosa?»

«A casa si sentivano abbandonati, non voluti, finché Peter Pan non ha dato loro un posto in cui sentirsi parte di una famiglia. Jesse è la versione umana dell'Isola dei giocattoli difettosi: chi va da lui ha qualcosa che non va. Anche se vivi in una bella casa da ricchi, non ci credo che non ti sei mai sentita come se fossi un oggetto rotto. Se sei andata da lui, allora qualcosa o qualcuno ti deve aver fatto del male, e questo mi spaventa.

«Tutti noi abbiamo delle ferite, ma Jesse è a un altro livello. L'ultima cosa di cui ha bisogno è che qualsiasi problema tu abbia distrugga la sua parte ancora intatta. Non vuoi fargli del male, ma potresti, e a me questo non sta bene. Jesse è la mia famiglia, ed è chiaro che per lui tu sei più di un'amica. Sono sentimenti pericolosi. A maggior ragione se entrambi avete così tante ferite.»

«Io non sono ferita» dissi, l'aria di sfida evidente nella voce. Ero vuota. Stavo soffrendo. Era diverso, e un giorno, una volta andata via, sarei stata bene.

«Non ti offendere» disse lei, le mani tese in alto. «Anch'io ho delle ferite che non possono essere curate. Non sei la sola. Ferita non significa morta. Be'... almeno nel tuo caso.»

Stavo leggendo i libri che Glory mi aveva dato, e non riuscivo a ignorare le linee delle mani di Veronica. Alla debole luce della veranda della roulotte di Jesse, vedevo chiaramente la linea della salute. Era profonda. Le persone in salute non ce l'avevano così. Capii, e lo stomaco mi sprofondò. D'altronde quelle robe da veggente non erano vere, giusto? «Sei malata?»

La risposta si leggeva forte e chiara sul suo viso: sì. «Ma come, non te l'hanno detto? Ho la peste bubbonica.»

Ah ah. Molto divertente.

«Oggi hai reso felice Jesse, quindi ti ringrazio. E per la cronaca, non è che non mi piaci, ma Jesse mi piace di più. In ogni caso, spero che non ti becchino.»

"Becchino". Quella parola mi riecheggiò in tutto il corpo. Fece un passo indietro, segno che la conversazione era finita, e io mi diressi verso la luce dello studio di papà. Una volta raggiunto l'albero, mi infilai *Peter e Wendy* nei jeans, dietro la schiena, per tenerlo al sicuro. Arrampicarmi richiese un bel po' di tempo; ogni minimo rumore mi faceva venire il batticuore.

Trattenni il respiro mentre rientravo nella camera buia dalla finestra. Il cuore mi rimbombava nelle orecchie mentre i miei occhi si abituavano all'oscurità, e mi guardai rapidamente intorno per assicurarmi che papà non fosse nella stanza. Come l'ombra di un mostro nascosto in un angolo, pronto ad attaccarmi in uno scatto di rabbia.

Mi sfilai i vestiti che ancora profumavano di Jesse, infilai il pigiama e mi sdraiai nel letto. Avrei dovuto provare sollievo sapendo di essere al sicuro, invece ero confusa. Mi sentivo svuotata. Questo significava che aveva ragione Veronica? La mia anima era piena di ferite? E, nel caso, non si sarebbero più rimarginate?

Sentii dei passi: sulle scale, lungo il corridoio e infine davanti alla porta di camera mia. Quando la maniglia girò e i cardini scricchiolarono la paura mi paralizzò. Papà aprì la porta, e mi sforzai di guardarlo. Se fosse entrato urlando, dovevo essere pronta ad affrontarlo.

«Mi dispiace» disse. «Non volevo svegliarti. Ho sentito dei rumori e volevo controllare.»

«Anch'io ho sentito qualcosa fuori, ma qualunque cosa fosse non c'è più» gli risposi. «Perché sei sveglio?»

«Non riuscivo a dormire, così ho deciso di sbrigare un po' di lavoro. Forse sono gli scoiattoli che sono entrati in mansarda. Probabilmente ci arrivano dall'albero vicino a casa. Dovrei tagliarlo.»

«A me piace quell'albero.»

«Anche alla mamma. Torna a dormire, ci vediamo domani mattina.»

«Ok» mormorai, grata di non essere stata beccata. «Buonanotte.»

Papà non se ne andò come mi aspettavo. Rimase lì, fermo come una statua. «So che non mi credi, ma te lo giuro, sto cercando di cambiare.»

Non ero sicura di quale fosse la risposta giusta a una frase del genere, quindi andai sul sicuro: «Ok».

«Lo sai che questa è la conversazione più lunga che facciamo senza litigare da settimane?»

«Già.»

«Bene, allora… buonanotte.» E chiuse la porta, ma non sentii il rumore dei suoi passi. Non era andato via, e io non chiusi gli occhi.

Jesse

Mentre me ne stavo sdraiato a letto, avrei voluto che la stanza smettesse di girare. Quel movimento continuo mi impediva di prestare attenzione al rumore della porta di ingresso. Avevo sentito Vi uscire con Scarlett. Non sapevo se era una cosa buona o meno, e volevo parlarle prima di crollare di nuovo.

Vi sarebbe dovuta già tornare. Ero nervoso, avevo i muscoli tesi. Forse c'era stato un problema. Forse Vi era tornata ma io non l'avevo sentita. Forse se n'era già andata. Forse era ferma fuori dalla porta perché non poteva entrare, dal momento che nessuno le aveva dato il permesso.

Tirai un sospiro profondo, deciso a rimettermi in piedi, e la porta si chiuse. Sentii dei passi in corridoio, e aprii gli occhi in tempo per vedere Vi entrare in camera mia. Si sedette sul bordo del letto, spingendomi via i piedi per potersi appoggiare di schiena al muro.

«Come sei entrata?» le chiesi.

«Nazareth mi ha dato il permesso.»

«Ma perché devi chiedere il permesso?»

«E tu perché hai i muri tappezzati di mappe?»

Rimasi in silenzio, perché non le avrei risposto.

«Io mi rifiuto di entrare in una casa senza permesso. Tu hai un centinaio di cartine geografiche attaccate alle pareti. Tu hai le tue stranezze, e io ho le mie. Anche se lo devo ammettere: le mie sono peggiori delle tue.»

Touché. «Scarlett sta bene?»

«È a casa, e la luce in camera sua non si è mai accesa. Immagino sia un buon segno.»

Me ne sarei potuto accertare solo quando l'avrei rivista. «Grazie, Vi.»

«Come va con i postumi della sbornia?»

«Una meraviglia.» La testa iniziava già a pulsare come una grancassa.

«È proprio vero, non riesci a reggere l'alcol.» Si toccò uno dei morbidi riccioli biondi. «Cos'è successo oggi? E ti prego, non dire "niente". Non bevi mai per ubriacarti, ma stanotte era il tuo obiettivo.»

Volevo solo che la piantasse. «Non abbiamo detto che non avremmo parlato dei miei problemi?»

«L'ho detto solo perché il dolore degli altri mi mette a disagio. Comunque, forse sto maturando e voglio entrare in sintonia con i miei sentimenti. È quello che fanno gli adulti, no?»

«In teoria.»

«Scarlett lo sa cosa succederà alla tua terra?» chiese Vi.

«Sì.»

«Sa cosa significano le mappe?»

Vi era una delle mie migliori amiche, le dissi la verità. «Sì.»

«Lo sa perché hai quella cicatrice sulla schiena?»
«Sì.»
«E sa perché eri triste stanotte?»
«No.» E poiché non ero l'unico ad avere dei casini in corso quella notte, cambiai argomento: «Leo lo sa che provi qualcosa per lui?».
«Non provo niente per lui.»
«Vi...»
«Non ha importanza, tanto non mi guarda.»
Aggrottai la fronte. «Ma se ti guarda sempre.»
«Parlo di *me*.» Sbatté le mani sul letto. «Lui vede Vi, non me. Veronica. E nelle giornate peggiori vede la malattia, ma mai me. Io non sono solo Vi, e sono più della mia malattia. Leo vede solo Leo, il divertimento e quello che gli impedisce di raggiungerlo.»
La guardai senza battere ciglio, chiedendomi se pensava lo stesso di tutti noi. «Secondo me dovresti avere un'opinione migliore di lui.»
«Ho deciso che non mi piaci da ubriaco. Parli troppo. In più, parlare dei sentimenti è sopravvalutato.»
Feci per replicare, ma lei mi zittì. «Non importa cosa dirai, perché non mi farà cambiare idea. Sto morendo, Jesse, quindi niente di tutto questo ha importanza.»
Non sopportavo quando parlava così, perché aveva più vita davanti di quanto credesse. Ma non lo sopportavo soprattutto perché forse aveva ragione. Il pensiero mi fece sprofondare nella tristezza, e fui costretto a strofinarmi gli occhi per respingere il bruciore.

«Sei innamorato di lei?» chiese Vi in tono pacato.

«Credo di esserlo da sempre, ma questo non significa che lei si aspetti che faccia qualcosa al riguardo. Anzi, non dovrei fare proprio niente.»

Vi tacque, e ci fissammo. Non eravamo in imbarazzo. Solo due vecchi amici, sempre allo stesso punto: zero idee su cosa avrebbe portato l'indomani.

«È fortunata a essere amata da uno come te» disse Vi.

Chiusi gli occhi e mi appoggiai al cuscino. «No, affatto. Tutto ciò che amo è maledetto.»

Scarlett

«Sembri stanca.» Era venerdì, e Jesse Lachlin era appoggiato pigramente all'armadietto accanto al mio. Lo guardai con la coda dell'occhio. Non sapeva che era ancora troppo presto per darsi alle relazioni sociali? Non era neanche suonata la prima campanella.

«È un modo gentile per dire che sto da schifo?» chiesi.

Lui ridacchiò. «Tu sei sempre bella, Scarlett.»

Bel complimento, ma era una bugia. Avrei dovuto mettere in testa un sacchetto di carta con i buchi per gli occhi. Era da una settimana che non dormivo bene. Primo: dopo venti giorni in cui mamma e papà erano stati in buoni rapporti, quella settimana aveva portato delle concitate discussioni notturne a me del tutto estranee. Un paio di volte avevano anche alzato la voce, e questo era stato sufficiente a farmi venire il mal di stomaco. Non riuscivo a capire il motivo: mi stavo comportando benissimo eppure trovavano comunque pretesti per litigare.

Secondo: di notte avevo più paura che mai. Stavo leggendo i libri di Glory, ed era proprio un'idea stupida. Adesso mi sembrava di scorgere delle figure nelle ombre. La mia mente cercava di convincermi che in camera ci fossero fantasmi provenienti dall'aldilà.

Quando ero andata a trovare Glory qualche giorno prima, le avevo detto che i suoi libri mi stavano spaventando. Lei mi aveva risposto che non era solo suggestione: mi stavo aprendo alla conoscenza del mondo spirituale, e i miei sensi psichici si stavano risvegliando.

Sì, dovevo farmi vedere da uno bravo.

«Non mi hai ancora dato il segnale» disse Jesse, come se mi stesse chiedendo se avevo fatto i compiti di matematica. «Devo ancora mostrarti quel posto speciale.»

Continuai a girare il lucchetto finché non si aprì con un *clic*. Erano passate tre settimane da quando ero uscita di nascosto per incontrarlo e avevo dormito con lui nello stesso letto. Non era questione di non voler accettare la sua offerta, solo che... «Ho un sacco di impegni.»

Tolto fare i compiti, sopportare il costante controllo di mamma sconvolta dal fatto che le avevo mentito, ritagliarmi qualche momento per lavorare per Glory – di notte, per non farmi scoprire di nuovo dai miei – e dormire, non mi restava molto altro tempo.

«Tutto qui?» mi chiese lui.

Smisi di frugare nell'armadietto e mi voltai verso di lui. Non stava guardando me, ma la gente che andava e veniva lungo lo stretto corridoio. La maggior parte delle ragazze lo fissava, e capivo bene perché. Indossava jeans scoloriti che gli calzavano a pennello, la maglietta blu scuro gli fasciava i pettorali e la barbetta rossa lo faceva sembrare più un uomo vissuto in posa sulla copertina di una rivista che un liceale.

Jesse Lachlin emanava una sensualità impossibile da ignorare, e più tempo passavo con lui, più mi ritrovavo a pensare a quella notte di silenzi nel suo letto. A come i nostri corpi erano avvinghiati, al solletico del suo respiro caldo sul collo, a quanto avrei voluto che mi toccasse di nuovo.

«Mi stai mettendo alla prova?» Jesse mi guardò, e mentre manteneva quella postura pigra e rilassata, vidi un lampo di dispiacere nei suoi occhi verdi che mi fece male. Perché non mi era mai piaciuto vederlo soffrire e, sì, perché lo stavo mettendo alla prova.

Metterlo alla prova era una cattiveria, ma avevo paura. Non riuscivo a capire perché ero così spaventata, e questo mi faceva infuriare, cosa che mi innervosiva ancora di più. Irritata con me stessa, infilai due libri nello zaino con più forza del necessario, facendo cadere tre cartelline. Sospirai, e Jesse raccolse i fogli sparpagliati a terra prima che avessi l'opportunità di chinarmi.

Il suo sguardo vagò su un foglio. «Hai ragione. Sei stata indaffarata.»

Sul foglio c'erano dei conti – ma non erano compiti di matematica, o comunque per la scuola. Erano conti per la vita reale, per capire quanto avrei guadagnato lavorando per Glory continuando a quel ritmo e se con quella cifra mi sarebbe convenuto affittare un appartamento o prendere una stanza nel dormitorio dell'università. Ero io, che cercavo di immaginare la strada verso la libertà.

«In che zona si trovano gli appartamenti che stai guardando?» mi chiese.

«Vicino all'università.» Vicino, ma non vicinissimo. Ma erano più economici del dormitorio.

«Conosci la zona?» domandò.

«No, ma dovresti vedere le foto. Sembrano proprio dei bei posti.»

Jesse mi porse i fogli. Quando li presi, le nostre dita si sfiorarono. Il cuore mi rimbalzò nel petto, e non riuscii più a guardarlo negli occhi. Mormorai un patetico «Grazie». In tutta risposta lui mi fece il suo sorrisetto, e il mio cuore saltò un battito.

Quanto avrei voluto non essere così impacciata. E che quel contatto durasse di più. Ma avrei voluto soprattutto che il rossore sulle mie guance sparisse.

Rimisi le cartelline a posto, chiusi l'armadietto e mi diressi verso la classe prima che potessero verificarsi altre situazioni imbarazzanti. Jesse camminava a passi lunghi accanto a me, come se non gli importasse niente di nessuno. Aveva cominciato a comportarsi così dalla notte che avevamo passato nel suo letto: mi raggiungeva all'armadietto la mattina e poi mi accompagnava in aula. A volte parlavamo. Altre volte no. Trovavo la sua presenza stranamente elettrizzante, come se mi stessi volontariamente aggrappando a un filo dell'alta tensione.

Ma a parte quell'incontro mattutino, lui se ne stava con i suoi amici e io con i miei. Ognuno dalla sua parte: il mondo ritornava al suo normale equilibrio. Però spesso lo beccavo a guardarmi, e lui non distoglieva lo sguardo neanche se lo coglievo sul fatto. Me ne accorsi perché anch'io guardavo lui.

«E se ti dicessi che quegli appartamenti probabilmente non sono come pensi?»

Alzai gli occhi al cielo. «Cosa te lo fa credere?»

«Vivere da soli è difficile. Può diventare subito un suicidio economico.»

«Sei il signor so-tutto-io o cosa?» gli domandai. «O ci sono degli elementi della tavola periodica che ancora non hai memorizzato?»

«Il simbolo del bario è Ba e il suo numero atomico è cinquantasei. Dico solo che probabilmente dovrai abbassare le aspettative vivendo per conto tuo. Hai pensato di chiedere un sostegno economico?»

«E tu hai pensato di chiedere un sostegno economico?»

«No. E comunque non mi hai ancora risposto» disse lui. «Sul fatto che mi stai mettendo alla prova.»

Perché non volevo rispondere. «Che c'entra questa domanda con il bario o gli appartamenti? E perché pensi che ti stia mettendo alla prova?»

«Quand'è che risponderai a una domanda e basta?»

«Io rispondo a un sacco di domande.»

«Eviti l'argomento, oppure rispondi con un'altra domanda. In entrambi i casi, non vale come risposta.»

Misi il broncio, e lui fece un sorrisetto. Perché doveva essere così adorabile con quell'aria da sbruffone?

Feci un respiro profondo e scelsi una risposta migliore, più sincera. «Mi dispiace.» *Per averti messo alla prova.* «È che la mia vita è tutta un casino.» E ripensai a cosa aveva detto Veronica sull'essere feriti.

«Nessuno vorrebbe avere una vita incasinata, ma i casini capitano comunque.»

Restammo entrambi in silenzio mentre superavamo una fila di armadietti, perché era una cosa terribilmente vera e diretta.

«La prova durerà ancora a lungo?» chiese.

Cercai di essere il più sincera possibile: «Spero di no».

«Anch'io.»

Accanto alla fontanella, gli amici di Jesse ci stavano guardando. Leo ci fece un cenno con le sopracciglia ridacchiando, Nazareth ci osservò con un vago interesse e Veronica a stento alzò gli occhi dal foglio di carta che stava ritagliando a forma di fiocco di neve.

Era autunno e le foglie avevano assunto bellissime sfumature di giallo e di rosso, ma sul suo armadietto c'erano dozzine di fiocchi di neve. Indossava una gonna rossa a quadri plissettata, una maglietta blu con le spalle scoperte e una sciarpa blu coordinata a un cappello invernale, sebbene la massima prevista per quel giorno fosse di ventisei gradi. La settimana prima aveva festeggiato il Ringraziamento, ed eravamo solo a settembre. Veronica era decisamente fuori dagli schemi.

«Non riesco a capire se piaccio ai tuoi amici» dissi.

«Per loro sei ancora un'estranea» replicò lui. «Dagli tempo e Vi metterà dei fiocchi di neve anche sul tuo armadietto. Se non stai attenta, diventerai sua amica in tempo per festeggiare Pasqua, il che probabilmente accadrà la settimana prossima. Ma ti avverto: le uova non le dipinge, preferisce tirarle.»

«Fantastico.» *Forse.*

«D'altro canto, i tuoi amici sì che mi detestano.»

Quello era vero. Il disprezzo per Jesse Lachlin aveva raggiunto livelli da isteria collettiva al tavolo del pranzo, e Camila guidava la carica.

«Ti dà fastidio?» gli domandai. «Che ai miei amici non piaci?»

«No.»

Semplice e cristallino. Magari fossi stata così, invece di essere confusa e complicata.

«I miei amici sono un problema?» chiese lui.

«Per me è tutto un problema.» Mi fermai all'angolo dove le nostre strade si dividevano, e lui inarcò un sopracciglio. Di solito io continuavo a camminare e, presa da mille problemi, non lo salutavo nemmeno.

Jesse aspettava che aggiungessi qualcosa, ma le parole non mi uscivano di bocca. Nel weekend dovevo andare a lavorare da Glory, e non volevo andarci da sola perché molto probabilmente di notte mi sarei persa per strada. Glory mi aveva promesso un bonus se avessi superato un test sulla lettura della mano, e considerando che i miei amici erano all'oscuro delle mie attività extracurricolari, potevo chiedere solo a Jesse.

Avevo bisogno del suo aiuto, ma non sapevo come fare, né come spiegargli che non sopportavo chiedere aiuto a qualcuno. Mi faceva sentire debole, mi faceva pensare a papà che mi costringeva a dipendere da lui. Feci una smorfia, perché per almeno cinque secondi non avrei voluto essere me.

«Ti… ti capita mai di voler essere qualcun altro?» Le parole mi vennero fuori frettolosamente, tutte insieme, e non ero sicura che avessero un senso.

I suoi grandi occhi verdi si addolcirono quando mi guardò come se fossi l'unica persona al mondo. Come se non ci fossero centinaia di persone ancora in cerca della propria strada. Come se nessuno ci urlasse di prestare attenzione agli altri e non a quello che succedeva tra noi. Si avvicinò, così tanto che il calore del suo corpo mi avvolse come un abbraccio. Rimasi senza fiato, e sentii un fremito scuotermi le vene.

«Una volta mi sentivo così» disse lui. «Volevo essere un altro.»

Inspirai il suo profumo dolce e intenso, e la sua presenza mi fece sentire le vertigini. «E come hai fatto a smettere?» Avevo un disperato bisogno di risposte che riempissero il vuoto nella mia anima.

«Sto insieme a te, e mi hai permesso di tenerti fra le braccia nel mio letto. Perché dovrei desiderare di essere un'altra persona, quando posso essere quella che ti abbraccia?»

Dentro di me scattò un allarme e il cuore ricominciò a battere incostante. Poi, come se non sapesse di avere appena lanciato una bomba, Jesse si allontanò.

Sussultai alla pila di libri sbattuti sul banco della reception. Lo sguardo di Camila era furibondo. Finii di scansionare il codice a barre del volume che avevo in mano prima di essere interrotta con tanta maleducazione, lo posai sul carrello dei libri da rimettere sugli scaffali, poi dedicai la mia completa attenzione a Camila.

«Cosa stai facendo?» mi chiese.

«Sto scansionando i libri.»

Evangeline ci guardava nervosamente dall'altra parte della biblioteca. Dentro di me alzai gli occhi al cielo, perché avrei dovuto aspettarmelo. Quelle due non avevano fatto altro che bisbigliare fin dalla prima volta che Jesse si era fermato al mio armadietto. Non che vedere che si parlavano all'orecchio fosse strano, ma di solito non mi avrebbero fissata così tanto prima di mettersi a spettegolare.

«Che stai combinando con Jesse Lachlin?» riprovò Camila.

«Niente.»

«È da un mese che tutte le mattine viene al tuo armadietto, e cammina al tuo fianco in corridoio. E *parlate*.»

Dovetti soffocare una risata, perché la sua incredulità all'idea che potessi parlare con Jesse Lachlin aveva un che di comico. «Sarebbe meglio se non ci parlassi?»

«Sì.»

Il breve momento di leggerezza svanì, e mi sedetti sullo sgabello alle mie spalle. «Sarebbe maleducato.»

«E invece sarebbe la tua salvezza.»

«Quanto sei melodrammatica.» Presi lo scanner per ricominciare a lavorare.

«No, affatto.»

La mia risposta fu il *bip* del libro che veniva reinserito nel sistema.

Camila si sporse in avanti e mi strappò di mano lo scanner. Stavolta non era furiosa, ma molto preoccupata. Era melodrammatica, ma raramente si lasciava coinvolgere così tanto. «Ti ha fatto del male. Se torni sua amica o, peggio, se ci esci insieme, te ne farà ancora.»

Cercai di pensare in fretta a cosa dire senza scoprirmi troppo. Se mi fossi lasciata sfuggire il dettaglio sbagliato, si sarebbe scatenato un fiume di domande a cui non potevo rispondere.

Appoggiai sul banco il libro che avevo in mano, e guardai Camila dritto negli occhi. «La sera delle letture, Glory non mi ha potuto riaccompagnare a casa, perciò l'ha fatto Jesse. Abbiamo parlato, e si è solo fermato al mio armadietto per parlare un altro po'. Tutto qua.» Era una bugia, ma la verità l'avrebbe mandata fuori di testa.

Lei fece una smorfia di disapprovazione. «Ma parlare è come una droga. Parlare porta a parlare di più, e parlare di più porta a uscire insieme, e poi in men che non si dica finirai a fumare canne con Veronica, tatuata come Nazareth, incinta di Jesse Lachlin, a vivere nella sua roulotte. E subito dopo morirai per la maledizione dei Lachlin. È questo che vuoi, Scarlett? Morire prima dei vent'anni lasciando Jesse a crescere i vostri tre gemelli in quello scassone di roulotte?»

«Questo sì che è essere melodrammatici.»

«Davvero?» Era terribilmente seria. «A parte il fatto che la maledizione è vera, lo sai com'è: chi va con lo zoppo impara a zoppicare. So che forse non sono l'amica migliore del mondo, ma almeno io non voglio spezzarti il cuore. Ti farà soffrire ancora. Ti ho lasciato piangere sulla mia spalla quando non avevi nessun altro. Non essere stupida, non ripetere lo stesso errore. Non puoi fidarti di lui.»

Brutalmente sincera. Camila era così. Diceva quel che pensava, e non era colpa sua se rischiava di esserci della verità nelle sue parole.

«So che non è facile essere mia amica» aggiunse a voce bassa, in tono dolce, pieno di dispiacere e tristezza. Non l'avevo mai sentita parlare così. «Ma sei rimasta al mio fianco quando molti non lo avrebbero fatto. Ci tengo a te, e non voglio che ti faccia ancora soffrire.»

«Non è niente di che» le dissi. «Stiamo solo parlando...»

«Domani hai un appuntamento con Stewart Mitchell.» Camila mi aveva lanciato il guanto di sfida.

«Cosa?»

«Ci abbiamo riflettuto. È evidente: l'unico motivo per cui parli con Jesse è che finalmente stai pensando di uscire con un ragazzo, quindi invece di regalare l'opportunità a un tizio che non ti apprezza, ti abbiamo trovato noi uno che lo farà.»

«*Noi* chi? E in che senso un appuntamento? E poi... Stewart Mitchell?»

Camila rise come se avessi raccontato una barzelletta. Doveva essere il segnale che aspettava Evangeline, perché ci raggiunse al bancone. «Non è emozionante?»

Be'… no. Ma non lo dissi. Inclinai la testa perché non avevo idea di cosa era appena successo.

Camila fece il giro attorno al bancone. «Ci ha lavorato tutto il gruppo del pranzo. Prima cena, poi cinema e alla fine dessert. Saremo in quindici. Sarà il primo appuntamento più epico della storia.»

«Non ti abbiamo combinato un appuntamento per compassione» aggiunse Evangeline, come se potesse essere una mia preoccupazione. «È da questa estate che Stewart vorrebbe chiederti di uscire, ma non trovava il coraggio. Noi pensavamo che non fossi pronta, quindi gli abbiamo detto di provarci a suo rischio e pericolo, ma adesso che parli con Jesse sappiamo che te la senti.»

Come potesse avere senso una cosa del genere non ne avevo idea. «Non voglio uscire con Jesse» dissi lentamente, ma una piccola parte del cervello non era d'accordo. «Ci sto solo parlando.»

«"Solo parlare" è il nome in codice per flirtare.» Camila mi diede un colpetto sulla mano. «Dai, l'unico motivo per cui le ragazze della scuola parlano con Jesse è perché sperano di uscirci.»

«O di baciarlo» aggiunse Evangeline. «Ve lo garantisco, io lo bacerei.»

Camila mi prese per mano. «Ma non sprecheremo il primo appuntamento di Scarlett, o il suo primo bacio, con uno che con tutta probabilità finirà in prigione.»

Ero stordita. Il mio primo appuntamento? E aveva forse detto… «Il mio primo bacio?»

«Non sei costretta» disse Camila, poi si accigliò. «E comunque non so se Stewart coglierà l'occasione. Alla fine i tuoi ti stanno dando il permesso per venire a un appuntamento di gruppo. Però possiamo elaborare un codice. Tipo sbattere le palpebre tre volte e tutti ci volteremo dall'altra parte.»

Mi girava la testa, e mi aggrappai al bancone per non cadere. «I miei genitori mi danno il permesso?»

Camila fece un sorriso splendente. «Mia mamma ha chiamato la tua. So quanto sono protettivi i tuoi genitori, e ho pensato che se fosse stata mia mamma a parlargli dell'uscita, avrebbero detto di sì.»

Avrei giurato che, da come mi si era arrotolata la lingua, probabilmente mi stava venendo un attacco epilettico. «Hanno detto di sì?»

«Hanno aspettato fino a ieri sera per dare una risposta a mia mamma. Ci hanno messo una vita ad accettare, e hanno dato tipo un miliardo di regole, ma puoi venire! Non sei emozionata?»

«Non voglio venire» dissi.

Camila liquidò la mia obiezione: «Aspetta qualche minuto. Vedrai che cambi idea. E poi ormai è già tutto deciso, devi venire e basta, che è la parte brillante del mio piano. Ti conosco meglio di quanto credi: avresti continuato a rintanarti in camera tua per il resto della vita, respingendo tutti finché te lo avrebbero permesso. Jesse Lachlin ti ha fatto del male anni fa, e allora? Il resto del mondo non ti vuole ferire. Lui è maledetto, tu no. È arrivato il momento di vivere, Scarlett».

Spalancai la bocca, ma non ne uscì nulla. Camila si mise a giocare con una ciocca di capelli mentre mi guardava. «Credo che sia sotto shock.»

«Certo che è scioccata» disse Evangeline. «Non hai preso l'argomento alla lontana. Gliel'hai sbattuto in faccia.»

«Come si fa a prendere alla lontana un primo appuntamento a sorpresa?»

«Non lo so. Forse le potevi dire che Stewart la trova carina, poi saresti arrivata all'appuntamento con calma .»

«Sarebbe stata una perdita di tempo. Il mio sistema ha funzionato alla grande. Deve sapere che non ha scelta.» Suonò la campanella, Camila mi prese a braccetto, Evangeline raccolse le mie cose e mi trascinarono a pranzo.

Jesse

Calai l'ascia e la legna si spaccò. I pezzi erano abbastanza piccoli per essere accatastati, ma avevo le scatole girate e quindi brandii di nuovo l'ascia, facendoli a pezzi ancora più piccoli. Escluso un falò, non c'era motivo per tagliare la legna. Non avevo un camino, e avrei potuto noleggiare un trituratore per liberarmi di quel vecchio albero abbattuto dal temporale della notte prima. Invece per tutto il pomeriggio avevo fatto come Godzilla nelle strade di Tokyo. Pensavo che tagliare la legna avrebbe aiutato a cancellare la rabbia, o magari mi sarei sfinito. Ero tornato a casa da scuola da un'ora, e non era successa né l'una né l'altra cosa. Forse sì, ero davvero maledetto.

«Dev'essere un lavoraccio» fece una voce sconosciuta.

Mi bloccai con l'ascia a mezz'aria e guardai l'uomo che si era introdotto nella mia terra. Imprecai sottovoce perché non ero dell'umore giusto per avere compagnia, soprattutto non quella di qualcuno su cui dovevo fare una buona impressione. Mi voltai verso il massiccio tronco a terra e ci ficcai dentro l'ascia. Poi raccolsi la camicia e mi asciugai la fronte, mentre mi voltavo a dare il benvenuto al pastore Hughes.

«Non è poi così male» dissi.

«Sembravi una macchina quando sono arrivato. Quando ero piccolo avevo un prozio che possedeva una fattoria. Ricordo che tagliavo la legna proprio come te quando ero arrabbiato col mondo.»

Non con il mondo. Solo con una ragazza di nome Scarlett, che mi stava dando i bruciori di stomaco. La cosa brutta della scuola era che anche se non parlavi, le cose le venivi a sapere, e avevo sentito più di quanto volessi su di lei e un tizio. Mi stava mettendo alla prova, eppure usciva con un altro. Le dita fremevano dalla voglia di riprendere in mano l'ascia.

«La tempesta di ieri sera è stata tosta» fece lui.

«Si sono spezzati parecchi alberi. Li devo tagliare.» Il temporale non era stato così forte da giustificare così tanti alberi sradicati: quelli che erano caduti dovevano essere malati. Non avevo idea di cosa significasse questo per gli altri alberi, o se poteva influenzare i futuri raccolti. Fino a quel momento, Google mi aveva solo confuso le idee invece di aiutarmi. Era uno di quei rari momenti in cui avrei voluto un mentore per avere qualche consiglio.

«Cosa la porta qui?» chiesi.

«Tu.» Sentii il suo sguardo addosso, senza dubbio sulla cicatrice sulla schiena. «Ho promesso a tua nonna che ti avrei dato un'occhiata di tanto in tanto.»

Grazie tante, nonna. «Be', può spuntarmi dalla lista.»

Con una camicia rossa a maniche corte e i jeans, il pastore Hughes non aveva esattamente l'aspetto di un servo di Dio. Sembrava più uno che stava per andare con la famiglia a un fast-food di venerdì sera. Forse avevo visto troppi telefilm, e mi ero convinto che quei tizi andassero in giro solo vestiti di nero.

Lui mi tese la mano. Aveva una presa solida ma un sorriso gentile. La roulotte era nei paraggi, ma si era fatto una discreta camminata. Poiché la nonna mi aveva cresciuto nel rispetto dell'ospitalità del Sud, chiesi: «Vogliamo andare alla roulotte? Posso offrirle qualcosa da bere».

«Ma no, è una bella giornata e non mi dispiace stare fuori. Per i miei gusti passo già troppo tempo al chiuso. Ma perché non vai a prenderti tu da bere? Hai l'aria di essere assetato.»

Vero. Presi una bottiglietta di acqua fredda dalla borsa frigo, la bevvi in fretta, poi la rimisi a terra. Vicino al salice piangente, il pastore Hughes guardava la terra con apprezzamento, e questo mi fece così tanto piacere che mi lasciò disarmato. Almeno abbastanza da non dirgli di andarsene.

«La tua proprietà è bellissima» fece lui. «Capisco perché a tua nonna piaceva. Non credo di aver mai visto niente di così rigoglioso in vita mia.»

«Amava» lo corressi. «Mia nonna *amava* questa terra.» Come me.

Lui fece un cenno di assenso e iniziò a farmi domande su di me: se me la cavavo bene da solo a casa, come andava la scuola, a cosa stavo lavorando nella proprietà. Erano domande che lasciavano spazio a risposte ampie, ma mi permettevano anche di dare risposte superficiali. Le classiche risposte che, ne ero certo, voleva sentire un uomo impegnato come lui.

Poi decise di mettermi in difficoltà. «Hai mai pensato di iscriverti all'università?»

Rimasi in silenzio, troppo a lungo. «Non mi interessa l'università.»

«Come mai?»

Se gli avessi detto il vero motivo – volevo lavorare la terra a tempo pieno –, si sarebbe potuto ritorcere contro di me, perché avrebbe votato per non farmela tenere. Lui, come tutti gli altri, sembrava aver abbracciato la causa dell'istruzione postdiploma. «Non fa per me.»

«E invece potrebbe.»

Scrollai le spalle.

«C'è un mondo vasto, lì fuori.» Il pastore Hughes guardò verso l'orizzonte. «Non sei curioso di sapere cosa c'è? Tua nonna mi ha detto che non hai mai lasciato lo stato.»

Mi tornarono alla mente ricordi della mamma, e il dolore misto alla rabbia di prima divenne un mix tossico. «Tagliamo corto. So che fa parte della giuria.»

Mi fece piacere che gli ci volle qualche attimo per assorbire le mie parole. «Te l'ha detto tuo zio?»

«No. So che l'altra persona è Scarlett Copeland. L'ho detto anche a lei.»

«E tuo zio ne è consapevole?»

«Che so tutta la verità? No.»

«Perché me lo stai dicendo?»

«Perché mi hanno trascinato in un gioco a cui non voglio partecipare. Mi sembra giusto cercare di volgere la partita a mio favore.»

La notizia non lo fece arrabbiare come mi aspettavo. Anzi, sembrava rilassato, e questo mi dava fastidio. Il pastore infilò i pollici nelle tasche posteriori. «In che modo parlarne con me volgerà la partita, come dici tu, a tuo favore?»

«Scarlett ha già accettato di votare per me. E per quanto riguarda lei, ho pensato che era meglio parlarne chiaramente. Scommetto la zona ovest della mia terra che sa che ho lasciato lo stato due volte in vita mia, e scommetto che sa perché e come è andata in entrambe le occasioni.»

Probabilmente sapeva anche che quello che era successo era stato così devastante che era impossibile riprendersi. In quel caso, era a conoscenza di segreti che avrei preferito la nonna lasciasse solo a me.

«Tua nonna stava soffrendo» disse lui. «Non voleva tradirti parlandone con me. Cercava di trovare un modo per liberarsi del dolore prima di morire.»

Ero tentato di chiedergli se aveva funzionato, ma non lo feci. Avrebbe mentito, come faceva Glory con le persone che la pagavano per il suo tempo. «Non voglio andare all'università, e non voglio stare a disquisire con lei del perché. Voglio questa terra. Qualsiasi cosa debba fare per avere il suo voto, la farò. Perdere questa terra non è un'opzione. Spero che possa capirlo.»

Il pastore Hughes annuì come se avesse capito tutto, anche quello che non avevo detto. Forse anche cose che nemmeno io capivo. «Sono tanti i modi in cui avresti potuto cercare di manipolare questa situazione, ma hai scelto quello più diretto, e lo rispetto.»

«Significa che voterà per me?» chiesi.

«Significa che hai la mia attenzione.»

Non era il voto, ma era un inizio.

«Facciamo così» aggiunse. «Devo fare una scelta importante sul tuo futuro, e prendo molto seriamente questa responsabilità: ho due richieste da farti.»

«Vuol dire due regole?»

Lui ridacchiò. «Pensavo più a un accordo. Incontriamoci ogni mese, più o meno, quando ti è più comodo. Se ti va parliamo un po' e poi ceniamo insieme.»

Fattibile. «D'accordo.»

«Secondo: vai a cena da tuo zio. Almeno un paio di volte al mese. Recuperare il rapporto con lui contribuirebbe a farti guadagnare il mio voto.»

«Bisogna essere in due a voler sistemare le cose.» Le parole mi vennero fuori rapide e amare. «E lui non è il santo che crede lei.»

«Nessuno è perfetto. Né tu, né io, né tuo zio. Avete un rapporto complicato. Cominciare a essere davvero sinceri sarà una vittoria, nel bene e nel male.»

La sola idea mi fece venir voglia di stringere i denti, ma rimasi fermo perché la mia reazione sarebbe stata giudicata. Ero stanco di vivere sotto esame, ma era così che sarebbe stata la mia vita per un intero anno: sempre sui carboni ardenti. «D'accordo.»

Il pastore Hughes mi tese di nuovo la mano, gliela strinsi e mi disse le solite cose che dicono le persone a modo: «Ci vediamo presto» e «Stammi bene». Fece quattro passi, poi si voltò a guardarmi. «Non sapevo che tu e Scarlett Copeland foste amici.»

Per nulla contento della domanda, estrassi l'ascia dal tronco e con il piede ne feci rotolare un altro più grande nel punto in cui stavo spaccando la legna. «Cosa glielo fa pensare?»

«Hai detto che hai parlato con lei.»

«Ci conosciamo.»

«Parli spesso con suo padre?» Una domanda buttata lì, che suonò come un campanello d'allarme.

Alzai l'ascia e spaccai il tronco a metà al primo colpo. «Direi di no. E lei?»

«Non molto. Ti lascio il mio biglietto da visita nella cassetta della posta. Chiamami quando vuoi che ci vediamo.»

«Va bene.» Continuai a spaccare la legna finché la macchina del pastore non scomparve oltre la strada sterrata. Quando se ne fu andato, incastrai di nuovo l'ascia nel tronco e mi sedetti accanto, a pensare a quale girone dell'inferno avevo scatenato parlandogli di Scarlett.

Il cellulare vibrò, e giurai che se era Glory lo avrei spaccato a colpi d'ascia. Cambiai subito idea quando vidi il nome di Nazareth. Non era tipo da mandare messaggi. *Vi sta soffrendo molto. Ha un'emicrania pazzesca, e fa fatica a muoversi. I miei hanno tagliato la loro scorta e adesso è troppo forte. Ho paura di cosa le capiterebbe se la fumasse. Puoi darci una mano tu?*

Dentro la mia testa si scatenò una guerra. Se volevo tenere la terra, dovevo rigare dritto e non fare scemate, ma dovevo aiutare la mia amica. Io: *Mi ci vorrà qualche ora.*

Nazareth: *Leo sta arrivando. Non vuole mandarti da solo. Più tardi porto Vi.*

Sospirai, e mi sembrò che il cellulare pesasse tre chili. L'ultima volta che avevo aiutato Vi ero finito in manette. Ero stato stupido, però. Non mi ero guardato le spalle. Forse per questo Leo voleva accompagnarmi. I genitori di Nazareth si coltivavano l'erba da soli, e se stava chiedendo a me di comprarne, significava che preferiva che Vi non la fumasse.

Fortunatamente, o forse sfortunatamente, grazie alla mamma conoscevo persone che spacciavano. Non vendevano agli estranei, ma solo a chi conoscevano, quindi dovevo andare io a comprarla. Così mi misi a digitare sul telefono e gli risposi: avrei aiutato Vi e, mi augurai, non mi sarei procurato una condanna.

Scarlett

Aiuto, la mia vita è stata messa sotto sequestro! Avrei voluto lanciare un SOS, peccato che tutte le persone che l'avrebbero ricevuto erano coinvolte nel piano per rovinarmi la vita. Ero in bagno con la mamma. Io mi sentivo dispersa in un banco di nebbia, mentre lei era tutta presa dai miei capelli e dal trucco. Non aveva smesso di parlare da quando ero tornata a casa da scuola. Io in pratica non avevo mai aperto bocca, ma nessuno se n'era reso conto.

«Dovresti essere fiera di tuo padre.» La mamma mi passò la piastra su una ciocca di capelli, allungando il ricciolo con le dita.

Cercai di non guardarle il palmo. Da quando avevo iniziato a studiare i libri di Glory, non riuscivo a evitare di notare cose che non volevo sapere. Le linee sulla mano della mamma erano esili, spezzate, frammentate. Non era un buon segno.

«Papà non ha detto subito di no come pensavo. Ha ascoltato cosa avevo da dire, ha parlato con i genitori di Camila e poi con quelli di Evangeline, e perfino con quelli di Stewart.

È stato calmo e riflessivo. Vuole che tu ti diverta, che sia felice.»

Mamma era un fiume in piena, e a me dava la nausea. «Perché avete litigato questa settimana?»

Lei mi ignorò: «Il tuo primo appuntamento. Non riesco a credere che la mia bambina stia andando al suo primo appuntamento».

Con un ragazzo che non avevo scelto io, a un appuntamento a cui avevo detto di non volere andare, orchestrato da mio padre. Proprio il sogno di ogni ragazza.

Mamma inclinò la testa quando notò la mia espressione. «Che c'è che non va? Sei agitata? Non devi. Ci saranno i tuoi amici a rendere tutto piacevole.»

Mi bruciavano gli occhi, e sbattei più volte le palpebre per trattenere le lacrime. «Non voglio andare.»

«Assurdo. Certo che vuoi andare. È normale essere tesi.»

«Non è tensione. Avrei dovuto scegliere io con chi uscire la prima volta.»

«Non fare l'ingrata. E poi, non puoi non andare. Altrimenti metteresti in imbarazzo quel povero ragazzo. È questo che vuoi? Renderlo infelice?»

No, affatto. Né volevo deludere Camila ed Evangeline. Non volevo deludere nessuno. Ma era come stare in mezzo a un bar affollato e urlare, mentre non una singola persona prestava ascolto. Perché nessuno mi chiedeva cosa volevo io? Perché nessuno si preoccupava di rendere me infelice?

Bussarono, e papà apparve sulla soglia della porta. Mi sorrise come se mi volesse davvero bene, e mi si chiuse la gola mentre distoglievo lo sguardo. Dio, quanto volevo essere amata. Così tanto che faceva male.

«Abbiamo il salotto pieno di adolescenti, e c'è un ragazzo molto nervoso che ti aspetta» disse.

Mamma gli sorrise. «È pronta.»

No, non lo ero, ma lei mi prese per mano e mi strappò alla sicurezza della sedia. Mentre lo superavo, papà mi passò un braccio attorno ai fianchi e mi diede un bacio sulla tempia.

«Scarlett» disse in tono così triste che mi venne un nodo in gola. Lo guardai, intercettando quegli occhi angosciati. «Non vedi che ce la sto mettendo tutta? Ti voglio bene. Mi manca il nostro rapporto.»

Stava cambiando davvero? Ero io un mostro a non perdonarlo?

Papà mi lasciò andare quando mi avviai verso il corridoio. Gettai uno sguardo all'ingresso, e il cuore mi si frantumò in mille pezzi. In piedi alla fine delle scale c'era un ragazzo che mi guardava con un sorriso raggiante e speranzoso.

Scesi le scale. Mi sembrava di essere avvolta da una nube di sfortuna mentre abbracciavo gli amici che avevano aspettative che non avrei mai potuto soddisfare. Salutai Stewart. Tutti e due eravamo imbarazzati. Uno a fianco all'altra, in una posa innaturale, mia madre provvide subito a scattarci una foto.

La nube divenne un temporale quando misi piede fuori dalla porta di casa. Jesse Lachlin uscì dalla roulotte e mi guardò. Avrei dovuto distogliere lo sguardo, ma non ci riuscii. Avevo bisogno che capisse. Non ero io. Non era una mia scelta.

Lui si girò come se lo avessi schiaffeggiato, e mi precipitò lo stomaco proprio come se lo avessi fatto davvero. Il rimorso si trasformò in un peso sul petto, e all'improvviso avrei tanto voluto non essere così stupida. Avrei voluto uscire di nascosto tutte le notti per vedermi con Jesse. Anche se aveva promesso di aspettarmi a mezzanotte per il resto della vita, sapevo di aver appena perso la mia occasione.

Afferrai lo scollo della maglia. Non riuscivo a respirare. Era tutta la sera che non ci riuscivo, ma non avevo potuto fare altro che indossare una maschera. Però adesso ero a casa, oltre la porta della mia camera. Mi sfilai la maglia dalla testa e scalciai via la gonna.

«Scarlett» disse mamma. Bussò di nuovo alla porta, e mi strofinai gli occhi umidi. «Speravo che potessimo parlare. È tutta la vita che sogno questo momento. Preparo i biscotti e il tè. Voglio sentire tutti i dettagli. Mi è sembrato proprio un bravo ragazzo.»

Io invece non volevo parlare di quanto quel ragazzo fosse super gentile, di quanto avesse fatto tutto come da manuale e mi avesse guardata come se bastasse la mia presenza per illuminare la serata. Mi sentivo orribile perché, quando lo guardavo io, invece non provavo niente. Non volevo parlare del fatto che i miei amici si aspettavano che quel ragazzo mi piacesse, che avrei dovuto prenderlo per mano e approfittare del momento in cui si erano spostati tutti dall'altra parte dell'atrio al cinema, per lasciarci un po' da soli.

Non volevo parlare di come era passato da parlare senza sosta a tacere, e sapevo che se non avessi cominciato a parlare io, se non mi fossi spostata, si sarebbe chinato a baciarmi.

Non volevo parlare di quanto era stato comprensivo, del fatto che non aveva ignorato il mio gesto, ma aveva detto che rispettava i miei limiti e che mi avrebbe baciata quando sarei stata pronta. Non volevo parlare di quanto mi detestavo, perché non mi andava di fare arrabbiare i miei amici o ferire lui. Mi detestavo perché avrei voluto provare qualcosa. Avrei voluto essere normale. Non essere me.

Mamma bussò di nuovo alla porta. «Scarlett? Va tutto bene?»

No. Aprii l'armadio e presi una canotta e un vecchio paio di jeans che papà mi aveva detto di buttare. Non gli piaceva che fossero logori e pieni di buchi. Io li avevo tenuti lo stesso. Un atto di ribellione che non avevo compreso sul momento, ma adesso sì.

«Scarlett» disse di nuovo mamma.

Inspirai, ma non bastò a non farmi suonare tesa. «Sto bene, mamma. Voglio andare a letto. Ne parliamo domani mattina.»

Silenzio. Durò così a lungo da farmi venire voglia di strapparmi la pelle di dosso.

«Ti voglio bene» disse alla fine lei, e nascosi la faccia tra le mani perché non volevo piangere. Non ne potevo più di piangere. «Buonanotte, piccola.»

Lasciai cadere le mani e guardai il mio riflesso allo specchio. I capelli erano in piega, raccolti alla perfezione. Il trucco copriva ogni difetto e creava l'immagine di una ragazza che non riconoscevo. Non potevo continuare a vivere così. Non potevo continuare a essere quello che tutti gli altri volevano, o sarei morta.

Vidi il riflesso dei fari sulla parete della camera, e Jesse parcheggiò nel viale. Erano le dieci e mezzo. Avrei potuto aspettare fino a mezzanotte, fare il segnale con la luce tre volte e pregare che mi raggiungesse, ma non era un cane da chiamare a comando, e non sarei riuscita a sopportare se non fosse venuto.

Senza pensare al fatto che i miei genitori sarebbero potuti venire a controllarmi, aprii la finestra e sgusciai fuori. Mi sforzai di non guardare giù mentre mi muovevo furtivamente tra i rami. Sentii sbattere due sportelli, il che voleva dire che Jesse aveva compagnia, ma non mi importava. Dovevo vederlo. Dovevo capire chi ero.

Jesse

In piedi fuori dalla roulotte, Leo controllò il messaggio sul cellulare. «Nazareth e Vi sono giù, al fiume. Hanno acceso un falò.» Era dall'altra parte della fattoria, ma più vicino alla strada che Nazareth usava per tornare a casa sua e da Vi.

«Dice che sta soffrendo parecchio, ma continua a ripetere che sta bene. Dice anche che si deve tenere la testa dal dolore ed è quasi piegata in due. Sembra che questa emicrania la stia uccidendo. Non so perché pensa di dover fingere con noi.»

Probabilmente per lo stesso motivo per cui tutti noi nascondevamo qualcosa, perfino al gruppo di cui ci fidavamo. L'autodifesa era un muro difficile da abbattere, ma esisteva per un motivo. Ne sapevo qualcosa.

«Ti sei mai chiesto quanto è grave la sua malattia?» disse Leo. «Voglio dire, sappiamo che è roba seria, ma se fosse anche peggio di così?»

«Già.» Ma poi pensai a come, secondo Vi, la malattia era tutto ciò che lui vedeva in lei. La malattia, e il comportamento eccentrico con cui lei cercava di nasconderla.

Leo alzò la testa di scatto, e seguii il suo sguardo. Un'ombra attraversò la strada, e un mix di speranza e paura mi fece serrare lo stomaco. Era Scarlett. Le diedi le spalle, rivolto verso il fiume.

Se io e Leo ci fossimo mossi abbastanza in fretta, forse avrebbe colto l'antifona e se ne sarebbe andata. Non avevo voglia di trattenere la rabbia. Una rabbia che non avevo il diritto di provare. Una rabbia che non capivo. Scarlett non si fidava a sufficienza di me per essere amici, amici veri, ma aveva fiducia in quell'idiota di scuola abbastanza da uscirci insieme. La parola "insieme" aveva un sapore orribile, e mi venne voglia di sputare. Camminai più rapidamente, e Leo si affrettò per tenere il passo.

«Fammi capire.» Mi dovetti sforzare per non levare il sorrisetto dalla faccia di Leo a suon di pugni. «La ragazza a cui vai dietro come un cucciolo triste finalmente ti insegue, e tu non ti fermi a parlarle? Sei un maleducato. Dovremmo prenderci un momento e parlare delle scelte discutibili che stai facendo.»

«Non sono in vena di sceneggiate» dissi.

«Strano. Secondo me sarà divertente, dovremmo restare.»

«Dovresti essere mio amico» sbottai, e la risata di Leo mi penetrò nelle ossa.

«Non ti ho mai visto così teso. Sarà ancora più divertente di quanto pensavo.»

«Jesse!» mi chiamò Scarlett. «Jesse, ti prego, aspetta!»

Chinai il capo e mi domandai perché diavolo doveva essere tutto così difficile. Scarlett passò dalla corsa a una camminata rapida. Più si avvicinava, più si sentiva il suo respiro affannoso.

«Che vuoi, Scarlett?» chiesi, tagliente come la lama che mi aveva attraversato vedendola uscire di casa al braccio di quell'imbecille della scuola.

Si fermò a qualche passo da noi, e grazie al chiarore della luna, riuscii a distinguere i suoi occhi. Erano spalancati, sconvolti. Dalla sua sofisticata pettinatura erano sfuggiti alcuni riccioli, e il fatto che fosse così bella faceva male. Scarlett era sempre stata carina, ma c'era qualcosa che mi mozzava il respiro quando aveva un aspetto così… indomito.

Scarlett deglutì, come se parlare mentre ansimava fosse troppo difficile. «Devo parlarti.»

«Allora parla.»

Lei guardò prima Leo e poi di nuovo me. «Possiamo parlare da soli?»

«Ma poi dove sarebbe il mio divertimento?» chiese Leo.

Da nessuna parte. Fulminai con lo sguardo quello che in teoria doveva essere il mio migliore amico. «Vi ha bisogno di noi.»

«Già.» Il sorriso di Leo svanì. Vi che soffriva non era uno scherzo per nessuno dei due. Alzò la mano per farmi capire che voleva andare da solo. «Ma me ne posso occupare io.»

Gli lanciai la busta che avevo in mano, e lui la prese. Scarlett spalancò gli occhi ancora di più. «E quella cos'è?»

Avrei potuto mentire, ma non ne valeva la pena. Se usciva con quello spilungone alto un metro e ottanta, significava che aveva già preso la sua decisione. «Erba.»

«Che hai detto?»

«Erba. Marijuana. Sai, quella che la gente fuma.»

«Qualcuno la mangia pure» aggiunse Leo. «Io vado matto per i brownies.»

Gli rivolsi un'occhiata di fuoco, perché non avevo bisogno del suo aiuto per peggiorare la situazione. Lui fece un altro sorrisetto.

«E perché ce l'hai?» esclamò lei.

«Tu cosa dici?» L'erba aiutava a diminuire il dolore di Vi. Quella sera l'obiettivo era di non farla andare a letto piangendo. Incrociai le braccia perché qualsiasi cosa avrei detto, Scarlett mi avrebbe giudicato e, come tutti quanti, lo avrebbe fatto nella maniera sbagliata. «Vuoi ancora parlare, o non sono più all'altezza di rimanere in tua presenza?»

Serrò le labbra, come se fosse lei ad avere il diritto di indignarsi, e la sua espressione mi arrivò sottopelle. Quella ragazza mi faceva impazzire.

Mi sarei dovuto rimettere in cammino, ma prima dovevo risolvere la questione con Scarlett. «Vai avanti tu, Leo.»

«Fai sul serio, mi lasci così?» Leo mi diede le spalle e si incamminò verso gli alberi. «Che schifo i finali in sospeso.»

Non riuscii a guardare Scarlett finché i passi di Leo non svanirono nella notte. I muscoli rigidi per la rabbia, ce l'avevo con me stesso. *Fai la persona civile, non complicare le cose.* Quattro anni prima avevo detto una cosa giusta: non potevamo essere amici. Eravamo su due lunghezze d'onda diverse.

«Cosa vuoi?» le dissi, e trovai il coraggio di guardarla negli occhi. Non ero pronto a vederci tanto dolore.

Lei abbassò lo sguardo. «Non volevo uscire con lui. Hanno organizzato tutto i miei amici. Me l'hanno detto solo oggi. Non sapevo come venirne fuori senza ferire nessuno.»

Le stava bene mettermi alla prova, ma agli altri non poteva dire di no? Perché le fregature le beccavo solo io? «Non mi devi spiegazioni. Non sono il tuo ragazzo.»

«Ma sei mio amico» si affrettò lei.

«Non so più cosa siamo.»

«Hai detto che eravamo amici» disse piano. «Non lo siamo più?»

«Dovresti tornartene a casa. I miei *amici* hanno bisogno di me.» E lei no.

Le si riempirono gli occhi di lacrime. Una scarica di dolore mi attraversò il corpo. Ogni giorno era stata una tortura aspettare che si fidasse di me, ed era chiaro che non aveva intenzione di farlo più. Non volendo vedere di nuovo la sofferenza nei suoi occhi, né sentirmi in colpa per essere stato io a ferirla, mi voltai e mi avviai verso il bosco.

«Jesse!» Scarlett mi richiamò con voce tremante. «Ti prego, fermati!»

Mi voltai così in fretta che mi venne il batticuore. «Perché dovrei? Ti ho chiesto per settimane di fidarti di me, di darmi una seconda possibilità, ma mi hai fatto passare la voglia.»

Nient'altro che un silenzio basito da parte sua.

«Se avessi avuto l'approvazione dei tuoi amici, l'approvazione dei tuoi genitori, saresti saltata giù dalla finestra all'istante. I tuoi amici ti hanno organizzato un appuntamento, invece io ti ho lasciato una scelta e tu non l'hai colta. Pensi che la tua vita sia incasinata, ma lo è anche la mia. Se vuoi che resti, devi darmi una stramaledetta buona ragione e non mi basta che sia perché ti senti a pezzi, perché quella scusa vale già per me.»

Attesi che mi rispondesse, che mi dicesse qualcosa per non mandare tutto a rotoli, ma incontrai solo uno stoico silenzio. Come non detto. Al diavolo. Non avevo bisogno di lei, né del dolore che si portava dietro. Mi voltai di nuovo per andarmene, ma la sua voce sottile mi fermò.

«Lui… picchia la mamma» fece lei, poi boccheggiò come se faticasse a respirare.

Mi si appannò la vista. Avevo il cervello in tumulto, mentre mi ritornava in mente il rumore dello schiaffo sul volto di mia madre. Le mie urla da bambino mi rimbombarono in testa.

«Mio… mio p-padre picchia mia madre» continuò lei, e mi guardai alle spalle. Scarlett si teneva le mani sul collo anche se nulla le stringeva la gola. Cominciò a tremare, o forse ero io che non riuscivo a stare fermo.

«Non so cosa fare, ho paura e sono arrabbiata. Mi dispiace di non essere venuta da te quando me l'hai chiesto, e mi dispiace di averti fatto soffrire. So di aver fatto un errore, ma ho bisogno di un amico, e tu hai detto che lo eravamo. È così o no? Hai commesso uno sbaglio quando mi hai ferita, e anch'io adesso so di averne fatti. Però dobbiamo decidere: possiamo essere amici, oppure siamo solo un enorme, tragico errore?»

Scarlett

Lottai per respirare, e il terrore mi fece fare una smorfia. Oddio, cos'avevo fatto? Glielo avevo detto. Avevo detto a Jesse che la picchiava.

Mi venne un conato di vomito, iniziai a sudare freddo e la testa prese a girarmi così in fretta che barcollai. Santo cielo, l'avevo detto a qualcuno. Glielo avevo detto, lui l'avrebbe detto a qualcun altro, quel qualcuno l'avrebbe raccontato ad altre persone, e la gente avrebbe continuato a parlarne finché la voce non sarebbe arrivata all'orecchio di papà.

Avvampai e fui scossa da un altro conato. Avevo le vertigini, facevo fatica a stare in piedi. Quando caddi in ginocchio, delle braccia forti mi circondarono, aiutandomi a sedere. Sentivo il petto di Jesse premuto dietro la schiena. Mi sostenne mentre i conati continuavano, e non avevo le forze per evitare di cadere faccia a terra.

Mi scorrevano le lacrime sulle guance e tutto tremava. Ma sentivo una voce sussurrare al mio orecchio parole dolci da labbra vicine alla mia pelle. «È tutto ok. Ti prometto che andrà tutto bene.»

Scossi violentemente la testa avanti e indietro. Così forte che non riuscii a inspirare. Non sarebbe finita bene. Niente poteva finire bene.

«Shh.» Jesse mi strinse più forte e ci fece dondolare, mentre mi raccoglieva i capelli alla base del collo. L'aria fresca sulla pelle accaldata fu un toccasana. «Respiri profondi. Prendi respiri profondi, Scarlett.»

Ci stavo provando, ma emisi uno strano rantolo e mi spaventai. Non riuscivo a respirare. Qualcosa mi stava strangolando. Non riuscivo a respirare!

«Fallo insieme a me» disse Jesse in tono così calmo e risoluto che riuscii ad ascoltarlo. «Dai, insieme a me. Aria dentro.» E inspirò; me ne accorsi dal movimento del petto. «E poi fuori.» Il lungo sospiro mi sfiorò la guancia, e io riuscii a farne uno breve.

Continuò con la stessa voce rassicurante, tenendomi stretta con la stessa forza impavida, e un po' alla volta i miei respiri si fecero più lunghi, più sicuri. Non sentivo più caldo. Una strana calma si era impossessata della mia anima, e tutte le voci arrabbiate che avevo in testa tacquero. Il vento soffiava tra gli alberi, e rabbrividii perché ero zuppa di sudore.

Jesse si spostò lentamente, come per permettermi di fuggire, ma non lo feci. Lo seguii mentre si sedeva a terra e mi attirava in braccio. Mi fece cenno di appoggiare la testa nell'incavo della sua spalla, mentre mi sfregava le braccia per farmi passare la pelle d'oca.

Chiusi gli occhi e mi concentrai sul movimento costante del suo petto. Dentro e poi fuori. Piano e forte. Ne avevo bisogno, avevo bisogno di lui e temevo che mi lasciasse andare.

«Mi dispiace di essere uscita con lui» sussurrai.

Jesse sospirò pesantemente. «Non dire così. Dispiace a me di essermi arrabbiato. Non ne avevo il diritto.»

«Avevi ragione tu. Ti stavo mettendo alla prova. Io...»

«Smettila. Sono stato uno stronzo geloso e non è un buon motivo per arrabbiarsi, né per prendersela con te.»

Basita, sbattei gli occhi a quelle parole. «Perché eri geloso?»

Lui alzò e abbassò le spalle. «Non posso dire di aver capito granché di cosa sta succedendo fra noi, ma voglio chiederti una cosa: come ti sentiresti se uscissi con un'altra ragazza?»

Mi irrigidii e lui ridacchiò, senza dubbio percependo la mia reazione. «Non ti preoccupare. Nemmeno io lo capisco.»

Mi accoccolai a lui e inspirai quel profumo familiare. Non volevo pensare a lui con altre ragazze o a me con altri ragazzi, e nemmeno cercare di capire perché la sola idea ci infastidiva entrambi. A malapena riuscivamo a gestire quell'amicizia. Cosa sarebbe successo se fossimo stati *più* che amici?

Il silenzio si prolungò, ma non era né imbarazzante né strano, piuttosto rassicurante. I pensieri erano lenti, saltavano da un punto all'altro, e poi mi tornò in mente la notte in cui mi aveva promesso che se fossi stata pronta per un'avventura mi avrebbe mostrato una cosa speciale. Una cosa che poteva...

«Puoi farmi stare meglio?» sussurrai. «Hai detto che potevi mostrarmi qualcosa che mi avrebbe fatto sentire meglio quando tutto va a rotoli.»

Jesse mi accarezzò il braccio a fior di pelle, e rabbrividii di nuovo. Non per il freddo, ma per le sensazioni strane e piacevoli create dal suo tocco. Mi premette la guancia sulla testa, e desiderai di non aver aperto bocca, perché amavo l'intimità di quel momento.

«Non posso far star meglio nessuno» disse lui. «Ma posso mostrarti una cosa che mi aiuta quando sto male.»

Alzai la testa e lo guardai negli occhi. Era serio. Molto serio. Aveva i capelli rossi sulla fronte e glieli tolsi. Ma prima di lasciar cadere la mano, corsi il rischio di sfiorargli il viso. Gli si incupì lo sguardo, e il mio cuore prese a battere più veloce. «Mi ci porti?»

Lui annuì e mi offrì la mano per farmi alzare da terra.

Jesse

Stringevo la mano di Scarlett mentre camminavamo. Quello che mi piacque fu che anche lei stringeva la mia. La sua fresca pelle di seta si mescolava alle mie dita calde e callose. Aveva una stretta rilassata, come se toccarmi fosse facile come respirare. Nel mio caso, sfiorarla riusciva a dare un ordine al mio perenne caos interiore.

Ogni tanto il suo braccio sfiorava il mio, ed era così vicina che riuscivo a sentire il suo profumo dolce. Quel profumo mi ricordava il caprifoglio che una volta mangiavamo giù al fiume. Mi faceva anche venir voglia di prenderla fra le braccia e non lasciarla mai più.

Restammo in silenzio durante la camminata, e quel silenzio mi diede il tempo di ragionare, di riafferrare i demoni che erano sfuggiti dallo squarcio aperto dalle sue parole. Sentii un ruggito nella testa, e le strinsi la mano più forte.

C'erano così tante domande che volevo farle, ma non era il momento di pretendere delle risposte. Sapevo come si sentiva: un'ombra sul muro legata all'orrore. Il dolore era il fantasma del colpo di cui eravamo stati testimoni, ma era comunque dolore. Solo di un altro genere. Magari non avevamo tagli o lividi sul corpo, ma l'anima era comunque ridotta a brandelli.

Una parte di me si aspettava di vederla rallentare quando ci muovemmo verso l'acero da zucchero in mezzo al campo, ma non lo fece. Teneva il passo come se anche lei sentisse il richiamo di quel vecchio albero, come succedeva a me fin dal giorno in cui avevo imparato a camminare. Quell'albero marcava il centro della proprietà, ne era il cuore, e quando stavo male, era lì che andavo per ricominciare a respirare.

L'erba ci sfiorava a malapena i polpacci, e si piegava sotto i piedi. A ogni passo verso l'acero, il cuore pulsante di quella terra mi echeggiava fino nelle vene. Era una sensazione familiare, senza la quale non riuscivo a immaginare di poter vivere.

Camminando sotto le foglie protettive dell'acero, Scarlett si fermò e spostò lo sguardo sullo stesso ramo che tormentava i miei sogni dal primo anno di scuola. La luna creava un lieve bagliore, colorando tutto di un grigio nebuloso.

«Ti ricordi l'ultima volta che siamo stati qui?» chiese lei in un sussurro. Mi lasciò la mano e si strinse fra le sue stesse braccia. Forse il ricordo la spaventava, proprio come tormentava ancora me.

«Già.» Ne ricordavo ogni secondo come se fosse accaduto solo il giorno prima. Ricordavo la corsa nel campo, lei che mi batteva e scalava quell'albero così facilmente che mi aveva fatto invidia, che arrivava sempre più in alto, e io che la incitavo a continuare verso la cima.

Poi il ramo che si spezzava, quella terribile sensazione al centro del petto, la sua faccia terrorizzata mentre si voltava indietro a guardarmi implorando aiuto. Quegli occhi spalancati, alla disperata ricerca di una conferma che non stava per accadere il peggio. E poi era precipitata.

Precipitata.

Perfino in quel momento mi si seccò la bocca per la paura.

Era precipitata violentemente e in fretta, sprofondando tra rami e foglie. Urlò, urlai anche io, e ricordavo che i primi secondi del salto erano stati come volare.

Volare.

Riuscii a prenderla, la strinsi fra le braccia e sperai che stessimo davvero volando, che potessi salvarla, salvare entrambi. La sensazione di volare finì quando toccammo terra.

La caduta la sentii tutta io. Di schiena, con lei fra le braccia, e il sangue che mi sgorgava dal mento. Non ho mai capito con cosa mi ero ferito.

«Come siamo sopravvissuti a quella caduta?» chiese lei in un sussurro. «Ero troppo in alto, più di quanto fossi mai stata. Avrei dovuto fermarmi prima, ma adoravo la sensazione della salita, non volevo che finisse, e poi ho sentito quel rumore...»

Le si spezzò la voce, e a me si strinse la gola.

«Sarei morta se non mi avessi presa. Hai rischiato la vita per salvare la mia.»

Avrei sempre rischiato tutto per salvarla. All'epoca lei non lo sapeva. E non lo sapeva neanche in quel momento. Una volta Scarlett aveva detto di essere vuota. Io non ero mai stato vuoto. Ero stato amato e avevo amato a mia volta, anche se non molte persone. Lei era stata tra loro. Lo era ancora. Lo sarebbe stata sempre.

Tesi la mano e toccai il tronco dell'albero. «Una volta mia mamma mi ha detto che finché amerò questa terra, la terra si prenderà cura di me.»

Lei inarcò un sopracciglio, scettica. «Stai dicendo che è stata la terra a salvarci quel giorno?»

Sì. Non credevo in tante cose, ma a quella ci credevo, e non pensavo che l'avrebbe fatto anche Scarlett, quindi evitai di rispondere. «Quando la vita diventa troppo difficile, vengo qui. La terra mi fa sentire meglio, e penso che possa aiutare anche te.»

Lei si accigliò. «Certo che ti aiuta. È la tua terra.»

«È anche la tua terra» dissi, facendola ridere.

«No, non è vero.»

«Ci sei nata.» Questo non la rendeva maledetta perché non era una Lachlin, anche se non per questo era al sicuro in mia compagnia. Ma era nata sulla terra e a lei era legata. Da sempre vedeva quella fattoria come gli altri non riuscivano. Quella proprietà l'aveva abbracciata, ed ero sicuro che quel giorno di tanti anni prima l'avesse salvata.

Lei strinse gli occhi, forse rimpiangendo il giorno in cui mi aveva raccontato che sua madre aveva atteso suo padre a casa perché la portasse all'ospedale. Aveva immaginato che le doglie del primo figlio sarebbero durate a lungo, invece erano state molto brevi. Talmente brevi che Scarlett era nata in giardino. «Io sono nata a casa.»

«Sì, ma la terra su cui sorge casa tua una volta apparteneva ai Lachlin.»

«Quindi?»

«Questa terra...» Mi fermai e cercai di trovare le parole giuste per farle capire. Al diavolo, non trovavo il modo nemmeno di spiegarlo a me stesso. Dovevo mostrarglielo. Le tesi le mani, e lei mi rivolse un gesto scettico del capo.

«Jesse, questa è solo terra. È una terra che ami, ma non vedo come potrebbe farmi sentire meglio.»

«Fidati di me» dissi.

«D'accordo.» Scarlett mi porse le mani, e nella sua grinta c'era la forza della natura che una volta si aggirava per quella terra al mio fianco. Forte, sicura, fiduciosa.

La accompagnai a distanza di sicurezza dall'albero. «Facciamo un girotondo.»

«Un girotondo?» Si illuminò in viso. «Come quando avevamo cinque anni?»

«Esatto, come quando avevamo cinque anni.»

«Tu sei pazzo.»

«Può essere, ma questo non cambia niente.»

Il suo sorriso si allargò. Santo cielo, era splendida. Con un battito di ciglia, con l'espressione di una bambina che sta per fare una marachella, fu lei a tirarmi per le mani, e ci mettemmo a fare un girotondo.

Scarlett

Ci tenevamo per mano, liberi come bambini, il girotondo sempre più veloce. Il vento mi sferzava le guance, il mondo mi volteggiava intorno trasformandosi in un'unica grande macchia, e tutti i pensieri mi scivolarono via dalla testa assieme alle vertigini.

La forza centrifuga mi spinse la testa indietro e mi fece tendere le braccia, e fu una lotta riuscire a tener strette le mani di Jesse. Più era difficile, più Jesse mi stringeva forte, e boccheggiai sentendo i polmoni pompare violentemente nel petto. Quando il girotondo divenne troppo veloce e non riuscii più a tenere il passo, Jesse mi lasciò andare e continuai a volteggiare, ma senza controllo. Come se fossi la luna caduta dal suo asse. Cercai di piantare i piedi a terra, ma avevo la testa troppo pesante. Barcollai e continuai a girare, ma poi mi ricordai il gioco. L'obiettivo era cadere.

E così feci. Appoggiai la testa all'erba soffice, la schiena sorretta dalla terra, braccia e gambe distese, prendendo tutto lo spazio possibile. Un *plop* al mio fianco, e Jesse mi sfiorò con un dito. «Chiudi gli occhi, Trilli.»

Obbedii. Come se la mia anima avesse abbandonato il corpo mi sentii fluttuare, anche se sotto di me avvertivo il contatto con il terreno.

«La senti?» chiese Jesse. «La senti la terra che gira?»

«Sì.» Il mio intero corpo si spostò verso est, scivolando al ritmo dell'universo. Adoravo quella sensazione. L'avevo già provata da bambina. L'anima strisciava nella terra calda, i muscoli smettevano di essere tesi, e quel dolce ricordo di infanzia mi avvolse in un abbraccio.

Accolsi quel gradito profumo di erba tagliata, di terra smossa e fiori di campo in boccio accanto al fiume. Mi sfuggì dalle labbra un sospiro felice e soddisfatto. Aveva ragione Jesse. Era di questo che avevo bisogno.

Quella gloriosa sensazione della terra che si muoveva svanì, e Jesse mi accarezzò il polso. «Resta qui. Tieni gli occhi chiusi.»

Lasciò scorrere le dita su e giù lungo il mio braccio, solleticandolo, facendomi venire una piacevole pelle d'oca. Il suo tocco irradiava una sensazione di sicurezza. Una sicurezza che avrei voluto portare con me ovunque.

«Adesso concentrati» mi disse. «Lo senti?»

«Il mondo che gira?» chiesi. «Adesso di meno.»

«No. A parte quello. La terra sta respirando.»

Mi sistemai come se l'erba sotto fosse un soffice materasso, e le stelle al di sopra una coperta realizzata a mano. Lasciai vagare la mente, e cercai di capire cosa intendeva Jesse. Per capire se quel respiro era un effetto del girotondo.

Concentrandomi così tanto su qualcosa che andava oltre me stessa, mi resi conto che tutto il mondo intorno era vivo.

I grilli cantavano, i pipistrelli stridevano e il gufo lanciava il suo richiamo nella notte. Tesi le orecchie, e sentii il rumore tranquillo del fiume che lambiva le rocce lisce, e una leggera brezza che rimescolava le foglie. L'erba sotto le braccia mi solleticò la pelle, il vento mi baciò il viso e avvertii il sapore dolce del caprifoglio sulla lingua.

«Se ti concentri, riesci a sentire la terra che cerca di assorbirci inspirando, e poi ci spinge dolcemente fuori espirando» disse, con voce profonda e melodiosa. «Trilli, questa terra è viva. La rete di radici sono le vene, nel punto in cui siamo noi c'è il cuore. Ha un battito, un ritmo, e noi ne siamo parte. È viva, sta respirando, ama. Ogni volta che la vita sfugge al mio controllo vengo qui, mi sdraio e ascolto la terra che respira con me.»

Inspirai profondamente, e l'ondata di aria pulita mi riempì i polmoni. La trattenni più del necessario, e poi all'improvviso sentii una spinta. Era l'energia dalla terra che mi incalzava. Un leggero strattone, poi una dolce pressione. Spalancai gli occhi quando provai di nuovo quella sensazione. Era un respiro.

La terra respirava.

Le dita di Jesse mi accarezzarono il polso, premendo delicatamente i polpastrelli sulle vene, e io feci lo stesso. Affondai le dita nella sua pelle calda, e un brivido mi percorse quando trovai il battito. Era forte, fiero e inebriante. Proprio come Jesse, il mio Peter Pan.

Mi batteva il cuore, batteva anche il suo, e la terra sotto di noi inspirava ed espirava, e mi sentii travolgere dall'impeto.

Chiusi di nuovo gli occhi, mentre una sensazione unica mi fece sentire come se stessi volando. Come se il mio corpo fosse una parte immutabile di quella terra e la mia anima fosse libera.

Libera. Non più oppressa dai problemi o dal mondo. Non più intrappolata dalla vita o dalla pelle. Libera. In volo e libera.

Mi alzai in volo, e la felicità mi attraversò come il vento che mi passava tra i capelli. Lacrime di gioia mi pizzicarono gli occhi e mi aggrappai a Jesse, terrorizzata all'idea che se mi avesse lasciata andare, se lo avessi lasciato andare io, non avrei più provato quella felicità. Volevo quella gioia. Volevo volare per sempre.

«Jesse» sussurrai con un singhiozzo, perché le emozioni mi stavano travolgendo. «È…» Non trovavo le parole per descrivere quella rara e bellissima sensazione.

Un movimento al mio fianco, e sentii una carezza sulla guancia. «Non piangere, Trilli.»

Deglutii quando aprii gli occhi, e incrociai lo sguardo preoccupato di Jesse. Era appoggiato a un gomito, il suo corpo sfiorava il mio, e mi lasciai ipnotizzare da quella vicinanza. «Non sto piangendo.»

Lui inclinò la testa mentre mi scendevano le lacrime sulla guancia, ma sorrisi, addirittura mi misi a ridere. Quando fece per tirar via la mano, appoggiai le dita sulle sue, per tenerla sulla guancia. «Non sono triste. È… Questo posto è così… bello.»

Jesse mi fece scorrere il pollice sulla pelle, e mi sembrò di essermi trasformata in liquido. «Tu sei bella.»

Arrossii a quelle parole e la timidezza mi rese difficile sostenere il suo sguardo, ma lo feci. «Grazie per averlo condiviso con me.»

«Non riuscirei a pensare a nessun altro con cui farlo.»

«Di sicuro l'avrai mostrato a qualcun altro. Uno dei tuoi amici...» Mi si affievolì la voce, ma l'espressione seria dei suoi occhi verdi mi disse la verità. Ero stata l'unica.

Un'altra carezza lenta del pollice sulla guancia, poi Jesse mi passò una ciocca di capelli dietro l'orecchio. Sentii le sue dita lungo il collo, e quel tocco era così piacevole che mi sembrò di essere invasa dalla testa ai piedi da un'ondata liquida di calore.

«Nessuno mi ha mai capito come fai tu. Né comprende questa terra come te. In passato ho fatto dei casini, ma ti giuro, non ricapiterà. Sono qui, e ti prometto che non andrò via.»

Quelle parole erano come erbe officinali su una vecchia ferita. Eravamo amici, ci eravamo allontanati, ma poi ci eravamo ritrovati. Mentre le sue dita continuarono a danzare calme e seducenti lungo il mio braccio, mi guardai dentro. Tra di noi c'era più che una semplice amicizia. C'erano una fiducia e un amore che avevano messo radici fin da quando eravamo bambini, qualcosa che era cresciuto, che una volta aveva preso la direzione sbagliata ed era stato necessario potare. Qualcosa a cui era stato concesso di rifiorire, e che adesso stava per scatenarsi.

«Mi sei mancato» sussurrai, sfiorandogli il viso. La leggera barbetta sul mento mi solleticò i polpastrelli, e mi pervase una sensazione di potere e piacere quando lo vidi appoggiare la testa sul mio palmo.

Jesse si fece più vicino e gli accarezzai i capelli. Le sue labbra erano sempre più vicine. Sempre di più.

«Mi sei mancata anche tu» mi sussurrò contro la bocca.

Inumidii le labbra improvvisamente secche. «Non ho mai baciato nessuno prima.»

«Sei l'unica ragazza per cui abbia mai provato qualcosa, l'unica che voglio baciare.»

Se il cuore si fosse messo a battere ancora più veloce, avrebbe spiegato le ali e preso il volo.

«Posso baciarti?» mormorò lui, con le labbra così vicine che il calore del suo respiro accarezzò le mie.

Fu un'esplosione di felicità, e annuii sfiorandogli la bocca con la mia. Mi incorniciò il viso con la mano, si chinò in avanti e mi baciò.

Mi baciò.

A malapena respiravo. Baciare era caldo, morbido, baciare Jesse Lachlin era la cosa più vicina alla sensazione di essere viva, la più vicina a sentirmi a mio agio in questa pelle, la più vicina a stare in paradiso.

Il mio corpo divenne fluido, docile, mentre memorizzavo tutti i modi in cui premeva le labbra sulle mie. Stavo bruciando, dalla testa ai piedi, e quella sensazione impetuosa che mi scorreva dentro divenne così forte che fu come aggrapparsi a una fiamma. Una fiamma che amavo, che mi spaventava perché era nuova, una fiamma che volevo accarezzare e abbracciare il più a lungo possibile.

Jesse mi prese il labbro inferiore con la bocca, io rabbrividii e mi feci indietro, emozionata e felice. Aprii gli occhi mentre lui faceva lo stesso. Il suo viso risplendeva come milioni di stelle nel cielo della notte.

Mi prese per mano e si sdraiò di schiena, facendomi appoggiare la testa al suo petto. Mi strinse fra le braccia, io gli circondai i fianchi, e chiusi gli occhi per ascoltare il battito del suo cuore. Mi persi in quel suono regolare che teneva il ritmo della terra.

«Andrà tutto bene, non è così?» sussurrai, e non era una domanda ma un'affermazione, un dato di fatto. Un ammettere quel senso di pace e determinazione nella mia anima.

«Sì.» Jesse mi diede un bacio sulla testa. «Era destino che succedesse, Trilli. Siamo fatti per stare insieme.»

Jesse

Bastò l'espressione sorpresa sul volto di Glory per farmi felice. Volevo gongolare perché mi ero preso una rivincita sulla presunta sensitiva, ma non lo feci. Avevo bisogno del suo aiuto, e per esperienza sapevo che la gente dava una mano solo se pensava di poterne trarre un vantaggio.

«Marshall sta arrivando» le dissi, poi sollevai la busta che avevo in mano. «Ho portato delle ciambelle.»

Nel suo pigiama di Hello Kitty, Glory si passò una mano nella lunga chioma di capelli arruffati, fermandosi a grattarsi l'orecchio. Erano quasi le nove di un sabato mattina. Da che la conoscevo, Glory faceva la sensitiva di notte e stava a letto fino a tardi. Probabilmente perché i suoi trucchi funzionavano meglio al buio. La luce del giorno tende a stanare le bugie.

Sbadigliò e mi tenne la porta aperta. Entrai nel cottage. Sempre il solito ordine, misto a un casino di libri, pietre e cristalli.

Mi diressi in cucina, ma Glory non mi seguì. Invece entrò in camera da letto e chiuse la porta. Si sentirono dei movimenti e i cassetti che si aprivano e si chiudevano. Qualche minuto dopo, andò in bagno. Acqua dal lavandino, sciacquone, altra acqua dal lavandino, e mi sorprese che una volta tornata in cucina fosse in piena modalità Glory: gonna scintillante e maglia bianca senza spalline. Appena un accenno di sonnolenza per la telefonata che le avevo fatto di prima mattina.

Glory riempì d'acqua il bollitore, lo appoggiò sul fornello nero, poi mise sul ripiano tre tazzine di ceramica con i piattini. «Era ora che baciassi Scarlett. Volevi farlo da sempre. Ma hai fatto bene ad aspettare. A un ragazzo deve crescere un po' di barba prima che sappia dare a una ragazza il primo bacio da pelle d'oca che si merita.»

Si sedette al tavolo sulla sedia di fronte alla mia, e mi rivolse un sorriso compiaciuto. «Non provarci nemmeno a negarlo, Jesse. Hai le prove stampate in faccia.»

Mi appoggiai alla sedia e incrociai le braccia. «Mi stalkeri? Stalkeri Scarlett? O entrambi?»

«Non ne ho bisogno. Ci sono gli angeli che lo fanno per me. Ma non ti preoccupare, nessuno ha assistito al vostro primo bacio. I miei spiriti hanno percepito le vibrazioni da giovane amore che entrambi irradiavate ieri sera. Se ti fa sentire meglio, anche Scarlett non è riuscita a addormentarsi per qualche ora, perché continuava a pensare a te.»

Fui costretto a distogliere lo sguardo, perché quelle parole mi entrarono nel cuore, ma Glory doveva starne fuori. Già lasciar entrare Scarlett era abbastanza difficile, ma non potevo fare diversamente. Respingerla era stato inutile. Avevo già provato a proteggerla da me in passato, e mi si era ritorto contro. Adesso dovevo cambiare tattica per proteggere entrambi. «Devo tenere la terra.»

La terra mi avrebbe protetto, e avrebbe protetto Scarlett. Dal momento che ora stavamo insieme e non avrei rinunciato di nuovo a lei, conservare la terra era l'unico modo per proteggerla dalla maledizione dei Lachlin. Era vera? Non lo era? Non lo sapevo, ma non avrei corso alcun rischio. Non con Scarlett.

«Quindi vuoi allacciare un rapporto con Marshall per guadagnare il suo voto.»

«Il pastore non mi darà il suo a meno che non faccia pace con Marshall. E dipende tutto dal suo voto.» La cosa non mi andava a genio, ma era così.

«Perché far venire qui Marshall?» chiese Glory. «Io non gli piaccio.»

«Stare da solo con lui non mi sembra una buona idea. Andare nel suo territorio, a casa sua, sarebbe svantaggioso per me. Te l'ho chiesto perché cambi argomento o mi dai un calcio sotto il tavolo se ci vado giù pesante.»

«Devo fare da arbitro?»

«Sì, e scommetto che non gli piaci più di quanto gli piaccio io.»

Glory rise. A lungo, forte, di cuore, tanto che fu bello unirmi alla sua risata. Dal bollitore cominciò a uscire il vapore, e lei tornò ai fornelli. Versò l'acqua calda in due tazze, e poi mise in mezzo al tavolo un cesto di bustine di tisane. Dopo aver infilato nell'acqua la bustina che aveva scelto tornò a sedersi, le gambe incrociate sulla sedia. «Dovrai stare attento con Scarlett. La sua è una vita complicata.»

«Lo so.» Io e Scarlett avevamo parlato la sera prima. Mi aveva confidato cosa succedeva a casa e le sue paure, e io le avevo detto che non dovevo per forza essere il tipo di ragazzo che le avrebbe tenuto la mano nei corridoi della scuola. Non ero un cane che doveva fare pipì sull'idrante per far sapere al mondo che era mia. Se stare con me – uno che non faceva parte della lista approvata dal padre – le avrebbe creato problemi, allora non ci saremmo fatti vedere. «Grazie per averla aiutata.»

«Ho bisogno che tu venga con lei qualche volta questa settimana. Deve allenarsi a leggere la mano. Preferirei che usasse qualcun altro, perché leggere te è come assegnare un compito di trigonometria a un bambino dell'asilo, ma considerando che ha così tanti segreti, dovremo farci andar bene te.»

«Le stai insegnando a diventare una truffatrice? Non sapevo che ci fosse un programma di addestramento.»

«Mi piace fare del bene. È una questione di karma. E non che tu possa saperlo, ma Scarlett ha un grande potenziale. L'ho notato fin da quando era una bambina. Ha un legame speciale con la terra, e ha un dono che non si può ottenere con lo studio. Ha dovuto nascondere le sue abilità perché è quello che la società le ha detto di fare. Il vantaggio della vostra amicizia è che questi suoi piccoli atti di ribellione le stanno riaprendo i sensi. Ha la stoffa per essere una grande veggente, se lo vorrà.»

Non dissi niente, perché non avrei protestato se Glory avesse insegnato a Scarlett come fare qualche soldo in più fregando la gente, almeno finché non avesse trovato un lavoro vero. I soldi sono soldi, soprattutto quando si ha fame.

«Non credi che abbia talento, non è così?» Glory si portò la tazza alla bocca.

«Credo che ne abbia da vendere.»

«Mi lasci perplessa. Lo fai da sempre. Non riesco a capire come fai a credere di essere maledetto, ma non a tutto il resto.» Appoggiò la tazza sul piattino e incrociò il mio sguardo con aria di sfida.

A quell'affermazione sentii scattare un muscolo nella mascella. «Io non credo alla maledizione dei Lachlin.» Almeno non alla stessa in cui credeva lei. Non avrei perso ciò che amavo. Avrei spezzato quel maleficio tenendomi la terra e restandoci.

«Puoi chiamare una papera "pollo d'acqua" quanto ti pare, ma quando sculetta come una papera e starnazza come una papera, resta sempre una papera. Una maledizione è una maledizione, le stai solo dando un nome diverso.»

«Tu sei pazza.»

«Stammi bene a sentire, Jesse. La maledizione esiste, è reale. Un giorno dovrai fare una scelta, a seconda se avrai o no la forza di sconfiggerla.»

Sentii la rabbia scorrermi nelle vene, e le puntai contro il dito. «Se è vera, se ci credo io, se ci credi tu, allora smettiamo di parlarne all'infinito e aiutami. Se sai tutto, se sei una veggente e parli con gli spiriti dell'aldilà, allora dimmelo tu come sconfiggere il maleficio. Adesso Scarlett è nella mia vita, e devo sapere come fare per tenerla al sicuro!»

«Ma io ti sto aiutando.» Glory mi guardò divertita, e questo mi fece venire voglia di prendere a pugni la finestra.

Da fuori si sentì il rumore delle pietre che crepitavano, insieme al rombo di un motore. Era arrivato Marshall, e Glory si alzò in piedi. Tenne su di me gli occhi di un azzurro sbiadito mentre mi superava. Detestavo quell'espressione lontana. Quella con cui voleva far credere alla gente che stesse vedendo più di quanto avrebbe dovuto.

«Ti sto aiutando a creare l'arma migliore. A dirla tutta, la tua unica arma. Sono secoli che questa famiglia è maledetta. C'è voluto tutto questo tempo perché nascesse qualcuno in grado di spezzare il maleficio, ma alla fine è successo. Questo significa che hai l'opportunità di fare quello che non ha fatto nessun altro Lachlin prima d'ora. Se hai il coraggio, hai l'occasione per diventare libero.»

«Di che stai parlando?»

«Scarlett ha sentito la terra respirare, non è vero?» disse, con un sorrisetto di sfida.

Impallidii. A parte me e Scarlett, nessun altro poteva saperlo.

«Ci sono solo altre due persone in vita che hanno sentito questa terra respirare, e si trovano entrambe in questa cucina. Scarlett è nata qui, è legata a te, a me e quando si è sdraiata, la terra si è risvegliata per lei, solo per lei.

«Anche se non vuoi ammetterlo, voi due siete sempre stati connessi. Dopo quello che è successo a tua madre quel legame ti ha spaventato, e non è stata colpa tua. Hai cacciato Scarlett pensando di proteggerla, ma non puoi fermare il destino. Respingerla fa del male a te e devasta lei. Hai provato a farlo, ma il vostro legame non può essere reciso.»

«È vero, è nata sulla terra, ma non è maledetta» dissi, in tono di chi non ammette repliche.

«No» disse Glory, «non lo è, ma tu sì, e anch'io. E che tu lo voglia o no, anche i nostri destini sono intrecciati. Ho controllato il mio futuro e il tuo. Se perderai tutto ciò che ami, succederà anche a me. Non so esattamente quale sia il ruolo di Scarlett in tutto questo, ma so che se entrambi diventerete forti abbastanza, potrete spezzare il maleficio.»

Bussarono alla porta, ma nessuno si mosse per fare entrare lo zio. Avevo il cervello in panne. Non era vero. Niente di tutto ciò era vero.

«Non appena Scarlett ne avrà la possibilità, per favore, portala qui. Ha tanto da imparare, e poco tempo per farlo.» Glory si avviò verso la porta, ma la fermai.

«Il voto è a maggio» le dissi. «C'è ancora tempo.»

Glory mi rivolse un'occhiata da sopra la spalla, e la tristezza che vi lessi mi colpì come un pugno. «Sarete entrambi messi alla prova prima di maggio. Non so di preciso quando, ma presto. Devo assicurarmi che siate entrambi abbastanza forti, perché è di questo che avrete bisogno: di forza, non per voi stessi, ma per darne all'altro. Sarete consumati da quello che vi aspetta. Vi ritroverete svuotati, e per sopravvivere dovrete fidarvi a sufficienza l'uno dell'altra. Niente di tutto questo sarà facile.»

Un altro colpo alla porta, e mi lasciai cadere sulla sedia. «Tutto questo non è reale.»

«Non tutto» disse lei. «Solo le parti vere e importanti.»

Scarlett

L'ultima cosa che volevo era lasciare la mia stanza. Se fossi rimasta a letto, avrei potuto continuare a tenere gli occhi chiusi e rivivere la serata con Jesse. Le sue mani sul mio corpo, le sue labbra sulle mie, la sensazione perfetta della terra che respirava. Quel ricordo mi fece battere più forte il cuore e avvampare, e non sapevo se restare sdraiata o correre dall'altra parte della strada, per perdermi di nuovo tra le braccia di Jesse.

Libertà. Mancavano ancora parecchi mesi. Settimane prima sarebbe stato impossibile, ma ora riuscivo a sentirne il sapore. Mi misi di schiena a fissare il ventilatore sul soffitto. Feci una smorfia quando si fece strada l'ansia. Davo per scontato che Jesse avrebbe voluto baciarmi di nuovo. Il nostro rapporto era sempre stato ambiguo. E se quella notte fosse stata una cosa a sé? Aveva detto di tenerci a me, ma questo significava che la notte prima eravamo una coppia e che il giorno dopo saremmo tornati amici?

Ugh. Mi misi un cuscino in faccia e cominciai a urlare. Per qualche breve istante valutai di usarlo per soffocarmi.

Sfortunatamente, rimuginare era uno dei miei più grandi talenti.

Il cellulare si mise a ronzare, e gemetti. Era tutta la mattina che vibrava. Per lo più erano i miei amici che volevano un parere sull'appuntamento con Stewart. E qualche messaggio veniva da Stewart stesso, che chiedeva se volevo uscire di nuovo con lui. Io morivo dalla voglia di dirgli di no.

Mamma: *Ti ho preparato una cosa speciale. La troverai in cucina. E sì, hai il permesso di mangiarla a colazione. Stamattina ho delle commissioni da fare, ma sarò a casa per pranzo. Papà e Isabelle stanno giocando in cortile. Sarebbero* SUPER FELICI *se ti unissi a loro.*

Però. Papà aveva permesso alla mamma di andare da qualche parte da sola nel weekend. Sorprendente. E per quanto l'appuntamento fosse stato disastroso, era incredibile che papà avesse dato il suo permesso. Forse stava davvero cambiando.

Ci pensai su mentre scendevo dal letto, mi cambiavo i vestiti, spazzolavo rapidamente i capelli, mi davo una sistemata in bagno e giù per le scale. Entrai in cucina e sorrisi per la felicità.

Sul ripiano c'erano biscotti caldi al burro di arachidi e un post-it con il mio nome sopra appoggiato al piatto, scritto nella calligrafia in corsivo della mamma. Al mio posto a tavola, mia sorella aveva lasciato un disegno di noi due che ci tenevamo per mano su uno sfondo di arcobaleni e unicorni.

Questo era l'amore.

Mi mordicchiai il labbro quando vidi il menù della mia pizzeria preferita, un bigliettino di papà che diceva che avrei scelto io cosa ordinare per cena e che quella sera toccava a me scegliere il film. Un bigliettino che faceva capire che mi avrebbe concesso quei diritti quella sera, la seguente e qualsiasi altra, se avessi ricominciato a prendere parte alla serata film in famiglia.

Ma la vera domanda era: dovevo credergli?

Un urletto dal cortile, e dalla finestra scorsi un ricordo in tempo reale. Solo che la bambina con i lunghi capelli neri non ero io, ma mia sorella.

Isabelle aveva il mio stesso sorriso luminoso mentre correva attorno alla macchina di papà con l'idrante fra le manine. Sorprendentemente, papà le stava permettendo di bagnarlo nonostante fosse una fresca mattina d'autunno. Oltrepassò la nube d'acqua per prenderla in braccio e abbracciarla come se fosse la creatura più preziosa del mondo.

Vederli insieme, felici, mi provocò dolore. Lei era contenta e sicura dell'affetto di papà, ma avendo già avuto la sua età e vissuto quella gioia pura, sapevo che era più facile crederci senza avere altri termini di paragone.

Papà lasciò andare Isabelle, e lei scappò via ridendo in fondo al garage, senza dubbio pianificando la fase successiva dell'attacco. Ridacchiando, papà si voltò verso la casa e alzò lo sguardo prima che potessi guardare altrove. Incrociammo gli occhi, e fu orribile vedere il suo sorriso sparire.

Parte di me voleva indietreggiare, tornare nella sicurezza di camera mia, ma non lo feci. Andai al frigo e feci finta di osservarne il contenuto, mentre papà entrava in cucina. Mi venne incontro lentamente, e quando si fermò accanto all'isola, infilò le mani nelle tasche dei pantaloni.

Sapeva di bagnato, come se fosse stato colto di sorpresa da un temporale estivo, e mi stupì vederlo a suo agio in abiti così zuppi da stargli appiccicati addosso. Forse era cambiato davvero: giocava anche con me da piccola, ma allora non sarebbe mai rimasto in disordine tanto a lungo.

«Com'è andato l'appuntamento?» chiese.

Presi una bottiglietta d'acqua dal frigo e la tenni con entrambe le mani. La strinsi, come se fosse una bomba che sarebbe esplosa appena l'avessi lasciata andare. «Bene.»

«Io e Isabelle stiamo lavando le auto. Vuoi unirti a noi?» Mi offrì un sorriso speranzoso, carico di esitazione.

«Devo finire i compiti» mentii, a lui e a me stessa. Avrei tanto voluto credere che era cambiato e sentirmi libera come Isabelle, ma avevo il terrore di abbassare la guardia. E se era sola apparenza? Se non era cambiato?

Il sorriso gli vacillò, ma si sforzò di mantenerlo, come se il mio rifiuto non lo avesse ferito. «Probabilmente continueremo ancora per un po', in caso cambiassi idea. Anche se Isabelle pensa che sia più divertente lavare me che l'auto.»

Come me da bambina.

«Stewart sembra un bravo ragazzo. Pensi che ci sarà un secondo appuntamento?»

Scossi la testa, e papà cambiò espressione. «La mamma mi ha detto che non ci volevi andare. Mi dispiace. Quando i tuoi amici hanno avuto l'idea, ho immaginato che avessero scelto un ragazzo che ti piaceva. Mi dispiace se ti ho fatto sentire costretta ad andare.»

Il lato sinistro del cervello mi formicolò come se stessi avendo un ictus: non potevo aver sentito bene. Papà si era scusato?

«Io e la mamma ci sentiamo in colpa» disse. «In terapia mi hanno suggerito di darti un po' di spazio per dimostrarti che mi fido di te, e si spera che anche tu imparerei a fidarti di me. La mamma e Isabelle verranno con me a un paio di viaggi di lavoro nel weekend. Sei più che benvenuta a unirti a noi. Vorrei proprio che venissi, ma capisco che potresti aver bisogno di stare un po' da sola. Quindi se vuoi restare a casa, te lo permetterò.»

Inarcai le sopracciglia perché, a parte qualche ora ogni tanto, non mi era mai stato dato il permesso di restare da sola. Mi sembrò di toccare il cielo con un dito. Avrebbe voluto dire tempo illimitato lontano da lui. Tempo illimitato per lavorare e fare soldi, per cercare una borsa di studio. Tempo illimitato per stare con Jesse. Le guance mi si tinsero di rosso all'idea di stare da sola con lui, e bevvi un sorso d'acqua per nascondere la mia reazione.

«Io e la mamma saremmo molto contenti se provassi a parlare di nuovo con il pastore Hughes, ma non ti costringerò. A Isabelle manca stare tutti insieme, quindi se partecipassi alla serata film in famiglia per farle un favore...»

«Ok» dissi, e papà mi guardò come se sentire il suono della mia voce lo avesse scioccato.

«Ok cosa?»

Scrollai le spalle, come se non lo sapessi o non mi importasse. «La serata film.»

Papà sorrise e batté le mani. «Scegli il film e la pizza.»

Avrei voluto che non desse tutta questa importanza alla cosa. Papà sembrò leggermi nel pensiero, e aggiunse qualche frase a caso prima di uscire. Non appena la porta si chiuse, mia sorella lo colpì con l'idrante e mi sorprese quel sorriso leggero ma vero che feci quando lui strillò in risposta.

Presa alla sprovvista, mi toccai il viso. Possibile che mio padre fosse cambiato?

Jesse

Erano le due del pomeriggio e morivo di fame. Avevo passato gran parte della mattina e del pomeriggio a sistemare la staccionata a ovest della proprietà. Un tizio mi pagava per tenere i cavalli lì al pascolo. Mi era sembrato un buon accordo, finché i cavalli non avevano cominciato a colpire la staccionata, facendola cadere. Accidenti, avrei finito per spendere tutto quello che avevo guadagnato per rimetterla in piedi.

Lo stomaco mi brontolava da oltre mezz'ora, e stavo per fare pausa pranzo. Non potevo resistere tutto il giorno solo con la ciambella che avevo mangiato insieme a Marshall e Glory.

L'incontro era durato mezz'ora. Nessuno aveva detto niente che valesse la pena ascoltare. Io avevo parlato della scuola, Marshall mi aveva fatto altre domande a riguardo, Glory si era chiesta ad alta voce se io e Marshall saremmo stati più cordiali se ci avesse ripulito le aure. Almeno avevamo condiviso un momento in sintonia, guardando Glory come se avesse bisogno di assistenza psichiatrica.

Ci eravamo lasciati con l'accordo di rivederci a casa di Glory. Marshall sembrava contento che mi stessi sforzando di avere un rapporto con lui.

Mentre mi avvicinavo alla casa, strinsi gli occhi. C'era qualcuno sull'altalena. Probabilmente era Vi. Senza dubbio era incazzata perché non ero andato da lei la notte prima, e senza dubbio Leo le aveva riferito di avermi lasciato con Scarlett. Quando mi avvicinai non vidi corti riccioli biondi, ma lunghi capelli neri. Era Scarlett.

Si dondolava sull'altalena, strisciando i piedi a terra. Vedendomi un sorriso dolce le illuminò il viso, ma nei suoi occhi c'era anche una domanda. L'esitazione che avevo scacciato la notte prima.

La capivo. La sera prima aveva le difese abbassate; mi aveva lasciato entrare, e ora aveva bisogno di sapere se con il sorgere del giorno non era cambiato niente. Non mi dispiaceva darle una prova. Anzi, le avrei dato prove ogni secondo, per tutto il resto della vita. Avevo perfino sognato di dargliene una la sera prima.

In due falcate raggiunsi Scarlett, e lei spalancò gli occhi quando le misi un braccio intorno ai fianchi, la sollevai dall'altalena e la strinsi a me. Rimase senza fiato, e prima che potesse proferire parola, mi chinai a baciarla.

I muscoli tesi le si sciolsero rapidamente, e in un istante Scarlett mi restituì il bacio. Le sue labbra erano morbide, le mani si muovevano timorose, un test per se stessa e per me, per capire se aveva il permesso di toccarmi. Lo aveva. Lo aveva eccome. Bastava il suo tocco per farmi andare a fuoco, ma stavamo esplorando un territorio nuovo, e dovevo aver pazienza.

Ignorando l'impulso di baciarla di più, di perdermi in lei il più a lungo possibile, mi feci indietro. Lei rimase senza fiato, con le guance rosse, e si lasciò andare fra le mie braccia stringendomi forte. Mi godetti quell'abbraccio, inspirai il suo profumo dolce e le baciai la testa.

«E questo cos'era?» mi chiese.

«Ho pensato che sarebbe stato il modo più semplice di rispondere a qualsiasi domanda. E poi mi piace baciarti.»

Lei arretrò, e quel suo modo timido di curvare le labbra mi fece venire voglia di baciarla di nuovo. Scarlett si sedette sull'altalena e si mise a giocherellare con la catena di ferro arrugginito. «Anche a me piace baciarti.»

«Posso sopportarlo.» Le strizzai l'occhiolino, e mi domandai se i genitori non avessero notato che la stavo tenendo lì. «Lo so che sei coraggiosa, Trilli, ma scappare di giorno? Non starai esagerando?»

«Papà ha portato la mamma e Isabelle a Lexington a fare shopping.»

Interessante. I genitori non la lasciavano mai da sola a lungo. «E tu non sei andata con loro?»

«No. Papà ha detto che voleva lasciarmi un po' di spazio. È il suo tentativo di dimostrarmi che è cambiato.»

«Spazio?»

«Spazio.» Si morse il labbro inferiore. «Si è anche scusato per avermi costretta a uscire con Stewart. Tu credi che le persone possano cambiare?»

Mi stava chiedendo se il padre poteva cambiare, e non ero la persona giusta a cui domandare, ma dentro di me sentii un ruggito. Un avvertimento, perché avevo già sentito quelle parole prima, e le conseguenze mi avevano lasciato una cicatrice sulla schiena e il sangue negli incubi.

Eravamo in pieno giorno, col cielo azzurro e il sole che brillava, ma nella mia visuale si stava facendo largo l'oscurità. I fantasmi che mi tormentavano, mi sussurravano all'orecchio e minacciavano la mia sanità mentale. *La gente non può cambiare. Nessuno può cambiare.* Eppure vedevo la speranza nei suoi occhi, e non volevo essere io a spegnerla. «Non lo so.»

Scarlett distese le labbra e guardò a terra. Non volevo che i demoni del padre la tormentassero. Non in quel momento e non con me. «Cosa vuoi fare con le poche ore di libertà che hai? Possiamo andare dentro, se vuoi.»

Scarlett guardò la roulotte, e dovetti nascondere il sorriso vedendola arrossire. Non avevo bisogno di Glory per sapere che si stava immaginando da sola nel letto con me.

«Oppure possiamo andare da Glory» suggerii. «Vuole che ti alleni con la lettura della mano provando su di me.»

«Mi permetti di usarti per allenarmi?»

Sì, perché le volevo bene fino a quel punto. «Già.»

Rise, e quel suono fu una carezza sulla mia anima malridotta. «Andiamo, allora.»

Scarlett

Io e Jesse dovemmo aspettare fuori dal cottage venti minuti mentre Glory finiva una lettura. Ci arrampicammo sugli alberi e ci sfidammo a raggiungere la cima. Risi finché non mi fecero male le guance, e Jesse mi sfiorò ogni volta che pensava stessi andando troppo veloce o troppo in alto. Una carezza gentile lungo il polpaccio, poi sulla caviglia, e ogni singolo tocco era come una lingua di fuoco che mi risaliva nelle vene.

Mi sentivo tirata in due direzioni opposte. Da una parte c'era il bisogno di permettergli di toccarmi, accarezzarmi e baciarmi. Dall'altra il terrore che, se glielo avessi permesso, sarei letteralmente esplosa dall'eccitazione.

Seduta su un ramo spesso, mi appoggiai al tronco dell'albero e ascoltai Jesse che sfogava la frustrazione perché un'altra fattoria della contea era stata venduta a un'azienda agricola. Era seduto al mio fianco, con la mano sul mio ginocchio, e mi chiesi se poteva sentire il mio cuore che batteva in modo irregolare a quelle carezze.

«La gente non capisce perché è un problema. Se togli di mezzo le famiglie di contadini, stai togliendo di mezzo la concorrenza. Se non c'è concorrenza, allora le grandi aziende possono far salire il prezzo del cibo. Quando le aziende agricole prendono il controllo di un'area, l'economia locale collassa. È come la catena alimentare: basta togliere un anello, e il resto della catena crolla.»

Jesse parlava in tono concitato, e potevo sentire il dolore nella sua voce.

«È a loro che Marshall vuole vendere la terra?» chiesi. «A un'azienda agricola?»

«Non lo so. Sono venuti almeno due rappresentanti alla mia porta. Li hanno mandati le aziende. Dicono che quando vorrò vendere la proprietà, sono pronti a comprarla. Non va bene, Trilli. Non va bene per niente.»

«Allora conquista la terra e coltivala tu.»

Jesse prese una foglia e la fece a pezzi piccoli. «È quello che voglio, ma sarà dura competere con le grandi aziende. Loro hanno le risorse per comprare l'attrezzatura, ma io no.»

«Deve esserci un modo perché tu possa farcela» dissi.

«Devo trovarlo in fretta. Maggio arriverà prima che ce ne rendiamo conto.»

«Hai provato a contattare l'ufficio della contea per chiedere una proroga? Una volta ho sentito dire a papà che la sua azienda lavora con il dipartimento dell'Agricoltura dell'Università del Kentucky per quanto riguarda le fattorie del posto. Forse conoscono qualcuno che può darti un consiglio.»

Qualcuno accese una macchina. Era il segnale che aspettavamo: io e Jesse scendemmo a terra e ci avviammo verso il cottage.

«Oggi hai volato, Trilli» disse Jesse mentre salivamo i gradini. I suoi occhi verdi brillavano di quell'aria spericolata tutta sua.

«Non è questo che dovrebbe fare Trilli?» gli chiesi. «Volare?»

«È una bella sensazione, vero?»

Meravigliosa. «Ma Peter Pan non sfidava sempre Trilli?» Gli diedi una bottarella al braccio. «Ti stai rammollendo. Sull'ultimo albero potevamo andare molto più in alto.»

La risposta di Jesse fu un occhiolino, mentre apriva la porta e mi faceva cenno di entrare. Anche se lavoravo per Glory, era strano entrare senza bussare. Jesse mi superò per raggiungere la cucina. Lo seguii, e vidi Glory seduta al tavolo, sotto un raggio di sole. Stava guardando fuori dalla finestra, e avrei dato volentieri un braccio per provare la sensazione di tranquillità che trasmetteva in quel momento.

«Ciao.» Glory si voltò. «Vi va una tisana?»

Rispondemmo di no. Dovevo ammettere di essere stanca di bere tisane. Ma Glory ne fece comunque un po', spiegando che mi avrebbe fatto un infuso alla lavanda perché la lavanda aiuta il terzo occhio, il cuore della chiaroveggenza.

Glory si voltò verso i fornelli e lanciai un'occhiata a Jesse, che se ne stava appoggiato al muro. Era così rilassato, così sexy da farmi sentire male. Sillabai: "Aiutami". Lui mi rispose con un sorrisetto e una scrollata di spalle.

Glory versò una tazza per sé, una per me ma Jesse rifiutò la sua con un secco «No». Ovviamente quel giorno non aveva bisogno di ripulire il suo terzo occhio. Solo io, Glory e la stanza piena di angeli che, in teoria, non riuscivo a vedere ma che, sempre in teoria, sarei stata presto in grado di "percepire".

Finimmo il tè e Glory annunciò che avrei letto il palmo di Jesse al tavolo della sala da pranzo. «Jesse è una lettura difficile, e dobbiamo fare tutto il possibile per eliminare l'energia negativa, dal momento che non sarà collaborativo nemmeno con te.»

In confronto alla cucina invasa dalla luce, la sala da pranzo sembrava avvolta nelle tenebre, nonostante fosse illuminata da candele, pietre scintillanti e cristalli di sale lucenti, che Glory diceva di aver comprato da quando avevo iniziato a lavorare per lei per impedire all'energia negativa di Jesse di estendersi a casa sua.

Lui fece una smorfia, e io feci il possibile per non sorridere.

«Siediti al mio posto» mi disse Glory. Lo feci, e subito mi venne in mente un'immagine di me a cinque anni, seduta alla cattedra della maestra. La sedia non era troppo alta né troppo grande, ma mi aveva dato una sensazione di autorità, di potere, come fossi una formica che si affaccia dalla punta di una scarpa.

«Siediti, Jesse.» Glory lo ammonì con un'occhiataccia. Lui prese posto davanti a me, e fece una smorfia, la fronte aggrottata. Non c'era una sola parte di lui che stesse prendendo la cosa seriamente, e questo mi fece innervosire.

«Perché dobbiamo farlo?» chiesi.

In piedi accanto a me, Glory fece un sorrisetto. «Perché ti pago.»

Giusto. Era grazie a lei che sotto il mio letto c'era una scatola con un bel rotolo di banconote. Se voleva pagarmi per imparare a leggere la mano, l'avrei fatto.

«Hai il dono di percepire i regni spirituali» disse Glory. «L'ho capito guardando la tua aura quando eri bambina, ma la negatività della vita ha bloccato i tuoi chakra. Ti sei chiusa, per proteggerti ti sei rivestita di strati, come una cipolla. Quello che farò ora è togliere quegli strati, così potrai ricongiungerti con il tuo vero io.»

«Per il compleanno Glory mi ha dato venti dollari» disse Jesse. «Il mio dono è migliore del tuo.»

Ignorandolo, Glory disse: «Porgile entrambe le mani, ma, Scarlett, devi cominciare con quella dominante. Palmi in su».

Jesse si accigliò, ma fece come gli era stato detto.

Glory mi sedette accanto. «Leggere la mano è un'arte. Certo, c'è bisogno di studiare, ma se vuoi farne un lavoro...»

«Devi essere una truffatrice» si intromise Jesse.

«Devi essere una donna d'affari» lo corresse Glory. «In questo lavoro c'è una parte di improvvisazione, di performance. Devi basarti su quel che sai della lettura della mano e sul tuo legame con il mondo spirituale, e al tempo stesso assicurarti che il cliente capisca cosa sta succedendo nella tua testa. Leggere la mano richiede grande concentrazione, ma più resti in silenzio a cercare la verità, più il cliente si spazientisce e si convince che non sta ottenendo ciò per cui ha pagato. Faremo le cose con calma, ma ti chiederò di provare a comunicare con Jesse mentre ti connetti al regno spirituale. Ora prendi la sua mano.»

Era ufficiale: avevo abbandonato l'autostrada della salute mentale e imboccato la rampa verso il regno dell'assurdo. Presi comunque la mano di Jesse e cercai di ignorare il cuore, che iniziò a battere più veloce quando lui mi sfiorò le dita con fare seduttivo.

«Prima di tutto, medita» disse Glory a bassa voce. «Più lo fai, più rapidamente stabilirai un contatto con il regno spirituale. Adesso però non preoccuparti di essere veloce. Chiudi gli occhi e concentrati sul respiro. Senti la pelle, come ricopre le ossa, come avvolge il tuo corpo, e poi vai oltre. Senti i muscoli che si rilassano, si riscaldano, come se fossi entrata in una vasca colma di acqua calda...»

Inspirai, espirai e sentii il corpo farsi pesante, come se stessi dormendo. Un leggero brivido, come un'interferenza alla radio, che non avevo mai provato prima. Inspirai ancora e capii che era la mia anima, il centro del mio essere.

«Ora lasciati andare.» La voce di Glory era leggera, come se mi stesse parlando nella mente, e non all'orecchio. Feci come chiedeva ed espirai, lasciando andare il corpo, e divenni così leggera che mi sembrò di galleggiare.

«Senza aprire gli occhi, senti la mano di Jesse, e senza interrompere il vostro legame, la concentrazione, dimmi cosa riesci a vedere.»

Era strano muovere le dita dopo essere rimasta immobile così a lungo.

«Devi parlare, signorina Copeland. Devi concentrarti e parlare allo stesso tempo.»

«Ha la mano calda» dissi. «Solida, come una roccia.»

«E questo cosa significa?» chiese Glory.

«Ha forza ed energia. Resistenza.»

«Cos'altro?»

Aprii gli occhi e vidi che Jesse mi stava osservando, gli occhi verdi colmi di curiosità. Deglutii, perché non volevo rispondere.

Glory strofinò le mani a lungo, poi me ne appoggiò una sul braccio. Stranamente il suo tocco bruciò; fu come prendere la scossa. Recuperai quella sensazione di volare che stava cominciando a sfuggirmi.

«Ho scelto lui per la lettura anche perché non si offende facilmente. Non è così, Jesse?»

«Dovrei crederci per offendermi. Dai il peggio di te, Trilli. Posso sopravvivere.»

«Bene, ora dimmi cos'altro indica una mano solida» fece Glory.

Trovai il coraggio e proseguii: «Non si adatta facilmente alle nuove situazioni, e in generale non ama le novità».

«Stai dicendo che sono testardo?»

Non riuscii a trattenere il sorriso che mi apparve in faccia, e dovetti inspirare per restare concentrata. «Ma la pelle è morbida.» La sua mano era forte, non mancavano i calli provocati dal duro lavoro nei campi, ma la consistenza della pelle era liscia.

«E questo significa…?» insistette Glory.

«Che è comprensivo.»

«Quindi questo cosa vuol dire per i punti di forza e di debolezza del suo carattere?»

«La pelle morbida tira fuori il meglio.»

«Dimmi quali sono i monti dominanti» disse Glory.

Sulla mano ci sono sette monti. Sono i punti in cui il palmo è in rilievo. I monti più alti sono considerati forti. Glieli sfiorai con il pollice, facendo più attenzione al palmo destro che al sinistro, perché era la sua mano dominante. «Il monte di Marte: Jesse è un guerriero.»

«Sembra promettente» fece lui.

Mi piacevano le buone notizie, e mi rilassai. «Dalla qualità della tua pelle si capisce che sei coraggioso, sincero, diretto, forte, leale e...» Le guance mi divennero tutte rosse.

«Significa anche che sei sensuale» concluse Glory. Avrei voluto nascondermi sotto il tavolo. «La signorina Copeland ha potuto leggere a chiare lettere questo aspetto della tua persona.»

Per quanto cercasse di avere un volto impassibile, capii che Jesse stava ridendo di me e gli rifilai un calcio nello stinco.

«Adesso guarda le linee di entrambe le mani.»

Mi presi tutto il tempo per studiare la mano sinistra di Jesse. Poi osservai la destra. Sentii la sedia sussultare sotto di me.

«Qualunque cosa vedi, dillo ad alta voce» fece Glory.

Non sapevo come. «E se vedo qualcosa che potrebbe ferire il cliente?»

«In quel caso trova il modo di concentrarti sulle cose positive, finché non scopri come dire in modo carino quelle negative. A seconda della situazione, devi decidere se tenerti per te quello che hai scoperto o meno. È in momenti simili che ho davvero bisogno della guida degli angeli. Non tutti sono pronti a sentirsi dire ciò che li aspetta. Ma di questo non devi preoccuparti ora perché, come ti ho detto, Jesse è in grado di sopportare qualsiasi cosa gli dirai.»

«Non ti preoccupare» disse Jesse, ma sentii le sue mani irrigidirsi nelle mie. «Non è un problema se scopri che mi hanno sospeso fino alla settimana prossima.»

Stranamente, questo captò la mia attenzione. «Perché sei stato sospeso?»

«Perché io e Leo facevamo rumore durante matematica.»

«Rumore?» E proprio durante matematica poi, con tutti i momenti a disposizione. Il professore aveva due protesi acustiche e odiava chiunque avesse meno di ventun anni.

«Mi è venuto fuori un rumore strano, senza volere, e Leo voleva vedere se riuscivamo a rifarlo.»

«Ma perché?» gli chiesi.

Glory mi strinse il braccio. «Non chiedergli perché, ritrova la connessione con l'universo e fai in modo che siano gli angeli a darti la risposta.»

Obbedii, chiusi gli occhi e visualizzai Jesse in fondo alla classe, con Leo al fianco. Pensai a Jesse che faceva un verso strano. Ridevano tutti e due, e quasi sorrisi anch'io vedendo la loro gioia, la gioia di divertirsi durante una lezione noiosa. La gioia di essere amici. La gioia di ridere per una sciocchezza. E poi nella mia mente apparvero altre emozioni. Emozioni così forti che quasi crearono immagini di tristezza e solitudine.

Aprii gli occhi. «Hai continuato a fare versi perché pensi che Leo sia triste.»

Jesse si scurì in viso, e quando si mosse, fui costretta a serrare la presa.

«Ora digli quello che hai visto, ciò che ti ha turbato» fece Glory.

Non volevo farlo, ma parlai comunque. «La mano sinistra, quella più debole, rappresenta ciò a cui eri destinato alla nascita. La vita che avresti dovuto vivere. Invece la mano destra, quella dominante, mostra cosa in realtà hai fatto della tua vita, la strada tracciata dalle tue scelte.»

Jesse si tirò indietro, e dovetti trattenerlo di nuovo. Voleva che finisse tutto, e lo volevo anch'io, eppure sentivo il bisogno di continuare. Ero curiosa, addirittura ossessionata, dalla voglia di vedere cose che erano sempre state davanti ai miei occhi ma non avevo mai notato prima. Come se, per la prima volta in vita mia, avessi visto il colore rosso.

A essere sincera non capivo pienamente cosa stavo guardando. Non capivo come interpretare le linee. Però sentivo la differenza tra i due palmi, una differenza enorme. «Qui vedo che sei completamente diverso da quello che saresti dovuto essere.»

Guardai la mano destra, e la paura soffocò il battito che sentivo rimbombare nelle orecchie. Jesse aveva delle isole sul palmo destro. Tante isole dove partivano le linee. Più di quante ne avessi io. Quelle linee… Ce n'erano troppe, ed erano così profonde e marcate, e…

Glory si sporse, chiuse a pugno le dita di Jesse e lo allontanò da me. «Per oggi basta così. Continuerai a esercitarti sulle linee con qualcun altro.»

Ma non era una questione di linee. Riguardava la paura nello sguardo di Jesse. «Che ti è successo?»

Jesse spostò le mani dove non potevo vederle. «Sei una grande attrice. Se decidi di rinunciare all'università, potresti diventare un'imbrogliona coi fiocchi.»

«Non voglio diventare un'imbrogliona» dissi.

«Allora te la caverai alla grande, qualsiasi cosa deciderai di fare.» Jesse si alzò in piedi e andò a prendere le scatole di collane e bustine di tisana a cui avrei dovuto mettere il prezzo prima della prossima fiera. Ne sollevò due come se non avessero peso. «Porto fuori queste. Voi due fate con comodo.»

Jesse uscì e la zanzariera si chiuse dietro di lui. Restai a guardare dalla finestra mentre metteva le scatole sul furgoncino, e poi si appoggiava al portellone. Aveva la schiena curva, come se avesse addosso un carico invisibile molto pesante.

Sprofondai nella sedia. «Cos'è successo?»

Una alla volta, Glory spense tutte le candele. «Sei riuscita a entrare in sintonia con le tue abilità psichiche. Hai un dono, te l'ho detto.»

Ma io non credevo a niente del genere. Sì, durante la lettura c'erano stati dei momenti strani, ma quello che intendevo era... «Perché Jesse ha paura? Stiamo parlando di Jesse. Lui non ha paura di niente.»

Glory si sedette al posto lasciato vuoto da lui. «Ha paura della maledizione.»

Lo disse con tanta schiettezza che mi innervosii. «Jesse non crede alla maledizione dei Lachlin.»

«Secondo te cos'è una maledizione?»

«È come avere un marchio addosso che dice che ti succederà qualcosa di brutto.»

«Medita su questo. Nel frattempo continua a leggere, e la prossima volta che passerai di qui ti insegnerò altre cose sulle linee. Dovresti essere molto fiera di te oggi. Io lo sono.»

Mi passai lentamente le dita tra i capelli e li legai. Il complimento mi fece sentire orgogliosa, ma anche confusa. «Dimmi, cos'altro fai quando vedi una cosa brutta sul palmo di una persona?»

Glory aveva l'aria pensierosa, e rimase in silenzio per così tanto che mi chiesi se avesse sentito la domanda. «Sai cos'è una profezia che si autoavvera?»

«È quando qualcuno ti dice che ti succederà qualcosa, tu ci credi e alla fine la cosa succede davvero, perché inconsciamente hai preso delle decisioni che hanno fatto in modo di farla accadere.»

Lei si sporse. «Dammi le mani.»

Lo feci e lei le tenne nelle sue, passando i pollici lungo le linee. «Come sai, la mano che usi di meno rappresenta quello che Dio voleva che diventassimo. La mano dominante mostra cosa si è verificato e la strada che abbiamo intrapreso, tracciata dalle nostre decisioni. Sai che le linee della mano possono cambiare?»

«No.»

«È così. Cambiano a seconda delle nostre scelte. Ciò che vedo grazie alle linee e alle mie guide è solo un futuro possibile, basato sulle decisioni attuali della persona. Se predico a qualcuno una cosa orribile, come un infarto imminente o la morte, rischio di creare una profezia che si autoavvera, quindi preferisco dire loro di fare attenzione a ciò che mangiano, fare ginnastica e andare dal medico. La gente pensa che fare il mio lavoro debba essere uno spasso, ma per me è un fardello terribile.»

«Quindi sei davvero una veggente?»

«Non sempre» disse lei. «A volte, mentre sto facendo una lettura, l'angelo che mi guida esaurisce tutto ciò che il cliente deve sapere prima che finisca l'ora. A volte i clienti hanno domande a cui le guide non pensano sia importante rispondere, e a quel punto osservo il linguaggio del corpo. Devo capire cosa li tormenta davvero. Una volta arrivata alla radice dei problemi, di solito le guide mi aiutano.»

«Quindi sei *davvero* una veggente.»

«Credo di sì. Per come la vedo io, la gente si rivolge a me per avere delle dritte sulla propria vita, dal punto di vista di un'altra persona: i miei clienti sono così concentrati sui problemi che non riescono a vedere la strada. Io gli mostro una via da percorrere, e a volte è tutto ciò di cui abbiamo bisogno: una spinta nella direzione giusta.»

Guardai fuori dalla finestra, e mi si strinse lo stomaco a vedere l'espressione di Jesse mentre fissava il bosco. Sembrava a pezzi. «E Jesse ha bisogno di una spinta?»

«Sì.»

«In che direzione?»

«È la domanda da un milione di dollari, e quello che voglio che tu capisca. Quindi, continua a concentrarti sullo studio.»

«A parte votare per aiutare Jesse a tenere la terra, non posso fare nient'altro per lui.»

«Finché continui a trattenerti sì, è tutto ciò che puoi fare per lui, ma secondo me puoi fare di più» disse lei. «Mi hai chiesto se sono una veggente. So di esserlo. La vita è così, signorina Copeland. Ci saranno tante persone che ti diranno chi sei. Io sono abbastanza sicura da sapere chi sono, e so di avere la forza di cambiare le linee sulla mia mano destra, se lo desidero. Dal momento che mi hai fatto una domanda, ti risponderò con un'altra domanda: tu sei in grado di cambiare le linee della tua mano?»

Jesse

"Spazio" e "tempo" erano due tra le mie parole preferite. "Spazio" significava che la famiglia di Scarlett era partita, e io avevo più tempo da passare con lei. "Tempo" significava parlare, sussurrare, tenersi per mano, starsene sdraiati insieme a baciarsi senza fretta. E io avrei potuto baciare Scarlett per il resto della vita.

Quella sera la famiglia di Scarlett era uscita per andare al cinema e poi mangiare fuori, quindi avevamo avuto qualche ora preziosa tutta per noi. Ce ne stavamo sdraiati sulla poltrona, lei accoccolata su di me. In teoria stavamo guardando un film, ma per lo più eravamo assorbiti l'uno dall'altra. Nei nostri baci si alternavano desiderio e timidezza. Scarlett esplorava, poi si ritraeva, poi tornava a esplorare, e io le lasciavo tutto lo spazio che le serviva. Come ho detto, per me "spazio" era una parola bellissima.

«Dovremmo fermarci» sussurrò Scarlett, ma lasciandomi un altro bacio sul collo. Un bacio a labbra dischiuse che quasi mi fece impazzire. «Dovremmo compilare i moduli per l'università.»

Lei doveva compilare i moduli per l'università. Io non avevo intenzione di andarci, ma lei insisteva perché facessi almeno domanda. «Io voglio restare nella mia terra.»

«Sì, ma puoi seguire i corsi online» mi disse dolcemente all'orecchio, e probabilmente mi avrebbe convinto a fare qualsiasi cosa continuando a parlare così. Il suo respiro caldo mi accarezzò la pelle, e provai l'impulso di afferrarla, stringerla sotto di me e baciarla fino a dimenticarci i nostri nomi. «E dovresti davvero fare domanda per il sussidio statale.»

Avrei potuto fare domanda per il sussidio dal primo di ottobre, ma non l'avevo fatto perché non avevo intenzione di andare all'università. Scarlett non smetteva mai di insistere, perché i sussidi venivano concessi solo fino all'esaurimento del budget. Molto di quel tormento derivava dalla sua delusione. Il padre si rifiutava di compilare i moduli per il sussidio, il che limitava le sue possibilità di poter frequentare l'Università del Kentucky. Aveva anche scoperto che essendo ancora a carico di suo padre, non poteva fare richiesta per conto suo.

E poi quelli al potere si chiedono perché la gente comune pensa che il sistema sia corrotto.

Le passai una mano lungo la schiena, e lei, grata per quella carezza, si strinse di più a me. «Dovremmo dare un'occhiata a quegli appartamenti vicino all'università.»

Si ritrasse; non molto, però quel tanto da staccare le labbra dal mio collo. «Costano meno di una stanza nel dormitorio.»

Sapevo perché parlava così. Certo, Scarlett era intelligente e a casa non aveva avuto una vita facile, ma non aveva mai dovuto pagare una bolletta. La abbracciai dolcemente e appoggiai la fronte alla sua. «Non ti serve il permesso di tuo padre per chiedere una borsa di studio. Concentrati su questo. I soldi che stai guadagnando grazie a Glory ti saranno utili, ma non sono abbastanza da coprire la retta dell'università e le bollette.»

Lei si accigliò. «Lo so, ma quegli appartamenti sono molto più economici del dormitorio. Però se stessi in dormitorio forse avrei diritto alla mensa, e sarebbero un mucchio di soldi risparmiati, e...»

Se voleva sopravvivere alla vita dopo il diploma senza l'aiuto del padre, le servivano delle risposte concrete. «Forse dovremmo andarci di persona.»

Gioia e sorpresa le apparvero sul viso, con un accenno di esitazione. «Andare dove?»

«A vedere gli appartamenti e l'università. Se vuoi fare tutto da sola, devi sapere esattamente quanto dovrai spendere, così sarai preparata.»

«Davvero?»

Pur di vederla sorridere così sempre, sarei stato disposto a vedere appartamenti tutti i weekend. «Certo. Possiamo andare quando la tua famiglia è via.»

Mi vibrò il cellulare. Le diedi un bacio delicato sulle labbra prima di sporgermi verso il tavolo e trovare un messaggio di Vi: *Stiamo arrivando. Farai meglio a esserci quando saremo lì. Mi devi una cena.*

Gemetti. E meno male che si parlava di tempo e spazio. «Stanno arrivando i miei amici.»

Lei storse le labbra, e compresi il perché. La nostra storia era ancora un segreto. I suoi amici ci tenevano d'occhio, e senza dubbio si erano accorti che tra noi qualcosa era cambiato. Anche se non sbandieravamo ai quattro venti la nostra relazione sbaciucchiandoci in corridoio, avevano cominciato ad allontanare Scarlett. Non ne parlava molto, ma era evidente che le dispiaceva. Non sopportavo il fatto che la stessi trascinando lentamente nella mia maledizione.

Una parte di me urlava che avrei dovuto lasciarla andare, ma non potevo. Ormai ero caduto in una voragine e non potevo riemergere. A dare ascolto alle parole di Glory, sarei stato in grado di spezzare la maledizione proprio grazie a Scarlett, ma se mia cugina non mi avesse fornito precise istruzioni passo passo mi sarei attenuto al piano originale. Il piano che mamma mi aveva offerto anni prima: tenere la terra e rimanerci.

Lei si stiracchiò e fece per alzarsi. «Vado a casa.»

La attirai più vicino. «Resta.»

«Non so se è il caso…»

«Prometto che non ci diranno niente. E se rimani faccio domanda per l'università.»

Scarlett inclinò la testa, come se la proposta fosse una sorpresa. «Due domande.»

«Non esageriamo, ora.»

«Due.» Non aveva intenzione di desistere. Il modo in cui spinse in fuori il labbro inferiore fu un invito a baciarla di nuovo.

Come se potessi dirle di no. «D'accordo.»

Scarlett

Fedele alla parola data, mio padre mi aveva lasciato spazio. Si trattava solo di qualche ora il sabato o la domenica: non era molto tempo, ma almeno era tutto per me. Presto sarei rimasta da sola per un intero weekend, ed ero così emozionata. Mio padre mi aveva fatto quella concessione a una condizione: avrei dovuto incontrare di nuovo il pastore Hughes. Mi ero aspettata di dover saltare in cerchi di fuoco ben peggiori, quindi avevo accettato. L'avrei visto l'indomani.

Dal momento che papà mi aveva lasciato un po' di libertà, avevo deciso di provare a tornare gradualmente a far parte della famiglia. I miei venerdì sera consistevano nella serata pizza e film e poi, dopo che i miei genitori andavano a letto, del tempo insieme a Jesse.

Il venerdì precedente avevamo guardato l'ultimo film di *Harry Potter*. Quella sera sarebbe stata la prima serata del ciclo *Star Wars*. Avevo discusso a lungo con papà per capire se iniziare con l'*Episodio I* o l'*Episodio IV*. Durante tutto il dibattito ero ben consapevole che alla fine avremmo scelto l'*Episodio IV*, perché era l'ordine giusto in cui guardare la serie, ma era stato divertente prendere in giro papà suggerendo di cominciare con l'*Episodio I*.

In realtà era stato un test per vedere se avrebbe perso la calma sentendo un'opinione contraria alla sua. Ma non l'aveva fatto: aveva riso, il che mi aveva restituito quella sensazione di sicurezza che in casa mia non avevo più.

Il film finì, e mentre i titoli di coda scorrevano mia sorella dormiva profondamente accanto a me sulla poltrona. Aveva la pelle calda e sudata di chi sta troppo tempo sotto le coperte con un'altra persona. Mi si era addormentato il braccio, mi faceva male la gamba, ma non volevo svegliarla.

Mamma ridacchiò. Mi voltai verso i miei genitori. Erano sul divano, abbracciati come due ragazzini a un appuntamento. Mamma era seduta in grembo a papà, e ogni volta si guardavano negli occhi con un'espressione di puro amore.

Fu come ricevere un abbraccio e insieme un pizzicotto. Era quello che volevo per la mia famiglia, ma avevo paura di credere ai miei occhi. Le cose potevano rimanere così per sempre?

Sarebbe stato bello, ma papà continuava a pensare che sarei dovuta rimanere in città per l'università. Ancora non voleva che trovassi un lavoro. Ancora mi controllava il cellulare ogni sera. Stava cambiando, ma quanto? Sarebbe mai stato abbastanza?

Mamma mi guardò con il suo sorriso più sincero. La imitai, e lei sorrise ancora di più.

«Isabelle dorme» dissi a bassa voce, per non svegliare la bella addormentata. «Ho paura di cadere se mi alzo e la prendo in braccio.»

«La metto a letto io.» Papà diede un bacio sulle labbra a mamma. Non distolsi lo sguardo come avrebbe fatto gran parte dei ragazzi della mia età. Anzi, fu come vedere la pioggia che finalmente bagna la terra arida.

Mamma si scansò per lasciare alzare papà, e lui prese in braccio Isabelle con delicatezza. Mia sorella gli appoggiò la testa sulla spalla, come se quello fosse il posto che le spettava di diritto.

«Sei una brava sorella, Scarlett.» Papà si sistemò addosso il braccio penzolante di Isabelle.

«Lei me lo rende facile» dissi. La risposta di papà fu un sorriso concorde, e io provai tenerezza nei suoi confronti. Superò il tappeto del seminterrato, poi risalì le scale.

«Stasera ci siamo divertiti» disse mamma.

«Già.» Era vero, motivo per cui detestavo il conflitto che mi agitava. Mi strinsi le ginocchia al petto. Come era possibile provare con tanta intensità e in egual maniera rabbia e amore nei confronti di papà? La vita sarebbe mai stata meno confusa?

«Sono così felice che tu lo stia perdonando, Scarlett. Stiamo tornando a essere una famiglia normale.»

Mamma si mise a cercare il successivo film di *Star Wars* con il telecomando, così non vide la mia smorfia. Non lo avevo perdonato. Ero ancora arrabbiata e triste. Ero una persona orribile perché non ero pronta? Avrei voluto chiederlo alla mamma, ma non lo feci. Era felice, e io ero stanca di essere quella che cercava di distruggere l'unità familiare.

Fino a quel momento la conversazione tra me e il buon pastore era stata innocua. Avevamo scoperto di essere entrambi appassionati di Netflix, il che ci aveva condotto a un'intensa discussione sulle trame di vari telefilm.

«Come vanno le cose con tuo padre?» chiese alla fine il pastore Hughes.

Mi ritrovai a prendere un respiro profondo prima di rispondere, ma poi mi fermai. «Complimenti.»

«Per cosa?» Non era molto bravo a fare il finto tonto.

«Mi ha fatto parlare, e così ho quasi risposto a una domanda a cui non voglio rispondere.»

Lui ridacchiò e si appoggiò allo schienale. «Ci ho provato. Allora lascia che ti faccia un'altra domanda. Perché non vuoi rispondere alla domanda?»

Tirai via un pelucco dal maglione blu. «Posso chiederle io una cosa, invece?»

«Certo.»

«Quando le persone le parlano di quello che succede a casa loro, e le raccontano qualcosa di grave, lei chiama la polizia?»

Sul viso del pastore comparve un'espressione comprensiva. Mi rattristava, ma era anche rassicurante. Come se avesse capito cosa stava succedendo nella mia mente, nonostante non ci fossi riuscita nemmeno io. «Io sono un po' come un assistente sociale. Se qualcuno compie un crimine contro un minore, devo denunciarlo. Punto. Se invece si tratta di un adulto, devo chiamare la polizia se il crimine è in corso o se c'è la concreta possibilità di imminente violenza. A parte questo, tutto ciò che mi viene detto rimane in questo studio.»

Papà non stava più picchiando la mamma, e al momento non rappresentava una minaccia. Grattai via lo smalto rosa che mia sorella mi aveva messo sul mignolo il giorno prima. Era strano e piacevole che il pastore Hughes mi stesse concedendo quel silenzio per elaborare le nuove informazioni.

Avevo così tante domande su papà, e tanto bisogno di avere qualcuno con cui parlare: un adulto che avesse delle risposte, preferibilmente. Ma se papà stava davvero cambiando e io avessi riferito qualcosa che avrebbe incasinato tutto? E se invece papà non stava cambiando e avesse scoperto che avevo parlato? In entrambi i casi sembrava meglio girare intorno alla questione. «Possiamo parlare di una famiglia ipotetica, come l'ultima volta?»

«Certo» disse il pastore Hughes. «Ipoteticamente, che dinamica c'è in questa famiglia?»

Alzai una spalla. «Non so… Allora: c'è una figlia, e suo padre si arrabbia con lei.»

«E il padre la picchia?»

«No.»

«Picchia la madre?»

Non risposi, e dopo qualche secondo lui continuò: «Cosa prova la figlia per il padre?».

«Non vuole parlarne.»

«Perché?»

«Perché per quanto lui stia cambiando, lei non è pronta a perdonarlo. Lei mi dirà che dovrebbe perdonarlo, e questo mi farebbe arrabbiare. E io non ho voglia di arrabbiarmi, quindi che senso ha parlarne?»

Il pastore incrociò le dita sullo stomaco. «A chi pensi serva il perdono?»

«Alle persone che vogliono essere perdonate. Si sentono in colpa ma non vorrebbero, quindi li perdoni per farli sentire meglio. Se non lo perdono, tutti gli altri si arrabbieranno con me per non averlo fatto, perché direbbero che sto solo facendo la permalosa. Poi daranno a me la colpa se non riescono a far finta che il problema non sia mai esistito e se non possono riprendere a recitare ciascuno la sua parte.»

Lui annuì leggermente, come se in qualche modo potesse capirmi. Secondo me era impossibile: se avesse capito davvero, non ci saremmo messi a parlare di perdono.

«E se ti dicessi che sì, il perdono può far del bene all'altra persona, ma potrebbe aiutare anche te?»

«Le chiederei se di recente ha ricevuto un colpo in testa, oppure se nelle ultime ventiquattro ore ha assunto qualche sostanza stupefacente. Non so se gliel'hanno detto in seminario, ma farebbe meglio a stare alla larga dalle metanfetamine.»

Lui ridacchiò, e a me sfuggì un sorriso.

«Lascia che ti racconti una storia» disse lui. «C'era un giovane di nome Giacobbe che rubò una cosa molto importante a suo fratello Esaù. Esaù era furioso, e Giacobbe cominciò a temere per la sua vita, così fuggì. Rimase via per molti anni. Abbastanza da sposarsi e metter su famiglia, ma un giorno Dio disse a Giacobbe di tornare a casa. Giacobbe esitò. Era sicuro che se fosse tornato, suo fratello l'avrebbe ucciso.

«Dando ascolto a Dio, Giacobbe iniziò un lungo viaggio con la famiglia e il suo bestiame per tornare alla sua città. Ma era comunque timoroso. Allora mandò avanti dei messaggeri con dei doni sfarzosi per informare Esaù del suo ritorno.

«Alla fine Giacobbe incontrò Esaù faccia a faccia. Giacobbe pensava che Esaù volesse fargli del male, invece suo fratello lo abbracciò e accolse lui e la famiglia in casa sua. Dio li aveva ispirati entrambi a perdonare, ma aveva anche detto a Giacobbe di non rimanere a vivere con il fratello, e di andare ad abitare dall'altra parte della città.»

«Senza offesa» dissi, «non capisco la morale della storia.»

«Giacobbe ha passato tanti anni a temere il fratello. Riesci a immaginare quanto sia stata divorante la sua paura? Sono certo che Esaù rimase arrabbiato per molto tempo, e che quella rabbia lo abbia consumato. Ma quando alla fine si sono incontrati, sono riusciti a perdonarsi a vicenda per le cose terribili che si erano fatti, e così hanno potuto ricominciare da capo senza paura né rabbia.»

«Di nuovo, continuo a capire che dovrei perdonare perché tutti possano vivere felici e contenti, ma io al momento non mi sento in vena di storie a lieto fine.»

«Hai ragione, ma ti stai perdendo la parte importante. Il Signore non li ha costretti ad avere un rapporto. Non ha incastrato due pezzi del puzzle che non combaciano. Ha concesso ai fratelli il tempo necessario perché il perdono potesse verificarsi, e una volta che si sono riconciliati, non ha detto che dovevano di nuovo volersi bene. Anzi, ha fatto in modo che tra i due vi fosse una distanza necessaria.»

Il pastore Hughes attese un mio commento, ma ero prigioniera del silenzio.

Lui si appoggiò alla scrivania. «Se a casa tua si è verificato un crimine, non ti sto dicendo di fare finta di niente. Ti sto dicendo l'opposto. Qualsiasi tipo di crimine è sbagliato. Se i tuoi genitori si picchiano, o se dovessero alzare le mani su te o tua sorella, chiama la polizia. Se pensi di non farcela, allora lascia che me ne occupi io.»

«Stavamo parlando in via ipotetica» sussurrai.

«Io no. Questo è un consiglio che tutti dovrebbero tenere a mente, indipendentemente da chi sono.»

Attraversata dalla rabbia, strinsi i braccioli della sedia. «Ma la mamma mentirà alla polizia.»

«Lasciala fare. È una sua scelta, ma questo attirerà l'attenzione delle autorità. Dio non vuole che qualcuno faccia del male, in nessuna situazione.»

«Allora perché tutti parlano sempre di perdono?»

«Perché non dovresti farti consumare dalla rabbia e dalla tristezza. I peccati di un padre non dovrebbero distruggere un figlio. Rabbia e tristezza impediscono all'amore e alla gioia di entrare nella vita.

«Scarlett, che la famiglia sia ipotetica o reale, oggi sei seduta qui perché il rapporto con tuo padre è complicato.

Chiunque avrebbe percepito la tensione fra voi quando eravate seduti insieme nel mio ufficio. Voglio aiutarti, e ho bisogno che mi ascolti.

«Quello che voglio tu apprenda dalla storia di Giacobbe è che il perdono è possibile, ma perdonare non significa riammettere una persona nella propria vita. Il perdono non vuol dire comprendere o accettare un crimine. Il perdono significa che presto compirai diciotto anni, ti diplomerai e allora potrai fare le tue scelte. E quando succederà, vuoi iniziare quella vita piena di rabbia, o vuoi concentrarti sulla tua felicità?»

Che razza di domanda era? «Ovvio che voglio la felicità.»

«Allora trova il modo di vedere tuo padre come una persona malata, che ha bisogno di terapia e preghiere. Il perdono ti tira via dal cuore della situazione, e ti dà la possibilità di guardarla con occhi diversi. Dio ci ha dato il libero arbitrio. Non gli piace quando scegliamo di far del male agli altri, ma è comunque una scelta che possiamo fare. Il Signore ci insegna il perdono per aiutarci a capire che non siamo responsabili delle scelte sbagliate di un'altra persona. Che gli errori di tuo padre sono colpa sua, non tua. Che la rabbia ti tiene solo ancorata al dolore, non te ne libera.

«Non voglio che perdoni tuo padre per rendergli le cose facili, ma perché tu possa andare avanti con la tua vita senza che i suoi demoni diventino i tuoi.»

Mi dondolai sulla sedia perché ero così nervosa da voler scappare via, ma per quanto lo volessi, dovevo restare. Mi servivano delle risposte. Dovevo capire cosa fare. Ero nervosa, avevo la nausea e mi girava la testa ma, cosa più importante, ero disperata. «Mamma… mamma dice che papà sta cambiando. Anche papà dice che sta cambiando. È vero? È possibile cambiare?»

«Non posso sapere se sta cambiando davvero, perché non sono io a fargli terapia. E anche se fossi io, non potrei tradire la sua fiducia, ma ti dirò che credo che il cambiamento sia possibile. Negli anni ho visto molte persone distrutte che non credevano di poter ritrovare la felicità. La domanda che voglio farti è: tu credi che tuo padre stia cambiando?»

«Non lo so» risposi, con sincerità. «Non si arrabbia più.»

«Su questo devi darmi retta» disse il pastore Hughes. «Lasciar andare la rabbia e la tristezza non autorizzano tuo padre a far del male a te o alla tua famiglia. Ogni giorno prego perché cambi e trovi pace. Ma la pace non significa che tu o la tua famiglia dobbiate fargli da *punching ball*. Quando si parla di violenza, non ci sono seconde possibilità. Permettimi di ripeterlo: se tuo padre fa del male a tua madre, a te o a tua sorella, devi chiamare la polizia. Intesi?»

Annuii lentamente, nel tentativo di digerire tutto ciò che aveva detto. Liberarsi della rabbia non significava che papà avesse il permesso di farmi altro male. Era un concetto così strano che il cervello faceva fatica ad assorbirlo.

«Parte del mio lavoro è discutere del cosiddetto "piano di emergenza" con persone che si trovano in relazioni o situazioni familiari complicate. È un piano per rimanere al sicuro se ci si trova in una situazione pericolosa e si deve lasciare casa.»

Mi sentivo così sopraffatta che non potei fare altro che ascoltare. Il pastore Hughes continuò a parlare del piano, di siti web che voleva visitassi, in cui avrei potuto vedere che era possibile chiedere aiuto, ma mi suggerì di guardarli a scuola o a casa di amici.

Ascoltai e al tempo stesso non lo feci, perché ero ancora persa nell'ultima parte della conversazione. Era possibile? Potevo liberarmi della rabbia? Potevo liberarmi della tristezza? Non lo sapevo proprio.

C'erano parecchie valigie nell'ingresso, e nemmeno una era mia. Mi sedetti sulla scala, ed ero così emozionata che dondolavo il ginocchio. Quel weekend papà avrebbe portato mamma e Isabelle ad Atlanta, e io sarei rimasta a casa da sola: la più affascinante e inebriante esperienza della mia vita. E in realtà non sarei rimasta a casa. Sarei andata a Lexington con Jesse, a cercare un appartamento e visitare l'Università del Kentucky. La vita era assolutamente fantastica.

Con il completo addosso, papà uscì dallo studio e mise la borsa del portatile accanto alle altre. Guardò le valigie e poi si voltò verso di me. Non gli restituii un'occhiataccia: era un enorme passo avanti per me. La rabbia che mi ero tenuta dentro stava diventando più difficile da richiamare a galla, e non sapevo come interpretarlo.

«Cosa posso portarti da Atlanta?»

«Una coppa di gelato?» chiesi.

Papà fece un sorrisetto. «Non sono sicuro che farebbe una bella fine in valigia.»

Schioccai le dita, come per dire "mannaggia".

«Scherzi a parte, vuoi qualcosa?»

«Non mi serve niente, ma grazie.»

Mamma e Isabelle scesero le scale, e mamma si mise a elencare una lista infinita di chi dovevo chiamare in caso di emergenza, e qualsiasi altra cosa le venisse in mente.

Isabelle mi diede un bacio appiccicoso sulla guancia, e mamma mi strinse in un lungo abbraccio affettuoso. Papà, d'altro canto, mi lasciò spazio. Aveva mantenuto la parola. Seguiva la terapia, sembrava disposto ad ascoltarmi, ad ascoltare mamma, e sembrava che stesse… cambiando. Come il pastore Hughes, anch'io credevo che le persone potessero cambiare, ma dovevo decidere se questo era possibile anche per mio padre.

«Stai attenta se esci con gli amici o se vengono loro a casa» disse papà. «In entrambi i casi, fai sapere a mamma i tuoi piani. E comunque, chiamaci se ti serve qualcosa.»

Gli tremavano le mani, e pensai a come doveva essere stato per lui aspettare una telefonata dalla sorella che non sarebbe mai arrivata. Solo l'idea mi faceva sentire male. Non riuscivo a immaginare di viverlo.

Attraversai l'ingresso e abbracciai mio padre. Gli ci volle un attimo prima di abbracciarmi a sua volta. Chiusi gli occhi e mi godetti la sensazione. Da bambina quell'abbraccio era la parte della giornata che preferivo. Mi mancava. Mi mancava lui. Mi mancava avere una famiglia vera.

Mi feci indietro, e mi si strinse la gola nel vedere gli occhi di papà pieni di lacrime. «Grazie.»

Le emozioni che sentivo erano così potenti che riuscii solo a dire: «Grazie a te per avermi dato spazio».

«Prego.»

Sì, credevo che fosse possibile cambiare. Potevo cambiare io, poteva cambiare lui.

«Quando tornerete vorrei parlare con te.» Avevo le mani sudate e la pelle umidiccia.

«Di cosa?»

Del lavoro, di Jesse, di come non volevo più mentire, e di come avrei voluto che, non dico approvasse, ma scendesse a compromessi con le mie scelte. «Tipo che vorrei prendere la patente, e un altro paio di cose. Magari possiamo parlarne insieme al pastore Hughes.»

Papà si illuminò. «Mi piacerebbe molto.»

«Allora mi lasci prendere la patente?» Lo stavo mettendo alla prova, perché se non mi avrebbe permesso di guidare, non avrebbe accettato nemmeno Jesse, il lavoro, né l'Università del Kentucky.

«È arrivato il momento, ma ne parleremo meglio durante la terapia, ok?»

Mi sembrò di spiccare il volo, perché stava succedendo davvero: stava cambiando. «Certo.»

Papà disse altre cose, mi ricordò i numeri per le emergenze e dove li aveva appuntati, poi finalmente se ne andarono. Lì, in casa da sola, mi sentii pervadere dalla speranza che forse, *forse*, potevamo essere di nuovo una famiglia.

Mi strinsi fra le braccia perché, per quanto quella speranza fosse un sollievo, era probabilmente l'emozione più terrificante che avessi mai provato.

Jesse

Penna alla mano, continuavo a fissare il foglio di carta. Nessuna delle frasi che avevo scritto rendeva giustizia a com'era stato perdere mia madre. Non sapevo come descrivere il fatto che i pianti della mamma erano un rumore di sottofondo costante, che a volte la ferita sulla schiena faceva ancora male, o come descrivere quella voragine che non sarebbe mai stata colmata.

Mamma era morta, papà era vivo e nulla aveva senso. Non era giusto. Non lo era. E alcune persone, persone che avevano il potere di fare qualcosa, pensavano che fosse una buona idea lasciarlo libero.

Di fare cosa? Di fare del male a qualcun altro? Tre anni. Doveva scontarne venti, come minimo. Quand'è che la vita sarebbe migliorata?

Le lancette scorrevano. O scrivevo quella lettera, andavo di persona a spiegare perché papà doveva restare in prigione, o non facevo nulla. Avevo cominciato a scriverla un'infinità di volte, ma non riuscivo mai a superare il primo paragrafo. Tutto quel bianco sul foglio mi faceva sentire un fallimento.

Qualcuno bussò alla porta. Accartocciai il foglio e lo gettai nel cestino. Al momento era meglio avere a che fare con quanto di buono c'era al mondo.

Aprii la porta, e il sorriso di Scarlett era abbastanza luminoso da scacciare via i miei demoni. Era come un angolo di paradiso all'inferno. Entrò; non aveva con sé la borsa perché era convinta che il padre le tenesse ancora sotto controllo il cellulare. Si sollevò sulle punte per chiedermi un bacio, e fui più che felice di esaudire la sua richiesta. Le feci scivolare le dita fra i capelli e appoggiai le mie labbra sulle sue. Avrei potuto farlo ogni giorno per il resto della vita, e non sarebbe stato comunque abbastanza.

«Pronta?» chiesi.

Mi aspettavo una rapida conferma, invece lei fece un passo indietro. «Credo di sì.»

Corrugai le sopracciglia. «Credi di sì?»

«Penso che papà stia cambiando. È disposto a considerare di farmi prendere la patente.»

"Cambiando". Cercai di digerire quella parola, ma non ci riuscii. Rimase lì, come un corpo esterno che si doveva rimuovere chirurgicamente. Forse il cambiamento di cui parlava lei era reale, ma giusto per essere certi… «Guardare qualche appartamento e fare una visita all'università non significa mettere la firma per un mutuo di trent'anni. Lui può cambiare, e tu puoi comunque continuare a guardarti intorno.»

«Lo so.» Si mise a giocherellare con l'orlo del maglione, segnale che mille pensieri le stavano passando per la testa. «Come ti sentiresti se mio padre sapesse di noi?»

L'istinto mi diceva che per il momento le cose andavano bene così, ma se le avessi detto di tenere il segreto, avrebbe creduto che per me era un problema parlare di noi agli altri. Per me non sarebbe stato un problema, ma ero preoccupato per la sua sicurezza. «Voglio ciò che è meglio per te.»

«Credo che sia cambiato» disse lei. «Che potrebbe anche ascoltare.»

In parole come "credo" e "potrebbe" c'era troppo pericolo, ma dirlo non sarebbe servito, le avrebbe solo provocato dolore. «Vogliamo andare, o restiamo qui?»

«Andiamo.» C'era una scintilla audace nel suo sguardo. La mia Trilli era tornata. «Se non altro sarà un'avventura, giusto?»

Scarlett

Un attacco di panico. Ecco cosa stava per venirmi. Il mondo non girava per il verso giusto, e stava spazzando via i miei sogni. Non sapevo in quale appartamento mi trovassi, ma di sicuro non era quello che avevo visto su internet. Cercai di inspirare profondamente, ma i polmoni si rifiutavano di collaborare.

Avevamo passato la giornata a visitare appartamenti, e si erano rivelati tutti uno peggio dell'altro. Quello era l'ultimo. Evidentemente per potermi permettere un posto decente dove vivere, dovevo vendere un rene o l'anima.

Jesse guardava dalla grossa finestra aperta lo squallore delle strade della zona. All'angolo qualcuno vendeva eroina. Quando eravamo arrivati due persone si stavano drogando. Jesse mi aveva trascinata via, mormorando che non c'era bisogno di vedere l'interno, ma per me ce n'era eccome. Quel posto doveva essere la proverbiale oasi nel deserto, ne ero sicura.

Jesse saltò, afferrò il telaio della finestra, cercò di tirarlo giù ma ci rimase appeso, con i piedi che penzolavano in aria. Sbattei gli occhi, incredula. «Perché non si chiude?»

«È stata verniciata. Immagino che l'amministrazione la tenga così per non dover rimpiazzare il vetro ogni volta che si introducono nell'appartamento. In pratica è come se avessero l'accesso facilitato.» Jesse rivolse un ghigno alla donna che ci stava mostrando la casa. «Sbaglio?»

L'agente immobiliare, in completo pastello, guardò Jesse con uno sguardo vacuo, ma poi a me rivolse un sorriso. «Ha visto il bagno? C'è la vasca con i piedini!»

«Sentito, Trilli? Piedini. Praticamente vale tutto l'appartamento.» Entrò nel bagno, sentii il rumore dell'acqua nel lavandino, e poi urlò: «Grandioso, acqua marrone!».

All'agente immobiliare squillò il cellulare. Si scusò e andò a rispondere in corridoio.

Stritolai la lista dei fantastici appartamenti che rientravano nel mio budget, e mi girai di scatto per cercare di trovare qualcosa di salvabile. Qualsiasi cosa. Mi sentii solleticare sulla caviglia; guardai giù, e quasi il cuore mi balzò fuori dalla cassa toracica. Strillai e mi rifugiai dall'altra parte della stanza.

Jesse tornò di corsa, e quando mi vide nell'angolo a gridare, indicando qualcosa che nemmeno io sapevo cosa fosse, infilò le mani in tasca. «Guarda, ti danno in omaggio pure l'animale domestico.»

«Un topo!» urlai.

Jesse mi guardò come se avessi detto un'ovvietà, e infatti era così.

«Ho sentito che i topi vanno molto di moda. Sono i nuovi cani. Dicono che sono super intelligenti. Sanno legarti al letto prima di mangiarti gli occhi, tipo.»

Non era d'aiuto. «Non voglio dei topi in casa!»

«È che hanno una brutta reputazione. Sai, quella storia delle peste bubbonica. Pensi che addomesticano quelli randagi, oppure sarà una roba genetica che gli inoculano?»

Mi assalì una nuova ondata di panico, e cominciai a tremare. «Che faccio? Non posso vivere in un posto simile. Non posso vivere in nessuno di questi appartamenti. Io ci speravo tanto, e l'ho sognato, e...» Gli mostrai il foglio su cui c'erano i miei sogni. «Hanno mentito. Hanno mentito tutti.»

«Sì» disse semplicemente, e per un istante valutai se lanciargli addosso il topo.

Mi voltai, pregando per una risposta. «Troverò un coinquilino. Mi aiuterà lui. Pagherà metà dell'affitto, e io l'altra metà.» Così avrei potuto vivere in un appartamento dove non sarei morta di tetano.

«E dove lo trovi un coinquilino? Qualcuno dei tuoi amici vuole fare a meno dell'aiuto dei genitori ancora prima del diploma?»

I miei amici si sarebbero iscritti all'università, e forse alcuni proprio all'Università del Kentucky, ma sarebbero andati a stare in dormitorio, perché le loro famiglie li avrebbero aiutati. «Posso trovare qualcuno su internet.»

«Idea geniale» disse Jesse. «Sull'annuncio specificherai anche in che modo vuoi essere uccisa? Io scriverei rapido e indolore, ma poi vedi tu.»

Mi girai, e l'occhiataccia che rifilai a Jesse gli fece fare due passi indietro. «Sto scherzando.»

«Non è divertente!» ruggii.

«Lo so, ma se non impari a ridere nei momenti brutti, la vita – che è già dura – sarà ancora più difficile.»

Mi crollarono le spalle, e Jesse attraversò la stanza per raggiungermi. Mi cinse i fianchi, e io gli appoggiai la testa alla spalla. Il suo era un abbraccio forte, sicuro, e mi sentii completamente e totalmente persa. «Che cosa faccio?»

«Un passo alla volta. Lavorerai per Glory più che puoi, metterai da parte ogni centesimo e troverai un modo per trovare un coinquilino che non sia internet. Se non puoi permetterti il dormitorio, cercherai un agente immobiliare migliore di questo, uno che non sia ossessionato dalle vasche con i piedini, per aiutarti a trovare un monolocale adatto in un'altra zona della città.»

Alzai la testa, e gli fui molto grata perché continuava a tenermi stretta a sé. «Tu lo sapevi che sarebbe finita così, non è vero?»

Lui annuì, e apprezzai che non stava gongolando. «Se te lo avessi detto, non penso che mi avresti creduto. A volte si deve sbattere contro la realtà per poterci credere.»

Purtroppo aveva ragione lui.

«Da qui al diploma hai sei mesi. È parecchio tempo, ma passerà in fretta. So che vuoi andare all'università, ma quello, lavorare e pagare le bollette è un sacco di roba. Si può fare, ma è tanta roba. Devi impegnarti, fare domanda per un centinaio di borse di studio e prendere appuntamento con il consulente per il sussidio statale all'università, come ha suggerito la guida. Se ricordi, ha detto che potrebbero aiutarti economicamente comunque, anche se tuo padre si rifiuta.»

Sospirai. C'erano così tante cose che non avevo considerato. Così tante che dovevo imparare. Non bastava desiderare qualcosa per farla materializzare. Se volevo la libertà dovevo lavorare, e sodo.

«Non so tu, ma oggi io ne ho avuto abbastanza dei problemi del mondo» disse lui. «Vogliamo andarcene?»

«Assolutamente sì.»

Jesse

Dopo aver preso al volo qualcosa da mangiare per cena, ci dirigemmo verso casa. La cosa positiva di avere un vecchio furgone era che Scarlett poteva fare il viaggio seduta accanto a me, sul sedile a panca. Il riscaldamento non funzionava bene, ma la serata autunnale era fresca e Scarlett voleva un po' di calore. Mi andava bene. Le tenevo un braccio attorno alle spalle, e lei se ne stava accoccolata, stretta a me, la testa sulla mia spalla. Mi aveva acceso una fiamma dentro, un fuoco ardente.

All'inizio mi appoggiò la mano sulla coscia. Solo appoggiata. Ma bastò per mandarmi in panne il cervello. Quindi mi misi a fantasticare di baciarla, e di quanto sarebbe stato bello passare un po' di tempo da soli, e iniziai a sfiorarle il braccio. Più tardi – non ricordo quando perché nel mio cervello ormai non c'era più sangue –, lei si mise a tracciare cerchi lenti e seducenti sulla gamba.

Da soli. Volevo stare con lei da solo. Era diventata la mia ossessione. Scarlett nel mio letto, nel mio campo… Al diavolo, persino sul retro del furgone mi sarebbe andata bene.

«Accosta!» urlò Scarlett, e sobbalzai dopo quel lungo silenzio confortevole.

Frenai e controllai lo specchietto retrovisore. Grazie al cielo non c'era nessuno dietro, e mi fermai nel parcheggio deserto accanto al basso muro di pietre costruito probabilmente nell'Ottocento. Scarlett si tolse la cintura di sicurezza, si chinò in avanti, e guardò oltre il parabrezza. «I miei sono passati davanti a questo posto centinaia di volte, e non ci siamo mai fermati, neppure una volta. Nonostante tutte le volte che gliel'ho chiesto.»

Strano, la nonna si fermava qui quasi ogni volta che passavamo. Non avevo mai pensato che qualcuno nella nostra contea potesse non aver mai parcheggiato qui. Eravamo in cima alla collina più alta della zona, e sotto di noi brillavano le luci della città.

Si vedevano il tribunale della contea, il palazzo del governo, la stazione di polizia, alcuni edifici a due piani, un paio di fast-food che spiccavano su Massey Street, e poi c'erano le scuole: le elementari, le medie e il liceo.

Molti avrebbero storto il naso a quella vista, ma per me era casa.

Scarlett era radiosa mentre guardava il paesaggio. «È bellissimo, vero?»

«Già.»

Lei mi guardò e mi diede una spintarella. «Ma se non stai nemmeno guardando.»

«Preferisco guardare quello che c'è dentro il furgone, piuttosto che quello che c'è fuori.»

Le si addolcirono gli occhi in una tinta di blu profondo, come il mare. Si rilassò di nuovo sul sedile e si strinse a me ancora più forte. «Credi che sia stupida se voglio sbagliare per conto mio? Secondo te dovrei farmene una ragione, e permettere a papà di pagarmi tutte le spese per i prossimi quattro anni, prima di chiudere i contatti?»

«Vuoi studiare Economia?»

«No.»

«Se ti sta facendo del male, te ne devi andare. Punto.»

«Ma andarsene non è facile.»

«Magari mia mamma se ne fosse andata...»

Lei si voltò a guardarmi, e mi sfiorò la spalla con i capelli. «Che vuoi dire?»

Iniziai a parlare, senza riflettere; tutto pur di distrarmi dal ricordo delle urla. «Mia mamma usciva sempre con uomini che le facevano del male, finché un giorno uno non si è limitato a farle male. L'ha uccisa.»

«Santo cielo, Jesse, è tremendo.»

«Sapevi che era morta.» Scarlett mi aveva lasciato un biglietto nell'armadietto, anche se allora avevo già smesso di rivolgerle la parola. E anche se avevo continuato a ignorarla, lo avevo conservato. Era ancora in camera mia, in una scatola in fondo al comò.

«Ma credevo che fosse morta in un incidente. Non avevo idea che qualcuno l'avesse uccisa.»

Non lo sapevano in molti. «È successo fuori dallo stato. Mia nonna ha pensato che sarebbe stato più facile per me se avessimo evitato di divulgare i dettagli.» Non potevo dire che avesse fatto la scelta sbagliata. Valutai se dire la verità a Scarlett, che mia mamma non era morta in autunno, ma l'estate prima, quando eravamo ancora amici, ma questo avrebbe provocato domande a cui non ero sicuro di poter rispondere.

«Mi dispiace così tanto» disse lei.

«Fai sempre così: ti scusi per delle cose per cui non ti devi scusare.»

Lei mi appoggiò la mano sul braccio. «Soffro per te. Non so cos'altro dire.»

«Non te l'ho raccontato per farmi compatire. Lo faccio perché non voglio che tu commetta i suoi stessi errori. Non voglio che riponga le tue speranze in qualcuno che non si merita un grammo del tuo amore. So che tuo padre non ha mai alzato le mani su di te, ma ti ha comunque ferita ogni volta che ha picchiato tua madre. Lo so che vuoi perdonarlo. Lo so che speri che sia cambiato, ma ti sto dicendo che se decidi di sbagliare per conto tuo dopo il diploma e questo lo fa incazzare, allora è un bastardo che devi tagliare fuori dalla tua vita. Se invece ti vuole bene, ti sosterrà.

«Se qualcuno, incluso me, si mette in mezzo fra te e la felicità, fra te e i tuoi sogni, se non capisce che far del male è sbagliato, devi andartene, Scarlett. Tutto qui.»

Scarlett

Per anni mi ero domandata cosa fosse l'amore, ed eccolo lì. Erano quelle parole, quei gesti, il modo in cui mi stringeva come se potesse volontariamente gettarsi nel fuoco pur di amarmi. Accarezzai il viso di Jesse, e la sua barbetta mi solleticò la pelle. Lui si adagiò in quel contatto, poi mi baciò il palmo della mano. La carezza accennata di quelle labbra mi fece sentire i brividi fin nel sangue.

Nelle ultime due settimane ci eravamo baciati. Tanto. Ci baciavamo spesso, ma non avevamo fatto altro, solo ciò che mi faceva sentire a mio agio. Jesse era così paziente. Non faceva mai pressioni o chiedeva di più. Coglieva il minimo indizio nel mio corpo e si fermava. Lasciandomi spazio, facendomi sempre condurre il gioco, permettendomi di essere io a guidarlo.

Adesso, però, volevo di più. Volevo che mi baciasse, volevo perdermi in lui e perdere me stessa. Mi sporsi per sfiorargli le labbra con le mie. All'inizio fu solo una carezza, delicata, ma non ci volle molto perché quell'abbraccio si facesse più profondo. Socchiudemmo le labbra e lasciammo danzare le lingue. Piccoli morsi. Mani che si muovevano lungo la schiena, tra i capelli, e c'era una spinta, un'energia, un'urgenza.

Lo volevo più vicino. Ne avevo bisogno. Lo desideravo, e non sapendo come fare a chiedergli di più, lo baciai audacemente sul collo. Jesse trattenne il respiro e mi strinse più forte.

«È fantastico» sussurrò, e quel commento mi diede coraggio. Coraggio per baciare, esplorare, lasciar scivolare la mano sotto la sua camicia per sentire la pelle calda del suo addome. Spalancai gli occhi e lo fece anche lui. Boccheggiavamo entrambi.

«Sei sicura?» mi chiese lui. «Non voglio che tu faccia niente che non vuoi fare.»

«Sì, sono sicura» dissi, ma fui sincera, «però a un certo punto ti chiederò di fermarti.»

Jesse sfoderò il suo sorrisetto da canaglia, e già quello fu come un bacio che potevo sentire dalla testa ai piedi. «Scarlett, sono nelle tue mani. Sei tu al comando, fammi strada.»

«Suona bene.» Suonava molto bene. Prima che potessi pensarci troppo, mi sfilai la camicia e dovetti mordermi il labbro per evitare di scoppiare a ridere di fronte all'espressione adorabile di Jesse.

«Ti ho mai detto quanto sei bella?» fece.

«Molte volte.»

Presi l'orlo della sua camicia, e Jesse mi aiutò e si lasciò condurre mentre gliela toglievo e la gettavo sul pavimento. Gli circondai il collo con le braccia, lo attirai a me, e Jesse fece come una tessera del domino, chinandosi proprio come volevo che facesse.

Avevo la testa sul sedile, il suo corpo copriva il mio, le nostre gambe erano intrecciate, e percepivo una sensazione adrenalinica mentre continuavamo a muoverci e baciarci, e toccarci, ed esplorare. Mi sussurrò delle cose, cose molto belle, meravigliose, e lo strinsi più forte a me quando mi disse che non avrebbe mai potuto vivere senza di me. Mi sentivo così colma di gioia che sussurrai: «Ti amo».

Qualcuno bussò al finestrino, e il cuore mi balzò in gola. Mentre ci mettevamo seduti, Jesse mi attirò più vicino.

«Mani sul cruscotto. Tu alla guida, abbassa il finestrino. Fa' come ti dico, subito!»

«Jesse?» gli sussurrai, il volto appoggiato sul suo collo.

Lui mi diede un bacio sulla tempia. «Mettiti la camicia e poi facciamo come dicono. È la polizia.»

Jesse

Scarlett si sporse a prendere la camicia quando il poliziotto batté di nuovo sul finestrino. «Mettete le mani sul cruscotto. Adesso!»

Si fece pallida come un fantasma, e questo mi fece ribollire il sangue. Due ragazzi che si baciavano in un furgone non giustificava certo una reazione così esagerata. Stava spaventando Scarlett, e questo non mi andava bene.

«Abbassa il finestrino o te lo spacco.»

Doveva solo provarci, e avrei detto a Marshall di fargli il culo in tribunale. Scarlett mi guardò. Tremava dalla testa ai piedi. «È meglio che abbassi il finestrino.»

«Prima mettiti la camicia» dissi, con più calma possibile. «Non permetterò a un qualche cavolo di sbirro di vederti così.»

In tutta fretta, si infilò la camicia mentre i colpi sul finestrino continuavano. Appoggiai le mani sul volante, e quando Scarlett mise le sue sul cruscotto, guardai il poliziotto. I vetri erano appannati, ma riuscivo a vedere che mi stava fissando in cagnesco. Fece un cenno verso il finestrino, dove c'era un altro sbirro.

«Abbasso il finestrino?» urlai. «O apro lo sportello?»

«Sblocca lo sportello e abbassa il finestrino.»

Obbedii agli ordini e l'aria fresca dell'autunno mi arrivò di colpo in faccia. «Cosa posso fare per lei, agente?» Il mio tono non sembrava per nulla sincero.

«Patente e libretto. Prima la patente.»

Presi lentamente il portafoglio, gli porsi la patente e nel farlo il poliziotto disse: «Dammi la patente, signorina».

«Non ce l'ho» disse Scarlett. «Non ho con me i documenti.»

Il poliziotto guardò la patente. «Sei un Lachlin?»

Fantastico. La fama del mio cognome mi precedeva. «Sì.»

«E tu come ti chiami, signorina?» chiese il poliziotto.

«Scarlett Copeland.»

Il poliziotto alzò la testa di scatto e fece un cenno con il mento verso di lei, un qualche genere di comunicazione non verbale con l'altro poliziotto. «Come hai detto che ti chiami?»

«Scarlett Copeland.»

Le cose cambiarono in fretta, troppo in fretta. Il poliziotto mise mano alla fondina. «Signore, deve scendere dall'auto.»

«Perché?» chiesi.

«Faccia come le ho detto.»

Lo sportello del passeggero si aprì, e l'altro poliziotto afferrò Scarlett per il braccio. Era stravolta dalla paura, io consumato dall'adrenalina. «Lasciatela andare!»

«Scenda dalla macchina!» mi urlò il poliziotto, ma non lo feci. Stavano trascinando fuori Scarlett. Lei cercò di aggrapparsi a me, io le presi la mano, ma le dita mi scivolarono via.

«Jesse!» gridò Scarlett.

A quel punto mi strattonarono, e non feci resistenza perché dovevo raggiungere Scarlett. Dovevo proteggerla. Il poliziotto la spinse verso l'auto, e mi vennero in mente un milione di scenari possibili. Erano dei maniaci? Erano poliziotti veri? «Che sta succedendo?»

«Metta le mani sull'auto!» mi strillò lo sbirro nell'orecchio.

«Che diavolo state facendo a Scarlett?»

«Jesse!» gridò di nuovo lei, e quando feci per muovermi verso di lei, lo sbirro mi spinse contro l'auto e sbattei la testa contro lo sportello. Fece un male infernale, ma non mi importava. Tentai di nuovo di raggiungere Scarlett, ma quando mi voltai, lo sbirro mi afferrò per il braccio. Cercò di torcermelo, e quando la sentii strillare di nuovo, lo spinsi via e lui barcollò.

Insulti dall'uomo, grida da altre parti, mentre i fari delle auto ci illuminavano. Mi spinsero di nuovo contro l'auto, ma mentre lottavo, realizzai che erano parecchie le mani che mi tenevano fermo. Mi misero le braccia dietro la schiena, una dopo l'altra, e poi le manette ai polsi.

«Ma cosa sta succedendo?» urlai.

«La dichiaro in arresto per il rapimento di Scarlett Copeland.»

Scarlett

Il poliziotto entrò nel vialetto di casa mia. Tremavo come se fossi stata nuda in mezzo al ghiaccio. Papà mi avrebbe uccisa. «Questo... questo...» Avevo ricominciato a balbettare, e non riuscivo a smettere. «Questo... questo è un errore. Non... non sono stata rapita. Sono andata con Jesse Lachlin di mia spontanea volontà.»

Proprio come aveva fatto per tutto il tempo, il poliziotto non disse niente. Scese dall'auto mentre la porta di casa si apriva e i miei genitori uscivano, mamma quasi di corsa, papà pochi passi dietro di lei. Papà si fermò con il poliziotto davanti alla macchina, invece mamma si precipitò dal mio lato. Schiacciò le mani sul finestrino come se fossi un animale allo zoo.

«Perché è lì dietro? Perché non la fate uscire?»

Mio padre annuì e il poliziotto aprì lo sportello. Non appena scesi, mamma mi strinse tra le braccia. «Eravamo tanto, tanto preoccupati.»

«Non capisco.» Cercai di liberarmi dal suo abbraccio, ma era impossibile. «Cosa ci fate qui? Perché dicono che sono stata rapita? Che sta succedendo?»

Mamma mi accarezzò i capelli come se avessi bisogno di essere consolata. «Il nostro volo è stato cancellato, e quando siamo tornati a casa non c'eri. Avevi lasciato qui il cellulare e la borsa, ma non c'eri. Abbiamo chiamato i tuoi amici, abbiamo chiamato così tante persone e nessuno sapeva dov'eri.» Le si riempirono gli occhi di lacrime. «Siamo tornati a casa e tu eri sparita. Eri sparita.»

«Dov'eri?» Era la voce di papà, e calò il silenzio.

«Ero... ero uscita... io...»

«L'abbiamo trovata con il giovane Lachlin» disse il poliziotto a bassa voce, ma lo sentimmo tutti. «Erano al belvedere... nel suo furgone...»

Lo sguardo di papà si indurì, e mi venne una nausea così forte, così rapidamente, che barcollai.

«Entra in casa» disse papà. «Voglio finire di parlare con l'agente da solo.»

«Jesse non mi ha rapita» sbottai. «Gli hanno messo le manette, hanno detto che lo avrebbero arrestato per rapimento. Hanno detto...»

«Entra in casa!» ruggì lui, facendomi sobbalzare. Così pure mamma. Mi prese per mano e mi disse sussurrando di sbrigarmi e obbedire a papà, mentre realizzavo che avevo appena messo piede all'inferno.

Jesse

«Resistenza a pubblico ufficiale!» Marshall irruppe nella stanza di detenzione in cui mi trovavo e abbassai la testa, desiderando quasi di tornare in cella. «E poi ti chiedi perché non ti ritengo abbastanza responsabile per occuparti della terra.»

Avevo a disposizione una sola telefonata, e avevo chiamato lui. Se anche non l'avessi fatto, non sarebbe cambiato nulla, perché l'avrebbe fatto la polizia. Marshall era il mio tutore. «Non mi hanno arrestato per rapimento?»

Lo sguardo assassino di Marshall mi spaventò. «Secondo te questo è uno scherzo? Perché lascia che te lo dica chiaro e tondo, non c'è niente di divertente in questa storia.»

Non avrei potuto essere più d'accordo. «Non sto scherzando. Mi hanno arrestato per rapimento, o no?»

«Avrebbero dovuto?»

Guardai mio zio dritto negli occhi. «No.»

«Perché hai pensato che fosse una buona idea prendere a pugni un poliziotto? Sei fortunato a non essere stato accusato di aggressione a pubblico ufficiale!»

«Non l'ho preso a pugni. L'ho spinto, ma mi ha spinto prima lui. Due poliziotti sono venuti al furgone e mi hanno detto di aprire il finestrino. Ho detto a Scarlett di mettersi la camicia prima, poi l'ho aperto. Hanno scoperto che sono un Lachlin, e un attimo dopo hanno spalancato lo sportello di Scarlett e l'hanno trascinata fuori. *Trascinata.* Era terrorizzata, mi chiamava urlando e quando sono uscito, mi hanno sbattuto contro il furgone.»

«Avresti dovuto collaborare!»

«Non dovevano toccare Scarlett!» urlai. «Tu cosa avresti fatto? Io e Scarlett ci stavamo solo baciando, non stavamo mica rapinando un minimarket! Forse non stavamo facendo la cosa giusta, ma non stavamo neppure commettendo un crimine.»

Marshall diede un calcio alla gamba di una sedia e mi diede le spalle. «È una cosa seria, Jesse. Non sono accuse che posso far cadere facilmente.»

«Non avrei dovuto spingerlo. Questo lo so, ma è successo tutto così in fretta. Lei era spaventata, e mi sono spaventato anch'io.»

Marshall piegò il collo, tornò al tavolo e, con un'imprecazione a mezza voce, si sedette di fronte a me. «L'accusa di rapimento dovrebbe cadere presto. Scarlett ha detto ai poliziotti di essere venuta con te di sua spontanea volontà. Quanto alla resistenza a pubblico ufficiale, ancora non so come comportarmi, ma dammi un po' di tempo e mi farò venire in mente qualcosa.»

«Ti ringrazio.» Era tutto ciò che potevo dire.

«È per questo che volevo che lasciassi la città. Il nome dei Lachlin è un marchio. I genitori di Scarlett sono tornati a casa e non l'hanno trovata, hanno chiamato la polizia e quando l'hanno trovata con te, hanno pensato tutti al peggio per colpa del tuo cognome. Se rimani, vivrai per sempre in mezzo una tempesta da cui non riuscirai mai a scappare.»

Non c'era dubbio. Avevo perso il suo voto. C'erano buone probabilità che avessi perso anche quello del pastore, ma a quello ci avrei pensato una volta libero. Almeno avevo ancora il voto di Scarlett. Mi si serrò lo stomaco quando pensai a lei. «Scarlett sta bene?»

«È a casa» rispose lui.

Ma questo non significava che stesse bene. Valutai i pro e i contro di chiedere a Marshall di passare a controllarla, ma non sapevo come dar voce alle mie paure senza tradire la fiducia di Scarlett.

«Forse avrei dovuto dirti chi fa parte della giuria» disse Marshall. «Se l'avessi fatto forse non ti saresti trovato in questa situazione.»

Mi ero dimenticato che lui non sapeva che io conoscevo già l'identità dei membri della giuria. «Perché?»

«Magari mi sbaglio, ma penso che non ti saresti messo con la figlia dell'uomo che voterà sul tuo futuro.»

L'impatto con quelle parole mi fece rimbombare il cervello. «Cos'hai detto?»

«Oltre a me e al pastore Hughes, nella giuria c'è il padre di Scarlett.»

Scarlett

Mio padre era uscito e io ero in camera mia. Mamma non era passata. Isabelle nemmeno. Ero rimasta seduta sul letto, con le ginocchia strette al petto, a guardare fuori dalla finestra in cerca di un qualche cenno di vita a casa di Jesse, ma niente. La roulotte era al buio, chiusa, e nel vialetto non c'era il furgone.

Era tardi. Troppo tardi. Erano passate ore da quando ero arrivata a casa. Cos'era successo a Jesse? Le mie scelte sarebbero costate a lui la terra e a me la libertà? Cosa avevo fatto?

Le luci dei fari illuminarono la strada buia, e sperai che svoltassero verso il vialetto di Jesse, ma non lo fecero. Si diressero nel mio. Mi assalì la nausea. Mio padre era tornato a casa.

Tesi le orecchie. Dalla mia stanza non riuscivo a sentire la porta della cucina che si apriva, ma riconobbi i suoi passi nell'ingresso e poi su per le scale. Il cuore prese a battermi forte e mi sembrò di soffocare. Mia madre. Sarebbe andato da lei, le avrebbe urlato addosso, le avrebbe fatto del male.

La maniglia si mosse, la porta si spalancò e sbatté contro il muro con uno schianto. Papà marciò dentro, accese la luce e per un attimo rimasi accecata.

«Da quanto tempo mi stai mentendo?»

Non sapevo cosa rispondere. Non sapevo se era il caso di rispondere.

«Ti ho chiesto da quanto tempo mi stai mentendo!» urlò, e io sobbalzai.

Papà si voltò verso il comò, aprì i cassetti e cominciò a frugarci dentro. Rovistava tra i vestiti piegati. Ero talmente sotto shock che scesi dal letto senza neppure accorgermene.

«Cosa stai facendo?»

«Questa è casa mia.» Aprì un altro cassetto, e poi un altro ancora. «Tutto qui appartiene a me, non a te. Sono io che lavoro. Compro tutto io. Ogni cosa appartiene a me, e se voglio guardare tra le tue cose, lo faccio. Se voglio dar fuoco a tutto, lo faccio.»

«Bryant» fece mamma con voce dolce, al sicuro sulla soglia della porta. In una lunga camicia da notte bianca, era aggrappata al telaio come se avesse bisogno di un sostegno.

Papà non le rispose, probabilmente non l'aveva nemmeno sentita. Era in camera mia, ma la sua testa era in un altro universo. Uno ostile. Un posto dove regnava la follia. Attraversò la stanza, si mise a frugare nel comodino, lanciando in aria penne e quaderni. Mi spostai quando afferrò il materasso e lo girò, facendomelo cadere addosso mentre cercavo di scappare. Lo spinsi via, e mi vennero le lacrime agli occhi mentre capovolse il letto, che si schiantò a terra con un *boom*.

In bella vista c'erano il computer di Glory, la scatola delle scarpe in cui tenevo i contanti e quella con le collane a cui avevo messo il prezzo. Lui si chinò, scoperchiò la scatola delle scarpe, e io mi misi una mano sulla bocca nel tentativo di restare in silenzio.

Papà si raddrizzò, con un mazzo di banconote in mano, e me lo sventolò davanti alla faccia. «Vendi droga insieme a Jesse Lachlin?»

Spalancai gli occhi e mi si fermò il cuore. «No.»

«Non ci credo.»

Barcollai in avanti, mentre cercavo di spiegare: «Lavoro per Glory Gardner, puoi chiederglielo. Mi occupo delle sue vendite online. Guarda il computer e vedrai. Metto il prezzo ai suoi gioielli. Faccio del lavoro amministrativo per lei, e lei mi paga. Tutto qua».

«Ti droghi insieme a lui?»

«No.»

«Allora vai a letto con lui? Mia figlia è una puttana?»

Rimasi senza fiato.

«Alla polizia mi hanno detto come ti hanno trovata. Nuda nel suo furgone, in cima alla collina. Lo sai quanto mi sento umiliato? Lo sai quanto sono ferito? Quanta paura ho avuto? Lo sai com'è stato chiedersi se eri ferita o morta? Se avevi bisogno di me, e io non ero lì? Pensare di non poterti proteggere? Ho chiamato tutti. I tuoi amici, gli amici di tua madre, la gente con cui lavoro. Gli ho detto che eri scomparsa, e invece stavi facendo sesso!»

«Non stavamo facendo sesso!» urlai.

Papà divenne di una sfumatura innaturale di rosso, e mi venne contro come un rullo compressore. Barcollai, con le ginocchia molli per la paura, e mi ritrovai di schiena contro il muro.

«Non mentire!» Sputava mentre urlava. «Ti hanno trovata senza camicia!»

«Bryant» disse mamma a voce un po' più alta. «Ti prego, smettila.»

«Ammetti quello che hai fatto!» gridò papà. «Ammetti quello che tutti penseranno in città da domani mattina! Ammetti che sei una puttana!»

«Non sono una puttana!» strillai.

«Mi hai messo in imbarazzo! Mi devo giocare la reputazione perché vuoi gettare al vento la tua vita in quel rottame di roulotte? Avresti almeno potuto avere la decenza di andare a letto con un ragazzo rispettabile.»

Fui travolta dalla rabbia. Feci leva sul muro e gli gridai in faccia: «Sceglierei Jesse sopra ogni altro! Chiunque si sarebbe inginocchiato davanti a te, invece Jesse mi sta aiutando ad andarmene!».

«Che cos'hai detto?» La voce di papà divenne glaciale. Fui percorsa dai brividi.

«Bryant.» Mamma appoggiò una mano sul braccio di papà, e lui si voltò verso di lei.

«Ti ho detto anni fa di non lasciarla giocare con lui.»

«Ma erano solo dei bambini» sussurrò lei.

«È questo che succede quando non mi ascolti!» urlò lui.

Alzò la mano, lei si coprì il viso e lui la colpì. Il rumore dello schiaffo fu una coltellata in piena trachea. Mamma gettò indietro la testa, il suo corpo si afflosciò come quello di una bambola e cadde a terra. Sembrava un ammasso senza vita, e io gridai il suo nome. Lei sussultò, guardò rapidamente in alto e sollevò le braccia, mentre papà alzava di nuovo la mano.

Urlavo ma non riuscivo a sentire la mia voce, non sentivo nient'altro che un ronzio acuto. Afferrai mio padre, nel tentativo di trattenergli il braccio, ma mi spinse via.

La colpì di nuovo, e lei si raggomitolò. Lui alzò il braccio, io corsi in mezzo a loro ma mi afferrò. Affondò le dita nella carne, e gridai per il dolore accecante mentre mi spingeva via. Sbattei contro la parete; l'impatto mi fece sussultare in uno spasmo, e crollai sul pavimento.

Mamma singhiozzò, un suono devastante che mi ferì nel profondo. Alzai lo sguardo e vidi mio padre che la colpiva, ancora e ancora. Perdeva sangue dal naso, dalla bocca. Papà le diede un calcio e mamma emise un verso strano, un rantolo strozzato, come se non riuscisse a respirare.

«Così la uccidi!» urlai, e papà barcollò indietro.

Mi guardò, guardò la mamma, poi si bloccò. Come una statua folle.

Mamma piangeva, tremava tutta. Cercò di alzarsi, ma il braccio non la reggeva, quasi non avesse più le ossa. Ricadde con una smorfia, come se respirare le provocasse un dolore atroce. Aveva sangue sul viso, sui capelli, sui vestiti. E c'era sangue anche sul pavimento.

«Vattene!» strillai a mio padre.

Si voltò lentamente verso di me, come se non riuscisse a capire le mie parole.

«Vattene!» urlai di nuovo, e lui lo fece. A passi lenti e rigidi, che per me non furono rapidi abbastanza.

Mi inginocchiai, abbracciai mia madre e iniziai a singhiozzare come una bambina. «Mi dispiace, mamma. Mi dispiace così tanto.»

«Mamma?» disse Isabelle dalla soglia della porta. Era in pigiama e teneva in braccio una bambola. Tremava dalla testa ai piedi. La nostra famiglia era andata in frantumi. E nessuno avrebbe mai potuto aggiustarla.

Jesse

Seduto nell'auto di Marshall, mi sembrava impossibile tenere gli occhi aperti. Avevo passato la notte in cella, e quella mattina ero uscito su cauzione. Poi Marshall mi aveva portato al pronto soccorso per far controllare il bernoccolo in testa. Aveva parlato con il dottore dietro il séparé, ma io non avevo prestato attenzione, i miei pensieri erano tutti per Scarlett.

Mi stava portando a casa sua. Non sarebbe stata la mia prima scelta, ma era il mio tutore, e riteneva che tornare a casa non fosse nel mio migliore interesse. Eppure ero angosciato, volevo la conferma che Scarlett fosse al sicuro. Anche se Marshall andava piuttosto veloce, avrei voluto spalancare lo sportello, balzare fuori, correre verso casa e stringere Scarlett fra le braccia.

«Possiamo almeno passare da casa mia? Magari a prendere un paio di cose?» Quel tanto da sgusciare fuori, arrampicarmi sull'albero e controllare Scarlett.

«Il padre di Scarlett era sul piede di guerra ieri sera» disse Marshall, come se mi stesse leggendo nel pensiero. Forse era diventato un veggente. «Mi dispiace doverlo ammettere, ma ha conoscenze ai piani alti del dipartimento di polizia. L'ultima cosa di cui hai bisogno è un confronto con lui, e andare dall'altra parte della strada vorrebbe dire andarsela a cercare.»

«Hai visto Scarlett?» chiesi. «Stava bene?»

Marshall scosse la testa, e mi sentii così maledettamente teso che avrei giurato mi si stesse sciogliendo la pelle.

«Ho sentito che l'ha riportata a casa la polizia. Il padre di Scarlett è tornato alla stazione per parlare con il commissario. Un mio amico ha detto che non è stato un bell'incontro. Il signor Copeland era arrabbiato perché ci hanno messo così tanto a trovarla, e per quello che è successo quando dopo. Non era felice di sapere che avevano messo le mani addosso a sua figlia. Mi auguro che almeno questo vada a nostro favore.»

«C'è modo di sapere se Scarlett sta bene?»

«C'è qualcosa che vuoi dirmi? Qualcosa di grosso che sento finora non mi hai detto?»

Rimasi in silenzio perché non sapevo cosa dirgli. Almeno non senza addolorare Scarlett, perché avrei tradito il suo segreto.

«Chiederò in giro se qualcuno l'ha vista dopo l'arresto.»

«Te ne sarei grato.»

«Questo non significa che ho dimenticato la domanda. Ti sto solo dando un po' di tempo per mettere ordine fra i pensieri.»

Controllai di nuovo il cellulare, e a parte alcuni messaggi di Vi, Leo e Nazareth, non era arrivato nulla né da Scarlett, né da Glory. Ero deluso per il silenzio di Scarlett, ma me l'aspettavo. Non ci eravamo mai cercati sul cellulare. Il silenzio di Glory, invece, fu un duro colpo. Era triste da ammettere, ma avevo iniziato a pensare che mia cugina avesse davvero un dono e ci tenesse a me.

«Ho riscosso tutti i favori che mi dovevano» continuò Marshall. «E anche qualcuno che non mi dovevano.»

Non sarei riuscito a dirgli quanto gli ero grato. Non osavo pensare a cosa sarebbe successo a uno che non aveva dalla sua parte uno zio Marshall.

«Se questa storia dovesse arrivare in tribunale» continuò, «abbiamo buone possibilità di far archiviare tutto. Ci sono state delle irregolarità nell'arresto, il che significa che avevi un motivo per fare resistenza nei limiti ragionevoli. Se non fosse sufficiente, sosterremo che hai agito per legittima difesa. Quel bel bernoccolo sulla fronte è la prova che ci serve.»

Questo spiegava le foto che aveva fatto fare al dottore. «Non credevo che ti occupassi anche di diritto penale.»

«Infatti no, ma stanotte sono rimasto alzato a studiare.»

«Grazie.» Probabilmente era la cosa più sincera che gli avessi mai detto.

«Che tu ci creda o no, a te ci tengo, Jesse. E ci ho sempre tenuto.»

Gli credevo, ma ero troppo esausto per pensare a tutto. «Non capisco. Perché il padre di Scarlett è nella giuria?»

«Qualche anno fa ha iniziato a venire a trovare la nonna almeno un paio di volte a settimana. Ha pagato alcune riparazioni alla roulotte. Veniva anche la signora Copeland a trovarla. Tu eri a scuola o a lavorare la terra. Così non è stato uno schiaffo in faccia a te… ma sai, tua nonna era sola.»

Sfinito, mi voltai lentamente verso di lui. «Non ne sapevo niente.»

Anche Marshall sembrava sfinito. Aveva le occhiaie, la camicia bianca era tutta spiegazzata. Si fermò a un semaforo rosso e si sfregò gli occhi. «Suzanne non voleva che lo sapessi. Credeva che ti avrebbe turbato sapere che si era avvicinata ai genitori di Scarlett dopo che tu e lei non eravate più amici.»

Non aveva senso. Forse perché ero stanco. Forse perché non c'era una logica da poter comprendere. «Non è una brava persona.»

Marshall mi guardò con aria attenta. «Ti dispiacerebbe spiegarmi?»

«Mi hai già garantito una proroga sull'argomento.»

Imprecò a bassa voce. «Quanto è profonda la tana del coniglio?»

«Molto.» Ma cambiai argomento, tornando alla nonna. «Non ci credo che il signor Copeland controllasse e aiutasse nonna solo per bontà.»

«Adulava la nonna, e non ci vedevo niente di male visto che per tutta la comunità quell'uomo è una divinità. La nonna era una forza della natura, ma era anziana e, te l'ho detto, si sentiva sola.

«Il giorno prima della sua morte, ho sentito da amici che il signor Copeland stava chiedendo in giro quanto valeva la proprietà, e se c'erano altre persone interessate ad acquistarla. La cosa mi puzzava, così ho deciso di passare il giorno dopo a convincere la nonna a far spostare il voto da lui a Glory, ma non ho fatto in tempo. Se vuoi avercela con me per questo non ti biasimerò, ma non avercela con la nonna. Anche i migliori possono essere raggirati.»

«Lo sa di far parte della giuria?»

«Sì.»

Glory mi aveva mentito per tutto il tempo. «Perderò la terra, non è così?»

Il semaforo divenne verde, e Marshall schiacciò l'acceleratore. «Lo so che è difficile per te, ma non posso lasciarti la terra. Vedere quanto hai lavorato duramente negli ultimi mesi mi ha colpito, ma la maturità è solo uno dei fattori. Se resti qui, combatterai contro un'eredità con cui non hai niente a che vedere. Quello che è successo ieri notte ne è la prova. Penseranno sempre tutti il peggio solo per il tuo cognome.»

«Posso dimostrare il contrario» gli dissi.

«Se resti qui, diventerai una profezia che si autoavvera.»

Appoggiai la nuca al sedile, e chiusi gli occhi. Era un momento surreale. Mi sentivo sprofondare. Quarantotto ore prima mi era sembrato di avere tutto: forse due voti per tenermi la terra, e la ragazza che amavo tra le braccia. Per un breve istante mi ero sentito felice. Mi si chiuse la gola quando capii che mamma si sbagliava. Erano tutti gli altri ad avere ragione. La maledizione era vera. La terra non mi aveva protetto, e avevo perso tutto ciò che amavo.

Parcheggiammo nel vialetto, Marshall spense il motore e passarono alcuni minuti di silenzio.

«Mi dispiace, Jesse» disse lui. «Ma ti giuro che guadagnerai bene dalla vendita della terra. Farò degli investimenti per te, e avrai tutto il tempo per capire cosa fare della tua vita. E ti prometto che avrai una bella vita, una vita fantastica, e ripenserai a tutto questo come a un brutto sogno. Ma per avere un futuro decente, devi imparare a lasciar perdere questa vita e questa città.»

Mi guardò, in attesa di una risposta, ma cosa si può dire quando hai perso tutto? Cosa si può dire quando hai perso tutto ciò che ami?

«Gena ti ha preparato la camera degli ospiti, e ha portato le bambine da sua madre per farci dormire qualche ora senza interruzioni. Penseremo al resto dopo, ok?»

Mi sentii grato al pensiero che la moglie e le figlie non ci fossero. Non c'entravano niente, e io non volevo maledire nessun altro.

Scarlett

Papà si era chiuso nel seminterrato. Per quanto mi riguardava, poteva chiudersi anche all'inferno. Isabelle si era incollata a me mentre ce ne stavamo sedute sul letto di mamma. La tv era accesa. La fissava, ma non la stava guardando veramente. Chissà se Isabelle riusciva a distrarsi con quel cartone pieno di luci e rumori. Mi domandavo se un giorno si sarebbe ripresa, perché io sapevo che non ce l'avrei fatta. Mi sentivo consumata dall'oscurità della violenza, del tradimento e della vergogna.

Aveva colpito la mamma e mi aveva spinta contro il muro. Mi pulsava il polso, e anche la schiena. Ma il mio dolore non era nulla in confronto a quello della mamma. I colpi inferti a lei erano allo stesso livello della spinta che aveva dato a me? Era sempre violenza domestica? Erano due cose diverse?

Sentivo il cervello intorpidito. Non riuscivo a connettere i suoi gesti con le mie emozioni. Ero come una delle bambole di Isabelle bendate con la carta igienica. Congelata. Vuota. Senza emozioni.

Io e Isabelle eravamo rimaste con mamma tutta la notte. La maggior parte del tempo lo avevamo passato a consolarla mentre singhiozzava, a metterle il ghiaccio sulle ferite. Sempre lo stesso mantra come dialogo.

Chiama la polizia, mamma.

Non posso.

Chiama la polizia, mamma.

Non posso. Non mi aiuteranno. Non possono aiutarmi. Nessuno può farlo.

Chiamerò io la polizia. Gli dirò io cos'è successo.

E chi ti crederà? I poliziotti ti hanno appena trovata mezza nuda nell'auto di Jesse Lachlin. Hanno arrestato lui e si sono vergognati per te.

Mezz'ora prima la mamma era andata a fare una doccia. Per un quarto d'ora si era sentita l'acqua scorrere, poi solo silenzio. Guardai verso la porta e da sotto vidi la luce accesa. Nonostante la paralisi emotiva, iniziai a preoccuparmi. Sì, il suo corpo era coperto di lividi, ma valeva anche per la sua anima. Aveva una mente fragile, e mi venne in mente una domanda ai limiti della follia. E se si fosse fatta del male per scappare, una volta per tutte?

Diedi un bacio sulla testa di Isabelle e la strinsi più forte, per un attimo, sussurrandole che sarei tornata subito. Non ero preparata al modo in cui si aggrappò a me.

«Non andare.» Isabelle mi stava facendo male per quanto mi stringeva il braccio.

Le coprii la mano con la mia e cercai di togliergliela con delicatezza. «Devo vedere come sta la mamma. Torno subito.»

Lei scese dal letto, trascinandosi dietro il piumone a due piazze. Peccato che neppure il piumone più grande e rassicurante del mondo avrebbe potuto farci sentire meglio. «Vengo con te.»

Capii che non avrei vinto quella battaglia, così mi arresi. Quando bussai alla porta del bagno, Isabelle mi si avviluppò alla gamba.

«Mamma?» la chiamai. «Stai bene?»

Sentii dei rumori, e lei rispose: «Sto bene».

No, non era vero. «Per favore, puoi aprire la porta?»

Mamma non la aprì, ma fece scattare la serratura. Avvolsi mia sorella nel piumone, come un burrito, la feci voltare verso la tv e la convinsi a restare lì, accanto alla porta, promettendole di lasciare uno spiraglio aperto.

I cardini scricchiolarono quando la aprii, e mi sentii strana al pensiero che poche settimane prima lì dentro mi ero preparata per l'appuntamento con Stewart. Mamma era felice, papà era felice, ma io no. Allora ero stata male, la mia anima aveva sofferto e mi ero sentita morire. Ora stavano morendo tutti.

Mamma era avvolta in un asciugamano umido e sedeva raggomitolata sul pavimento, vicino alla vasca da bagno. Aveva i capelli bagnati e spettinati, e tremava. Presi un mucchio di asciugamani e glieli misi addosso. Era difficile guardarla negli occhi, visti i lividi sul lato destro del viso e il labbro gonfio.

Mi sedetti accanto a lei e mi chiesi cosa dovevo dire o fare. Ero confusa perché era lei il genitore, e avrebbe dovuto prendersi cura di me. Ma forse era quello che aveva fatto finora, proteggendomi nell'unico modo che conosceva. «Sei venuta in camera mia e lo hai toccato di proposito, non è vero?»

Lei rimase in silenzio, e una parte di me avrebbe voluto che restasse così, ma alla fine rispose: «È meglio che colpisca me. Non voglio che ti faccia del male. Non l'ho mai voluto».

«Sbattilo fuori.»

«Non posso.»

Ero così stanca di sentir dire "non posso", che tirai un pugno al pavimento. «Sbattilo fuori.»

«Non posso!» urlò lei, attirando il mio sguardo. Mamma non perdeva mai la calma. Quello lo faceva papà. «Ci ho provato, Scarlett. Per anni. Non se ne andrà. Solo perché gli dico di andarsene, non significa che debba farlo. Questa è casa sua, casa sua. L'atto di proprietà è a suo nome. Lo stesso vale pure per tutte le macchine e i conti in banca. Non capisci? Io non ho niente. Non ho diritto a niente. Non posso sbatterlo fuori. È lui che può farlo, e poi chi resterà a proteggere voi? Nessuno, e non posso permetterlo. Non sono mai riuscita ad accettare l'idea di andarmene per salvarmi e rischiare di mettere voi in mezzo.»

«Allora ce ne andiamo tutte» le dissi. «Facciamo i bagagli, prendiamo Isabelle e ce ne andiamo.»

«E come?» chiese mamma. «Non mi hai sentito? Non abbiamo niente. Non pensi che in questi anni ho pensato di andarmene centinaia di volte? Se me ne vado da qui, non voglio farlo buttandovi in mezzo a una strada.

«Non ho soldi per darvi da mangiare, non ho soldi per avere un tetto sulla testa, non ho soldi per un avvocato, e vostro padre otterrebbe la vostra custodia prima di vedermi girare la maniglia della porta di casa. Tuo padre ha il denaro. Ha le conoscenze. Ha amici nei posti che contano, amici che hanno fatto dei brutti divorzi, amici potenti che si schiereranno dalla sua parte. Perderò, e non posso permettere che vi difendiate da sole. Non posso. Non lo farò.»

«Ma ti sta facendo del male. La legge ci proteggerà.»

«Ti ricordi Nikki Harvey? Il marito era un poliziotto, e l'ha picchiata per anni. Alla fine l'ha mandata in ospedale. Mentre la operavano, lui ha richiesto un ordine restrittivo contro di lei dicendo che lo aveva attaccato, e che lui si era solo difeso. Tempo di uscire dalla sala operatoria, e lui aveva già la custodia temporanea dei figli. Lei è rimasta senza un centesimo. Le ci sono voluti anni per rifarsi una vita. In tv lo fanno sembrare facile, ma non lo è, Scarlett. Il sistema può essere manipolato. Il sistema è corrotto.»

Avevo un turbine nella testa mentre cercavo di trovare una risposta. Una qualsiasi. E per miracolo, eccola. Il piano. Quello che mi aveva suggerito il pastore Hughes. Quello che secondo lui mi avrebbe salvato la vita. «Allora andiamo in una casa rifugio per donne. Non dobbiamo restare qui. Non ci serve niente. Ricominciamo da capo, come una famiglia. Solo tu, io e Isabelle.»

«Il più vicino è a un'ora da qui» disse piano lei.

«Allora andiamoci con la sua macchina.»

«Ci seguirà. Dirà che gliela abbiamo rubata.»

«E allora noi gliela ridaremo, e quelli della casa rifugio troveranno il modo di aiutarci.» Avevo controllato uno dei siti che mi aveva consigliato il pastore. Il messaggio era chiaro: tutto quello che dovevamo fare era andarcene. «Il pastore Hughes dice che non siamo sole. Che possiamo andare in una casa rifugio.»

«Resteremo qui.» Mamma aveva lo stesso tono di Isabelle quando non voleva mangiare la verdura.

«Se non puoi cacciare papà, allora ce ne dobbiamo andare noi. Ti ho ascoltata e non ti sto dicendo che sarà facile, ma dobbiamo provarci lo stesso. Ce ne dobbiamo andare.»

Mamma si strinse nell'asciugamano che le avevo messo addosso. «È più facile restare. È più facile cercare di far funzionare le cose. Stava andando meglio, stava cambiando. Pensaci: sei stata tu a mentire, e hai continuato a farlo mentre lui credeva che ci stessi dicendo la verità.

«E poi pensa a quanto dolore hai provocato a tuo padre ieri sera. Eravamo così spaventati all'idea che ti fosse successo qualcosa di orribile. Dopo quello che ha passato con la sorella, sei stata proprio senza cuore ad andartene con Jesse Lachlin.»

Inclinai la testa. Nel mio cervello era scattato un interruttore. «Che cosa vuoi dire?»

«Avrei dovuto essere più severa. Quando eri piccola non avrei mai dovuto permetterti di essere amica di Jesse Lachlin. Forse avrei dovuto mandarti a una scuola privata. Avrei dovuto fare di più per insegnarti a seguire le regole.

Se rispettiamo le regole, tutto va alla perfezione. Tuo padre non avrebbe motivo di arrabbiarsi, e noi saremmo felici.»

Quelle parole mi rimbombarono dentro, e la mia mente iniziò a scomporsi in piccoli frammenti. «Stai dando la colpa a me? Stai dando la colpa a te stessa?»

Le si riempirono gli occhi di lacrime, e se le asciugò. «Perché non riesci a perdonare tuo padre? Perché non impari a non prendertela? Se solo avessimo rispettato le regole, non sarebbe successo nulla. Non si arrabbia quando rispettiamo le regole, invece ora dobbiamo ricominciare tutto da capo, e lui soffrirà tanto.»

Lui avrebbe sofferto. Anche se era lei a essere coperta di lividi. «Papà ti ha fatto del male, mamma. Ne ha fatto a me. Non è colpa mia e non è colpa tua. È colpa di papà, ed è arrivato il momento di smetterla di accampare scuse per lui.»

Mamma si alzò. Tremavo quando mi sollevai e la seguii in camera da letto. Non andò verso l'armadio né verso il comò. Si infilò l'accappatoio e si diresse verso la porta.

«Dove stai andando?»

Lei guardò nella mia direzione da sopra la spalla, ma evitò i miei occhi. «Pensa a quanto deve sentirsi devastato tuo padre. Credeva di averti persa. Dovevo stargli accanto. Ieri sera avrei dovuto aiutarlo a calmarsi.»

Mi sembrò di sentire il cervello che si spaccava, cercando di capire come quella conversazione si fosse trasformata in qualcosa di tanto sbagliato così in fretta. «Non è colpa tua.»

Lei scosse la testa come se non fosse d'accordo, poi lasciò la stanza.

«Non è colpa tua» gridai, ma non aveva importanza quanto stessi urlando. Tanto non mi avrebbe ascoltata. «Non è colpa di nessuna di noi! È colpa sua! È lui il responsabile!»

«Scarlett?» Sentire la vocina di Isabelle, spaventata e innocente, mi ferì profondamente. «Adesso le cose andranno meglio?»

Tremavo così forte che battevo i denti. «Ce ne dobbiamo andare.»

«Come?»

Dovevamo andarcene. Ma come? Non avevo una macchina, e anche se l'avessi avuta, non sapevo guidare. Papà aveva preso i miei soldi. Non avevo un centesimo. Non avevamo un posto dove andare e nessuno ci avrebbe creduto, nessuno ci avrebbe accolto. Barcollai, e le pareti della stanza cominciarono a sembrare più vicine. Eravamo in trappola e non c'era niente che potessi fare. Crollai sul pavimento e sentii la bile risalirmi in bocca. Cosa potevo fare? Oddio, cosa potevo fare?

Sentii una carezza sul braccio. Isabelle si era messa davanti a me. «Vuoi che ti tenga la mano? Quando ho paura a scuola, la maestra mi tiene per mano.»

Tese entrambe le mani, con i palmi in su. Sbattei gli occhi vedendo le sottili linee sulla sua mano sinistra: chi era nata per essere. Poi quelle sulla mano destra: chi era per scelte e circostanze. Sulla mano destra la linea della vita era spezzata, e così pure la linea del cuore.

Glory mi aveva chiesto se avrei avuto il coraggio di cambiare le linee della mia mano. Non lo sapevo, ma dovevo essere forte abbastanza da cambiare quelle sulla mano di mia sorella. «Se ti chiedo di restare in silenzio e fare quello che ti dico, ma proprio tutto, vieni via con me?»

«Dove andiamo?»

«Al sicuro.»

Isabelle annuì, d'accordo.

«Ti va di arrampicarti su un albero?»

Scendere dall'albero con mia sorella fu terribile. Era un po' troppo entusiasta, andava troppo veloce, e finalmente capii come doveva sentirsi Jesse ogni volta che si arrampicava con me.

Sarebbe stato meglio uscire da una delle porte di casa, ma sarebbe scattato l'allarme, avvertendo i miei genitori che ce ne stavamo andando, e io non sapevo qual era il codice per spegnere il sistema antifurto.

Mi sentivo una fuggitiva, ed era una sensazione terribile. La pelle tra le scapole mi formicolava, come se avessi un bersaglio disegnato sulla schiena.

Se andava tutto come al solito, mamma e papà avrebbero passato ore ad annegare nella reciproca disperazione, prima di tornare in superficie e tentare di fare di nuovo i genitori. Quando sarebbero riemersi non ci avrebbero trovate: papà si sarebbe messo a cercarci e io non volevo che mi trovasse, non finché non fossi stata pronta.

Una fredda pioggerella mi si era appiccicata addosso, e rendeva la camminata nel campo più pericolosa, soprattutto con mia sorella in schiena. Mi teneva le braccia strette attorno al collo, soffocandomi, ma non la sgridai. Era già spaventata a sufficienza, e feci del mio meglio per sistemarmela in spalla.

Era domenica. Finalmente vedemmo la piccola chiesa bianca. Sembrava passata una vita da quando ci ero andata per il funerale di Suzanne. E, in un certo senso, era davvero così. Non ero la stessa persona di allora, e non lo sarei più stata.

Le persone che stavano facendo due chiacchiere dopo la messa si salutarono, salirono in macchina e se ne andarono. Era rimasta solo un'auto, e pregai che appartenesse alle persone di cui avevo bisogno. Una volta in strada mi fermai, feci scendere a terra mia sorella e provai una sensazione di déjà-vu. Mi voltai a guardare il salice piangente, e quasi fui delusa di non trovarci Glory. Era l'unica persona che reputavo una vera amica.

Presi per mano Isabelle mentre attraversavamo la strada, salivamo i gradini ed entravamo nella vecchia chiesa. Il pastore Hughes era impegnato in fondo, accanto all'altare, ma si paralizzò quando vide me e mia sorella.

L'aria che circolava in chiesa mi sfiorò la pelle umida, dandomi i brividi. Immaginavo come dovevamo sembrare: dei topi sudici e zuppi. Avevamo i capelli bagnati appiccicati in testa, e i jeans e i maglioni erano scuriti dalla pioggia. Stavamo sgocciolando sul tappeto della navata.

«Cos'è successo?» chiese il pastore Hughes.

E se avevo preso la decisione sbagliata? Se gli avessi parlato, e ci avesse rimandate a casa? Se mi avesse solo detto di fare un altro tentativo con la terapia?

«Papà ha picchiato mamma» disse Isabelle, e quell'affermazione pronunciata dalla sua vocina dolce mi attraversò come un tuono roboante.

Il pastore ci venne incontro come se fossimo animali feriti che aveva paura di spaventare. Quando ci raggiunse, prese il cellulare dalla tasca e me lo porse. «Cosa ti ho detto di fare nel caso in cui tuo padre avesse picchiato tua madre?»

Mi si formò un nodo in gola mentre un milione di voci dubbiose mi riempiva la testa. «Può chiamare lei?»

«Posso, se è quello che vuoi che faccia, e lo farò se non lo farai tu. Ma devi prendere il controllo della situazione. Devi farlo tu, Scarlett. Devi prendere il controllo della tua vita.»

Piegai in basso le labbra, e parlare fu difficile. «Mamma dirà che non è successo.»

«Ma questo non significa che non crederanno a te.»

«Non lo faranno.»

«Io ti credo.»

«Perché sapeva già che la picchiava.»

«Sapevo che c'era una storia di violenza domestica a casa tua, ma avevamo l'impressione che risalisse ad anni fa.»

Chiusi gli occhi e mi sentii travolgere dalla delusione. Mamma mi aveva mentito. Aveva mentito ai terapisti, anche se per lei non era mentire. Sicuramente pensava di aver detto la maggior parte della verità. Non riuscivo a essere sorpresa.

«Devi capirlo» disse il pastore Hughes. «E se anche non sapessi che tuo padre è stato violento in passato, ti crederei comunque.»

Strinsi più forte la mano di mia sorella. Era vero? O stava mentendo?

«Io ti credo» ripeté lui.

Quelle dolci parole mi strinsero come un abbraccio, e pregai Dio di star facendo la scelta giusta. Presi il cellulare, e il pastore tese la mano a mia sorella perché la stringesse. «Piacere, sono il pastore Hughes. Qualcosa mi dice che oggi non hai ancora fatto colazione. Cosa ti andrebbe? La colazione, o direttamente il pranzo?»

Mia sorella mi guardò, in attesa di sapere da me se quell'uomo era un amico o un nemico. Se si poteva fidare o no. Comprendevo quel bisogno di conferme. Per anni il nostro sesto senso non aveva funzionato, ma adesso che sapevo cos'era l'amore, avevo un'idea più chiara delle persone di cui mi potevo fidare.

Annuii, e lei gli prese la mano. Non rispose alla sua domanda, ma conoscevo mia sorella. «Colazione. Va matta per i pancake.»

«E allora pancake siano. Scarlett, tieni il cellulare finché non avrai fatto la telefonata. Me lo ridarai dopo. Intanto andiamo nel mio ufficio, così posso chiamare mia moglie e chiederle di portarvi la colazione e qualche vestito asciutto.»

Con Isabelle stretta alle mani di entrambi, ci avviammo verso l'ufficio.

Jesse

I colpi alla porta mi svegliarono da un sonno profondo, e mi sedetti nel letto. Ero disorientato e quando mi guardai in giro, non capii dove mi trovavo. Seguirono altri colpi, e poi delle vocine di bambine cominciarono a dire che qualcuno stava bussando.

Mi strofinai gli occhi per svegliarmi, e capii di essere a casa di Marshall. Ero a torso nudo e portavo un paio di pantaloni vecchi che appartenevano a mio zio. Vicino alla porta, su una sedia di legno, c'erano i miei vestiti accuratamente piegati. Non li avevo messi lì io. A malapena ricordavo di essermi spogliato, di aver lasciato i vestiti ammucchiati sul pavimento e di essere andato verso il letto barcollando.

Presi i vestiti. Erano caldi, come se fossero appena usciti dall'asciugatrice, e profumavano di ammorbidente. La gentilezza di quel gesto – qualcuno che aveva fatto il bucato per me – mi lasciò senza parole. Mi presi tutto il tempo per cambiarmi e cercare di capire cosa fare o dire una volta uscito da quella stanza. Il rapporto con Marshall era già abbastanza complicato, e non volevo fare niente per offendere o turbare la moglie e le figlie.

Un altro colpo alla porta mi salvò dalla necessità di capirlo. Stavolta alla porta della mia camera. Si aprì proprio mentre finivo di infilare la maglietta. La testa di Marshall fece capolino. «Ehi, come va?»

«Bene.» Avevo la voce più roca e profonda del solito, e mi pulsava la testa. «Quanto ho dormito?»

«Non tanto. Sono le undici.»

«Di sera?»

«Del mattino. Speravo di lasciarti dormire di più, ma c'è il signor Copeland. Vuole parlarti.»

Inarcai le sopracciglia. «È una buona idea?»

«Non lo so, ma è qui e mi pare calmo.»

Come no. Quel tizio badava solo alle apparenze. Seguii Marshall in corridoio e poi in salotto, dove trovammo il padre di Scarlett. Indossava una camicia e pantaloni color cachi. Al nostro ingresso si girò; stava guardando fuori dalla finestra. Assottigliò gli occhi alla vista del livido e del bernoccolo che avevo in testa, e serrò le labbra. «Ho sentito che c'è stata una rissa quando hanno trovato te e mia figlia. Non avevo capito che fosse stata così grave.»

Guardai Marshall, lasciandogli il comando della situazione, e lui non mi deluse. «Gli avvocati di Jesse risolveranno la questione direttamente con la polizia.»

Avevo più di un avvocato? Figo.

«Sono qui per offrirvi il mio supporto» disse il signor Copeland. «Ho parlato con parecchie persone al dipartimento di polizia. Il commissario è mio amico, e sembra che gli agenti abbiano reagito in modo esagerato. Ho sentito che faranno cadere l'accusa di resistenza a pubblico ufficiale, ma ovviamente sta a Jesse e ai suoi avvocati decidere se è il caso di presentare denuncia contro i poliziotti. Non l'ho escluso nemmeno io.»

Parole di un vero manipolatore, ma io non me le bevevo. Nemmeno per un istante.

«Se ti fa piacere, Jesse, posso parlare con il commissario e dirgli che secondo me i poliziotti hanno esagerato con te e mia figlia.»

In cambio di cosa? Della mia anima?

«Grazie per l'offerta» disse Marshall. «Di certo la terremo a mente. Ma, per quanto apprezziamo che lei sia venuto qui per vedere come sta Jesse, è stata una lunga notte e abbiamo bisogno di riposarci un po' di prima di affrontare qualsiasi questione legale. Buono a sapersi che entrambi speriamo in una risoluzione pacifica, rapida e giusta del caso.»

Non ero stato l'unico ad aver letto fra le righe che non si stava parlando solo dell'arresto della sera prima.

«Sono d'accordo.» Il signor Copeland fece un cenno ai divani. «Perché non ci sediamo?» Neanche fosse a casa sua.

Marshall mi fece sentire orgoglioso non indietreggiando. «Non si offenda, ma Jesse si sta riprendendo e le mie figlie sono appena tornate a casa. A meno che non ci sia altro che la preoccupa, possiamo organizzare un incontro per discutere di tutto la prossima settimana. Il mio studio legale è vicino alla sua azienda. Non dovrà neppure scomodarsi troppo.»

Non c'era da sorprendersi che alla nonna piacesse Marshall. Era bello stare dalla sua parte, invece che sentirsi sempre quello contro cui lottava.

«Certamente» disse il signor Copeland. «Ho solo un'altra domanda, di natura privata. Posso parlare con Jesse da solo?»

«No.» Marshall aveva le palle d'acciaio.

Sul viso del signor Copeland passò un lampo di rabbia, ma sparì un attimo dopo. «Lo capisco e lo rispetto. Jesse» esitò lui, «mia figlia sta passando un momento difficile della sua vita. È molto confusa e mi scuso se sei stato travolto dai suoi comportamenti bizzarri.»

«Bizzarri?» sbottai, ma l'occhiata di avvertimento che mi scoccò Marshall mi zittì.

«Da padre preoccupato, sto cercando di capire alcune cose. Fra queste, sai se Scarlett fa uso di droghe?»

Avevo i muscoli tesi, e strinsi i pugni. Marshall mi mise un braccio davanti, come se il pilota avesse frenato troppo bruscamente e io fossi stato proiettato in avanti. «Rispondi, Jesse, ma solo con un sì o con un no.»

Solo sì o no? Avrei voluto dire al padre di Scarlett dove poteva ficcarsi la sua domanda, e poi volevo gonfiarlo come lui aveva fatto con la moglie. Fu tremendamente difficile cercare di non muovermi, e persino peggio trattenermi dal dirgliene quattro. «No.»

«Beve?»

«No.»

«Sai dov'è al momento?»

Venni attraversato dal terrore. «Perché, lei non lo sa?»

«Solo sì o no» sussurrò Marshall.

«Ve l'ho detto, mia figlia sta passando un brutto momento. È confusa, non è in lei, io e sua madre siamo preoccupati e vorremmo farle avere aiuto. Dopo l'esperienza traumatica che avete passato tu e Scarlett, era comprensibilmente turbata. È andata via di casa stamattina, e ha portato con sé Isabelle. Considerando come si sta comportando di recente, siamo preoccupati per la sua salute mentale. Ti supplico, Jesse, se sai dov'è Scarlett, per piacere, diccelo. Siamo estremamente preoccupati.»

«Sai dov'è Scarlett?» chiese Marshall.

«No.» E la cosa mi spaventava.

«Se è preoccupato» fece Marshall, «le suggerirei di chiamare la polizia.»

Chiaramente il signor Copeland non apprezzò il consiglio. «Io e sua madre speravamo di evitare un'altra scenata come quella della notte scorsa. Siamo convinti che l'abbia traumatizzata. Se dovesse contattarti, per favore, fammelo sapere immediatamente.»

Il signor Copeland tese la mano a Marshall, si congedò con un breve saluto formale e poi uscì, chiudendosi la porta dietro. Marshall mi si piazzò davanti. «È evidente che qui c'è molto di più di un paio di ragazzi che si baciano in macchina. Farai meglio a spiegarmi.»

Il mio cervello era in panne. Avevo perso la mia terra, e ora anche Scarlett... Il bernoccolo sulla testa pulsava, e avrei dato qualunque cosa per poter strisciare di nuovo a letto, ma non potevo: Scarlett era scomparsa, e questo significava che era in pericolo. «Posso fidarmi di te?»

«Sì, come avresti sempre dovuto fare. Tocca a te decidere se fidarti o no.»

Scarlett mi aveva confidato il suo segreto, ma io la amavo. Aveva bisogno di aiuto, più di quanto potessi dargliene io, e Marshall poteva essere la forza della natura che l'avrebbe aiutata a sopravvivere a quella tempesta. «Il padre di Scarlett picchia la madre, e io ho aiutato Scarlett con il suo piano di andarsene di casa dopo il diploma. Se è scappata, significa che le cose si sono messe male e ha bisogno del nostro aiuto.»

Scarlett

Che strano. Avevo baciato Jesse, avevo pomiciato con Jesse, ero uscita di nascosto con Jesse, mi ero innamorata di Jesse, ma non gli avevo mai telefonato né gli avevo mai mandato un messaggio. Non potevo, per paura di mio padre. Così, quando il pastore Hughes mi chiese se c'era qualcuno che volevo contattare, non potei chiamarlo perché non avevo il suo numero.

Mio padre mi aveva privata di così tante cose: di un'infanzia serena, di un'adolescenza normale, di qualsiasi concetto di sicurezza.

Il pastore Hughes e sua moglie portarono me e Isabelle dalla chiesetta alla chiesa principale della città, dove facevo terapia. Mi portarono in una delle sale gioco per i bambini. Me ne stavo seduta, a rigirarmi in mano il cellulare del pastore senza sosta. Non avevo ancora fatto la telefonata. Non ancora. C'era qualcosa che mi tratteneva. Anni di paura, anni in cui mi era stato detto di non farlo, anni passati a chiedersi cosa sarebbe successo se l'avessi fatto.

Guardavo Isabelle che giocava con le figlie del pastore. Erano delle bambine adorabili, dal sorriso luminoso, ed erano molto gentili con mia sorella. Ma per quanto fossero amichevoli, Isabelle era timida e parlava a stento. Per lei era difficile interagire con gli altri, e questo mi spezzava il cuore. Se ne stava abbracciata alla bambola, stringendola come se ne andasse della sua stessa vita.

«Non ci credo che sono di nuovo in chiesa, Trilli. Due volte in un anno è un record per me, ma ammetto che per te ne vale la pena.»

Il cuore perse un battito al suono della voce di Jesse, e saltai giù dalla sedia. Mi lanciai addosso a lui, ma l'impatto non lo smosse. Anzi, mi avvolse fra le braccia e mi strinse forte. Nascosi la testa nel suo petto, e per la prima volta da quando mi avevano trascinata fuori dal suo furgone, riuscii a respirare.

Un piccolo tocco sulla testa, poi un altro. Erano baci, ognuno come un unguento su una ferita. «Stai bene?»

«Sì» gli dissi. «Tu?»

«Tutto bene.»

Mi feci indietro, e quegli occhi verdi erano così tristi che gli presi entrambe le mani. Per consolare lui, ma anche me. Avevo appena mentito. Non stavo bene. Stavo tutto tranne che bene, e dovevo cominciare a essere sincera, iniziando a farlo con me stessa. «È successo di nuovo, ieri notte.»

«Cosa?»

Le parole mi si bloccarono in gola, ma avevo chiuso con i silenzi. «Papà ha picchiato di nuovo la mamma.»

«Ti ha fatto del male?»

L'aveva fatto? L'istinto era di rispondere di no, che era stata solo una spinta e poi uno strattone, ma ripensai al dolore alla schiena e al livido che si stava formando sul polso. Ripensai a quando Jesse mi aveva detto che essere colpiti una volta era abbastanza. Ripensai alla tristezza e alla sensazione di tradimento che provavo.

Volevo bene a mio padre e pensavo che anche lui me ne volesse. Piegai le labbra tremule in basso. «Mi ha spinta.» E poiché non riuscivo più a pensarci, alzai in aria una mano per bloccare il fiotto di rabbia che sapevo avere sulla punta della lingua. «Il pastore Hughes dice che dovrei chiamare la polizia.»

«Ti ha spinta?» Jesse mi incorniciò il viso con la mano, e fu un gesto così tenero che quasi mi fece sciogliere. «Sei sicura di star bene?»

«No, ma almeno sono qui e non lì. È positivo, no?»

«Tu cosa ne pensi?» mi chiese. «Di chiamare la polizia?»

Cosa pensavo? Che Jesse non avrebbe dovuto avere un grosso ematoma in testa. «Santo cielo.»

Mi allungai per sfiorare il livido, e Jesse fece una smorfia. «Non ti preoccupare.»

«Sono stati i poliziotti?»

«Si sta occupando Marshall di tutto. Non pensiamo a me, dobbiamo concentrarci su di te.»

Non volevo parlarne dove Isabelle poteva sentirci, così andai nel corridoio e Jesse mi seguì. Mi appoggiai al muro e Jesse alla parete opposta.

«Raccontami, Trilli» disse lui, e mi si strinse il cuore per quanto bene mi voleva.

«Mamma ha detto che è stata colpa mia se papà l'ha picchiata. Pensa che sia anche colpa sua. Quello che è successo è colpa di tutti, tranne che di papà.»

«E tu la pensi così?»

La risposta doveva essere un no immediato. Ne ero consapevole, ma sentivo lo stomaco contorcersi e questo mi impedì di dirlo. Tamburellai il piede a terra, e mi strinsi tra le braccia. «In effetti ha alzato le mani su di lei per colpa mia. Sono stata io a farlo arrabbiare. Se avessi tenuto la bocca chiusa, se non fossi uscita di casa, se non avessi mentito, se…»

«Se non avessi mai incontrato me?» Jesse fece un sorriso triste.

Il cuore mi esplose. «No. Tu fai parte di quel poco di bene che c'è nella mia vita.»

«Non sei responsabile di quello che ha fatto tuo padre. È lui il responsabile delle sue scelte.»

«Ma se non avessi creato problemi, non sarebbe successo.»

«Quindi se fossi perfetta, ci sarebbe la pace nel mondo? Non è così che funziona. Sì, hai mentito, ma un genitore normale ti avrebbe solo messa in punizione: ti avrebbero impedito di usare il cellulare per una settimana, non costretta a vedere tua madre essere riempita di botte. Tuo padre pretende dagli altri la perfezione, ma non c'è nessuno sulla faccia del pianeta che possa accontentarlo. Non sei tu che hai fatto un casino, è lui.»

Non riuscivo a smettere di muovere la gamba e lottavo contro il bisogno di piangere. «Ma se chiamo la polizia e danno la colpa a me? Cosa faccio?»

«E se invece chiami e vanno a casa tua, e vedono i lividi di tua madre? Se ti credono e ti dicono che non è colpa tua?»

Ero così nervosa che mi sarei voluta strappare la pelle di dosso. «Cosa mi succederà se chiamo? Cosa succederà a Isabelle? E se peggiorassi solo le cose?»

Jesse chinò il capo, si pizzicò il ponte del naso e quando rialzò la testa, mi spezzò il cuore vedere che aveva le lacrime agli occhi. «E se non fai niente, e la prossima volta la uccide? Perché è quello che è successo a me. Mia madre è stata picchiata da tanti uomini, e io non ho mai fatto niente. Pensavo che sarebbe stata lei a salvare me, e non il contrario, e poi un giorno mio padre l'ha uccisa. E il senso di colpa che mi porto dietro? Ogni dannato giorno mi sento morire. Una volta mi hai chiesto se sono maledetto, e la verità è che lo sono. Sono condannato a sentirla gridare tutti i giorni, per il resto della vita, sapendo di non aver fatto nulla per impedirlo. Avevo capito che la trattava male, e non l'ho mai detto a nessuno. E di questo *io* sono responsabile.»

Trattenni il fiato, spaventata all'idea di respirare. Perché se l'avessi fatto tutto il dolore, tutta la sofferenza sarebbero venuti fuori, e poi sarei crollata. Definitivamente. Senza rimedio, in maniera devastante. Ma Jesse lasciò cadere la testa e curvò le spalle in avanti. Si coprì la faccia con le mani e iniziò a tremare.

Jesse.

Jesse libero, forte, ribelle, Peter Pan in carne e ossa… soffriva.

Ripensai al suo sorriso da canaglia. Quello che mi aveva fatto da bambino, la prima volta che aveva bussato alla mia finestra e mi aveva offerto la libertà. Ripensai al modo in cui mi teneva la mano mentre camminavamo nei campi di notte, e io avevo ancora paura del buio. Ripensai al modo in cui mi tendeva la mano quando saltavamo da un ramo all'altro, come tratteneva il fiato se mi spingevo troppo in alto. Ripensai alle lunghe notti di risate, ai tranquilli giorni d'estate avvolti nel silenzio. Ripensai a Jesse. Un'anima luminosa, una candela nell'oscurità che non mi abbandonava mai, e vidi le lacrime che gli scendevano sulle guance.

Per anni era stato la mia roccia, e ora toccava a me essere la sua. Mi gettai su di lui, avvolgendolo fra le braccia nel tentativo di impedirgli di crollare, di finire a pezzi. Di impedire a me di impazzire.

«Ce la caveremo» gli sussurrai. «Ti prometto che ce la caveremo.»

Jesse si strinse a me, con il viso nell'incavo della mia spalla, e io lo abbracciai. Entrambi cercando di consolarci e sostenerci a vicenda.

Jesse

Me ne stavo sprofondato sulla sedia fuori dall'ufficio del pastore Hughes, ed era un po' come stare in cella. Era un'attesa infinita, snervante. Scarlett era dentro con la polizia. Il pastore era con lei per darle sostegno. Lo zio Marshall era presente in veste di consulente legale di Scarlett. Era difficile credere che una volta odiavo quell'uomo come se fosse Satana in persona. Ora non avevo idea di come ripagarlo per tutto ciò che aveva fatto per proteggere me e la ragazza che amavo.

La porta dell'ufficio si aprì, e mi misi dritto quando il pastore Hughes uscì e si chiuse la porta alle spalle. «Non hanno ancora finito, ma ci siamo quasi.»

«Come sta andando? Scarlett sta bene?»

Lui prese posto accanto a me, le mani intrecciate. «Sta andando bene, per quanto possa andar bene una situazione simile. È evidente che le hanno creduto. È di grande aiuto che tuo zio sia lì dentro, per indirizzare le domande e le risposte. È un brav'uomo. Sarebbe bello se tutti avessero una persona come lui al proprio fianco mentre denunciano un crimine.

Renderebbe la vita molto più semplice a tante vittime mentre riferiscono la loro storia.»

«Che succederà ora?»

Lui emise un lungo sospiro che non mi diede grande speranza. «Faranno delle indagini e contatteranno i servizi sociali. Assegneranno un assistente sociale alla famiglia. Molto probabilmente, visto che prima di ieri sera le bambine non sono mai state coinvolte nelle violenze domestiche, Isabelle verrà restituita alla famiglia, ma sotto la supervisione dello stato.»

Sentii la rabbia montarmi dentro, e sbattei la nuca contro la parete. «Quindi non cambierà niente?»

Il pastore Hughes distese le gambe, come se fosse rigido e dolorante. «Capisco perché lo pensi, ma non è quello che ho detto.»

«Il governo non può costringere il padre di Scarlett a cambiare.»

«No. Come servo di Dio, io spero che deciderà lui di farlo. E spero che il coinvolgimento della polizia sia la presa di coscienza di cui aveva bisogno la madre di Scarlett. Deve scendere a compromessi con la realtà, e iniziare a fare ciò che è meglio per le figlie.»

«E se non lo facesse?»

«Allora ci saranno un sacco di persone a controllare.»

«Mi sembrano tutte chiacchiere.»

«Il sistema non è perfetto, Jesse, ma questa famiglia ha più possibilità di migliorare la situazione ora che la verità è venuta a galla, e non è più un segreto.»

«Che cosa accadrà a Scarlett?» domandai.

«Dipende da lei. Presto compirà diciotto anni, quindi potrà fare molte scelte diverse, ma lascerò che sia tuo zio a parlargliene. Sinceramente, al momento sono più interessato a cosa succederà a te.»

Piegai il collo, teso per il nervosismo. «Marshall crede che faranno cadere le accuse.»

«È una buona notizia, ma non è a questo che mi riferivo. Dopo potrai arrabbiarti con me per avere origliato, ma ho sentito quello che hai detto a Scarlett in corridoio. Sono più curioso di sapere quando accetterai il consiglio che hai dato a Scarlett, e capirai che non sei tu il responsabile della morte di tua madre né dell'infelicità di qualsiasi altra persona. Perché è una maledizione terribile da portare, e condizionerà tutte le decisioni che prenderai.»

Chiusi gli occhi, perché non volevo affrontare la questione.

«La domanda che ho per te è: quando ti concederai di capire chi sei lontano dall'ombra della morte di tua madre? Ti sei lasciato definire dai sensi di colpa, e hai fatto della terra la tua coperta di Linus. Non sarebbe liberatorio sbarazzarti di quel senso di colpa, e lanciar via quella coperta per scoprire chi sei veramente?»

«Non è così.» Avevo la voce roca e la gola stretta. «La terra non è la mia coperta di Linus. È molto più di questo.»

«Sono d'accordo. La terra potrebbe essere di più, ma la tua famiglia ne ha fatto un tempio vivente per i vostri peccati. Peccati che non hai neppure commesso tu, eppure te ne stai sobbarcando tutto il peso. Sono anni che sento parlare della maledizione dei Lachlin, e se dovessi indovinare, direi che la maledizione è questa: credere che la colpa delle scelte altrui sia vostra.»

Quelle parole furono come una spada incandescente nello stomaco. La porta dell'ufficio si aprì, salvandomi dal dover dare una risposta. Ne venne fuori Scarlett. Aveva gli occhi rossi e gonfi, e teneva stretto in mano un fazzoletto appallottolato. Bastò un suo sguardo, e crollai. Mi alzai, la presi fra le braccia e strinsi la ragazza che amavo mentre piangeva.

Alla fine di tutto avrei dovuto dare a Marshall un braccio, e magari anche un rene. Quando la polizia andò via, chiese alla moglie di recuperare Isabelle, mentre io e Marshall portavamo Scarlett all'ospedale.

Dopo il discorsetto che ci aveva fatto, mio zio voleva giocare d'anticipo prevedendo qualsiasi accusa il signor Copeland avrebbe potuto muovere contro la figlia. Marshall chiese che le facessero le analisi del sangue per accertare che non aveva fatto uso di alcol o droga. Poi chiese a un'infermiera di fotografare il livido sul polso, nel punto in cui suo padre l'aveva afferrata, e il leggero ematoma sulla schiena, dove aveva sbattuto contro il muro.

«Cosa fanno le persone che hanno subìto degli abusi quando non hanno un avvocato?» chiese a un certo punto Scarlett, dando voce al pensiero che avevo avuto poco prima.

«A volte il sistema le delude» rispose Marshall. Non era la risposta che volevamo sentire, ma almeno era sincera.

Usciti dall'ospedale, recuperai il furgone dal parcheggio all'ingresso e salutai Scarlett con un lungo bacio e un abbraccio. Sarebbe rimasta da Marshall con Isabelle, e secondo me era un'ottima idea. Se solo ci fosse potuta restare per sempre.

Quanto a me, era ora di tornare a casa. Marshall mi disse di comportarmi bene e di evitare qualsiasi confronto con il padre di Scarlett. Promisi che avrei fatto il bravo. Non avevo intenzione di rovinare quello che aveva fatto per proteggere Scarlett.

Quando arrivai al bivio davanti casa, dovetti superare tre macchine della polizia. Provai un cupo senso di soddisfazione all'idea che il bastardo fosse sui carboni ardenti per quello che aveva fatto. Di sicuro non avrebbe ricevuto la punizione che meritava, ma, se non altro, almeno quel giorno non aveva vinto lui.

La casa di Scarlett era illuminata come la pista di un aeroporto. C'era la luce accesa in tutte le stanze, anche se erano solo in due.

Parcheggiai nel vialetto, spensi il motore e guardai la roulotte della nonna. Casa mia. Sembrava buia, vuota, e le parole del pastore continuavano a vagare fra i pensieri e le emozioni. Per lo più, continuavo a ripensare sempre alla stessa cosa: le mie scelte erano sempre state guidate dai sensi di colpa. Se era vero, chi sarei stato senza sensi di colpa? E ancora, chi sarei stato senza la terra?

Scorsi un movimento al lato della roulotte, come il lampo di un raggio di luna. Uscii dal furgone e seguii la luce. Mi sorprese vedere Glory seduta sull'altalena, in una delle sue lunghe gonne scintillanti.

«Da quanto tempo mi guardavi?» le chiesi.

Glory inclinò la testa con la sua solita espressione lontana. «Non ho mai smesso di guardarti. Lo faccio da talmente tanto tempo che non riuscirei a smettere neanche volendo.»

Non era quello che intendevo. «Hai idea di che cosa abbiamo passato io e Scarlett? Se fossi veramente una veggente, ci avresti avvertiti.»

Glory si diede la spinta, alzò i piedi e iniziò a dondolare. «Essere una veggente non significa sapere tutto. Significa mettere in contatto le persone con l'universo per qualche minuto, così che possano vedere se stessi e rendersi conto delle loro scelte.»

«Quindi stai dicendo che non sapevi che cosa ci sarebbe successo?»

Era silenziosa mentre strisciava i piedi sul terreno, per fermare l'altalena. «Tu e Scarlett sfrecciavate da anni verso la scogliera di ieri notte. Doveva succedere.»

Un lampo di rabbia. «Perché? Scarlett sta soffrendo.» Io stavo soffrendo.

«È il dolore che ti fa crescere, che ti fa maturare, che ti aiuta a prendere la via che dovresti prendere. Se andasse sempre tutto bene, non ci sarebbero mai cambiamenti.»

«E se io non volessi cambiare?»

«Se i cambiamenti non esistessero, allora non ti saresti mai innamorato di Scarlett, e puoi dire che questa è una cosa che non volevi?»

Lo volevo, e lei lo sapeva. Mi lasciai cadere sull'altalena accanto alla sua. «Hai mentito apposta sulla storia di Scarlett nella giuria?»

«Sì.»

La sua sincerità mi strappò una smorfia. «Perderò la terra per colpa tua.»

«Sicuro? Perché il padre di Scarlett è venuto a trovarmi oggi, mentre la cercava. Mi ha fatto la ramanzina per aver dato un lavoro alla figlia. Quando alla fine si è sgonfiato come un palloncino, mi ha detto che se convincerai Scarlett a tornare a casa e a fermare qualsiasi cosa stia pianificando, voterà per farti tenere la terra.»

«È solo un voto. A me ne servono due.»

«Il pastore ha detto che voterà per te il giorno stesso in cui ha saputo della giuria. Pensa che sia una cosa assurda, e che non spetta a lui decidere cosa ne sarà della terra, ma a te.»

«Quindi anche il pastore ha mentito? Perché a sentire lui, non aveva ancora deciso.»

«Il pastore Hughes voleva dare pace alla tua anima e a quelle di Suzanne e Marshall. A modo suo, stava cercando di guarire la vostra famiglia. Ha mentito? Direi proprio di sì, ma non penso che finirà all'inferno per questo, no?»

Abbassai la testa, ripensando al giorno in cui era venuto a trovarmi alla fattoria. Gli avevo detto che Scarlett era l'altro membro della giuria, e lui probabilmente sapeva che non era così. Era per quello che aveva parlato di Scarlett e di suo padre? Era il suo modo di avvertirmi che mi sbagliavo… o forse che Scarlett era in pericolo?

Mi sentivo talmente incasinato che avevo lo stomaco in subbuglio. «Perché hai mentito sul fatto che Scarlett facesse parte della giuria?»

«Per questo preciso istante. Se vuoi la tua terra, puoi averla. Non c'è nessuno che abbia altrettanta influenza su Scarlett. È terrorizzata, spaventata, confusa, e si lascerebbe convincere facilmente. Se tu le dicessi di andare a casa e dare un'altra possibilità al padre, potrebbe accettare. Se non funzionasse, se la respingessi e la chiudessi fuori dalla tua vita come hai fatto al primo anno di liceo, sarebbe devastata e tornerebbe di corsa a casa.»

«Scarlett non cederà. È forte, è tenace, e può resistere anche senza di me.»

«Hai ragione, ma ti sto dicendo è che se volessi la tua terra, potresti averla, ma dovresti spezzare il cuore a Scarlett.»

Amavo la mia terra, ma… «Non potrei mai farle una cosa del genere. Io la amo.» Vero, questo però non metteva a tacere quel dolore lancinante. Stavo per perdere la terra. Stavo per perdere una parte di me. Mi sentivo come se mi stessero spezzando in due. «Non ho idea di chi sarei senza la terra.»

Glory mi prese il mento e mi costrinse a guardarla. «Sei una persona in grado di amare e di lasciarsi amare veramente, e questo, Jesse, era ciò che tua nonna voleva che imparassi.»

Al nome della nonna, sentii gli occhi bruciare. «L'amore farà sempre così male?»

«A volte, ma sarà anche una sensazione meravigliosa, come quando tieni Scarlett tra le braccia. Devi ammettere che è una cosa per cui soffrire le pene dell'inferno. Non rimpiango quello che ho fatto per riavvicinare te e Scarlett. Avevate bisogno l'uno dell'altra.»

Aveva ragione. Per Scarlett valeva la pena stare all'inferno.

Seduto sull'altalena, guardai verso il tavolo da picnic che non veniva usato da anni. Era Glory quella che vedeva gli spiriti, ma io vedevo i fantasmi: i ricordi della mamma e della nonna sedute a quel tavolo con me, a mangiare e a ridere insieme.

Ripensai alla mamma che faceva delle enormi bolle di sapone per me. A come sorrideva quando le portavo le rane dal fiume. Ripensai alla sua bellissima voce quando cantava, e a come, durante le notti peggiori, si infilava nel letto con me e cantava finché non mi addormentavo.

«Mi manca la mamma.» La voce mi venne fuori roca. «Anche la nonna mi manca.»

Le labbra di Glory ebbero un tremito quando cercò di sorridere senza però riuscirci. «Anche a me. E se ti può consolare, anche noi manchiamo a loro. La nonna mi ha appena detto di dirti di stare zitto e abbracciarmi.»

«Sei proprio un'imbrogliona.» Eppure dovetti asciugarmi gli occhi umidi. Lei mi diede una gomitata. Io la imitai, per farle capire che fra noi era tutto a posto.

«Posso darti un altro paio di consigli da parte dell'universo?» disse lei.

«Certo.»

«Fai attenzione con Scarlett. Da qui a un anno per lei le cose saranno molto dure, soprattutto se cercherà di costruirsi una nuova identità lontano dai suoi genitori.»

«Lontano?» Sperai che significasse che Scarlett avrebbe avuto un'alternativa migliore rispetto a tornare a casa.

«Quello che voglio dire è: non cadere in trappola. Bisogna imparare da quello che è successo a tua madre.»

«Che significa?»

«Significa che, ti piaccia o no, questa terra è l'ultimo anno di scuola materna. Siamo qui per imparare, e non solo una lezione, ma parecchie. Prima che tu me lo chieda, ti dico che non vi anticiperò cosa dovrete affrontare, perché sarebbe come imbrogliare.»

Fantastico. «E qual è il secondo consiglio?»

«Sai il legame che hai con la terra? Come respira per te?»

Per me, e per Scarlett. «Sì.»

«Non è la terra a essere speciale, ma sei tu. Potresti andare in qualsiasi parte del mondo, e la terra respirerebbe per te. Devi concederti questa opportunità.» E con questo Glory si alzò, mi diede un bacio materno sulla fronte e sparì nell'oscurità.

Scarlett

Emancipazione.

Era un parolone con un significato ancora più grande. Mia madre era in piedi in cucina, e mi fissava come se avessi appena preso un coltello del macellaio e me lo fossi infilzato nello stomaco. «In che senso vuoi emanciparti?»

Era una sensazione surreale. Sul ripiano c'erano un piatto di biscotti con le gocce di cioccolato, un bouquet di palloncini e due lettere di ammissione all'università insieme a due borse di studio parziali. Una dall'università in città, l'altra dall'Università del Kentucky. La mamma le aveva aperte entrambe prima che tornassi a casa da scuola.

Non ero arrabbiata perché aveva aperto la mia posta. Me lo aspettavo. Sinceramente, ormai avevo delle aspettative così basse quando si trattava del rispetto nei miei confronti da parte dei miei genitori, che non mi stupivo più di niente.

«Presenterò al tribunale una richiesta di emancipazione» ripetei. «Il mio avvocato la sta preparando proprio oggi.»

Era la fine di novembre, le vacanze invernali erano vicine e probabilmente non era il momento migliore, ma non potevo più vivere così. I miei genitori avevano preso le loro decisioni, e io stavo prendendo la mia.

Una settimana dopo che avevo denunciato alla polizia cos'era successo, avevano dato la custodia mia e di Isabelle alla mamma, dopo che lei aveva dimostrato che mio padre era andato via di casa e aveva preso un appartamento in affitto in città. Un'assistente sociale nuova di zecca si assicurava che la nostra famiglia andasse alle sedute di terapia tutte le settimane, e ricordava a mio padre che lo teneva d'occhio come un falco con un topo.

Dovevo ammettere che la nostra assistente sociale mi piaceva. Era una tipetta di un metro e sessanta, per metà barboncino e per metà grizzly.

Papà aveva il diritto di visita, e ci andavo anch'io per controllare mia sorella, ma non gli rivolgevo la parola. Lui provava a parlarmi, ma non ero lì per raccogliere le ceneri del ponte che entrambi avevamo bruciato. Ero lì solo per assicurarmi che trattasse bene mia sorella.

Per quanto papà fosse "ufficialmente" andato via di casa, mamma non lo aveva veramente sbattuto fuori. Non viveva più con lei, ma aveva ancora il controllo della sua vita. Il trasloco in sé era più per far scena in il tribunale che un'immagine effettiva delle nostre vite.

La sera prima mamma aveva oltrepassato quell'enorme, gigantesco fossato che avevo creato e riempito di draghi sputafuoco e filo spinato, invitando papà a casa per cena. Ma io non ero stupida. Sapevo cosa significava. La cena significava restare a fare una chiacchierata, poi aiutare Isabelle a fare i compiti e guardare la tv insieme. Il che significava far tardi, quindi sarebbe rimasto a dormire, e alla fine sarebbe tornato a casa. La giostra su cui stavano mamma e papà continuava a girare, ed era rotta, perché non si fermava mai. Poiché non si fermava, era facile credere di non poter scendere, ma mi rifiutavo di essere imbrogliata. Avrei interrotto quel giro folle e sarei scesa, anche se significava dover saltare giù dalla giostra in corsa. Dovevo dimostrare a me stessa e a mia sorella che meritavamo di meglio.

Come aveva detto il pastore Hughes a proposito di Giacobbe, non dovevo permettere alla paura e alla rabbia di governare la mia vita. E neppure accontentarmi.

Mamma si lasciò cadere su uno sgabello al piano da lavoro, completamente distrutta. Una parte di me soffriva per lei, ma aveva fatto la sua scelta, e ora io stavo facendo la mia.

«Non voglio che te ne vai» disse.

«Neanch'io vorrei andarmene, ma non posso più restare a guardare papà che ti fa del male. Se restassi, avallerei il tuo comportamento e il suo.»

«Dice che può cambiare.» Mia madre fissava il vuoto, come se fosse sotto shock. «Che stavolta cambierà sul serio.»

«Bene.» Volevo davvero che cambiasse, e nel mio cuore c'era una minuscola speranza, di cui con tutta probabilità non mi sarei mai liberata, che pregava disperatamente perché alla fine cambiasse sul serio. «Ma deve lavorare su se stesso senza di noi. Papà ha bisogno di tempo, ha bisogno di spazio e di affrontare i suoi problemi prima di coinvolgerci di nuovo.»

Mamma mosse lentamente la testa per guardarmi, quasi bloccata nella sabbia. «Se fai questa cosa, sarai abbandonata a te stessa. Ti taglierà i fondi. E io non potrò aiutarti se dovessi fallire.»

Per quanto lo sapessi già, mi si serrò lo stomaco. «Meglio essere da sola che vivere una vita in cui sono convinta che è colpa mia se mio padre sceglie di alzare le mani, e preferisco vivere la mia vita piuttosto che pensare che è normale che qualcuno maltratta te e fa del male a me e a mia sorella.»

«Se fallirai» disse lei, «ti ritroverai senza un soldo, soffrirai la fame, sarai sola. E fallirai.»

Deglutii, cercando di trattenere le lacrime, perché forse aveva ragione, ma non mi sarei mai perdonata se non ci avessi almeno provato.

Jesse

Scarlett accese la luce del bagno del monolocale, e si affacciò come se avesse il terrore che potesse saltar fuori un clown, tipo quello del romanzo di Stephen King. Ovviamente non c'era nessun clown assassino, quindi entrò lentamente. Quel posto era piccolo, ammobiliato con un frigorifero che sembrava fatto per una casa delle bambole, e un ripiano abbastanza grande per un microonde a basso voltaggio. Nello spazio abitabile c'era posto per un letto singolo e poco altro.

La finestrella accanto alla porta di casa lasciava entrare la luce del mattino, ma sarebbe stato buio già all'inizio del pomeriggio. Di certo non avrei passato in un posto simile il resto della vita, ma non era quello il piano. Quell'appartamento era solo una sala d'attesa. Se a Scarlett avessero concesso l'emancipazione, l'idea era di vivere lì finché non fosse riuscita ad arrivare al passo successivo della sua vita, che era il diploma, a distanza di sei o otto mesi. Dopodiché ci sarebbe stata l'università. Lei sperava che, se le fosse stata concessa l'emancipazione, avrebbe ottenuto il sussidio economico come studente indipendente.

Al momento Scarlett viveva a casa con sua madre, ma stava lavorando per ottenere l'emancipazione, e questo includeva dimostrare al giudice che aveva trovato un posto sicuro in cui vivere lontano dai genitori, e alla portata delle sue tasche.

Scarlett uscì dal bagno, tenendosi stretta al petto la cartellina che conteneva le informazioni sull'affitto. Il proprietario ci aveva lasciati da soli, ed era un bene. Scarlett aveva bisogno di tempo per elaborare il tutto.

«Cosa ne pensi?» chiesi. L'appartamento si poteva raggiungere a piedi dal Save Mart, e da lì passava l'autobus che portava a scuola. Mi ero già offerto di venire a prenderla e accompagnarla ogni volta che doveva andare a lavorare da Glory. L'avrei portata ovunque avesse bisogno.

«Certo è un passo avanti rispetto agli appartamenti a Lexington» disse, e fece un sorriso triste.

«Che c'è che non va?» chiesi.

Lei scosse la testa, e alcune lunghe ciocche nere le caddero dallo chignon improvvisato. Mi allontanai dalla parete, attraversai la stanza e la abbracciai. Lei si abbandonò tra le mie braccia, e come sempre fui invaso da una sensazione di pace.

«Che c'è che non va?» ripetei.

Scarlett arretrò, e la lasciai andare. Nella sua vita stava cambiando tutto così in fretta, e facevo fatica a capire come riusciva a tenere il passo. Aprì il vetro, spalancò la serranda e richiuse la finestra a chiave. Sorrisi: stava imparando.

«Ho paura» fece, guardando fuori dalla finestra.

«Di cosa?»

Lei inspirò profondamente, poi soffiò fuori l'aria un po' alla volta. «Di fallire. Di essere sola… di sbagliare. Quando ho detto alla mamma che ho chiesto l'emancipazione, mi ha detto che fallirò. E ci sono giorni in cui mi sembra di averlo già fatto. Camila non mi parla. Evangeline dice che Camila si sente tradita perché non le ho detto cosa stava succedendo tra me e te. Non sanno neanche quello che è successo veramente con mio papà, quindi sono sicura che quelle amicizie non si possano recuperare. E poi non so se riuscirò a permettermi il cibo, e l'affitto, e un'auto, e l'assicurazione per l'auto, e…»

«Tu lo vuoi fare?» la interruppi. «Vuoi emanciparti?»

«Se voglio emanciparmi? No. Voglio che mamma e papà si prendano una lunga pausa l'uno dall'altra, mentre papà lavora ai suoi problemi. Ma non succederà. Hanno fatto le loro scelte, ora io devo fare la mia. Però cosa succede se fallisco?»

Raggiunsi l'angolo della stanza, mi accovacciai sul pavimento e le feci cenno di seguirmi. «Vieni qui.»

Lei fece una smorfia, confusa. «Che stai facendo?»

«Devi venire qui per scoprirlo.» Alzai le sopracciglia.

Sospirando ad alto volume per manifestare il disappunto, mi venne incontro attraversando la stanza. Allargai le ginocchia e le feci un cenno con entrambe le mani, perché si sedesse in mezzo. Lei prese posto lì, con la schiena adagiata al mio petto, e mi sfiorò la gamba con la sua. Le spostai i capelli sulla spalla, passandole le braccia intorno ai fianchi, e poi chinai il capo per poterle sussurrare all'orecchio: «Chiudi gli occhi».

«Stiamo visitando un appartamento, Jesse. Il proprietario tornerà da un momento all'altro.»

«Fallo e basta.»

Lei obbedì con un altro sospiro infastidito, e qualche attimo dopo la sentii rilassarsi.

«Adesso aprili.»

Lei sbatté le ciglia e li aprì.

«Le vedi?» le chiesi.

«Cosa?»

«Le bustine di tisana sul ripiano. Dovevamo immaginarlo che Glory te le avrebbe date, insieme alle tazze. Ti ha dato anche quella grossa pietra brutta sul tavolo pieghevole, vicino alla finestra. So che secondo lei infonde energia positiva, ma per me sono tutte cazzate.»

Scarlett ridacchiò fra le mie braccia, e quella sensazione di frizione fu piacevole. Evitai di pensare a baciarla, e mi concentrai sull'aiutarla. «Leo si lamenta per le dimensioni della tv a parete. Ma ormai lo sai che quel ragazzo sta sempre a lamentarsi di tutto. E in più è invidioso perché abbiamo fatto un affare. Nazareth l'ha trovato al mercatino delle pulci. So che all'inizio puzzava di fumo, ma quella candela che continui ad accendere copre l'odore.»

«Ho anche un divano?» chiese lei.

«Non ancora, ma ne stiamo cercando uno. Però hai avuto il sussidio statale che ti serviva, quindi presto andrai a vivere in dormitorio. Stai valutando se è il caso di prenderne uno.

E tanto Vi preferisce sedersi a terra. Ultimamente ha sviluppato una fobia per i mobili, e dopo aver ascoltato le sue motivazioni, dovresti cominciare a chiederti quanti insetti ci sono nel tuo letto.»

Scarlett rise, e in premio le mordicchiai l'orecchio. Lei si accoccolò e le baciai il collo, e avrei voluto che fossimo veramente soli.

«E adesso su cosa siamo seduti?» sussurrò lei.

Voltai la testa e le sussurrai all'orecchio: «Sul tuo letto. Te ne ho dato uno che avevo da parte».

Lei rabbrividii e inclinò il collo più vicino alle mie labbra. Avrei accettato volentieri il suo invito, ma volevamo prendere l'appartamento, non farci sbattere fuori. Le appoggiai le labbra alla pelle, e le dissi una verità che avevo imparato nei mesi che avevo passato da solo.

«Scarlett… farai degli errori. Scioglierai nel microonde la vaschetta di plastica delle confezioni di maccheroni al formaggio perché ti dimenticherai di metterci l'acqua. Ti scorderai di fare i compiti, e prenderai un brutto voto perché sarai troppo presa a lavorare per poter comprare altri maccheroni al formaggio. Non mangerai altro che maccheroni precotti e ramen, perché sarai più preoccupata dei voti a scuola che delle ore passate al lavoro per fare la spesa.»

«Sembra una prospettiva allettante» commentò lei.

«Ma» rimarcai «quello che fa la differenza è come scegli di vederla. Sì, hai sciolto la vaschetta dei maccheroni, ma non lo farai più, e hai anche scoperto che te la cavi con l'estintore. Anzi, ti senti una guerriera perché riuscendo a pensare in fretta, hai impedito che l'intero edificio andasse a fuoco.

«Ti sei arrabbiata con te stessa per aver dimenticato di fare i compiti, ma hai trovato il sistema per tenere a mente cosa va fatto e lo controlli ogni sera prima di andare a letto, e alla fine hai capito che il mondo non crollerà solo perché hai sbagliato qualcosa.

«E poi, quando i tuoi amici ne avranno le scatole piene di vederti mangiare ramen, ti porteranno fuori a prendere i tacos. Poi, quando a tua volta ti stancherai di vedere i tuoi amici che mangiano ramen, li porterai fuori a prendere i tacos. Mentre mangi i tacos, riderai perché Leo si esprime solo in inglese antico, con tanto di accento, e poi lo guarderai mentre fa una figuraccia provandoci con la ragazza al tavolo a fianco, parlando come Kermit la Rana.»

Lei fece una smorfia, perché aveva già assistito a quella scena nella vita reale, ed era stato imbarazzante proprio come sembrava.

«Il punto è che puoi scegliere di vedere i momenti difficili come fallimenti, oppure come una parentesi brutta in una bella giornata. Va bene avvilirsi per qualche istante, ma poi devi rialzarti e darti una scrollata. Se fai così, non fallirai mai.»

Scarlett mi appoggiò la testa alla spalla. «È possibile? Posso farcela?»

«Sì, Trilli.» Chiamarla così mi fece pensare alla nonna, e alle ore che aveva passato a leggere e rileggere per me *Peter e Wendy*. «Vuoi sapere perché la nonna ti chiamava Trilli?»

«Non hai detto perché sono leale?»

«Sì, ma non solo. Nel romanzo si dice che Campanellino è così piccola che può provare solo un'emozione alla volta. O è felice, o è triste, o è arrabbiata, e così via. La nonna diceva che tu eri tutto o niente. O tutto insieme, o proprio niente. Tutta arrabbiata, triste o felice. Ma il fallimento e il successo non sono una questione di tutto o niente. C'è un po' di entrambi, e tanto altro.»

Lei rimase in silenzio per un po', assorbendo quello che avevo detto, e tacqui a mia volta, ricordandomi che dovevo giocare alle stesse regole.

Scarlett si voltò a guardarmi. «Vorrei così tanto riuscire a farcela da sola. Vorrei dimostrare a me stessa, alla mamma e a mia sorella che si può fare. Che posso mantenermi da sola. Che non ho bisogno di qualcuno che si prenda cura di me.»

Le accarezzai il viso e colsi la determinazione nei suoi occhi. Avrei voluto che mia mamma fosse stata un po' più come lei, ma non lo era stata, ed entrambi ne avevamo pagato le conseguenze. «Ce la farai, Trilli. Ne sono sicuro.»

Il sorriso che mi rivolse era il più accecante che avessi mai visto, e mi chinai a baciare le sue labbra dolci.

«Allora, cosa ne pensi dell'appartamento?» chiesi tra un bacio e l'altro.

«Lo prendo.»

Scarlett

Sentii il cuore rimbombare nelle orecchie quando il giudice mi guardò oltre gli occhiali. Poi tornò a scrutare i fogli davanti a sé. La mia assistente sociale aveva appena finito di testimoniare che potevo permettermi di pagare l'affitto del monolocale per cui Marshall aveva accettato di farmi da garante. Aveva anche spiegato che presto avrei compiuto diciotto anni e che avrei lavorato sodo per prendere la patente, e che avevo fatto un'offerta per una macchina parecchio usata che probabilmente non avrebbe retto per più di ottanta chilometri. Il mio avvocato aveva anche sottolineato che dimostravo di avere un'idea chiara delle responsabilità di vivere da sola.

Il messaggio tra le righe era: "Sì, Scarlett è consapevole che nel prossimo futuro mangerà ramen a ogni pasto, imparerà a vestirsi a strati, lavorerà a lume di candela per risparmiare sulla bolletta della luce e farà shopping alla Caritas nel malaugurato caso in cui le servisse qualcosa".

Il mio avvocato, Susan Adachi, mi coprì la mano con la sua. Era una roccia, una regina, e la adoravo perché si era occupata di me per fare un favore a Marshall, e credeva in me. Eravamo al tribunale dei minori e, in teoria, la porta era chiusa, ma tutte le persone che avevano testimoniato a mio favore erano dietro di me: Marshall, Glory, il pastore Hughes, il poliziotto che mi aveva offerto un fazzoletto mentre piangendo gli avevo detto cos'era successo tra mamma e papà. E poi c'era Jesse.

Forte. Bellissimo. Un faro in mezzo alla tempesta. Gettai un'occhiata alle mie spalle: era seduto, con l'aria di essere la persona più spensierata del mondo. Non guardava il giudice come tutti gli altri, ma me. Incrociammo lo sguardo, e mi fece l'occhiolino. Con un turbinio di farfalle nello stomaco, mi sforzai di concentrarmi.

Sarebbe andata bene. Sarebbe andato tutto bene.

I miei genitori non c'erano. Avevano mandato delle dichiarazioni firmate tramite il loro avvocato, affermando che non erano d'accordo con le mie scelte, ma che avrebbero rispettato la decisione della Corte. Non ero certa di sapere come dovevo sentirmi: in parte ero svuotata, e in parte sollevata che non fossero lì a supplicarmi di dargli un'altra possibilità. Anche se l'avessero fatto, non avrei cambiato idea. Solo che qualsiasi figlio desidera che i propri genitori lo vogliano. Dentro di me c'era qualcosa che mi faceva star male: era il bisogno di essere amata. Da loro.

Vedevo ancora il pastore Hughes una volta a settimana, per mia scelta. Durante una delle sedute gli avevo chiesto se quel dolore sarebbe mai andato via. Non mi aveva risposto direttamente, ma il suo sguardo era sincero mentre mi parlava: i figli vogliono sempre essere amati dai genitori, aveva detto, e suo Padre, il suo Dio, offre quel tipo di amore incondizionato che cura tutte le ferite.

Il giudice fece un respiro profondo e la tensione prese il sopravvento sul mio stomaco. Con poche parole di incoraggiamento, mi annunciò che ero libera.

«Avevamo anche chiesto visite alla sorella, Isabelle» disse Susan.

«Concedo anche le visite.» E il mio mondo divenne perfetto.

Papà era nel seminterrato, mamma era in camera sua a piangere, Isabelle guardava i cartoni e io mi chiedevo per la milionesima volta se stavo facendo la cosa giusta. Me ne stavo andando. Quella sera stessa. Ero terrorizzata, e avevo voglia di vomitare. Dall'altra parte della strada, Jesse e Marshall erano seduti sui gradini della roulotte. Erano lì nel caso qualcosa fosse andato storto.

Jesse voleva entrare con me, ma Marshall aveva risolto la questione: i miei mi avrebbero dato il tempo di impacchettare le mie cose, da sola. Secondo Marshall, era meglio gestire tutto con meno emozioni e confronti possibili. Il problema era che non sapevo come tenere a freno le emozioni.

Accaldata e sudaticcia, piegai un'altra camicia e la misi in valigia sulle altre. Stavo prendendo i vestiti, alcune cose come trucchi ed effetti personali, tipo il mio peluche preferito da bambina e una foto di me e mia sorella. Marshall aveva detto di prendere solo cose che avrei potuto dimostrare che erano un regalo: altrimenti mio padre avrebbe potuto dire che le avevo rubate. Era rancoroso fino a quel punto? Non ne avevo idea, ma non avevo intenzione di scoprirlo.

«Non sei costretta a farlo» disse mio padre, con voce profonda e triste.

Mi precipitò lo stomaco, e chiusi gli occhi per un breve attimo prima di voltarmi a guardarlo. Era sulla soglia della porta, con le mani in tasca e l'aria addolorata. Cominciai a sentire la testa pulsare lentamente. E di nuovo ricominciò la giostra.

«Sì, invece» gli risposi.

«Puoi restare, e possiamo riprovarci.» Papà si massaggiò la nuca, e mi ricordò la conversazione che avevamo avuto davanti alla bancarella di Glory ad agosto. «Ho sbagliato ad arrabbiarmi tanto quella sera, ho sbagliato a picchiare tua madre. È solo che quando siamo tornati a casa e non ti abbiamo trovata, ero terrorizzato. Ho ripensato a come avevo perso mia sorella, e...»

«Basta!» Alzai la mano, e notai che tremava leggermente. Farmi rispettare era terribile. Nella tasca posteriore c'era il cellulare con la prepagata che avevo comprato la sera prima, l'unica ancora di salvezza in quella situazione orrenda. Un colpo di telefono e Jesse e Marshall sarebbero accorsi in un lampo.

«Devi smetterla» dissi. «Smettila di giustificare il tuo comportamento. Ti è capitata una cosa orribile, ma questo non ti autorizza a fare cose orribili a Isabelle, a mamma o a me.»

«Lo so» cominciò lui. «E ci sto lavorando davvero. Sono ancora in terapia. Ora faccio parecchie sedute alla settimana. Ho solo bisogno di tempo...»

«È fantastico, ma dovresti risolvere la questione lontano da qui. Dovresti lasciare alla mamma l'opportunità di capire perché le sta bene che la tratti così, e permettere a me e Isabelle di far guarire le nostre ferite. Ma non lo fai. Visto che resti qui, devo andarmene io. Non permetterò più ai tuoi problemi di diventare i miei.» L'espressione e la postura di papà cedettero, ma per quanto ne soffrissi, per quanto mi dispiacesse per lui, mi dispiaceva anche per me stessa. Era a pezzi, ma non ero io a poterlo rimettere in sesto. Non era più compito mio. Non sarebbe mai dovuto essere compito mio, fin dall'inizio.

«Non voglio perderti» mi disse. «Ti voglio bene.»

Mi sentivo male perché gliene volevo ancora anch'io, ma avevo deciso di volerne di più a me. «Spero che continuerai con la terapia, e che starai meglio.»

«Tutto qui?» insisté lui. Le sue lacrime erano vere, e anche i miei occhi bruciavano, umidi. «Te ne vai così? Uscirai da quella porta e non sarai più mia figlia?»

Ero ancora sua figlia. Lui era ancora mio padre. Ecco perché faceva male. Avrei voluto una bacchetta magica per ottenere il mio lieto fine. In cui papà era guarito per magia dai suoi problemi e potevamo tornare a essere una famiglia felice, ma non era così che andava il mondo. «Per favore, prenditi cura di te. Io, la mamma e Isabelle meritiamo di più.»

Chiusi la valigia, presi anche l'altra, lo superai e uscii dalla porta. Fu come rinascere.

Jesse

Il suono di una sedia che strisciava sul pavimento mi fece aprire gli occhi. Eravamo nel cottage. Io e Scarlett ce ne stavamo accoccolati nel letto di Glory, e lei dormiva profondamente. Sarebbe rimasta lì quella notte, e l'indomani si sarebbe trasferita nel suo appartamento. Era stata una serata dura. Aveva lasciato casa sua, e l'avevo tenuta stretta a me mentre piangeva. Avevo la maglietta zuppa di lacrime.

Non ero riuscito a trovare le parole giuste per consolarla, quindi l'avevo abbracciata in silenzio. Avrei voluto essere più bravo con le parole, almeno con quelle giuste, ma non lo ero, quindi le avevo offerto l'unico conforto che potevo darle: la mia presenza. Era triste, spaventata, ma attraverso le carezze avevo cercato di dirle che non era sola.

Lanciai un'occhiata all'orologio a parete. Erano le dieci di sera, e si sentirono voci e passi mentre Glory si congedava dall'ultimo cliente. La porta d'ingresso si aprì, si chiuse, poi il rumore di un motore, e le luci dei fari illuminarono la stanza in cui ero con Scarlett.

Passi leggeri, e la porta non cigolò quando Glory la aprì. Si appoggiò con la spalla al telaio, e prima guardò la tv accesa, con un film a volume basso, poi Scarlett che dormiva, e poi me.

«Ehi.» Avevo la voce rauca per il sonno.

«Sta bene?» chiese lei.

No, ma speravo che lo sarebbe stata, prima o poi. «È stata una giornataccia.»

Glory fece un cenno con la testa verso il soggiorno, e io annuii. Mi alzai con delicatezza e coprii Scarlett con una coperta. Alla luce della luna, sembrava più piccola e tranquilla. Speravo con tutto il cuore che andasse tutto bene, perché ne aveva passate a sufficienza per una vita intera.

Lasciai la porta socchiusa giusto un minimo, per farle capire che Glory aveva finito con i clienti nel caso si fosse svegliata. Mia cugina non era in cucina a versare tisane come immaginavo, ma in soggiorno, seduta al tavolo. In mano aveva un mazzo di tarocchi.

«Cosa vuoi sapere?» mi chiese Glory.

Non era ovvio? «Scarlett se la caverà?»

«Dipende da lei, ma ho fiducia che farà quasi tutte le scelte giuste e riuscirà ad andare avanti.»

«*Quasi* tutte le scelte giuste?»

«Siamo esseri umani, siamo fatti per commettere errori. Il successo non si ottiene facendo sempre la scelta giusta, ma riprovando dopo aver fallito. Ora dimmi cosa vuoi sapere.»

Mescolai le carte, e ripensai a tutto quello che era successo negli ultimi mesi. La verità era che, dopo tanto tempo, non avevo il coraggio di chiederle quello che volevo sapere: se sarei riuscito a tenere la terra.

«Pensavo che mi avresti chiesto della terra» disse lei, in qualche modo leggendomi nel pensiero per la milionesima volta da che la conoscevo.

Continuai a mescolare. «Magari ho paura della risposta.»

«Hai paura di sentirti dire che la terrai o che la perderai?»

Mi si serrò lo stomaco perché non ne avevo idea.

«Dopo tutto quello che è successo, adesso ci credi che non sono un'imbrogliona?» chiese lei.

Pensavo che sapesse cose strane che non riuscivo a spiegarmi, e che fosse parte della famiglia. Una famiglia a cui tenevo, e che teneva a me. «Credo che hai messo troppo origano nel sugo.»

Glory rise, e trovai il coraggio di chiederle almeno una delle cose che mi tormentavano: «La maledizione è vera?».

«La mia risposta non ha importanza, Jesse. La maledizione è vera quanto la soluzione. Tutto può diventare reale se fai in modo che lo sia, incluso tutto ciò che faccio io. La gente sottovaluta molto il potere del pensiero e della fede.»

Non era la risposta che speravo, ma almeno era stata sincera. «E la gente ti paga per farsi dire queste cavolate?»

«Sì, e pure bene.» Ebbe il coraggio di farmi l'occhiolino, mentre mi prendeva di mano i tarocchi e li disponeva nella stessa figura complicata di quella sera di agosto.

«Ma non ti ho fatto una domanda.»

«Ne hai fatte due. Alla prima ho appena risposto ad alta voce. L'altra l'hai detta nella tua testa.»

La carta del carro tornò sul tavolo, ma stavolta rivolta verso Glory.

«A questa carta piacete tu e Scarlett» disse Glory. «Sono felice di vederla nell'altro senso, stavolta. Il carro indica movimento. Quando è al contrario, come lo scorso agosto, può voler dire muoversi nella direzione sbagliata, essere intrappolati o perdere il controllo. Quando è dritta, come in questo caso, significa progresso.»

«Non mi sembra abbia molto senso.»

«Ah sì? Perché a me suona come se dopo una falsa partenza, tu stia prendendo finalmente la strada giusta.» Glory alzò la testa e mi guardò dritto negli occhi, con la sua solita espressione lontana. «Comportati bene, Jesse, perché lui è qui per comportarsi bene con te.»

Inarcai un sopracciglio, e pochi secondi dopo si sentì il mormorio del motore di una macchina costosa. L'auto di Marshall si fermò accanto al maggiolino di Glory. Rimasi a bocca aperta. «Come ci riesci?»

Glory alzò le sopracciglia, divertita. «Marshall mi ha mandato un messaggio. Mi ha scritto che stava venendo qui.»

«Lo sapevo che sei un'imbrogliona» la presi in giro.

«Sono un'imbrogliona solo quando non faccio la veggente. Adesso esci. Gli ultimi appuntamenti con i clienti mi hanno sfinita, ho bisogno di un po' di tempo per ricaricare le energie.»

In altre parole, mi stava cacciando. Infilai le scarpe e la giacca, e quando uscii nella fredda notte di dicembre, Marshall stava già camminando verso la veranda. Era vestito più casual del solito, con una giacca di jeans grigia, una felpa e un paio di jeans scoloriti.

Mi sedetti sull'ultimo gradino, per poter stare in contatto con la terra. Ultimamente avevo avuto bisogno della sua forza. Ne avevo sempre avuto bisogno.

Marshall mi raggiunse e gettò un'occhiata alle sue spalle, verso la casa. «Glory è ancora con un cliente?»

«No, sta solo ricaricando le energie.»

Marshall scosse la testa come se non capisse, ma era proprio quello il punto: non era necessario. Iniziavo a comprendere che nemmeno io dovevo. Non stava a me giudicare cosa andava bene alle altre persone. Glory aveva i suoi angeli, e il pastore Hughes aveva il suo Dio. Dovevo solo essere contento per loro, perché avevano fede in qualcosa che li aiutava ad andare avanti in questa vita difficile.

Io e lo zio avevamo lo sguardo perso nella notte. Ascoltavamo il tintinnio degli scacciapensieri sospinti delicatamente dal vento, nel piacevole silenzio che solo la mia terra poteva offrire. Era una serata fresca, perché fino a quel momento dicembre era stato mite.

«Mi sento come se ti dovessi un rene. Se un giorno ne avrai bisogno, puoi avere uno dei miei.»

«Se mai me ne servirà uno, allora verrò a chiedertelo.» Marshall strofinò le mani. Mi venne in mente il giorno del funerale della nonna. La testa cominciò a pulsare lentamente, perché non ne potevo più di brutte notizie. «Hai deciso se scriverai una lettera che leggerò io all'udienza, oppure se verrai e parlerai tu?»

Il piano era di scrivere una lettera ma ora, sapendo quante volte Scarlett aveva affrontato suo padre, mi sembrava una vigliaccata. Lei aveva combattuto il suo demone, e forse era arrivato il momento che anch'io combattessi il mio. «Verrò all'udienza.»

«Sicuro?»

«Sì.»

«Ti starò vicino. A ogni passo del percorso.»

Ci contavo. «Grazie.»

Restammo di nuovo in silenzio, ma non eravamo tranquilli. Avevamo a malapena sfiorato la punta dell'iceberg del discorso: la terra. Io e Marshall avevamo passato così tanti anni a farci la guerra, che ora mi sembrava difficile invertire la rotta solo perché eravamo dalla stessa parte.

«Prometto di non arrabbiarmi se tiri fuori l'argomento» dissi. «E prometto anche di ascoltare quello che hai da dire, se tu prometti di ascoltare me.»

«Mi sembra giusto.» Marshall strofinò le mani una seconda volta, poi le intrecciò. «Non ti dirò che ho tutte le risposte, oppure che ho gestito al meglio tutto ciò che concerne la proprietà, ma voglio che tu sappia che tutto quello che ho fatto, l'ho fatto perché ci tengo. Avrei voluto che andasse tutto diversamente, ma ciò che è fatto è fatto. Adesso dobbiamo capire come andare avanti.»

«Ho il voto del pastore.»

«Sì.»

«E ho perso il voto del signor Copeland» dissi.

«Direi che è scontato.»

Quindi, la decisione spettava solo a Marshall. Mi preoccupava, ma neanche lontanamente quanto avrei immaginato. «Cosa devo fare per tenere la terra?»

«Sei pronto per affrontare una discussione matura? Non sto parlando di sentimenti, ma di finanze. Se vuoi tenere la terra, non puoi continuare a sognare e basta. Devi capire cosa comporta mandare avanti la fattoria, nero su bianco.»

Feci per ribattere che già mi occupavo dell'aspetto economico, ma mi fermai. Primo, gli avevo appena detto che avrei ascoltato. Secondo, di recente avevo passato un'intera giornata a cercare di mostrare a Scarlett le difficoltà e le responsabilità della vita da soli. Con i soldi che guadagnavo, ero riuscito a mangiare e a pagare le bollette della luce. Era stato Marshall a occuparsi delle spese della fattoria. «Ti ascolto.»

«Ogni mese, tra le tasse e la manutenzione, sei in perdita. Se dovessi tenere la terra, all'inizio dovresti capire come fare perché si ripaghi da sola, e poi dovresti capire rapidamente come renderla redditizia. Vorrei poterti aiutare, ma a parte firmare assegni attingendo dal conto della proprietà, non so niente di come aiutarti a gestirla nel concreto.»

Occuparsi della terra impegnava la mattina, il pomeriggio e la sera. I giorni di ferie non esistevano. Io ne avevo presi fin troppi ultimamente, e la lista di cose da fare era solo aumentata. Non era un lavoro facile. Probabilmente era la più dura, la più faticosa delle professioni.

«Ci sono parecchie persone interessate alla terra, e te la pagherebbero profumatamente. Fin dalla morte della nonna, molte aziende agricole hanno fatto offerte. Te lo dico:

potremmo avere fra le mani un'asta molto redditizia. Puoi vendere questa terra e, se gestisci bene il denaro, saresti sistemato a vita.

«Allora potresti lasciare la città e andare dove nessuno sarebbe prevenuto nei tuoi confronti solo per il tuo cognome, e non dovresti più ascoltare quella storia idiota della maledizione. Potresti iniziare da capo.»

«I soldi saranno miei, o dipenderò comunque da te?»

«L'una e l'altra cosa. Il testamento prevede che i ricavi della vendita vadano in un fondo. Riceverai tre pagamenti nell'arco di dieci anni. Il primo alla vendita della terra. Cosa farai di quei soldi una volta ricevuti starà a te, ma se accetti il mio aiuto, ti insegnerò a gestirli non solo per farli durare, ma anche per fare in modo che i soldi lavorino per te.»

Poteva essere un nuovo inizio. Non solo per me, ma anche per Scarlett. Avrei potuto vendere la terra e far avverare i suoi sogni. Avrei potuto aiutarla con l'università e le spese di tutti i giorni. Dopotutto, uno di noi doveva perseguire i suoi sogni. E a parte amare Scarlett, io non avevo più idea di quali fossero i miei.

«Adesso è il mio turno di ascoltare» disse Marshall. «Ammetto di non averti dato retta la prima volta che hai sentito parlare della giuria, quando hai detto che avevi qualche idea per rendere la terra redditizia. Ora ti voglio ascoltare. Forse in due possiamo capire come far funzionare le tue idee.»

Oddio, ne avevo così tante di idee. Ripulire la terra e seminare grano e soia. Usare gli altri campi per le mucche da latte e da macello. Tenere parte della proprietà per il fieno, e poi usare altre zone per il raccolto. Ma quando cercai di spiegargli i miei piani, la voce si bloccò e rimase immobile come la notte.

Per realizzare tutto servivano soldi, e tanti. Soldi che le grandi aziende agricole potevano investire, e trarne comunque un profitto. Potevano assumere personale, e io a malapena riuscivo a mantenere la terra da solo e a nutrirmi. Aveva ragione Marshall: se avessi messo un'ipoteca sulla proprietà per realizzare i miei sogni, se avessi fatto casino e non avessi pagato ogni mese, avrei potuto perdere tutto. «Prima ci devo pensare. Una volta che l'avrò fatto, parleremo.»

«Vuoi ancora tenere la terra?» mi chiese lui.

La verità? Non lo sapevo. Chinai il capo e intrecciai le mani. Non ero sicuro di stare pregando, ma probabilmente ci stavo andando molto vicino.

Era arrivato il momento di essere sincero con me stesso. «Il testamento prevede il voto per maggio. Sul conto della nonna c'è abbastanza denaro per mantenere la terra fino ad allora?»

«Farò in modo di sì. Se le cose dovessero andare male possiamo vendere qualche acro, ma ti consiglio di non farla diventare un'abitudine. Guadagnerai di più vendendo la terra tutta intera.»

«Ho bisogno di tempo.»

«E allora aspetteremo.» Marshall mi diede una pacca sulla schiena, mentre si alzava in piedi. «Fammi sapere se a te o a Scarlett serve qualcosa.»

«Lo farò.»

Marshall se ne andò, e rimasi seduto per un po' dopo che la sua auto si fu allontanata lungo la strada. Qualsiasi cosa avessi deciso, avrebbe avuto degli effetti a lungo termine su così tante persone. Su me, Scarlett e Glory.

Questa era la casa di Glory. Non potevo chiederle di lasciarla. Era qualcosa da considerare se avessi venduto la terra, o ipotecato la proprietà nel tentativo di renderla una fattoria funzionante: assicurarmi che lei restasse.

Entrai nel cottage. Glory dormiva sul divanetto all'angolo della stanza. Aveva rinunciato alla camera da letto perché Scarlett avesse un posto dove dormire quella notte. I nipoti di Marshall erano venuti da fuori città e occupavano la sua stanza degli ospiti, ed essendo quella la prima notte che Scarlett passava fuori di casa, avevo pensato che non sarebbe stato utile stare con me, dall'altra parte della strada, davanti a casa sua.

Chiusi a chiave la porta, presi una coperta dall'armadio all'ingresso, la misi addosso a Glory e poi spensi le luci. La tv era ancora accesa quando entrai in camera da letto. La spensi con il telecomando, poi mi tolsi la giacca, mi sedetti sulla sedia all'angolo e mi sfilai le scarpe. Mi rilassai e riflettei se era il caso di dormire lì, o dare per scontato che Scarlett mi volesse con lei a letto. Si era addormentata mentre l'abbracciavo, e per quanto morissi dalla voglia di stringerla di nuovo, volevo rispettare lei e i suoi spazi.

Quando distesi le gambe, la guardai e Scarlett aprì gli occhi assonnati. Ci fu un momento nebuloso, in quella fase confusa tra sonno e veglia, poi sbatté gli occhi e mi guardò. «Ciao.»

«Ciao» sussurrai. «Come stai?»

«Meglio.» Gli occhi azzurri, che quella notte sembravano travolti da una violenta tempesta, ora erano più calmi, e questo mi rassicurò un po'. «Tu stai bene?»

No. «Dovresti dormire ancora un po'.»

«Lo farò, se ti sdrai con me.»

Non dovette chiedermelo due volte. Sollevò la coperta e scivolai al suo fianco. Il corpo caldo di Scarlett si adagiò sul mio, riscaldandomi la pelle gelata e il cuore spezzato.

«Che c'è che non va?» mi chiese sussurrando appoggiata contro il petto.

«Sto bene.» Scarlett aveva passato una notte infernale. Non doveva sobbarcarsi anche i miei problemi.

«Non mentire. Non sarebbe utile a nessuno dei due.»

Aveva ragione lei. Più di quanto immaginasse. «Ti ricordi quando ti ho detto il motivo per cui ho smesso di parlare con te, il primo anno di liceo?»

Lei annuì, e i lunghi capelli setosi mi scivolarono sulla pelle del braccio. Per prendere coraggio, le passai il naso fra i capelli e inspirai il suo profumo dolce. Lei si accoccolò di più, quasi avesse capito quanta paura avevo.

«Non ti piaceva come mi trattava la gente per colpa tua» rispose lei.

Le passai le dita sulla schiena, non per confortare lei, ma me. Dopo tutto quello che le avevo fatto, non se n'era andata. Dovevo essere sincero con me stesso e con lei. Era da troppo tempo che mentivo a entrambi. «Non è l'unico motivo per cui ti ho tagliato fuori dalla mia vita.»

Scarlett alzò la testa e mi appoggiò il mento sul petto. Aveva le sopracciglia leggermente corrugate mentre mi guardava. «Che intendi dire?»

«È vero, ho sentito la conversazione tra te e tua madre, ma c'è dell'altro.» Come facevo a confessarle la mia paura più oscura? Come facevo a tirar fuori e mostrare quello che mi era marcito dentro, come un ragno che aveva deposto le uova in un buco buio e profondo?

«Raccontami» mi incoraggiò lei.

«Mia madre non è morta dopo che abbiamo smesso di parlarci, come credono tutti in città. È morta in estate. L'ha uccisa mio padre, e io ho assistito alla scena.»

Chiusi gli occhi per respingere i ricordi. «Sono cresciuto con la mamma da una parte, che continuava a ripetermi che la maledizione era vera, e nonna dall'altra, che diceva il contrario. Quell'estate, quando ho visto mia madre in una pozza di sangue, quando mi sono sdraiato accanto a lei, l'ho supplicata di svegliarsi e lei non l'ha fatto, ho deciso che aveva ragione la mamma. La maledizione era vera. Doveva esserlo per forza, perché non avevo mai sofferto come quel giorno, e ho deciso di non soffrire mai più così.»

Sentii una carezza leggera come una piuma sulla guancia, ma la ignorai. «Oh, Jesse.»

«Ho smesso di parlarti perché avevo il terrore che, restando amici, la maledizione avrebbe colpito anche te. Ti amavo, quindi il maleficio avrebbe ferito te per far del male a me. E non ce l'avrei fatta. A malapena ero sopravvissuto alla perdita della mamma, e sapevo che non ce l'avrei fatta a perdere anche te. Ti amavo troppo.»

Calò il silenzio. Tutto era immobile. Il terribile e pesante istante prima di lasciar andare la lama della ghigliottina. Il cuore mi batteva all'impazzata nel petto, e le emozioni per la perdita della mamma mi avevano serrato la gola. Poi sentii un lieve movimento, e Scarlett si tirò seduta nel letto. Aprii gli occhi e guardai dritto verso il soffitto, in attesa della sua reazione.

«Che cosa hai detto?» sussurrò Scarlett.

«Che credevo alla maledizione. Che è colpa mia se la mamma è morta, e sarebbe colpa mia se ti succedesse qualcosa.»

«No, questo l'ho sentito. Hai detto che mi amavi?»

Mi distaccai dal mondo, perché quella domanda mi fece voltare di scatto a guardarla. C'era speranza sul suo viso, e questo mi confuse. Il cuore si fermò e poi riprese a battere a tutta velocità. Possibile che mi amasse nonostante il maleficio?

Corrugai la fronte, perché forse non aveva capito. «Sono maledetto, Scarlett.»

Scarlett mi prese il viso fra le mani, e la sensazione della sua pelle contro la mia fu quasi il paradiso. Non poteva essere vero.

«Mi ami?» disse lei.

«Sono innamorato di te da che riesco a ricordare. Non mi pare ci sia stato un momento in cui non ti ho amata.» Era sempre stato così, semplice e bellissimo come il sole all'alba.

«Non sei maledetto.»

«Mia mamma è morta...»

«Non sei maledetto.»

«E da quando stai con me, i tuoi problemi sono peggiorati.»

«Ci credi che ti amo?»

Se anche avessi voluto negarlo, non avrei potuto. Emanava amore da tutti i pori. «Sì.»

«Allora non c'è nessuna maledizione, e se c'era, ora non c'è più. Perché se fossi maledetto, non staremmo vivendo questo momento, qui e ora. Mio padre non sa amare: quella è una maledizione. Mia madre non sa amare: quella è una maledizione. Non c'è assolutamente niente che tu possa dirmi per convincermi che sei maledetto, quando l'amore esiste per davvero. Noi ci amiamo, e questo distruggerà qualsiasi ostacolo sul nostro percorso.»

Le intrecciai le dita fra i capelli, e lei mi baciò. Il classico bacio durante il quale il cuore si spezza e sanguina, e poi si ricompone. Il classico bacio che si vive una volta nella vita. E davvero non dovevo essere maledetto perché, dopo aver scostato le labbra per sistemarsi meglio vicino a me, mi baciò di nuovo in quel modo.

Scarlett si staccò, senza fiato, e anch'io ansimavo. Sarebbe stato facile continuare a baciarla quella notte, spingerci più in là di quanto avevamo fatto fino a quel momento, oltrepassare il limite e perderci l'uno nell'altra. Lei era smarrita, io ero smarrito, entrambi supplicavamo di essere ritrovati, ma non volevo che ci ritrovassimo in quel modo. Da come mi toccava con desiderio, eppure teneva le labbra un po' a distanza dalle mie, capii cheprovava anche lei la stessa sensazione.

«Ti amo» sussurrai.

Scarlett sollevò la bocca, esitante. «Sai che prima di stanotte non me l'avevi mai detto?»

Mi accigliai. «Sì che l'ho fatto.»

Lei rise, e quel suono mi regalò la pace. «No che non l'hai fatto.»

«Sì» insistei, ma lei mi appoggiò un dito sulle labbra, mettendomi a tacere.

«Non l'hai fatto, fidati, mi ricorderei una cosa del genere.»

Frugai nella memoria, ripensando a tutti i momenti in cui mi aveva donato gioia e, anche se erano tanti, era vero: non le avevo mai fatto dichiarazioni. La abbracciai con dolcezza perché amava un idiota, e poi appoggiai la fronte alla sua. «Non so cosa fare con la terra.»

Strinse gli occhi, come se non avesse capito. «Che intendi?»

«La maggior parte delle scelte che ho fatto in passato sono state un tentativo di evitare la maledizione. Alcune sono andate a mio favore, ma tante altre no.»

«Questo cosa c'entra con la terra?»

«E se avessero ragione tutti gli altri, se l'unico motivo per cui la volevo fosse la paura di cosa sarebbe successo se me ne fossi andato? La paura della maledizione?»

Lei inclinò la testa, comprensiva. «Tu ami questa terra.»

Sì. «Ma se la temessi più di quanto la amo, e non mi fossi semplicemente mai concesso l'opportunità di capire la differenza tra amore e paura?»

Era una domanda difficile senza una risposta facile, e poiché Scarlett era perfetta da ogni punto di vista, comprese che non avevo bisogno di parole al momento, ma solo di lei. Si accucciò stretta nel mio abbraccio e mi strinse, mentre io stringevo lei.

Jesse

Prima non avrei potuto dirlo al cento percento, ma adesso sì: i completi non facevano per me. Mi stringevano dalla testa ai piedi.

Io e Marshall aspettavamo fuori da una sala conferenze di essere chiamati dalla commissione per la libertà vigilata. Non sapevo cosa aspettarmi. L'aula di un tribunale, forse, oppure una qualche stanza sudicia all'interno della prigione dove, mentre camminavo fra i corridoi, avremmo sentito le urla dei prigionieri che litigavano.

Forse dovevo smetterla di guardare tutta quella tv la sera tardi.

Il cellulare si mise a vibrarmi in tasca e, oltre agli incoraggiamenti di Nazareth, Leo e Vi, trovai un messaggio di Scarlett. Un messaggio dal telefono che si era pagata da sola. Era semplice e andava dritto al cuore: *Ti amo*.

Due paroline, e la sua fiducia mi fece sentire in grado di spostare le montagne, che era quello di cui avevo bisogno. Io: *Anch'io ti amo. Ti mando un messaggio appena ho finito*.

Scarlett: *In bocca al lupo. Pensa a quanto sarà fantasmagoricamente noiosa la vita quando il processo sarà finito e torneremo a scuola. Viva la nuova normalità.*

Eravamo a inizio gennaio, ed era l'ultima settimana delle vacanze invernali. Quello che nessuno sapeva era che non sarei tornato. L'ultimo giorno di scuola prima delle vacanze ero andato in segreteria a ritirare il mio diploma. Niente cerimonie in pompa magna, niente cappello e toga, solo io e la consapevolezza di avere una marea di decisioni da prendere, e pochi mesi per farlo.

Alzai gli occhi e vidi Marshall che mi controllava il cellulare, e inarcai un sopracciglio. «Ti dice nulla la parola "privacy"?»

«Non glielo hai detto.»

No. «Glielo dico stasera.»

«Ti sei ridotto all'ultimo momento, eh?»

Voleva sapere la verità? «Avevo paura che se glielo avessi detto prima, mi avrebbe convinto a non farlo.» Non ero coraggioso come Scarlett. Al mio posto lei mi avrebbe già detto cosa stava succedendo, e sarebbe già andata avanti a tutto gas, ed era il motivo per cui avrei fatto quello che avrei fatto. Dovevo essere alla sua altezza. Dovevo affrontare la vita come faceva lei, con coraggio.

Marshall mi strinse la spalla. «Stai facendo la scelta giusta.»

Lo pensavo anch'io, ma la vera domanda era: lo avrebbe pensato anche Scarlett? Avrebbe capito quello che stavo facendo e, con un po' di fortuna, mi avrebbe aiutato a capire chi ero? O si sarebbe sentita tradita?

«Pensi che verrà con te?» chiese Marshall.

All'idea di stare senza Scarlett sentivo il cuore svuotarsi. La volevo con me, a ogni passo del cammino, ma probabilmente non mi avrebbe seguito. Era più forte di me, e io dovevo diventare come lei. «No.»

«Signor Lachlin?» Una donna con dei corti capelli castani si era affacciata dalla porta. «Siamo pronti per la sua dichiarazione.»

Annuii, e Marshall mi si parò davanti. «Ricordati, questa non è l'udienza finale. È solo un'opportunità per parlare delle tue emozioni sulla morte di tua madre e sulla possibile libertà vigilata di tuo padre. Sei pronto?»

Per quanto era possibile. «Andiamo.»

Entrammo, prendemmo posto e i membri della commissione cominciarono a parlare. Marshall disse qualcosa, le persone dall'altra parte del tavolo dissero qualcosa. E per quanto fosse importante ascoltare, non ci riuscii. Nella mia testa c'era solo un brusio indistinto. Poi mi sentii toccare sul braccio: Marshall mi fece un cenno con il capo verso il foglio su cui avevo buttato giù delle frasi per tenere in ordine i pensieri. Era il mio turno di parlare, il mio turno di annunciare la verità e di non restare più in silenzio.

«Prima di tutto, voglio ringraziarvi per l'opportunità di poter parlare a nome di mia madre. In tutta sincerità, vorrei poter dire che se fosse sopravvissuta agli eventi di quella notte, ci sarebbe stata lei su questa sedia a parlarvi di mio padre e chiedervi di non dargli la libertà vigilata, ma non posso dirlo perché sarebbe una bugia.»

Alzai lo sguardo. Tutti i membri della commissione mi stavano guardando. Non ce n'era uno che fosse al telefono o stesse prendendo appunti: avevo la loro completa e totale attenzione.

«Durante la mia infanzia, mia madre passava da un uomo all'altro. Alcuni li ho incontrati, ma probabilmente ce ne sono stati molti altri che non ho mai conosciuto. Aveva sempre bisogno di avere un uomo al suo fianco per sentirsi sicura, il che è ironico, perché non è mai riuscita a stare al sicuro.

«Io e mia madre eravamo dei vagabondi alla deriva nel mondo. Fra una storia e l'altra, ho trovato una vera famiglia in mia nonna, Suzanne. Era la madre di mia madre. A volte mia madre restava con noi, ma aveva una voragine dentro che la portava via, fra le braccia di un altro uomo.

«Ho vissuto temendo il giorno in cui mia madre sarebbe venuta dalla nonna e mi avrebbe detto di aver trovato qualcun altro. Qualcuno che ci avrebbe amati e si sarebbe preso cura di noi. Non ho mai capito perché non riusciva a vedere le persone che la amavano nella sicurezza della roulotte della nonna. Fatto sta che non lo faceva, e non ne saprò mai il motivo.

«Ho trascorso molte notti su pavimenti ghiacciati, ho sofferto la fame più volte di quanto riesco a ricordare, e sono rimasto a guardare mia madre essere abusata fisicamente e verbalmente ancora e ancora. Mi è capitato di essere la vittima dei pugni dei suoi fidanzati, e devo ammettere che ero grato di essere io quello a essere picchiato e non lei, perché in qualche modo, nella mia testa di bambino di otto anni, ero convinto di poter sopportare meglio il dolore.

«Ho scoperto solo di recente che mia madre si era tenuta in contatto con mio padre, un uomo che aveva conosciuto a diciotto anni. Una volta mi ha detto di essersi innamorata follemente di lui. Non so abbastanza dell'amore tra i miei genitori, ma conosco la follia. Di tutte le persone con cui è stata mia madre, lui era il più violento.

«All'inizio ciò che li ha divisi sono stato proprio io. Mio padre non mi voleva, mia madre sì, ma aveva accettato di non portarmi mai con lei, così potevano stare insieme. Ve lo dico per farvi capire com'era mia madre. Ha fatto delle pessime scelte, ma mi voleva bene. Il suo poteva essere un amore distruttivo, ma era tutto mio, e da bambino accettavo qualsiasi forma di amore possibile.»

Ripensai a come mamma mi abbracciava forte quando arrivava. Ripensai a come stavamo alzati per ore, quando mi parlava delle mappe. A come non sarei mai stato in grado di mostrarle un altro bel voto in pagella. Che non avrei mai potuto dirle di Scarlett o di come avevo imparato ad amare. Ripensai al fatto che un giorno, al mio matrimonio, non avrei ballato con la mamma e non le avrei messo in braccio mio figlio.

Un milione di momenti che mi erano stati rubati. Momenti che nessuno mi avrebbe mai restituito.

«L'estate prima del primo anno di liceo, i miei genitori stavano attraversando un periodo che, penso, qualcuno definirebbe "luna di miele". Lei credeva che avessero sistemato le cose, e che sarebbero rimasti insieme per sempre. Uno dei suoi ultimi errori è stato convincersene e portarmi a stare da lui. Quel giorno ho avuto molte prime volte. Era la prima volta che lasciavo lo stato del Kentucky, la prima volta che assaggiavo un frappé alla fragola e la prima volta che vedevo qualcuno arrabbiarsi tanto da farmi fermare il cuore.

«Non entrerò nel dettaglio di cosa è successo quella notte. C'è stato un processo, e sono certo che sappiate tutte le informazioni sul crimine per cui mio padre è stato condannato. Capisco che sono passati tre anni, che forse ha avuto il tempo di cambiare, ma voglio essere egoista e vi spiegherò che tre anni non sono stati abbastanza per me per cambiare.

«Quando mio padre ha ucciso mia madre davanti ai miei occhi, mi sono paralizzato. Mi sono paralizzato dopo che mio padre mi ha spaccato una sedia sulla schiena per la rabbia. Mi sono paralizzato quando mio padre ha iniziato a picchiare mia madre. Mi sono paralizzato quando l'ho vista morire per mano sua. Mi sono paralizzato al banco dei testimoni durante il processo. Mi sono paralizzato ogni volta che mia nonna o mia cugina hanno cercato di consolarmi con una carezza. Mi sono paralizzato ogni volta che ho cercato di dire alla mia migliore amica cos'era successo. Mi sono paralizzato, e sono rimasto in quello stato per anni.»

Mi si chiuse la gola e piegai in basso le labbra. Mi schiarii la voce una volta, due, una terza volta e quando tirai un sospiro profondo, quasi singhiozzai.

«Non si preoccupi, signor Lachlin» disse un uomo con i capelli grigi e l'espressione gentile. «Faccia con calma.»

Presi un sorso d'acqua. Non sopportavo quanto mi tremava la mano con cui tenevo la bottiglia. Riuscii finalmente a prendere fiato per continuare.

«Negli ultimi mesi, grazie all'amore e al sostegno di alcune persone molto importanti della mia vita, ho iniziato a cambiare. Cambiare è stato difficile. Un continuo tira e molla, e ci sono state volte in cui ho provato a resistere fino all'inverosimile.

«Anche se ci sono stati dei cambiamenti, devo ammetterlo: non so ancora chi sono, e vorrei avere l'opportunità di capirlo. Ho passato buona parte della vita a credere di dover restare nella proprietà di famiglia, ma ora so di potermene andare, e questo ha spalancato davanti a me un nuovo orizzonte di possibilità.

«È sconvolgente e spaventoso, ma per la prima volta dalla morte di mia madre, mi sento vivo. Mi ci sono voluti tre anni per arrivare a questo punto, e vi sto chiedendo, per favore, di accordarmi altro tempo per scoprire me stesso. Voglio cambiare, voglio esplorare queste nuove possibilità.

«Quello che ha fatto mio padre mi ha paralizzato. Lui avrà avuto anche il tempo di cambiare, ma io no. Ho bisogno di questo tempo, e se venisse rilasciato, ho paura che farei un passo indietro. È stato lui a mettermi in questa posizione, e sta a me cambiare, ma ho bisogno di tempo. Vi chiedo, per favore, di considerare a fondo il crimine che ha compiuto, quanto è stato violento e quanto male mi ha fatto, fisicamente ed emotivamente, e poi di ricordarvi quello che vi ho detto io oggi. Vi chiedo, per favore, di negargli la libertà vigilata e tenerlo in prigione. Vi ringrazio.»

Scarlett

Ormai ero diventata un'esperta di spaghetti al microonde, e quel giorno ero andata sul sofisticato comprando una pagnotta italiana. Jesse aveva incontrato la commissione per la libertà vigilata. Doveva essere stato massacrante, ne ero certa, e volevo fare qualcosa di speciale per lui. Il programma prevedeva cena, un po' di tv e poi una serata da passare uno tra le braccia dell'altra.

Ero in quell'appartamento da qualche settimana, e fino a quel momento era andato tutto bene. Facevo fatica a gestire i soldi e ancora di più l'equilibrio fra scuola e lavoro, ma stavo sopravvivendo e di questo ero fiera.

Bussarono, e attraversai la stanza. Sorrisi vedendo accanto alla porta la mazza da baseball che Leo mi aveva dato alla festa di inaugurazione. Mi aveva detto, con una scintilla negli occhi, che sarebbe stato il mio sistema antifurto. Lo ammetto, il mio pensiero mi aveva po' spaventata, ma avevo apprezzato la sua sincerità.

Controllai dallo spioncino, e il cuore fece una capriola gioiosa quando vidi Jesse con in mano un mazzo di fiori.

A quanto pare non ero l'unica ad aver deciso di rendere speciale quella serata. Sbloccai le due serrature e il blocco alla maniglia, e poi aprii la porta. Jesse mi rivolse il suo sorriso da canaglia mentre entrava porgendomi il bouquet. Aveva raccolto dei fiori di campo. Mi sciolsi completamente.

Mi sollevai sulle punte, e Jesse mi diede uno di quei suoi fantastici baci lenti. Mi fece accendere di desiderio. Il bacio si fece subito passionale. Mani fra i capelli, carezze lungo la curva della schiena, entrambi con i corpi pressati l'uno all'altra, in una sensazione meravigliosa.

Eravamo da soli, in una stanza dove c'era un letto e poco altro. Il sangue mi pulsava nelle vene. Meglio fermarsi in quel momento, o non avremmo mai cenato. «Devo mettere i fiori nell'acqua.»

Avevo le guance rosse dopo tutti quei baci, e mi imbarazzava che mi fosse uscita una voce tremula. Non avendo vasi, scelsi un bicchiere di carta che avevo preso a un fast-food. Lo riempii d'acqua e lo misi sul ripiano della cucina per sistemare il bouquet.

Jesse si appoggiò al ripiano con un fianco, e mi guardò come se stessi facendo la cosa più interessante del mondo. Avrei voluto offrirgli un posto dove sedersi, ma oltre al pavimento c'era solo il letto, e se volevamo cenare, era meglio non cominciare da lì.

«Come è andata oggi?» gli chiesi, e Jesse cominciò a raccontare. Lo ascoltai mentre finivo di sistemare i fiori e preparare la cena, per poi posarla su una coperta da picnic sistemata sul pavimento. Jesse continuò a parlare mentre affettava pane e burro in piccoli pezzi.

La sera prima mi aveva letto quello che avrebbe detto alla commissione per la libertà vigilata, e ogni singola parola mi aveva squarciato il cuore. Quando finì di raccontare quanto coraggio gli aveva richiesto leggere quelle parole a degli estranei rimanendo a testa alta, lo abbracciai forte.

«Sono orgogliosa di te» dissi. «Scommetto che anche tua madre e Suzanne lo sarebbero.»

Jesse mi strinse, poi fece un passo indietro. «Marshall ha detto che sarebbe molto stupito se dessero la libertà vigilata a mio padre. Ha detto che ho fatto un buon lavoro, e in più mio padre non ha ancora scontato abbastanza anni per il crimine che ha commesso.»

«Bene.» Era quello di cui aveva bisogno Jesse.

Ci sedemmo sul pavimento, e Jesse cambiò argomento chiedendomi come andava il lavoro. Lo assecondai: non eravamo abituati a condividere le parti più oscure e spaventose di noi. Aprirci poteva essere difficile ed estenuante, e sapendolo avevamo molta pazienza, sia con i passi avanti che con quelli indietro.

Ci ingozzammo di pane e lo usammo per fare la scarpetta con la salsa degli spaghetti. Chiacchierammo, ridemmo, ci godemmo la presenza reciproca e presto avevamo ricominciato a baciarci. Baci lunghi, profondi, e poi Jesse mi mozzò il fiato quando ci distese entrambi sulla coperta, con me sotto di lui.

Adoravo quella sensazione. Il peso del suo corpo sul mio. Quel senso di sicurezza, di protezione, mentre mi accarezzava la guancia, la pelle che solleticava quando mi baciava a fior di labbra il collo, e quel brivido di calore nel sangue per come stavamo bene insieme.

Non c'era niente di affrettato. Ogni singolo tocco, carezza a fior di pelle e bacio si impresse nella memoria e fu esplorato a fondo. C'era una devozione l'uno per l'altra come se fosse tutto un dono, come se noi fossimo un dono, come se ogni istante meritasse di essere assaporato.

Presto iniziò a girarmi la testa. Un magnifico e bellissimo fremito mi attraversò e mi staccai, annaspando, e Jesse – il super paziente Jesse – mi baciò il collo di lato e si mise sul fianco, rivolto verso di me.

Mi sfiorò la guancia bollente con un dito e mi guardò con così tanto amore e devozione che il mio cuore divenne un calice traboccante. «Ho una cosa per te.»

«Mi hai già portato i fiori.»

«Sì, ma questo durerà più a lungo dei fiori.»

Jesse si alzò da terra, uscì nella notte fredda e rientrò rapidamente, chiudendo fuori il buio e il vento invernale. Aveva un grosso poster arrotolato legato con degli elastici. Li sfilò, srotolò il foglio e mi ritrovai davanti una cartina degli Stati Uniti, con sticker a forma di stelline di vari colori appiccicati sopra. «Ti ho portato una mappa per la parete.»

Dal momento che i miei muri erano così spogli, era assolutamente… «Perfetta.»

«Dove la mettiamo?» chiese lui.

Feci un rapido giro del monolocale e poi passai davanti al letto. Mi sedetti lì e toccai il muro accanto. «Qui.»

Ci misi più tempo io a tirar fuori la scatola in cui tenevo lo scotch che Jesse ad attaccare la mappa sul muro.

Una volta finito, gettò lo scotch di nuovo nella scatola e mi raggiunse sul letto, arrampicandosi dietro di me. Mi sistemai fra le sue gambe, lui mi strinse più vicina e io mi accoccolai contenta fra le sue braccia. Jesse appoggiò la testa alla mia, e mi persi nella sua voce profonda mentre mi raccontava dei punti che aveva segnato, e di cosa sperava di trovarci un giorno. Li descriveva come posti tanto meravigliosi che, anche se fossero stati belli solo la metà di quanto diceva, sarebbe stato incredibile visitare.

«Ci ho pensato molto e a lungo, e ho deciso di andare a vedere questi posti.»

Fui travolta dallo stupore e mi misi seduta, per poterlo guardare dritto negli occhi. «Significa che venderai la terra?»

Jesse si arrotolò attorno al dito una ciocca dei miei capelli, poi la lasciò andare. «Non so, io e Marshall ne abbiamo parlato parecchio, e mi ha detto che lascerà a me la decisione di cosa fare della terra.»

Fu una immensa gioia perché era la notizia che Jesse aspettava tanto, ma poi mi soffermai sulla confusione nel suo sguardo. «Che c'è che non va?»

«Io amo la mia terra» disse Jesse. «Ma come faccio a sapere che la voglio davvero, finché non vedo cos'altro c'è nel mondo?»

Sorrisi. «Stai programmando un'avventura.»

Lui annuì, ma non sembrava emozionato come mi aspettavo. «Marshall venderà una manciata di acri a sud della proprietà. È una zona troppo boscosa perché possa ripulirla senza l'attrezzatura adeguata. I soldi che ci faremo mi basteranno per noleggiare un furgone che faccia qualche chilometro in più e, con un po' di furbizia, il denaro mi basterà anche per vedere tutte quelle stelline sulla mappa.»

«Sembra fantastico, quindi perché hai l'aria triste?»

Jesse abbassò gli occhi, e mi precipitò lo stomaco quando tornò a guardarmi. «Parto la settimana prossima.»

Sobbalzai. «Cosa?»

«Parto la settimana prossima.»

Aprii la bocca per parlare, ma fu difficile farne uscire delle parole. «Ma… non puoi. C'è la scuola.»

«Tu hai la scuola. Sapendo che mia nonna sarebbe morta, ho finito la maggior parte dei corsi l'estate scorsa. Ho preso i crediti che mancavano in autunno. Mi hanno dato il diploma durante l'ultima settimana di scuola.»

Corrugai la fronte mentre cercavo di dare un senso a quello che stava dicendo. «Quindi te ne vai?»

«Non ti sto lasciando.» Fece per toccarmi, ma mi scostai. Mi faceva male il cuore, l'anima. Tutto faceva male. E io non volevo più soffrire. A causa di mio padre, ero rimasta scottata dal dolore. Ma finalmente le cose stavano cominciando ad andare bene.

«Me ne vado per il tempo che servirà a farmi capire chi sono.»

Mi bruciavano gli occhi per le lacrime. «E quindi, io me ne sto qui seduta ad aspettare che torni?»

«Non ti immagino seduta ad aspettare proprio niente. Anzi, immagino che continuerai a essere una forza della natura.»

Mi morsi il labbro perché aveva iniziato a tremare. «Sembrerebbe che mi stai lasciando.»

«Non è così. Io ti amo.»

Dovetti prendere parecchi respiri profondi per respingere il rifiuto, eppure persi la battaglia.

«Ti ricordi di quando hai iniziato a parlare di emancipazione e ti ho chiesto di trasferirti da me?» chiese Jesse.

Alla tristezza si unì un po' di rabbia, perché avevo capito dove stava andando a parare, e non mi andava che usasse contro di me le mie stesse parole. «Mi ricordo.»

Gli avevo detto che dovevo dimostrare a me stessa, alla mamma e a mia sorella che potevo andarmene e riuscire a vivere da sola. La fregatura era che quando io avevo rifiutato la sua offerta, Jesse non aveva battuto ciglio. A differenza mia, che al momento stavo per scoppiare a piangere.

«Mi hai detto che dovevi vivere per conto tuo, e lo capisco» disse Jesse. «Per tutta la vita ho avuto paura di qualsiasi cosa ci fosse oltre la mia terra. Devo dimostrare a me stesso che posso andarmene e che non sono come mia mamma. Devo sapere che se scelgo la terra, non sarà perché ho paura, ma perché è dove voglio stare per davvero. Ho capito che dovevi fare questa cosa da sola, e spero che tu capisca che invece io ho bisogno di partire.»

Ma se ne stava andando, e odiavo questa cosa e anche lui, perché aveva ragione. Mi si appannò la vista. «Aspetta l'estate e lasciami venire con te.»

Jesse cercò di passarmi i capelli dietro l'orecchio, ma lo respinsi di nuovo. «È questo che vuoi, Scarlett? Rinunciare a quello che stai costruendo da sola – il lavoro con Glory, questo appartamento, il tuo sogno di andare all'università, la tua indipendenza – per viaggiare con me?»

Avevo il cuore completamente annodato. Un mese. Era quanto mia madre era riuscita a resistere senza mio padre. Il suo limite di tempo per restare da sola.

Da sola.

Chiusi gli occhi al dolore sordo al cuore, e quando li riaprii, dovetti sbatterli perché erano umidi. Jesse mi prese di nuovo il viso, e stavolta glielo lasciai fare. Mi appoggiai a quel palmo caldo, e una lacrima traditrice mi sfuggì dall'angolo dell'occhio. La asciugò con un pollice, in un gesto terribilmente dolce.

«La verità è che aspetterò l'estate, se è questo che vuoi» fece Jesse. «Non voglio stare senza di te, ma è tutta la vita che mi sono lasciato definire da questa maledizione e da questa terra. Non so chi sono senza, e devo andarmene per capirlo. Non voglio stare senza di te e non voglio lasciarti da sola, ma devo decidere prima di maggio se tenere o vendere la terra. Al momento sto perdendo dei soldi per come sta andando avanti la fattoria. Devo crescere e prendere delle grosse decisioni, e vorrei sapere chi sono prima di farlo.»

«Aspetteresti e mi lasceresti venire se insistessi, non è così?» chiesi.

Lui annuì, con tristezza.

«Ma devi andare adesso, e...» Non finii la frase, perché il dolore accecante mi strappò una smorfia. Però capivo quello che gli serviva, perché serviva anche a me. «... devi stare da solo.»

«Sì. Spero anche che capirai che non voglio tagliarti fuori, ma mi serve un po' di tempo prima di chiamarti. Ho paura che nel momento in cui sentirò la tua voce, tornerò a casa di corsa. Ho anche bisogno di sapere che le scelte che finirò per fare saranno mie, e soltanto mie.»

Proprio come l'emancipazione e vivere da sola in quell'appartamento erano decisioni mie.

«Perché questo "noi" sia per sempre» continuò lui, «devo prima sapere chi sono io. Restare qui senza capirlo non è giusto né per me né per te.»

«Ho paura.» La verità era così cruda, così rivelatrice, che mi sentivo come se fossi nuda in mezzo a una tempesta di neve. Mi vennero i brividi, e lui mi passò le mani lungo le braccia.

«Di cosa?» chiese.

Mi si strinse lo stomaco, ma dovevo essere sincera con Jesse e con me stessa. «Di stare da sola.»

Avrei quasi voluto rimangiarmi le parole, ma lui non voleva che nascondessi quello che sentivo, e io non volevo più essere quella che soffocava le emozioni.

«Qual è la tua paura peggiore?»

Chiusi gli occhi. Sentivo un nodo alla gola. Avevo il terrore che, una volta da sola, sarei tornata a casa. Che avrei preferito vivere nella paura di mio padre piuttosto che da sola, con i miei pensieri. «Ho paura di non essere abbastanza forte.»

«Tu sei la persona più forte che conosco. Se pensassi per un solo istante che non potresti farcela, non partirei. Mi hai fatto capire che per meritarti devo essere coraggioso quanto te. Tu mi ispiri, e spero con tutto il cuore che capirai che sto facendo questa cosa per me e per te. Lo sto facendo per noi.»

Per noi. Erano parole rassicuranti, eppure mi davano un dolore immenso. Mi amava e se ne stava andando. Io lo amavo e dovevo lasciarlo andare. «Lo capisco.»

Jesse buttò fuori un lungo sospiro e chinò la fronte sulla mia. «Ti amo, Scarlett. Siamo stati legati da che ho memoria, e voglio ben più che un legame. Voglio che "noi" sia per sempre.»

Lo volevo anch'io. Premetti le labbra sulle sue: sapevano di sale per le lacrime. «Parti la settimana prossima?»

«Sì» confermò lui.

Dunque avevo ancora alcuni giorni da passare insieme e li avrei vissuti al massimo.

Oggetto: Non hai detto niente riguardo alle e-mail

Da: Scarlett

A: Jesse

Jesse,

sì, ho sfruttato la falla dell'accordo "zero comunicazioni", ma tanto ho pensato che le possibilità che controlli le e-mail siano pari a zero. Voglio dire, a parte per la scuola e il lavoro, chi è che usa ancora le e-mail?

Sono passate tre settimane. Sto bene, direi, ma stasera mi sento sola. È arrivata una tempesta di neve. Hanno chiuso la scuola per due giorni, e in pratica anche tutto il resto. Due giorni. Due giorni passati a fissare le quattro mura del mio appartamento, senza avere altra compagnia al di fuori di me stessa. Lo devo ammettere, mi sa che sto cominciando a impazzire.

È strano che tu abbia venduto un pezzo della terra. Ci sono passata davanti l'altro giorno. Hanno abbattuto alcuni alberi. Capisco perché l'hai venduta e sono felice che tu l'abbia fatto per poterti permettere questo viaggio, ma è comunque strano sapere che una piccola parte della tua terra ora appartiene a un'altra persona.

Mi sono arrivate le cartoline dalle città che stai visitando. Non ti mentirò, mi hanno riempita di gioia. Mi è bastato vedere la tua grafia per sorridere. Ho iniziato ad attaccarle alla parete. È il mio conto alla rovescia. Più ne ricevo, più in fretta tornerai da me.

So di essere stata un po' testarda a voler prendere il tuo vecchio furgone, ma mi piace. L'assicurazione costerà più di quanto mi aspettassi. Glory è d'accordo con te che quel furgoncino non vale molto, ma per me significa tutto e un giorno ti ripagherò. Lei e Marshall mi stanno dando lezioni di guida. Mi manca ancora qualche mese e finalmente riuscirò a prendere la patente.

Vedo ancora Leo, Nazareth e Vi. Pensavo che mi frequentassero soltanto perché sto con te. Devo smetterla di essere così negativa. Ma dopo diciassette anni passati così, chissà quanto ci vorrà a invertire la rotta.

Mi manchi così tanto che fa male, ma non osare pensare di tornare a casa. Continua a viaggiare. Quando tornerai, anch'io voglio che sia per sempre.

Ti amo,

Scarlett

Oggetto: Grazie!!

Da: Scarlett

A: Jesse

Jesse,

ho ricevuto le rose rosse, e le ADORO! E SÌ! Certo che darò un'occhiata a casa tua e alla terra. Faccio fatica a credere che controllarle sia così difficile come dici tu, ma mi darà una buona scusa per andare nella tua proprietà.

Non che voglia scoraggiare questo gesto, ma mandarmi dei fiori perché ti ho spedito un'e-mail è un pericoloso precedente. :)

Ti amo,

Trilli

Oggetto: Ho notato il Trilli

Da: Jesse

A: Scarlett

Vedere che ti sei firmata "Trilli" mi ha fatto sorridere. Forse è strano, ma ieri sera sono rimasto a letto a fissare quel "Trilli" per un po'.

Il Texas è enorme. Oggi ho visto il Golfo del Messico. Mi ha fatto pensare a quando, da piccoli, parlavamo di giocare nell'oceano Pacifico. Anche tu mi manchi. Ogni secondo di ogni giorno.

Ti ho allegato una lista di cose che vanno controllate. Marshall ha già abbastanza da fare, e non deve anche venire lì ogni due giorni. Se puoi fare questo per me, considererò il debito per il furgone estinto. Fai sapere a Marshall se c'è altro di cui occuparsi.

Sai quanto è importante per me questa terra, Trilli, e non c'è nessuno di cui mi fidi più di te.

Io ti amo di più,

Jesse

Oggetto: Nottataccia

Da: Jesse

A: Scarlett

Scarlett,

so che sto infrangendo le mie stesse regole, ma ormai ho deciso che le e-mail non contano.

Stanotte è stata dura. Mi sono addormentato, ho sognato mia mamma. Non riuscivo a salvarla, e poi lei si è trasformata in te. Mi sono svegliato coperto di sudore, terrorizzato all'idea che fosse un presagio e ti fosse successo qualcosa.

Ti prego, fammi sapere che stai bene.

Ti amo,

Jesse

Oggetto: Sto benissimo e tu hai dei gattini!!!

Da: Scarlett

A: Jesse

Uno dei gatti che hai salvato anni fa ha avuto i gattini! Non saprei descriverti quanto sono adorabili. Non ti preoccupare, li ho portati tutti a casa mia. Solo ed esclusivamente per aiutarli, non perché mi sento sola. :) Non giudicarmi!

Camila ha ricominciato a parlarmi. Oggi è passata a trovarmi, e abbiamo pianto per un bel po' di ore. Le ho detto tutto quello che è successo con mio papà. Siamo di nuovo amiche, e spero che le cose restino così.

Augurami buona fortuna. Comincerò a fare le letture della mano alla prossima fiera. Offriremo i miei servigi alla metà della tariffa di Glory, e lei sarà presente per assicurarsi che non faccia casini.

Continuo a pensare di non avere un "dono", ma è strano quante cose si possono imparare sulla gente solo guardando le loro mani.

Vi mi ha permesso di leggere la sua, e abbiamo parlato a lungo. Adesso conosco il suo segreto, quanto soffre e tutte le cose che hai fatto per aiutarla in questi anni. Le manchi. Anche a Leo e Nazareth.

Dimenticavo, Vi ha prenotato uno dei gattini.

La maglietta "Oklahoma is OK" mi ha fatto ridere.

Indovina chi ha preso tutti 10 e 9 in pagella lavorando a tempo pieno? La tua ragazza!!!

Il mondo crudele che ha detto che avrei fallito: 0.

Scarlett, la ragazza determinata a dimostrare a tutti che può farcela: 1.

:)

Fai il bravo. Ti amo,

Scarlett

Scarlett

Credevo di non essere mai stata così emozionata in vita mia. Non riuscivo a stare seduta. Andavo avanti e indietro nel piccolo appartamento, rigirando il cellulare in mano. Era aprile e, a parte le e-mail, erano mesi che non parlavo con Jesse. La notte prima aveva scritto che avrebbe chiamato. Quella sera. Alle otto in punto. Fuso orario della costa orientale. Sentivo dentro così tanta felicità che avrei potuto spiccare il volo, ma continuavo ad avere la nausea per la tensione.

Due mesi prima, Jesse era andato nel Sud della California. Stava cenando in una tavola calda, quando un signore anziano che come lui stava mangiando da solo aveva attaccato bottone. Era il proprietario di una fattoria e gli aveva detto di aver bisogno di aiuto. E Jesse si era offerto per il lavoro. Da allora, viveva in uno di quei motel ad affitto settimanale, e mi aveva scritto più volte per raccontarmi tutto quello che stava imparando. Cose che non sapeva sull'agricoltura, trucchi sul mercato, e quanto era paziente e gentile quell'uomo nell'insegnarglieli.

Ero felice e allo stesso tempo preoccupata: mi ero chiesta se Jesse avrebbe scelto di restare in California invece che tornare a casa, ma poi realizzai che anch'io non sarei rimasta a lungo. La settimana precedente avevo scoperto di potermi trasferire in dormitorio, il che significava lasciare la città dopo il diploma.

Jesse era felice per me e lo ero anch'io, ma le nostre strade si sarebbero incrociate di nuovo?

Erano le sette e cinquantanove minuti. Avevo la bocca asciutta e mi formicolava la punta delle dita. E se si era dimenticato? Se non avesse chiamato? E se avevo messo il telefono silenzioso e mi aveva chiamato, ma me l'ero perso?

Controllai il cellulare: il volume era al massimo e mentre sospiravo per il sollievo, cominciò a squillare.

Mi portai il telefono all'orecchio. «Jesse?»

«Che si dice, Trilli?»

Sorrisi e mi si inumidirono gli occhi. Santo cielo, sembrava stare alla grande. «Come stai?»

«Bene» disse. «Per la prima volta in vita mia, sono seduto su una spiaggia davanti all'oceano Pacifico. Dovresti esserci anche tu.»

Ripensai ai nostri nomi scritti sulla mappa in camera sua, nella nostra grafia della seconda elementare. Andai verso il letto, ci salii sopra e appoggiai la mano sulla California. «Mi manchi.»

«Anche tu mi manchi.» Sentii la sua voce farsi profonda, e la sua sincerità fu l'equivalente di un abbraccio.

«Come sta andando?» gli chiesi. «Come va con la fattoria? E con il viaggio? Poi sei riuscito a capire cos'è che non andava con le fragole?»

Jesse ridacchiò, e quel suono fu la miglior carezza del mondo. «Sto ancora cercando di capire cos'hanno le fragole; la fattoria è a posto, e per quanto riguarda il viaggio, perché non guardi da te?»

Sentii un *ping*, guardai lo schermo del cellulare e trovai un messaggio in attesa. Lo aprii e vidi una foto dei palmi di Jesse. Lo misi in vivavoce e ingrandii la foto. Rimasi senza fiato, e mi appoggiai una mano sul petto. Le linee sul palmo destro erano cambiate. «Hai trovato la tua strada.»

«Ho passato molte notti lunghe e inquiete a lottare contro i miei demoni. Ho perso qualche round, ma ne ho anche vinti degli altri. Ora so cosa voglio. So chi sono. Resterò qui per un altro mese circa, per finire un paio di cose, ma poi torno a casa, Trilli. Torno a casa da te.»

«E la tua terra?» Avevo paura della risposta. Amava la sua terra, la amavo anch'io, ma Jesse doveva scegliere ciò che era meglio per lui.

«Ho imparato tante cose lavorando qui, e tra queste come chiedere un finanziamento e trattare con l'ufficio proroghe e le agenzie governative. Ci sono persone che vogliono tener vive le aziende agricole familiari, ed è quello che voglio fare io in barba a quelle aziendali. Sarà una battaglia tutta in salita, ma io e Marshall pensiamo di poterla vincere. Stai all'erta perché ci saranno cambiamenti nella proprietà, Trilli. Ho riscosso qualche favore che mi dovevano, e gli agricoltori che ho aiutato negli anni faranno la parte iniziale del lavoro. Quest'anno seminerò il raccolto, e comprerò del bestiame appena torno a casa. Diventerò un vero agricoltore.»

Gioia e tristezza al tempo stesso. La maledizione era stata spezzata. Aveva lasciato la sua terra, era felice e stava tornando a casa da ciò che amava. E sarebbe tornato a casa quando io andavo via.

Feci un respiro profondo e mi concentrai sulle cose positive. Era quello che mi avevano insegnato a fare Glory e il pastore Hughes. Era quello che mi aveva permesso di sopravvivere nei momenti difficili. Io e Jesse ce la saremmo cavata. Un'ora di distanza non era nulla rispetto a un continente intero. «Sono così felice per te.»

«Anch'io.» Rimase in silenzio, poi si schiarì la gola. «Spero che mi vorrai ancora.»

«Certo che ti voglio.» Grata, chiusi gli occhi. «Certo che ti voglio.»

Scarlett

La parte brutta di aver portato a casa i gattini era che ne avevo tenuto uno per me, e ora dovevo abbandonarlo. La piccola Eloise. In realtà non la stavo davvero abbandonando, dovevo solo affidarla a qualcuno finché non avessi avuto una casa vera. Sfortunatamente, per quanto avessi chiesto all'università, nessuno avrebbe permesso a Eloise di vivere con me in dormitorio. Quelli che lavoravano nell'amministrazione dovevano essere proprio delle persone molto, molto tristi. A chi è che non piacciono i gattini?

Misi Eloise nel portantino che Nazareth aveva trovato nel seminterrato di casa sua, poi guardai l'appartamento vuoto. Le poche cose che avevo erano impacchettate e sistemate nel retro del furgoncino. Avevo riposto con cura la mappa e le cartoline di Jesse dentro un contenitore di plastica, e sarebbero state le prime cose che avrei tirato fuori una volta arrivata in dormitorio.

Il giorno prima Leo mi aveva aiutata a riportare il letto a casa di Jesse, e mi si era stretto il cuore a vedere mio padre che mi guardava dalla casa della mia infanzia. Avevo avuto la forza di restituirgli lo sguardo senza rabbia, ma solo con compassione.

Viveva di nuovo lì, e già da un po'. Per fortuna, ora mia sorella aveva un cellulare. Lo teneva sempre con sé, e mi mandava un messaggio non appena i miei genitori cominciavano a litigare. Io la chiamavo, e non mettevo giù finché non mi accertavo che fosse al sicuro.

Se mamma e papà non volevano proteggere Isabelle, ci avremmo pensato io e la sua assistente sociale.

Mentre guardavo l'appartamento per l'ultima volta, provai un senso di orgoglio e di tristezza. Ero orgogliosa di essere sopravvissuta a quei mesi da sola, ed ero triste di lasciare il posto che avevo imparato a considerare casa mia.

Feci fatica a chiudermi la porta dietro le spalle e andarmene. Ma era arrivato il momento di iniziare una nuova avventura.

Mentre raggiungevo il vecchio furgoncino arrugginito, notai un foglio di carta sotto il tergicristallo. Feci una smorfia. Proprio quello che mi serviva: una multa che non potevo permettermi di pagare. Avevo finalmente preso la patente, e questa era la ricompensa? Anche con la borsa di studio e il sussidio economico, trasferirsi in dormitorio non era economico. Una multa era l'ultima cosa di cui avevo bisogno.

Aprii lo sportello del passeggero, misi dentro Eloise e presi il foglio.

Gentile signor Lachlin,
raramente scrivo e-mail tanto personali, ma questo è uno dei pochi casi in cui ho sentito che era necessario. Quando mi ha contattato in merito alla diffusione della peronospora nei campi di fragole di una piccola fattoria della California, non è stata la notizia in sé ad attirare la mia attenzione. Quello che mi ha colpito è stata la tenacia che trasmettevano le sue parole: dimostravano come lei per primo si stesse adoperando nella ricerca di una risposta e come sperasse che lavorando insieme potessimo trovare una soluzione.
Quando ci siamo messi in contatto e mi ha raccontato la sua storia, mi sono sentito chiamato non solo ad aiutare quella piccola fattoria, ma anche lei. Non si vedono spesso giovani così maturi, e con tanta esperienza.
Ha fatto bene a iscriversi al corso di Economia aziendale. Ha ragione: coltivare vuol dire fare affari, e bisogna sapere gestire le finanze. Dal momento che sarà a Lexington un giorno a settimana per le lezioni, se è disponibile, vorrei assisterla mentre lavora per rendere di nuovo operativa la sua fattoria. Possiamo vederci prima o dopo le lezioni. Si sta imbarcando in un progetto enorme, e vorrei poterla consigliare in questa sfida.
È destinato a grandi cose, signor Lachlin, e ritengo che diventerà il migliore e il più brillante agricoltore della sua generazione. Un giorno spero che deciderà di iscriversi alla facoltà di Agraria dell'Università del Kentucky. Nel frattempo, penso che sfruttando l'esperienza che ha accumulato negli anni, approfittando dell'ufficio proroghe e, spero, accettando il mio aiuto, dovrebbe partire con il piede giusto…

Ero sotto shock. Rilessi l'ultimo paragrafo. L'Università del Kentucky. *L'Università del Kentucky.* La stessa Università del Kentucky a Lexington dove stavo andando a studiare io.

Jesse.

Alzai la testa e mi voltai di scatto, e lo trovai lì sul marciapiede. Capelli rossi, un filo di barba, maglietta blu aderente sui muscoli vigorosi e jeans morbidi sui fianchi. Mi rivolse il suo sorriso da canaglia, gli occhi verdi che brillavano furbi.

«Cosa ne pensi, Trilli?» chiese Jesse. «Dici che a Lexington ci sono alberi che valga la pena scalare?»

Non risposi. Corsi verso di lui e mi lanciai fra le sue braccia. Mi strinse forte mentre gli nascondevo il viso nel collo, inspirando profondamente. Era lui. Era proprio il suo profumo intenso, di terra rimescolata dopo la pioggia, di fiori di campo in boccio, di falò a mezzanotte.

Jesse mi diede un bacio sulla testa, mi sollevò e mi strinse come se non volesse più lasciarmi andare. Quando mi mise a terra, mi scostai appena per poter guardare quel bellissimo viso. «Andrai all'università?»

«Una lezione di tre ore, una volta alla settimana. Avrei potuto seguirlo online, ma andare a Lexington significa poter stare un altro giorno insieme a te.»

Sentii il sangue pulsare nelle vene. «Hai deciso di tenere la terra?»

«Sì. Non perché credo di essere costretto, ma perché dentro di me so che è a questo che sono destinato. Ma adesso la vera domanda è: sei pronta per cominciare una nuova avventura?»

Distesi le labbra in un sorriso, piena di gioia allo stato puro. «Che genere di avventura avevi in mente?»

«Seconda stella a destra, e poi dritto fino al mattino.»

E Jesse Lachlin, il mio migliore amico, l'uomo che amavo, si chinò per baciarmi.

Playlist

TEMA

Rain on the Scarecrow di John Mellencamp
Amarillo Sky di Jason Aldean
Blue Eyes Crying in the Rain di Willie Nelson
Reckless Love di Cory Asbury
Something Just Like This dei The Chainsmoker & Coldplay
Hard Love di NEEDTOBREATHE (feat. Lauren Daigle)
Parachute di Chris Stapleton

JESSE

Confession dei Florida Georgia Line
Carry on Wayward Son dei Kansas
These Days dei Rascal Flatts
Record Year di Eric Church
Killer/Papa Was a Rollin' Stone di George Michael

SCARLETT

Million Reasons di Lady Gaga
Daughter dei Pearl Jam
Better Man dei Pearl Jam
Stay di Rihanna (feat. Mikky Ekko)

IL FUTURO DI SCARLETT E JESSE

Perfect di Ed Sheeran
Ocean (Where Feet May Fail) dei Hillsong UNITED

Ringraziamenti

A Dio: *Matteo*, 6:25-34 e *Luca*, 5:1-11.
Grazie per l'amore incondizionato, per aver preso il mio timore e la mia ansia e averli sostituiti con speranza e pace.

Come sempre, per Dave.
Ti amo.

Per A, N e P.
Per come mi mettete alla prova.

Un enorme grazie a Suzie Townsend, Whitney Ross, Amy Stapp e a Tor Teen per aver amato Scarlett e Jesse tanto quanto me, e per aver creduto nella mia visione di *A un respiro da te*.

Al mio magnifico gruppo di amici, famiglia, critici e beta lettori, che mi hanno aiutata e dimostrato affetto lungo tutto il percorso: Colette Ballard, Kelly Creagh, Bethany Griffin,

Kurt Hampe, Bill Wolfe, Tiffany King, Wendy Higgins, Kristen Simmons, KP Simmons e Angela Annalaro-Murphy, grazie a tutti voi.

Ai miei lettori, tutto il mio affetto.
Vi sarò sempre grata per il sostegno e l'amore.

ULTIMI VOLUMI PUBBLICATI

S. Rees Brennan. *Le terrificanti avventure di Sabrina. Figlia del caos*

Blue Jeans, *L'inganno di cristallo*

E. Piccinino, *La poesia degli istanti mancati*

P. Zannoner, *Il bardo e la regina*

N. Kenwood, *L'amore come l'avevo immaginato*

Y. Rahman, *Tutta la vita davanti*

C.G. Miranda, *Il club dei lettori assassini*

S. Rees Brennan, *Le terrificanti avventure di Sabrina. Un amore di strega*

T. Banghart, *Iron Flowers. Regina di cenere*

B. Reekles, *The Kissing Booth. La casa sulla spiaggia*

J. Lorente, *A proposito della tua bocca*

Eigei, *Il tempo è una vertigine*

F. Sangalli, F. Bozzetti, *L'imprevedibile movimento dei sogni*

S. Perkins, *Cosa resta dell'estate*

S. Shepard, *The perfectionists*

L. Bizzaglia, *Abbi cura di splendere*

J. Rothenberg, *The kingdom*

C.H. Parenti, *Un intero attimo di beatitudine*

R.M. Romero, *Il fabbricante di sogni*

Blue Jeans, *La ragazza invisibile*

E. Lockhart, *Le ragazze non possono entrare*

L. Flanagan, *L'estate di Eden*

C. Ahern, *Flawed. Il momento della scelta*

J. Buxbaum, *La teoria imperfetta dell'amore*

K. McGarry, *Ogni nostro segreto*

J. Klein, *No Filter*

T. Banghart, *Iron Flowers*

B. Reekles, *The Kissing Booth*

P. Zannoner, *Rolling Star. Come una stella che rotola*

L. Ballerini, *Ogni attimo è nostro*

J. Segel, K. Miller, *Otherworld*

A. Ferrari, *Le ragazze non hanno paura*

A. Day, *The Fandom*

D. Paige, *La ladra di neve*

C. Delevingne, *Mirror, Mirror*

L. Facchi, *Il giglio d'oro*

C. Crowley, *Io e te come un romanzo*

H. Fitzpatrick, *Un cattivo ragazzo come te*

L. Patrignani, *Time Deal*

R. Graudin, *Wolf. Il giorno della vendetta*

J. Klein, *Playlist*

K. McGarry, *Un cuore bugiardo*

D. Pearl, *Ruin Me*

L. Rubin, *Birthdate*

P. Zannoner, *L'ultimo faro*

J. Niven, *L'universo nei tuoi occhi*

A. Royer, *Ricordati di dimenticare*

J. McNelly, *Le ragazze vogliono la luna*

A. Plum, *If I Should Die*

G. Moldavsky, *The Boy Band*

C. Ahern, *Flawed*

D. Reinhardt, *Il Club delle Seconde Occasioni*

S. Young, *The Recovery*

S. Young, *The Treatment*

J. Buxbaum, *Dimmi tre segreti*

M. Bedford, *Tutta la verità su Gloria Ellis*

K. McGarry, *Una sfida come te*

R. Graudin, *Wolf. La ragazza che sfidò il destino*

L. Sales, *Resta con me fino all'ultima canzone*

A.G. Bailey, *Perfect*

E. Laure, *La notte che ho dipinto il cielo*

B. Ashton, *Everneath*

A. Plum, *Until I die*

M. McStay, *La strada che mi porta a te*

L. Rubin, *Deathdate*

A. Talkington, *Liv, forever*

S. Bowen, *Prendimi per mano*

S. Perkins, *Il primo amore sei tu*

J. Niven, *Raccontami di un giorno perfetto*

L. Hillyer, *Per un attimo e per sempre*

C. Philpot, *Nemmeno in paradiso*

P. Zannoner, *A piedi nudi, a cuore aperto*

K. McGarry, *Un'estate contro*

E. Cahill, *Regole d'amore per amici confusi*

R. Serle, *Io, Romeo e Giulietta*

S. Young, *The Program*

K. West, *Reflections*

S. Perkins, *Il primo bacio a Parigi*

A. Plum, *Die for me*

V. Roth, *Four*

J. Murphy, *Amore e altri effetti collaterali*

C. Moracho, *Althea & Oliver*

K. McGarry, *Scommessa d'amore*

H. Fitzpatrick, *Quello che c'è tra noi*

E. Lockhart, *L'estate dei segreti perduti*

K. McGarry, *Oltre i limiti*

V. Roth, *Allegiant*

V. Roth, *Insurgent*

V. Roth, *Divergent*

Questo volume è stato realizzato nel rispetto dell'ambiente,
utilizzando carte che impiegano cellulosa proveniente
da foreste gestite in modo ecosostenibile.

Finito di stampare
nel mese di marzo 2020
presso PuntoWeb S.r.l. - Ariccia (Roma)